D1673044

Gencode J

UDO ULFKOTTE

GENCODE J

Roman ✖ Eichborn.

Noch sind die in diesem Buch dargestellten Ereignisse nur ein Produkt der Fantasie des Autors. Ähnlichkeiten mit lebenden Personen sind rein zufällig. Wenn sie trotzdem real erscheinen, dann deshalb, weil die beschriebenen Ereignisse zwar frei erfunden, einer möglichen Wirklichkeit aber nur einen kleinen Schritt voraus sind. In vielen Labors auf der Welt wird an der Herstellung einer biologischen Waffe geforscht, die mit genetisch manipulierten Viren oder Bakterien ausgewählte Menschengruppen töten soll. Es besteht kein Zweifel daran, daß die ethnische Bombe in der nahen Zukunft Wirklichkeit wird.

Die Deutsche Bibliothek – CIP-Einheitsaufnahme
Ulfkotte, Udo:
Gencode J: Roman / Udo Ulfkotte. – Frankfurt am Main : Eichborn, 2001
ISBN 3-8218-0860-8

© Eichborn AG, Frankfurt 2001
Lektorat: Lisa Kuppler
Umschlaggestaltung: Moni Port
Satz: Fuldaer Verlagsagentur, Fulda
Druck und Bindung: GGP Media, Pößneck
ISBN 3-8218-0860-8

Verlagsverzeichnis schickt gern:
Eichborn Verlag, Kaiserstraße 66, D-60329 Frankfurt am Main
www.eichborn.de

Für Bobby, Minou & Tabaluga
für Nefa & Ova und
für Kai-Uwe

PROLOG

Rückblickend schien es eine merkwürdige Art, einen Krieg zu beginnen. Am wenigsten ahnte wohl der alte Dorfpfarrer, welches Unheil sich zusammenbraute, als er an einem naßkühlen Novembertag auf der Straße von Naphill nach Aylesbury den Verletzten in dem weißen Volvo entdeckte. Er meldete den Unfall von einer Telefonzelle in Naphill, fuhr dann zurück und wartete im strömenden Regen auf die Rettungsfahrzeuge. Die Kühlerhaube des Volvos war zerschmettert, die linke Seite verschrammt und die Beifahrertür eingedellt. Die Wucht des Aufpralls hatte Nummernschild und Stoßstange in die harte Borke der Eiche gedrückt, vom linken Scheinwerfer war nur noch die mit Glasscherben gespickte Verankerung vorhanden. Durch das zersplitterte Seitenfenster sah der Pfarrer, daß der Körper des Fahrers von dem Sicherheitsgurt aufrecht gehalten wurde. Er sprach den Mann an, doch der reagierte nicht. Die rechte Hand, die am unteren Rand des Lenkrads lag, krampfte sich mechanisch immer wieder zusammen. Der Kopf des Mannes lag seitlich verdreht neben der Kopfstütze. Aus dem Mundwinkel quoll hellrotes Blut und versickerte in dem dunkelblauen Polster. Durch das dichte Blätterwerk der Eiche konnte der Pfarrer die reetbedeckten Dächer von Naphill sehen. Er horchte in die Stille des frühen Nachmittags. Die Windrose der kleinen Dorfkirche drehte sich schnell. Das metallene Klirren vermischte sich mit dem Surren im Motorraum des Volvos und dem immer stärker werdenden Prasseln des Regens. Da hörte er endlich in der Ferne die näher kommenden Sirenen.

Der Gedanke an Krieg war den Sanitätern nicht in den Sinn gekommen, als sie den schwerverletzten Mann aus dem Wrack des Volvos bargen, ihn notfallmedizinisch versorgten und wegen

7

der Kopfverletzungen den Rettungshubschrauber zum Abtransport riefen. Um 14.36 Uhr wurde das Unfallopfer mit einem Blutalkoholwert von 1,4 Promille in die Notaufnahme des Krankenhauses in Aylesbury eingeliefert. Es war der dritte schwere Unfall, der sich in kurzer Zeit auf der ruhigen Landstraße ereignete. Bei nebligem Wetter unterschätzten ortsfremde Fahrer die scharfe Kurve kurz nach dem Wegweiser Richtung Aylesbury, verloren auf der nassen Fahrbahn die Kontrolle über den Wagen und prallten auf die mächtige, alleinstehende Eiche, die dort am Straßenrand stand.

Wie immer bei solchen Unfällen schalteten die Sanitäter die Polizei ein. Diese stellte fest, daß der weiße Volvo in London von einem gewissen Harold Wilson angemietet worden war. Dann fanden sie im Rucksack des Mannes fünf auf verschiedene Namen lautende Ausweise. In diesem Moment wurde klar, daß es sich nicht um einen gewöhnlichen Unfall handelte. Die Polizisten dachten nicht an Krieg, sie vermuteten, daß hier ein Attentat der IRA vorbereitet werden sollte. In einem Großeinsatz durchsuchten sie Mietwagen und Hotelzimmer des vermeintlichen Harold Wilson. Sie fanden einen dunkelgrauen Hartschalenkoffer mit über hunderttausend Dollar in gebrauchten Scheinen, eine Sammlung topographischer Landkarten der Grafschaft Buckinghamshire und ein hochmodernes, mobiles Kühlaggregat, wie es für den Transport von Medikamenten verwendet wird.

Kaum waren die fünf Personenanfragen über die Fahndungscomputer der Polizei von Aylesbury gelaufen, wurde Harold Wilson zu einem Fall für den britischen Geheimdienst. Bei den folgenden Ermittlungen erkannte man schnell, welch gefährlicher Auftrag den angeblichen Harold Wilson auf die Landstraße zwischen Naphill und Aylesbury geführt hatte. Doch auch für die Geheimdienstagenten deutete nichts darauf hin, daß hier ein

Plan in Bewegung gesetzt worden war, der nur Wochen später die Welt an den Rand eines Krieges bringen würde.

TEIL 1

Für Benjamin Levy herrschte von Berufs wegen immer Krieg. Daran änderten weder Friedensabkommen noch Waffenstillstände etwas. Er bekam seine Befehle, er kannte seine Feinde, er wußte, wann er losschlagen mußte. Benjamin Levy war nie ohne Waffe unterwegs. Seine Artillerie umfaßte schwere Maschinengewehre ebenso wie die unscheinbare Dose mit dem Aufdruck einer ägyptischen Deomarke, die er eben aus dem Kühlbehälter genommen hatte. Levy sah sich die Dose genau an, er betastete den Sprühmechanismus, wobei er sorgfältig darauf achtete, daß er keinen noch so kleinen Tropfen der Chemikalie an die Finger bekam. In einem Lederwarengeschäft hatte er ein Paar dünne schwarze Nappahandschuhe erstanden. Der Verkäufer, ein grauhaariger Jordanier im Nadelstreifenanzug, hatte ihm zugestimmt, ja, die Nächte in der Wüste um Amman waren mitunter recht frisch. Außerdem könne ein Gentleman nie ein Paar Handschuhe zuviel haben, hatte der Verkäufer hinzugefügt und die ausgezeichnete Qualität und Verarbeitung des Leders gelobt. Levy hatte genickt. Die Rolle des reichen Weltenbummlers, distinguiert und maskulin, mit innerer Gelassenheit und beeindruckender Präsenz, füllte er perfekt aus. Niemand würde in dem braungebrannten, gutaussehenden Mittvierziger einen der berüchtigtsten Todesengel des Mossad vermuten.

Benjamin Levy beschattete Khaled Nabi Natsheh schon seit den frühen Morgenstunden. Der Führer einer radikalen Palästinensergruppe, die von Jordanien aus operierte, ging jetzt keine fünfzig Meter weit von ihm entfernt auf dem Gehweg. Er kam direkt auf ihn zu. Nabi Natsheh war auf dem Weg zu seiner Limousine, die er einige hundert Meter weiter geparkt hatte. Die Bodyguards hielten sich hinter ihm, die Straße war voller Men-

11

schen und Autos. Eine Gruppe junger Männer ging an Levy vorbei, und er setzte sich sofort in Bewegung, hielt sich dicht hinter ihnen. Die Handschuhe hatte er schon übergestreift, die Sprühdose steckte in der Seitentasche des Jacketts. Dann war der Palästinenserführer direkt vor ihm, die Gruppe wich etwas zur Seite, die Bodyguards kamen näher. Levy zog die Dose aus der Tasche und sprühte Nabi Natsheh im Vorbeigehen einen winzigen Strahl ans Ohr.

Levy drehte sich nicht um, sondern ging mit den Männern weiter bis zur nächsten Ecke. Dort trat er aus dem Pulk und schaute sich um. Nabi Natsheh war weitergegangen und hatte schon fast die Parkgarage erreicht. Beim Gehen schüttelte er immer wieder den Kopf, als sei ihm etwas ins Ohr geflogen. Levys Mund verzog sich zu einem Grinsen. Er trat um die Ecke und machte sich auf den Weg ins Hotel. Beim Gehen streifte er sich vorsichtig die Lederhandschuhe ab, wobei er sorgsam darauf achtete, die Spitzen der Fingerkuppen nicht zu berühren. Vor einem Straßenimbiß standen ein paar Stehtische, um die sich eine dichte Menschenmenge scharte. Levy quetschte sich durch die Körper. Mit einer kaum merklichen Bewegung schob er dabei die zusammengeknüllten Handschuhe tief in einen Abfalleimer.

Sein Flug nach Deutschland ging in knapp vier Stunden, und davor wollte er noch einmal ausgiebig die jordanische Küche genießen.

*

Mit einer Falafeltasche in der Hand trat Salomon Rosenstedt aus der Frankfurter U-Bahn, die ihn vom Rhein-Main-Flughafen direkt bis in die Innenstadt gebracht hatte. Sofort wurde ihm klar, daß er für das trübe Spätherbstwetter viel zu leicht angezogen war. In seinen Leinenschuhen, der Tweed-Hose und dem dunkelblauen T-Shirt, über das er die schwarze Lederjacke gezogen hatte, würde er sich bald eine Erkältung zuziehen. In Tel Aviv war ihm selbst die Lederjacke noch zu warm erschienen. Doch die Falafel war nicht zu verachten. Jedenfalls schmeckte der Imbiß Rosenstedt um einiges besser als das koschere Menü, das ihm im Flugzeug serviert worden war.

Ein Blick auf die komplizierten Bus- und Straßenbahnfahrpläne überzeugte ihn, daß er mit einem Taxi zu seinem neuen Einsatzort fahren würde. Er lief die Kaiserstraße entlang, auf die ihn die Unterführung aus der U-Bahn geleitet hatte, bog dann in eine breitere Seitenstraße ab, in der er einen Taxistand entdeckte. Der Riemen der Reisetasche, in der sich sein gesamtes Gepäck befand, drückte ihm auf die Schulter. Dankbar übergab er dem bulligen Taxifahrer die Tasche, der sie scheinbar problemlos in den Kofferraum hievte. Seine Waffe hatte Rosenstedt unsichtbar für Zivilisten im Schulterholster stecken.

»Zur Guiolletstraße 154, bitte«, sagte er und erinnerte sich an die vielen Stunden, in denen sich eine Sprachlehrerin des Mossad bemüht hatte, sein ansonsten fehlerfreies Deutsch von dem starken hebräischen Akzent zu befreien.

Der Fahrer ließ die Zündung an. »Westend, was?« brummte er mit einem fragenden Blick in den Rückspiegel. Rosenstedt nickte und lehnte sich in die leicht abgeschabten Polster des Taxis zurück.

Dies war sein erster Einsatz in einer europäischen Metropole. Seine Kolleginnen und Kollegen hielten es für eine große Auszeichnung, daß er so eng mit dem berühmten Abraham Meir zusammenarbeiten würde. Rosenstedt war sich dagegen nicht ganz sicher, ob er glücklich darüber sein sollte, daß er der Schaltzentrale des Mossad zugeteilt worden war. Er hatte in den letzten beiden Jahren an einigen gefährlichen Einsätzen in Ägypten und Kuwait teilgenommen und sich durch Tapferkeit und Besonnenheit ausgezeichnet. Rosenstedt wußte, daß die Leitung des Mossad ihn aufbauen wollte, als Nachwuchstalent mit einer großen Zukunft in der Organisation. Deshalb auch die Versetzung in die Nähe von Meir, bei dem er all das lernen sollte, was eine Führungskraft brauchte, um in der Welt der Geheimdienste zu bestehen.

Abraham Meir galt als genialer Kopf. Er schien fast über magische Fähigkeiten zu verfügen. Wann immer er Ereignisse vorhersagte, trafen sie später tatsächlich ein. Selbst den Fall der deutsch-deutschen Mauer, den die fähigsten Analytiker der westlichen Geheimdienste in den achtziger Jahren des vergangenen Jahrhunderts nicht einmal im Traum in ihr Kalkül einbezogen hatten, prognostizierte Abraham mit scheinbar hellseherischem Geschick schon zwei Jahre zuvor. Während andere noch über die Gegenwart philosophierten, sah Abraham schon die übernächsten Schritte von Geo-Politik, Weltwirtschaft, Finanzsystemen, Demographie, Arbeitsmärkten und technischen Trends vorher.

Rosenstedt wurde ein wenig flau im Magen bei dem Gedanken, in wenigen Minuten den berühmten Mann persönlich zu treffen. Er starrte hinaus auf die Straße. Das Taxi bremste an einer roten Ampel und kam direkt vor dem Eingang eines Einkaufszentrums zum Stehen. Ein alter Mann mit einer unförmigen, offenbar schweren Plastiktasche trat aus der Glastür und überquerte die Straße vor dem Taxi. Unwillkürlich überlegte Rosenstedt, ob der Mann wohl eine Waffe trug oder ein Sprengsatz in der Plastiktasche versteckt war.

Irgendwo hatte er das Gerücht aufgeschnappt, Abraham Meir habe 1967 nach dem Sechstagekrieg im Sinai die skelettierten Überreste eines israelischen Soldaten gefunden und durch die

Augenöffnungen des Schädels geblickt. Seither verfüge er über eine Weitsicht, mit der sich niemand messen könne. Die Geschichte hatte Rosenstedt tiefer beeindruckt als die zurückhaltende Bewunderung, die er aus den Aussagen von Leuten, die Meir kannten, heraushörte. Sein professionelles Training sagte ihm, daß ein solches Gerücht vom Mossad, wenn nicht gar von Meir selbst, in Umlauf gebracht worden sein mußte. Die Organisation liebte es, ihre Mitarbeiter mit einem derart metaphysischen Nimbus zu umgeben. Trotzdem konnte er sich der Magie der Geschichte nicht entziehen. Das kopflose Skelett, an dem noch die Fetzen der israelischen Uniform hingen, der fleischlose Schädel mit den tiefen Höhlen, in denen die Augen des Mossad-Mannes glühten – es waren solche Bilder, die Rosenstedt Angst einjagten und die ihn bis in seine Träume verfolgten.

»Nummer 154. Wir sind da«, sagte der Taxifahrer. Rosenstedt schreckte hoch und griff instinktiv zur Waffe. Glücklicherweise bemerkte der Fahrer die Bewegung nicht, sondern war damit beschäftigt, den Zähler abzulesen.

»Welches Haus ist es?« fragte Rosenstedt.

»Über die Straße, das weiße Geschäftshaus.«

Salomon Rosenstedt schaute durch das Wagenfenster hoch zu seinem neuen Arbeitsplatz. Niemand würde auf die Idee kommen, daß der imposante Bau aus der Gründerzeit etwas anderes beherbergte als die auf den vornehmen Messingschildern ausgewiesenen Repräsentanzen renommierter Auslandsbanken. Die Mossad-Zentrale befand sich im sechsten Stockwerk, das offiziell an ein Computerunternehmen vermietet war. Rosenstedt konnte nur weiße Lamellenvorhänge erkennen und zwei riesige, leere Pflanzenkübel auf einem der drei Balkone mit schmiedeeisernem Geländer. Die Räume schienen zu klein für den europäischen Sitz des israelischen Geheimdienstes, aber Rosenstedt wußte, daß die Büroflucht weitläufiger war, als man es der schmalen Fassade des Gebäudes nach vermuten würde.

»Das macht dann dreizehn Euro und vierzig Cents«, sagte der Taxifahrer.

Rosenstedt zog hastig die Börse aus der Innentasche seiner Lederjacke. »Natürlich.«

Er zahlte und ließ sich von dem Taxifahrer die Reisetasche aus dem Kofferraum holen. Zügig überquerte er die Straße und trat vor die Eingangstür. Ohne zu zögern, drückte er den runden Messingknopf, neben dem in scharf gestochenen Lettern *NetStar Computers* stand.

*

Michael Fleischmann parkte sein rotes Mercedes-SLC-Cabrio direkt neben dem flaschengrün schillernden Eingang von ReHu Information Technologies. Die ellipsenförmig gerundeten Türen gingen automatisch auf, als ein Mitarbeiter das Gebäude verließ. Er winkte dem Juniorchef zu, aber Michael fiel sein Name nicht ein. Irgend etwas mit *S*, einer der Lakaien seines Vaters aus der Personalabteilung. Michael nahm die verspiegelte Ray-Ban ab und verstaute sie im Handschuhfach. Wenn das Gespräch gleich mit dem alten Streit über die Sonnenbrille anfing, würde er den Alten nie dazu kriegen, die Miete für das Loft-Apartment herauszurücken, in das er mit Tamara einziehen wollte. Michael schaute kurz in den Rückspiegel und kontrollierte die sorgsam gestutzten Koteletten. Einen Moment überlegte er, ob er die Ringe, ebenfalls Anlaß etlicher Diskussionen, von den Fingern streifen solle, entschied sich aber dagegen. An manche Dinge mußte sich auch Herbert Fleischmann gewöhnen.

Michael stieg aus und trat neben das leuchtendblaue Firmenschild, das zwischen immergrünen Bodendeckern am Eingangsbereich in der Erde verankert war. Der postmoderne Büro- und Entwicklungskomplex war erst vor wenigen Jahren auf einem freigewordenen Areal in der Nähe des Stammhauses der Firma in Bad Homburg errichtet worden. Michael erinnerte sich noch gut an den früheren Eingang mit den flachen schwarzgesprenkelten Marmorstufen und die mit englischem Messing eingefaßten Glastüren, die er als Kind kaum hatte bewegen können.

Michael studierte im zweiten Semester im erst vor kurzem eingerichteten Studiengang Produktdesign an der Uni Frankfurt. Obwohl er bis jetzt das Studium ziemlich locker hatte angehen lassen, bewunderte er mit Kennerblick das neue ReHu-Logo, das im Zuge des Neubaus entworfen worden war. Der Agentur war es gelungen, das alte Logo, das sich aus dem Vornamen von Michaels Großvater Hugo Fleischmann und dessen Bruder René zusammensetzte, in eine neue Corporate Identity zu integrieren. Dabei hatte sich die Agentur gegen den ReHu-Aufsichtsrat und Herbert Fleischmann persönlich durchsetzen müssen, die den neuen ReHu-Schriftzug gerne »irgendwie techno, Sie wissen schon, so eine Computerschrift« gestaltet hätten. Die Agentur dagegen, und vor allem ihr Chefdesigner Wolf Jenninger, hatte sich für eine Anlehnung an das alte Fünfzigerjahredesign stark gemacht und letztlich durchgesetzt. Auch das klassische firmenblau war nur minimal geändert worden. Inzwischen war selbst Herbert Fleischmann von der schlichten modernen Geradlinigkeit des neuen Logos überzeugt. Wolf Jenninger hatte vor ein paar Jahren das Produktdesign der ReHu übernommen. Der knapp dreißigjährige Designer, der nebenbei noch eine Gastprofessur an der Kunsthochschule Düsseldorf innehatte, war so ziemlich der einzige Mensch, für den sich Michael im Geschäft seines Vaters interessierte. Wegen Wolf war Michael überhaupt auf die Idee gekommen, Design zu studieren. Immer, wenn er sporadisch bei der ReHu vorbeischaute – meistens, um den Vater um Geld anzupumpen –, ging er im Büro des Chefdesigners vorbei. Michael faszinierte die Mischung aus erfolgreichem Businessman und kreativem Genie, das sich weder an vorgeschriebene Arbeitszeiten noch an mittelständische Höflichkeitsrituale hielt, sondern im Gegenteil oft nachts und am Wochenende arbeitete und mehr als einen Kleinkunden der ReHu irritiert zurückgelassen hatte. Bei internationalen Präsentationen aber brillierte Jenninger. Er sprach mehrere Sprachen fließend, und seine lockere, spontane Art hatte der ReHu schon manchen Deal mit internationalen Großkunden eingebracht. Michael studierte Design, weil er zu der Welt gehören wollte, in der Wolf Jenninger scheinbar so mühelos verkehrte. Dazu gehörten auch seine farbige amerikanische Freundin Sue, der Jaguar, die Anzüge von Armani und Brillen von Swatch. Nur eines würde Michael anders machen als Wolf: Er würde nicht in so einem Betrieb wie der ReHu enden, in dem man sich mit dem provinziellen Mief einer deutschen Kleinstadt herumschlagen mußte. Michael Fleischmann wollte etwas sehen von der Welt, und ohne Wissen seines Vaters hatte er sich schon für einen Studienaufenthalt an der Londoner Central Saint Martin's nach der Zwischenprüfung im nächsten Sommer beworben.

Er ließ den Autoschlüssel in die Seitentasche seiner beigen Schlagjeans gleiten und ging auf die abgerundete Tür zu, die sich geräuschlos öffnete. Kein Mitglied der Familie Fleischmann dachte je daran, Fahrzeuge, die auf dem Firmengelände parkten, abzuschließen. Rund um die Uhr wurde jeder Firmenbereich von Sicherheitskräften bewacht, die zu den Besten in ihrem Gewerbe zählten. Zudem waren Büros, Werk und Labors mit der computergestützten Sicherheitstechnologie ausgerüstet, für die ReHu weltweit bekannt war. ReHu-Technik wurde in Flughäfen und Firmenbüros ebenso selbstverständlich eingesetzt wie bei Polizei und Geheimdiensten.

Michael trat in das mit bläulichem Kunstlicht beleuchtete Foyer und ging an der Sicherheitsplattform vorbei nach rechts in den Gang, der zum Büro des Firmenchefs führte. Heute saß die scharfe Blondine am Empfang und lächelte ihn zuckersüß an. Michael war sein Leben lang von scharfen Blondinen zuckersüß angelächelt worden. Er wußte genau, daß die Geste dem Juniorchef und nicht ihm als Person galt. Dennoch lächelte er zurück und rief ein »Hallo, Lisa« hinüber. So wie die Blondine aussah, konnte er sie sicher einmal zu einem kleinen Abenteuer verführen. Er ging in den Gang und blieb vor der fast unsichtbar in der linken oberen Ecke installierten Überwachungskamera stehen. Michael war fast ein Meter neunzig groß, und er mußte sich nur ein wenig auf die Zehenspitzen stellen, damit sein Gesicht direkt in die Kamera blickte. Er grinste, legte die Daumen hinter die Ohren und wackelte mit den Händen. Dann streckte er langsam und genüßlich die Zunge heraus. Hinter sich hörte er das helle Lachen von Lisa.

»Habt ihr auch Spaß da oben?« rief er dem unsichtbaren Wachmann zu. Dann duckte er sich aus dem Bereich der Kamera, auch wenn ihm klar war, daß er sofort ins Sichtfeld einer anderen Kamera eintauchte. Ohne Zweifel war sein Eintreffen auch ohne dieses kleine Ritual dem Vater angekündigt worden.

Der neue Bürokomplex der ReHu war so aufgebaut, daß sich auf jedem Stockwerk der Gang in der Mitte öffnete, wobei auf der zum Hof gewandten Seite das Sekretariat mit Empfang lag, gegenüber mit bis zum Boden reichenden Fenstern eine Art Aufenthaltsraum, der für informelle Besprechungen genutzt werden konnte. Michael war beinahe beim Empfang angelangt, als plötzlich Jessica Gensky auf den Gang trat. Fast wäre er mit ihr zusammengestoßen. Michael entschuldigte sich, doch die

Personalchefin stand unschlüssig vor ihm und starrte ihn schweigend an.

»Ist alles okay, Frau Gensky?« fragte Michael.

Die Personalchefin starrte so gebannt auf die Cola-Dose mit dem Schriftzug *COCAINE*, daß Michael hinunter auf den Aufdruck auf seinem Shirt blickte. Stierte die Gensky nun auf die Ray-Ban in der Brusttasche oder auf seine durchtrainierten Muskeln, die unter dem hauteng anliegenden Stoff gut zur Geltung kamen? Er hatte den Eindruck, als erinnere sie sich nur langsam daran, wen sie vor sich hatte.

Dann sagte sie abrupt: »Nein, nichts ist okay«, und marschierte in Richtung Empfang.

Seit ein paar Wochen geschahen seltsame Dinge in der Firma seines Vaters. Michael hatte nur beiläufig etwas davon mitgekriegt bei den seltenen Gelegenheiten, wenn er sich daheim blicken ließ. Anscheinend hatte ein Verrückter die Fax- und Telefonanlagen des Unternehmens für ein ganz besonderes Vergnügen auserkoren. Hob der Firmenchef den Hörer seines Geschäftstelefons ab, dann bat ihn eine amerikanische Frauenstimme, zunächst zwanzig Cent einzuwerfen, bevor er den Wählvorgang beginnen könne. Michael hatte sich köstlich amüsiert bei der Vorstellung, wie sein Vater im eigenen Büro dastand wie in einer amerikanischen Telefonzelle – fehlte nur noch, daß er seine Kreditkarte in den Schlitz des nicht vorhandenen Kartenlesegeräts stecken sollte. Herbert Fleischmann hatte seinen Sohn mit einem Blick bedacht, bei dem sich Michael das Lachen verbissen hatte.

Seither hatte er nur noch von seiner Mutter erfahren, wie die Geschichte weitergegangen war. Die gesamten Telefone der ReHu waren von dem *20-Cent-Virus*, wie der »Fehler im System« schnell von den Mitarbeitern genannt wurde, betroffen. Kunden konnte man nur noch per Mobiltelefon erreichen. Mit einer Sondergenehmigung der Telekom waren innerhalb weniger Tage neue Ruf- und Faxnummern geschaltet worden. Doch schon nach kürzester Zeit war wieder die freundliche amerikanische Dame am Telefon gewesen. Weder bei der Deutschen Telekom noch bei AT&T, über die die Verbindung in die USA lief, konnte man sich die Sache erklären. Auch die Polizei wußte keinen Rat. Kistenweise hatte sie elektronisches Gerät herbeigeschleppt und Fangschaltungen gelegt, nur um am Abend ebenso ratlos abzuziehen, wie man am Morgen erschienen war. Fleischmanns eigene Techniker, die ja selbst an den Manipulationsmöglichkeiten von Telefonanlagen tüftelten, hatten außer einer für Laien völlig unverständlichen Erklärung, wie das alles technisch möglich war, nichts zu bieten. Sicher waren sich die Spezialisten der Polizei und die ReHu-Techniker nur darüber, daß die Katastrophe nicht durch einen Computerfehler ausgelöst worden sein konnte. Jemand wollte gezielt die ReHu schädigen. Und es gab keine Zweifel, daß dieser Jemand ein Meister darin war, seine elektronischen Spuren zu verwischen.

Michael folgte Jessica Gensky, die wortlos über den ReHublauen Teppich auf das Faxgerät zuging. Dort stand eine kleine Menschentraube. Michael erkannte Frau Deimoglu, die Chefsekretärin seines Vaters, und einige der Mädchen aus der Buchhaltung.

»Habt ihr hier auch ein Problem mit dem Faxgerät?« fragte die Gensky.

»Ja. Schauen Sie sich das mal an.« Frau Deimoglu trat zurück, und Michael blickte auf das große Gerät. Vollkommen schwarz und wellig schob sich Bogen um Bogen von Papier in die Auffangschale. Eine rote Lampe blinkte grell im Bedienungsfeld.

»Der Toner ist schon wieder alle«, sagte eine Braunhaarige, die Michael nicht kannte. »Soll ich die Kartusche wirklich noch einmal wechseln?«

»Wie lange geht das schon?« fragte die Gensky.

»Drei, vier Minuten. Es hat geklingelt, das Fax ist angesprungen, und seither kommt hier dieser Schwachsinn raus. Acht Seiten in der Minute. Das hier ist ein Hochleistungsgerät.« Die Deimoglu zeigte auf den Stapel feucht glänzenden Papiers, der sich schon angesammelt hatte.

»Können Sie mit diesem Hochleistungsgerät auch rauskriegen, welcher Idiot uns diese Scheiße schickt?«

Die Chefsekretärin schüttelte die schwarzen Locken. »Nein. Das heißt, eigentlich schon. Aber auf den Faxen steht keine Absenderkennung. Und da −,« Sie zeigte auf ein Displayfeld, in dem in dunklen Buchstaben *SENDER* stand. »…in diesem Fenster wird normalerweise die Nummer des Absenders angezeigt. Allerdings klappt das nur, wenn der Absender seine Nummer oder Firmenbezeichnung in seinem Faxgerät gespeichert hat.« Sie schaute die Kollegin an. »Rüdiger aus der Revision hat sich auch schon gemeldet. Bei denen läuft dasselbe.«

Das Gerät piepste schrill. Die Braunhaarige sagte: »Das ist der Toneralarm. Gleich ist er alle.«

»Sie wechseln die Kartusche erst einmal nicht, Marlies. Solange dieser Spuk nicht aufhört, ist das reine Verschwendung.«

Die Braunhaarige nickte, trat dann aber doch an das Gerät und hob den Hörer ab. Die Runde wurde schlagartig still, während die junge Frau angespannt lauschte. Nach ein paar Sekunden zuckte sie mit den Schultern und hielt den anderen den Hörer hin. Außer einem Rauschen war nichts zu vernehmen. Dann setzte mit einem Mal wieder das Piepsen des Toneralarms ein.

Michael sah zwischen den Frauen hindurch den erhobenen Telefonhörer. Und damit war es um seine Selbstbeherrschung geschehen. Er mußte einfach loslachen. Alle drehten sich um und starrten ihn voller Erstaunen an. Zwischen zwei Lachsalven brachte er heraus: »Spitzenmäßiger Anblick. Wenn ich bloß meinen Camcorder dabeihätte.« Damit ließ er sich auf die Couch fallen, die in dem lichtdurchfluteten Aufenthaltsraum stand.

Frau Deimoglu schüttelte den Kopf. Jessica Gensky drehte sich wortlos wieder zu dem Faxgerät, das immer noch piepste. Mit einem kräftigen Ruck zog sie den Stecker aus der Wand, worauf das Piepsen und das Surren des Papiereinzugs zum Erliegen kamen. Sichtlich erleichtert atmete die Braunhaarige auf. Michael applaudierte von der Couch her und lachte immer noch.

In diesem Moment kam Herbert Fleischmann den Gang entlang. Beim Anblick der schlichten grauen Stoffhose, zudem noch in Kombination mit dem buntkarierten Hemd, das lose über dem beträchtlichen Bauchansatz seines Vaters hing, wünschte sich Michael nicht das erste Mal, Herbert Fleischmann würde sich kleiden, wie es sich für einen Multimillionär und Firmenchef gehörte. Doch die maßgeschneiderten Anzüge holte er nur bei ganz besonderen Gelegenheiten aus dem Kleiderschrank.

»Ah, hallo, Michael«, begrüßte Fleischmann seinen Sohn. Dann wandte er sich zu den Frauen. »Haben Sie hier auch das Problem mit dem Faxgerät?«

Deimoglu nahm den Stapel Faxpapier und schwenkte ihn hin und her. »Wir haben das Ding erst mal ausgeschaltet.«

Fleischmann nickte und blickte auf die sich rollenden Blätter in der Hand seiner Chefsekretärin. »Frau Deimoglu«, setzte er an, dann versagte ihm die Stimme. Michael sah aufmerksam zu seinem Vater hinüber. Von so einem blöden Dummenjungenstreich würde der sich doch nicht so aus der Ruhe bringen lassen. Aber er kannte die Körperhaltung seines Vaters genau, die angespannten Schultern, den Kopf etwas geduckt, wie immer, wenn es Probleme gab. Genau so hatte er auch dagestanden, als

Michael ihm eröffnet hatte, er würde weder Betriebswirtschaft noch Informatik studieren, sondern Design.

»Rufen Sie Tenovis an«, fuhr sein Vater jetzt fort. »Sie sollen ihren besten Reparaturservice schicken. Irgend jemand muß diese Faxe doch stoppen können.«

Michael stand auf und trat zu der Gruppe. »Übertreib doch nicht gleich«, sagte er. »Das ist doch bloß ein *practical joke*. Und wirklich ganz witzig, ziemlich originell.« Er grinste den Vater an. »Bestimmt einer, dem ihr einen großen Auftrag vor der Nase weggeschnappt habt.«

»Jetzt hör mal genau zu, Junge«, sagte Fleischmann übertrieben langsam. Michael sah, wie er sich bemühte, nicht die Fassung zu verlieren und ihn anzuschreien. »Dir ist wohl nicht klarzumachen, was hier vor sich geht. Erst der Telefonterror, und jetzt legen sie unsere Faxanlagen lahm. So wie hier sieht es überall im Haus aus, Auftragsannahme, Revision, Buchhaltung, Personalabteilung, Chefetage, überall. Das ist kein technisches Versehen. Jemand will uns fertigmachen.« Er schaute in die Runde, dann fügte er leise hinzu: »Und ich weiß auch, wer.« Damit stapfte er an dem toten Faxgerät vorbei zu seinem Büro.

Die schwere Tür knallte ins Schloß, und Michael zuckte zusammen. So wie der Alte jetzt drauf war, konnte er das Loft vergessen. Vielleicht erreichte ja seine Mutter etwas. Durch die offene Tür sah er Frau Deimoglu, die telefonierte. Alle außer der Braunhaarigen hatten sich wieder an die Schreibtische gesetzt. Zwei Mädchen tuschelten. Frau Gensky war verschwunden.

»Moment, bitte. Kann ich die mitnehmen?« Michael trat auf die Braunhaarige zu, die gerade die Blätter in einen Papierkorb werfen wollte. Er lächelte sie an.

»Sicher«, antwortete sie und reichte ihm den Stapel tiefschwarz bedruckten Faxpapiers. Zu spät bemerkte Michael ihre

Fingerspitzen. Der Toner klebte auch an seinen Händen, kaum hatte er die schwarzen Blätter berührt.

*

Benjamin Levy konnte ein leises Lächeln nicht unterdrücken. Der riesige Ägypter hatte ihm schnell das an eine Briefmarke erinnernde Märkchen in den britischen Reisepaß geklebt. Offenbar war er abgelenkt von den beiden Frauen, die gemeinsam mit Levy aus dem Charterflugzeug gestiegen waren und ihren bleichen Büroteint nun möglichst schnell den gleißenden Sonnenstrahlen aussetzen wollten.

Die ägyptischen Behörden stellten sich doch einfach zu dumm an. In ihrem Bemühen, den Tourismus zu fördern, nahmen sie Benjamin Levy eine Menge Arbeit ab. Zehntausende Mitarbeiter des Geheimdienstes waren damit beschäftigt, mögliche Anschläge aufzuspüren und zu verhindern. Doch sie konzentrierten sich auf den Teil der Bevölkerung, an dem der Wohlstand spurlos vorbeigezogen war. Und Ausländer schienen ihnen nur verdächtig, wenn sie über Kairo ins Land kamen. Selbst im Flughafen der Hauptstadt gipfelten die Anstrengungen in langwierigen Bemühungen, Pässe mit Computerdateien abzugleichen und Visanummern zu kontrollieren. In Luxor war es anders. In der mittelägyptischen Provinzmetropole konnte man in einer Wechselstube kaum drei Schritte von der Paßkontrolle entfernt völlig legal für fünfzehn Dollar ein Visum kaufen.

Auch die Augen des schnauzbärtigen Paßbeamten hingen gebannt an den tief ausgeschnittenen T-Shirts und den darunter zu sehenden knappen Bikinioberteilen der beiden Touristinnen. In ein paar Sekunden hatte der Mann den ovalen blauen Stempelabdruck auf Levys Visamarke gedrückt und dabei kaum mehr als einen flüchtigen Blick auf das Gesicht des Einreisenden geworfen. Mit dem Stempel würde kein Polizist in ihm etwas anderes als einen gewöhnlichen Touristen vermuten. Das war der erste Fehler der ägyptischen Behörden.

Schon von weitem erblickte er seinen neuen dunkelblauen Samsonite-Koffer. Einer der unzähligen ägyptischen Helfer, die im Flughafen auf ein Bakschisch warteten, hatte ihn vom Gepäckband genommen und hoffte nun darauf, seinen Besitzer bis zu einem draußen wartenden Taxi zu begleiten. Daß die ausgesuchten Aufkleber von den Hotels Old Cataract in Assuan, Winter Palace in Luxor und Nile Hilton in Kairo nebst einem Priority-Baggage-Label der Air Egypt kaum zum Alter des Koffers paßten, fiel offenbar niemandem auf. Die Zöllner erkannten in ihm einen jener Reisenden, die Devisen ins Land brachten und die auf Anweisung des Präsidenten, den die Einheimischen ehrfürchtig *Rais* nannten, nicht belästigt werden durften.

Jetzt fehlte nur noch die Golftasche. Er hatte beide Gepäckstücke am Flughafen Zürich-Kloten in letzter Minute aufgegeben. Levy merkte, wie ihm trotz der Klimaanlage Schweißperlen auf die Stirn traten. In der Tasche befanden sich sieben unterschiedliche Golfschläger, an die fünfzig Zentimeter lange Balsa-Hölzer mit einem Durchmesser von jeweils sechs Millimeter geklebt waren. Verboten war dies nicht, aber ungewöhnlich. Unter Umständen kam ein übereifriger Zöllner auf die Idee, das Gewicht dieser ungewöhnlich verpackten Golfschläger zu überprüfen und sie aufzuschrauben. Levy nahm ein blaukariertes Taschentuch aus der Hosentasche und wischte sich den Schweiß aus dem Nacken. Sein Blick fiel auf ein riesiges Werbeplakat, das auf der breiten Längsseite des Gepäckbands hing. Eine junge Frau in einer strahlend weißen Bluse lächelte von dort auf die Touristenmassen herunter, während hinter ihr die Sonne feuerrot im Nil versank. Auf der Bluse prangte ein Anstecker mit dem Emblem einer bekannten Hotelkette. Über ihr stand in orientalisch verschlungenen Buchstaben der Spruch, der in Ägypten jede Hotelrezeption zierte: *Smile – you are in Egypt.*

In diesem Moment erspähte Levy den hellblauen Golfsack, der hinter einem verschlissenen Rucksack aus dem Schacht kam und sich nun langsam in seine Richtung bewegte. Zusammen mit einer sperrigen Kiste und einer mit Schnur zusammengehaltenen Plastikreisetasche war er als letztes auf das Förderband gelegt worden.

Aus den Augenwinkeln musterte Benjamin Levy die jungen Männer in schwarzen Hosen und frisch gebügelten Hemden, die scheinbar gelangweilt an den Wänden lehnten. Ihre Kleidung hob sich ab von den übrigen Einheimischen, die in der landestypischen Galabiyya zwischen den Touristen hin- und hereilten. Levy zweifelte keine Sekunde daran, daß die Männer vom ägyptischen Geheimdienst waren, mit dem Auftrag, Terroristen gleich am Flughafen aufzuspüren.

Die Golftasche komplettierte Levys Erscheinung eines allein reisenden, wohlhabenden Mannes, der einen Teil seines Urlaubs auf dem neuen, in der Wüste angelegten 18-Loch-Golfplatz im Royal Valley verbringen wollte. Er wartete geduldig, bis er die Tasche mit einer Handbewegung von den staubigen Lamellen des einstmals schwarzen Förderbands nehmen konnte. Für die Männer des Muhabarat spielte er die Rolle des Touristen perfekt, ließ sich von einem Gepäckträger Koffer und Golftasche auf einen Gepäckwagen hieven, lächelte unsicher und verhielt sich ganz wie ein leichtes Bakschisch-Opfer. Die Männer würdigten ihn mit keinem Blick. Die Zöllner ließen ihn ohne Kontrollen passieren. Das war der zweite Fehler der ägyptischen Behörden.

Draußen vor dem Gebäude gab er dem Kofferträger zwei ägyptische Pfundnoten und stieg in ein verbeultes blau-weiß lackiertes Peugeot-Taxi.

27

»Old Winter Palace, zwanzig Pfund und nicht mehr«, sagte Levy in barschem Ton. Für den Taxifahrer brauchte er die Rolle des Touristen nicht mehr zu spielen. Außerdem wollte er vermeiden, in eines der Gespräche hineingezogen zu werden, die immer mit der Frage nach der Länge des Aufenthalts im schönen Luxor anfingen und nur das Ziel verfolgten, für einen, zwei oder auch mehr Tage als Fahrer engagiert zu werden.

»Yes, Sir«, erwiderte der Fahrer mit einer nickenden Kopfbewegung.

Kaum fünfzehn Minuten dauerte die Fahrt vom Flughafen zum einstigen Palast des ägyptischen Königs Faruk; vorbei an Ziegen, die im Abfall nach Eßbarem suchten, Kindern, die in den Bewässerungskanälen badeten und sich beiläufig mit Bilharziose infizierten, und Männern, die gewaltige Bündel von frisch geschnittenem Zuckerrohr auf die Rücken magerer Esel luden. Hinter einem Bahnübergang grüßte ihn an einer Straßenkreuzung das frisch getünchte überlebensgroße Portrait des Staatspräsidenten Ibrahim. Und ein paar hundert Meter davon entfernt warb eine Plakatwand für ein exklusives Vergnügen: Ballonfahren über dem Niltal.

Levy war vor ein paar Jahren schon einmal im mondänen Hotel Old Winter Palace abgestiegen, obwohl er seitdem für Luxor-Aufenthalte die Ruhe des flußaufwärts gelegenen Hotels Mövenpick Jolie Ville bevorzugte. Das war kurz nach der Sache in Beirut gewesen. Damals hatte er noch einen Bart getragen und wäre allenfalls durch seine dicke Hornbrille aufgefallen. Mit den blaugetönten Kontaktlinsen, die er heute trug, würden ihn selbst Mitarbeiter von damals nicht wiedererkennen.

Von der Sache in Beirut war ihm vor allem das lange Warten in den düsteren, ausgebombten Straßenzügen im Gedächtnis geblieben. Er hatte im Wohnzimmer eines zerschossenen Hauses gehockt. Die Fassade reichte nur noch bis zur Höhe der

Fenster, deren Rahmen seltsam trotzig aus dem zerbröselten Mauerwerk ragten. Er erinnerte sich an das Muster der Wohnzimmertapete, silberne Blümchen auf einem pfirsichfarbenen Untergrund. Stundenlang hatte das Team fast bewegungslos in der Straße gestanden und gewartet. Auf den Feind, die Hisbollah, die Terroristen, was auch immer. Ihnen war eine Nachricht zugespielt worden, daß Khaled Nabi Natsheh hier in einem Keller seinen Stützpunkt hatte. Der Khaled Nabi Natsheh, den Levy vor zwei Wochen in Amman fast erwischt hätte. Damals in Beirut, in diesem pfirsichfarbenen Wohnzimmer, in dieser toten Straße, in der aufziehenden Dunkelheit, in der die zerschossenen Straßenlaternen alles noch absurder erscheinen ließen, waren zwei Menschen entlanggekommen. Ein alter Palästinenser, das schwarz-weiß gewürfelte Tuch tief in die Stirn gezogen, so daß sein Gesicht nicht zu erkennen war. Und ein Junge, vielleicht zwölf, dreizehn Jahre alt. Wie ein erwachsener Straßenkämpfer hielt er sich hinter dem Alten und schlich vorsichtig in der Deckung der Ruinen vorwärts. Ein Maschinengewehr hing über seiner Schulter. Der Alte schien unbewaffnet.

Der erste Schuß verfehlte den Mann. Die beiden verschwanden sofort in einen Hauseingang. Levy war ihnen am nächsten gewesen und in das staubige Innere des Hauses gefolgt. Er erwischte den Alten, schleppte ihn zurück auf die Straße und schlug auf ihn ein. An das, was folgte, erinnerte er sich nur bruchstückhaft. Etwas in ihm war damals gerissen und eine Seite seiner Persönlichkeit entfesselt worden, die er bisher noch nicht gekannt hatte. Alte Mossad-Kämpfer hatten ihm von solchen Erlebnissen erzählt, obwohl nie einer genau hatte beschreiben können, was wirklich in einem vorging. Seither war er Abraham Meirs bester Todesengel.

Levy lachte leise, während er durch das Fenster des Taxis die

Menschenmassen in den Straßen von Luxor beobachtete. Meirs Todesengel suchte wieder einmal den Winter Palace heim, würde sich wie beim letzten Mal über die durchgelegenen Matratzen ärgern, den Bikini-Schönheiten vom Balkon beim Schwimmen zusehen und einen der fetten Gaffer, die sich unten am Pool das Abendbuffet servieren ließen, ins Jenseits verfrachten.

*

»Hundertsiebzig Millionen bieten sie jetzt«, sagte Herbert Fleischmann. Seine Stimme klang heiser. Michael blieb vor der halb zugeschobenen Küchendurchreiche im Eßzimmer stehen. Hier also steckten die Eltern. Aus der Küche war Geschirrklappern zu hören. Führten die Alten jetzt Gespräche in der Küche, während seine Mutter dabei das Geschirr aus der Spülmaschine räumte? Man sollte meinen, daß es in den zwölf Räumen der großzügig angelegten Villa bessere Orte dafür gab. Jetzt war Stille in der Küche. Michael wollte schon weitergehen und die Tür zur Küche öffnen, da hörte er die Stimme seiner Mutter.

»Willst du die Firma etwa verkaufen, Herbert?«

»Es ist eine Menge Geld …«

»Aber das kannst du nicht machen.«

»Du weißt selbst, das sind gefährliche Leute, Sarah. Sie wollen die ReHu übernehmen, egal, ob ich verkaufen will oder nicht. Der Telefonterror, die stornierten Aufträge, jetzt diese Geschichte mit den Faxen – das ist doch alles das Werk von diesem Levy.«

»Er hat gestern morgen hier angerufen.«

»Was?!«

Michael zuckte zusammen. Ein Küchenstuhl war auf die Terrakottaplatten geknallt. Selten hatte er es erlebt, daß sein Vater laut wurde. Trotz der unmöglichen Klamotten und seiner kumpelhaften Art mit dem Personal war es Michael nicht entgangen, daß Herbert Fleischmann über eine Art natürlicher Autorität verfügte, die er insgeheim an ihm bewunderte.

»Warum hast du mir das nicht gesagt?« fragte Fleischmann jetzt. Michael stellte sich vor, wie er mit leicht gerötetem Gesicht seine Mutter anstarrte, die schon beim geringsten Anzeichen von männlichem Beschützerinstinkt genervt reagierte. Darin ähnelte sie Tamara. Vielleicht, weil sie beide Jüdinnen waren. Allerdings waren seine Großeltern mütterlicherseits klassische Vertreter des aufgeklärten Reformjudentums, während Tamara aus einer streng orthodoxen Familie kam. Über ihren strengen Vater verlor sie kaum ein Wort. Michael schaute zurück zur Eingangstür und versuchte, durch den Pflanzendschungel auf den breiten Fensterbänken rechts und links vom Eingang hindurch das Cabrio zu sehen. Tamara saß im Wagen und wartete. Er sah, wie ihre dunklen Locken nach vorn fielen. Wahrscheinlich suchte sie eine andere CD. Auf die Glamrock-Sachen von Fischerspooner stand sie absolut nicht.

»Du warst eh schon so durcheinander wegen der Faxsache, da wollte ich dich nicht noch damit belästigen«, drang die Stimme von Sarah Fleischmann aus der Küche.

»Was wollte er von dir? Und wie hat er unsere Privatnummer rausgekriegt?«

»Reg dich nicht auf, Herbert. Mit entsprechenden Beziehungen kann jeder an unsere Nummer kommen. Und der Kerl hat die allerbesten Kontakte zu den Telefongesellschaften, das wissen wir ja nun zur Genüge.« Wieder klapperte Geschirr, dann hörte Michael das knirschende Geräusch der Schubladen des Küchenschranks.

»Dieser Levy hat an mich – und ich zitiere – als Jüdin appelliert, meinen Einfluß auf dich geltend zu machen und dir zum Verkauf zu raten.«

Herbert Fleischmann lachte kurz und hart. »Und? Was hast du ihm geantwortet?«

»Herbert, du nimmst die Sache wirklich zu ernst. Was werde ich ihm schon geantwortet haben? Daß ich den Rest meines Lebens mit einem schlecht gelaunten Frühpensionär im goldenen Käfig verbringen will? Nein, ich hab ihm gesagt, den Plan mit der jüdischen Ehefrau könne er sich in den Arsch stecken. Und dann habe ich aufgelegt.«

Michael lachte leise. Solche Worte aus dem Munde der damenhaften Sarah Fleischmann. In diesem Moment öffnete sich die Tür, und seine Mutter trat mit einem Tablett polierter Weingläser ins Eßzimmer. Vor Schreck wäre ihr fast das Tablett aus der Hand geglitten, als sie ihren Sohn entdeckte.

»Was machst du denn hier?« fragte sie.

»Ich bin nur auf 'nen Sprung vorbeigekommen. Tamara wartet draußen«, erklärte Michael. Er lehnte sich an die Ablage unter der Durchreiche und verschränkte die Arme vor der Brust. »Ihr wollt die Firma verkaufen? Schön, daß ich auch mal was davon erfahre. Schließlich bin ich der Alleinerbe. Das ist doch ausgemachter Blödsinn. Die ReHu schreibt endlich wieder schwarze Zahlen, die Rezession ist vorbei, der Elektroniksektor boomt, und da ...«

»Wir verkaufen nicht.« Herbert Fleischmann war in den Türrahmen getreten. Die Krawatte hing ihm offen um den Hals, und seine wöchentlich in Form gestutzten graubraunen Locken standen wirr vom Kopf ab. Der Gegensatz zu Sarah Fleischmann, die trotz Hausarbeit eine elegant geschnittene Lederhose und eine violette Seidenbluse trug, konnte kaum größer sein.

»Das hörte sich aber gerade ganz anders an. Es gibt ja schon ein Angebot. Hundertsiebzig Millionen. Weit unter Wert, das ist dir hoffentlich klar.« Sogar ihm selbst kam seine Empörung aufgesetzt vor. Dr. Neuffer, der Psychologe, zu dem ihn seine Eltern als Teenager geschickt hatten, würde sagen, er versuche so, die Aufmerksamkeit seines Vaters zu bekommen. Recht hatte er. Daß er sich das nicht abgewöhnen konnte, obwohl er seit drei Jahren nicht mehr bei den Alten wohnte und sich ein eigenes Leben aufgebaut hatte. Michael schaute zu seiner Mutter, die ihm einen warnenden Blick zuwarf.

»Red nicht in diesem Ton mit mir. Du hast doch keine Ahnung, was hier läuft.« Der Firmenchef ging durch die weit geöffnete Flügeltür ins Wohnzimmer und schenkte sich an der Bar einen Whiskey ein. Michael sah, wie die Hände seines Vaters zitterten und er Tropfen der goldbraunen Flüssigkeit verschüttete.

»Laß ihn, Michael. Kein guter Moment gerade«, flüsterte Sarah Fleischmann ihrem Sohn zu.

»Aber was ist denn los?« fragte Michael leise zurück. Fleischmann war der Typ für einen gepflegten Rotwein am Abend vor dem Kamin. Oder einen eiskalten Gin Tonic an einem milden Sommernachmittag im schattigen Garten. Michael konnte sich nicht daran erinnern, daß er jemals gesehen hätte, wie sein Vater am frühen Nachmittag hochprozentigen Alkohol trank.

»Die ReHu wird erpreßt. Entweder wir verkaufen, oder …«

»Oder was?«

Herbert Fleischmann kam mit dem Whiskeyglas in der Hand zurück ins Eßzimmer. »Oder die Telefonanlage funktioniert nicht, alle Faxe spucken meterweise schwarzes Papier aus. Und unsere Zulieferfirmen kriegen weiterhin Stornierungen und Aufträge, die auf täuschend echtem ReHu-Papier gedruckt sind und unterschrieben sind mit etwas, das wie meine Schrift oder die von Philipp aussieht, aber nie bei uns rausgegangen sind.« Fleischmann nahm einen Schluck Whiskey und verzog das Gesicht. »Kein Eis«, sagte er.

»Dieser Witzbold, der das schwarze Fax geschickt hat, der will die Firma kaufen?«

»Das sind keine Witze, verstehst du?« Fleischmann setzte das Glas mit einem Knall auf dem Eßzimmertisch ab. Er bemerkte nicht, wie der Whiskey überschwappte und auf dem polierten Kirschholz eine Lache um das Glas bildete. »In den letzten drei Wochen haben wir Einbußen von fast einer Viertelmillion Euro gehabt. Ich hänge seit Tagen am Telefon. Am Handy, wohlgemerkt, weil die normale Telefonanlage nur ins Land der unbegrenzten Möglichkeiten verbindet. Ich tue nichts anderes als Aufträge stornieren, die ich nie gemacht habe, oder Lieferungen hinterherrennen, die längst da sein müßten. Und heute morgen rufen noch die Dresdner an, daß sie mit den Chiplieferungen nicht nachkommen, weil irgend so ein Idiot zu wenig Silizium geordert hat.« Fleischmann holte tief Luft.

»Was sagt die Polizei?«

»Die können nichts machen«, antwortete Fleischmann schnell.

»Was soll das heißen, nichts machen? Wenn du wirklich solche Verluste hast, dann sind diese Scherze doch Straftaten?« Irgend etwas war faul an der Geschichte, die ihm seine Eltern hier auftischten. Der Alte genehmigte sich am frühen Nachmittag einen Whiskey, und Sarah brachte kaum ein Wort raus, was gar nicht ihre Art war.

Herbert Fleischmann zuckte mit den Schultern. In diesem Moment erklang aus der Küche die Melodie eines Handys. Er nahm das leere Glas und ging durch die Küchentür. »Bin mal gespannt, was jetzt schon wieder für eine Katastrophe passiert ist.«

Michael schaute zu Sarah, die sich auf einen der lederbezogenen Stühle an den Eßtisch setzte. »Was soll das eigentlich?«

»Was gäbe ich jetzt für eine Zigarette«, sagte Sarah. Sie schaute an Michael vorbei zur Eingangstür.

»Mann, Sarah, du hast doch noch nie geraucht.« Auch Michael drehte sich um und sah, daß Tamara draußen aus dem Wagen stieg. Es war sicher schon über eine halbe Stunde, seit er ins Haus gekommen war.

»Was weißt du denn«, antwortete Sarah, wobei sie den Kopf wieder zu ihm wandte und ihn halb bedrückt, halb verschmitzt anlächelte. Dann fuhr sie fort: »Laß deinen Vater jetzt einfach in Ruhe. Die Sache ist wirklich ernst. Er will nicht, daß du auch noch mit hineingezogen wirst. Und ich will das auch nicht. Schlimm genug, daß dieser Kerl jetzt schon hier anruft.« Sie stockte einen Augenblick, schluckte und griff an ihre Korallenkette. »Diese Leute sind gefährlich, Michael.«

Michael winkte Tamara zu, daß er gleich kommen würde. Er war sich nicht sicher, ob sie ihn durch das Blumenfenster hindurch sehen konnte. Sie spielte mit Amigo, der draußen auf den Granitsteinen in der Sonne gedöst hatte. Ihre schlanke Gestalt richtete sich auf, und sie warf einen kleinen gelben Ball, dem der Schäferhund unter lautem Gekläffe nachjagte.

»Fahrt ihr denn dann nächste Woche noch nach Ägypten? Ich soll doch auf das Haus aufpassen«, sagte er, ohne die Augen von Tamara zu lassen.

»Will sie denn nicht reinkommen?«

Er wandte sich zu Sarah. »Ich dachte nicht, daß es so lange dauert. Außerdem ist Herbert immer so komisch zu ihr, das weißt du selbst.«

Sarah nickte langsam. »Ich geh gleich mal raus und sag hallo.«

»Fahrt ihr nach Ägypten?«

»Ich denke schon. Kremer kommt morgen zurück. Dann kann er übernehmen. Wir brauchen die Erholung. Wir waren seit drei Jahren nicht mehr weg von der Firma.«

»Ich weiß, ich weiß. Also, ich habe Leute in die Villa eingeladen zu einer Party. Am Mittwoch. Sag mir rechtzeitig Bescheid, wenn ihr doch nicht fahrt, ja?«

Herbert Fleischmanns tiefer Bariton klang aus der Küche und unterbrach ihre leise Unterhaltung. »Endlich mal gute Nachrichten. Die Dresdner haben kurzfristig irgendwo Silizium aufgetrieben. Nicht so viel, wie sie brauchen, aber wir kriegen zumindest mal eine erste Teillieferung der Chips.«

Plötzlich waren von draußen Geräusche zu hören, die Michael nicht einordnen konnte. Eine Reihe von Explosionen und ein Zischen, Amigo bellte wie wahnsinnig. Dann ein durchdringender Schrei. Michael stürzte zur Tür.

An der Baumreihe zu seiner Linken, die lose das Grundstück der Fleischmanns zum nächsten Nachbar begrenzte, stand Tamara. Ein paar Meter von ihr entfernt brannte etwas im Gras. Immer wieder knallte es wie bei einem Neujahrsfeuerzeug, und kleine Flammen stoben in die Höhe. Amigo lag auf die Erde gepreßt beim Vogelbecken und winselte. Noch während Michael auf sie zurannte, ging Tamara auf die Brandstelle zu und versuchte, das Feuer mit ihren Turnschuhen auszutreten. Er nahm sie in den Arm, und half ihr das Feuer zu löschen. Zurück blieben die rauchenden Überreste von einem verkohlten Etwas, das Michael mit Mühe als einen neongelben Tennisball identifizierte.

»Was war denn das?« fragte er Tamara leise und schaute ihr dabei ins Gesicht, ob sie auch ganz in Ordnung war.

»Ein Ball, das war ein ganz normaler Tennisball.« Ihre Stimme zitterte. »Amigo hat ihn bei den Bäumen gefunden. Ich habe ihn geworfen, und dann hat es geknallt, und das Ding hat sich in eine Feuerkugel verwandelt.« Sie atmete tief ein. »Amigo hat echt Glück gehabt. Wenn er den Ball geschnappt hätte, wäre er ihm zwischen den Zähnen explodiert.«

Sarah und Herbert Fleischmann knieten beim Vogelbecken und redeten beruhigend auf Amigo ein.

»Das waren sie.« Herbert Fleischmann trat auf Michael und

Tamara zu. »Hallo, Tamara.« Er bückte sich zu den verkohlten Resten. Dann schaute er zu Michael hoch. »Das waren wieder deine Scherzbolde. Schau dir das an. Da siehst du noch ein paar Streichholzköpfe. Diese Schweine müssen den ganzen Ball damit präpariert haben. Bei seinem letzten Besuch hat der Kerl Andeutungen gemacht von wegen mein Schäferhund sei ja ein ausgesprochen schönes Tier.«

Sarah trat zu ihnen und legte Tamara den Arm um die Schulter. »Alles okay, Tamara?« Tamara nickte, starrte aber weiterhin Herbert Fleischmann an.

Michael trat mit der Spitze seiner orangefarbenen Basketballschuhe in dem verbrannten Gras herum. »Jetzt möchte ich aber endlich wissen, wer hinter dem Ganzen steckt!«

Herbert Fleischmann zuckte mit den Schultern und schwieg. Es war Sarah, die schließlich sagte: »Es sind Israelis.«

*

Der Ohrensessel mit dem braunen Streifenmuster war der Lieblingsschlafplatz von Dr. No und Miss Marple. Die beiden cremefarbenen Birma-Katzen mit den tiefbraunen Beinchen und den schneeweißen Pfoten waren wirklich nicht als Sicherheitsrisiko einzustufen. Nie hatte man ihnen mehr als ein gelegentliches Miau entlocken können. Und so waren sie die einzigen, die sich überall in dem mit Akten vollgestopften Zimmer bewegen durften, ohne einen Zornesausbruch ihres Besitzers zu riskieren. Heute mußten sie sich das behagliche Plätzchen mit hellgelben und grauen Unterlagen teilen, die Abraham Meir auf dem Ohrensessel zu einem wackligen Turm aufgestapelt hatte.

Der glatzköpfige muskulöse Mann saß an seinem dunklen Schreibtisch, mit dem Rücken zu der breiten Fensterfront gewandt. Die blickdichten Vorhänge waren zugezogen, und im

Zimmer brannte Licht. Zu der viktorianischen Deckenleuchte aus Glas hatte Meir noch eine moderne Halogenlampe auf dem Schreibtisch stehen, deren kühles Licht mehrere geöffnete Akten beleuchtete. Seit dem frühen Morgen war Meir damit beschäftigt, die Überwachung einer verdächtigen iranischen Studentengruppe zu organisieren. Allem Anschein nach planten sie einen Anschlag auf ein israelisches Zentrum in Paris.

Zu dieser Sache kam auch noch der Ärger in Bremen. Zwei Mitarbeiter vom Malmab hatten sich auf frischer Tat erwischen lassen. Die Zip-Disketten, auf die sie sich vom Mainframe des Bremer Software-Unternehmens die neueste Forschung an dem berühmten Wunderchip heruntergeladen hatten, waren vom hauseigenen Sicherheitssystem sofort entdeckt worden, als die beiden sie aus dem Firmenkomplex herausschmuggeln wollten. In der Software-Branche war Wirtschaftsspionage kein Kavaliersdelikt. Zur Zeit saßen die beiden in Untersuchungshaft. Wie immer in solchen Fällen würde er es schaffen, daß die beiden schnell und diskret ausgewiesen wurden. Damit war der Fall offiziell erledigt. Doch es waren Aktenvorgänge. Und die kosteten Zeit; Zeit, die Meir, oberster Geheimdienstchef des Mossad in Europa, nicht hatte.

Wohin Meir in seinem Frankfurter Büro auch blickte, überall lagen diese verdammten Akten. Die roten Aufdrucke *Streng geheim* schienen ihn aus jedem Winkel des Raumes anzustarren. Meir seufzte. Er freute sich darauf, am Abend in aller Ruhe eine Flasche 82er Chateau Lafite-Rothschild zu entkorken. Für Meir war dieser Jahrgang des Premier Crue von Pauillac der Inbegriff von Eleganz, Genuß und Luxus. Gewiß, auch der 86er Lafite galt unter Kennern schon als genießbar. Doch Meir ging lieber auf Nummer Sicher. Warum Experimente wagen, nur um ein paar Hunderter zu sparen? Geld spielte für Meir ohnehin keine Rolle, solange es nicht wirklich gezahlt werden mußte. Und sein erlesener Geschmack hatte Meir in den letzten Jahren nicht einen Pfennig gekostet. Immer wieder fanden sich Gönner, die sich geradezu danach sehnten, ja aufdrängten, dem Mossad-Mann jeden Wunsch, egal, ob kostbare Weine oder schnelle, teure Autos, von den Lippen abzulesen.

Meir starrte auf die altmodische Wanduhr. Bad Homburg war wirklich ein Problem, und man mußte es endlich lösen. Wenn dieser starrköpfige deutsche Industrielle nicht bald nachgab, würde man wohl zu härteren Mitteln greifen müssen. Benjamin Levy war sein bester Todesengel. Das Attentat auf Khaled Nabi Natsheh in Amman hatte er perfekt durchgeführt. In Meirs Geheimbericht stand detailliert, wie Nabi Natsheh erst über ein Klingeln im Ohr geklagt hatte, dann Teile seines Nervensystems versagten. Binnen weniger Stunden erlitt der Terrorist einen Herzinfarkt. Schließlich mußte er künstlich beatmet werden. Levy hatte mit einem kanadischen Paß unter dem Namen Theodore Barrington gearbeitet. Er war mutig bis zur Tollkühnheit, mit einer Art improvisatorischer Intelligenz, absolut loyal und perfekt in der Ausführung von Einsätzen, die sich andere auf dem Reißbrett ausdachten. Die tödliche Sprühdose, die er gegen Nabi Natsheh eingesetzt hatte, stammte aus Nes Tsiona. Es war das erste Mal, daß diese neue Art von biologischen Waffen draußen im Feld eingesetzt wurde. Die Feuerprobe.

Und es wäre auch alles glatt gelaufen, wenn nicht aus einer undichten Stelle im Geheimapparat bekanntgeworden wäre, bei der mysteriösen Erkrankung von Nabi Natsheh habe der Mossad seine Finger im Spiel. Die Angelegenheit hatte sich zu einer israelisch-jordanischen Staatsaffäre ausgeweitet. Sämtliche großen und mittleren Hotels von Amman wurden auf verdächtige Personen hin überprüft. Theodore Barrington aus Quebec mit dem subtilen französischen Akzent im ansonsten lupenreinen Oxford-Englisch war Geschichte. Der Mossad mußte auf Weisung des jordanischen Königs ein Gegenmittel einfliegen. Khaled Nabi Natsheh überlebte. Und Levy war nach Frankfurt versetzt worden, bis über die Sache Gras gewachsen war. Meir konnte es sich nicht leisten, daß sein bester Mann wegen dieser Lappalie verbrannte. Die Sache Fleischmann und ReHu war jetzt genau das richtige für Levy.

In diesem Moment klopfte es an der Tür. Meir brummte etwas Unverständliches, und Stern, sein Referent und Sekretär betrat das abgedunkelte Büro.

»Ja?« fragte Meir und schaute von den vor ihm liegenden Papieren auf.

»Diese Informationen kamen gerade über die sichere Leitung herein. Es ist wegen der ReHu.« Der kleine drahtige Mann reichte Meir ein paar zusammengeheftete Papiere.

»Gut.«

Meir überflog die Seiten. Vor ihm lagen Kopien der Flugtickets von Sarah und Herbert Fleischmann von Frankfurt nach Luxor. Business-Class, datiert auf den 21. November. Er blätterte die Papiere durch. Reiseversicherung bei der Global, Hotelbuchung im Winter Palace für eine Woche, sogar die Menübestellung bei der Fluglinie waren da. Die üblichen Varianten des First-Class-Menüs für Herbert, die koschere Version für Sarah.

Stern räusperte sich, und Meir schreckte hoch.

»Was gibt es denn noch?« fragte er, wobei er dem Referenten direkt in die Augen starrte. Der Junge war einfach nicht selbstbewußt genug für einen Agenten. Als Aktenschieber perfekt, aber bei einem richtigen Einsatz konnte ihn Meir sich beim besten Willen nicht vorstellen.

»Ich wollte Sie daran erinnern, daß Rosenstedt bald dasein wird. Seine Maschine ist vor zwanzig Minuten gelandet.«

»Ach, unser neuer Mann. Salomon Rosenstedt, über den mir Jerusalem schon seit Monaten Lobeshymnen vorsingt. Bin ja gespannt, den Wunderknaben endlich kennenzulernen. Was, Miss Marple?« Meir streichelte die cremefarbene Katze, die mit grazilen Schritten über seinen Schreibtisch stolzierte.

»Soll ich noch etwas für ihn vorbereiten?«

Meir überlegte, während er mit den Fingern den Nacken der schnurrenden Katze kraulte. »Wissen Sie, Stern, legen Sie ihm das Mossad-Handbuch raus. Das hat noch keinem geschadet.« Stern nickte und ging zur Tür.

»Und kopieren Sie ihm alles, was wir über die ReHu haben. Vielleicht hat er ja einen Geistesblitz, wie man den Mann zum Verkaufen bringt.«

»Sicher.«

Die schwere Tür schloß sich hinter Stern, und Meir hörte auf, die Katze zu streicheln. Mit einer raschen Handbewegung scheuchte er sie vom Schreibtisch und beugte sich wieder über die Reiseinformationen des Ehepaars Fleischmann. Auf dem letzten Papier fand er die Kopie einer astronomisch hohen Rechnung eines Internet-Blumenversands. Die Blumen sollten am Anreisetag um die Suite der Fleischmanns im Hotel Winter Palace geliefert werden.

Meir lehnte sich zurück und starrte auf das Foto seiner Frau. Sie war vor vier Jahren ums Leben gekommen. An ihrem Hochzeitstag kaufte er immer rote Rosen, immer doppelt so viele, wie sie Jahre verheiratet gewesen wären, wenn Hanna an diesem Tag nicht mit dem Wagen ins Zentrum von Jerusalem gefahren wäre. Wenn sie Lena die Einkäufe hätte erledigen lassen, wenn sie zehn, vielleicht nur fünf Minuten später das Kaufhaus betreten, wenn sie in der Lebensmittelabteilung im Untergeschoß nach einem Rotwein für ihn gesucht hätte. Eine Litanei von Wenns, die Abraham Meir in Gedanken immer wieder aufsagte, seit man ihm die Nachricht von Hannas Tod überbracht hatte. Denn Hanna Meir hatte genau in der Sekunde die

Rolltreppe in den zweiten Stock betreten, als die Bombe explodierte, die palästinensische Extremisten darunter plaziert hatten. Hannas Körper wurde zerrissen. Vierzehn Menschen waren bei dem Attentat umgekommen, alles Frauen und Kinder. Meir hatte die Leiche seiner Frau nicht identifizieren können. Ihre braune Kroko-Handtasche, die neben der Rolltreppe gefunden worden war, wurde zur Identifizierung der Leichenteile herangezogen, ebenso eine schwarze Damensandalette, wie sie Hanna getragen hatte.

Meir schaute zu Miss Marple hinüber. Die Katze hatte sich auf einem roten Aktenstapel zusammengerollt, der neben dem Ohrensessel stand. Dann blickte er auf die Blumenrechnung. Mit einer raschen Bewegung trennte er die Seite von den anderen Blättern und zerriß sie, bis nur noch kleine Papierfetzen übrig waren.

*

Der kleine bärtige Mann mit der Kippa auf den roten Haaren wartete geduldig, bis die Anlage seinen Plastikausweis wieder ausspuckte. Die Kamera, die über der Stahltür angebracht war, bewegte sich und richtete ihr Objektiv auf ihn. Wie jeden Morgen bemühte der Mann sich, möglichst freundlich in das elektronische Auge zu lächeln. Er wußte, daß diese Sicherheitsvorkehrungen nötig waren und sich hinter der Kamera ein menschlicher Wachmann befand, dennoch fühlte er sich unwohl, wenn die Kameralinse ihn ins Visier nahm. Mit einem Surren spuckte das Lesegerät den Ausweis wieder aus. *Noah Mahlnaimi – Research* stand auf der dunkelblauen Plastikkarte, auf der neben dem Zeichen mit dem siebenarmigen Leuchter ein unscharfes Foto von ihm eingeschweißt war. Der Schalter oberhalb des Lesegeräts leuchtete grün auf, und Mahlnaimi legte den Daumen der rechten Hand auf die vorgefertigte Einbuchtung in der Oberfläche des Schalters. Eine weitere Sicherheitsmaßnahme, die erst vor ein paar Monaten installiert worden war.

Die Tür sprang eine Handbreit auf, wurde aber noch von zwei Stahlspangen festgehalten, die von Fußboden und Decke dreißig Zentimeter über das Türblatt ragten. Nicht zum ersten Mal ging Mahlnaimi durch den Kopf, ob die Sicherheitsleute nicht bei der Einrichtung dieses Labors doch etwas übertrieben hatten. Er tippte seinen persönlichen Geheimcode in das Tastenfeld, das am Türrahmen angebracht war, betätigte eine weitere Taste und wartete, bis zwei Elektromotoren mit leisem Surren die Stahlspangen einzogen.

Die Flüssigkeit hatte eine leuchtend hellrote Farbe, die ins Orange changierte. Mahlnaimi schaute sich den Tropfen immer wieder unter dem Elektronenmikroskop an. Für ihn hatten die Bakterien die typisch längliche Form der *yersina pestis*. Ariel Naveh, den er noch aus der Studienzeit kannte, hatte die Probe aus Nes Tsiona herausgeschmuggelt. Sie hatten sich bei einer Sabbatfeier in der Beith-El-Synagoge getroffen. Mahlnaimi wußte, daß Abraham Meir das Treffen arrangiert hatte. Bestimmt hatte auch die hübsche Frau am Arm seines Freundes etwas damit zu tun. Mahlnaimi war sich sicher, daß auch sie für die Organisation arbeitete. Naveh war wie er noch Junggeselle. An dem Abend hatten sie sich lange unterhalten und gemerkt, daß sie beide noch den starken Glauben ihrer Studienzeit in sich trugen. Wie er war auch Naveh ein Nachkomme der Kohanim, und genau wie er betrachtete er dieses Erbe als Ehre und Herausforderung zugleich. Denn wie die früheren Hohepriester des Tempels standen sie über ihren Glaubensbrüdern und waren für ihr Wohlergehen verantwortlich. Mahlnaimi hatte diese Erkenntnis zum Mossad gebracht, Naveh hatte sie ins staatliche Forschungszentrum Nes Tsiona geführt. Daß sie nun gemeinsam an einem Plan arbeiteten, der Israel unbegrenzte Macht geben würde, erschien Mahlnaimi wie eine Fügung des Schicksals.

Meir hatte einen Siegelring aus Lapislazuli besorgt, in den mit nanotechnischen Spezialwerkzeugen ein versiegelter Hohlraum eingearbeitet war. Naveh trug ihn schon seit mehreren Monaten, angeblich das Geschenk eines alten Studienfreundes, den er unerwartet wiedergetroffen hatte. Vor zwei Wochen hatte Naveh endlich Zugang zu den gentechnisch veränderten Erregern bekommen, an denen in Nes Tsiona gearbeitet wurde. Er kannte die toten Winkel in dem streng überwachten Speziallabor, er hatte in Erfahrung gebracht, wann die Forscher im Labor ihre Pausen machten. In den wenigen Minuten, in der er allein im Labor war, trat er vor den hintersten Kühlschrank, der von der auf diesen Winkel des Raums gerichteten Kamera nicht vollständig erfaßt wurde. Er öffnete die Kühlschranktür, die ihm Schutz gegen die Kamera bot, nahm die dort schon vorher plazierte Pipette, öffnete eines der gekühlten Reagenzgläser und träufelte einen winzigen Tropfen der roten Flüssigkeit in den Hohlraum des Siegelrings. Dann nahm er eine Palette Reagenzgläser aus dem Kühlschrank und machte sich mit diesen an die Arbeit. Für die Sicherheitskräfte, die sämtliche Aufnahmen aus den Labors in Nes Tsiona kontrollierten, würde es so aussehen, als beuge Ariel Naveh sich zum Kühlschrank, um etwas herauszunehmen. Die kurze Verzögerung, solange die Kühlschranktür offenstand, würde niemandem auffallen.

Mahlnaimi war die Aufgabe zugefallen, den aus Nes Tsiona beschafften Tropfen mit Erregern in Keimschalen zu vermehren. Aus Schweineneieren und Innereien von Pferden und Affen hatte er eine Nährlösung gewonnen, der man die aus Nes Tsiona stammenden Kulturen zugesetzt hatte. Die Krankheitserreger vermehrten sich rasend schnell. Die Geschwindigkeit beunruhigte Mahlnaimi. Bakterien, die sich so schnell ausbreiteten, konnte man nicht mehr stoppen. Und Meir hatte noch nie etwas von einem Gegengift gesagt. Mahlnaimi machte Versuche mit Penicillin, das er ein paar der Kulturen zugab. Die Vermehrungsrate verringerte sich drastisch, doch es kam nicht zum endgültigen Absterben, wie es bei einem normalen Pesterreger zu erwarten war. Auch das beunruhigte Mahlnaimi.

Er war Wissenschaftler. Seine Promotion in Chemie hatte er sich durch eine brillante Doktorarbeit verdient, und er wäre Professor geworden, hätte ihn seine religiöse Leidenschaft nicht zum Mossad gebracht. Er las die einschlägigen Fachartikel zu genetisch veränderten Krankheitserregern, die nur bestimmte Bevölkerungsgruppen treffen sollten, informierte sich über ethnische Waffen. Auch heute hatte die Sekretärin wieder einen Artikel auf seinen Schreibtisch gelegt. Die Meinung der Fachpresse war eindeutig: Es sei derzeit unmöglich, eine ethnische Bombe zu produzieren.

Doch da waren die Geheimberichte des Mossad und der israelischen Regierungen, die Forschungsartikel, die direkt aus Nes Tsiona kamen. Dort war es den Forschern gelungen, den genetischen Bauplan der wichtigsten jüdischen Familien zu entschlüsseln: der Bronfmans, der Guggenheims, der Kooks, der Lehmanns, der Mendelssohns, der Reichmanns, der Rothschilds, der Seligmans, der Singers, der Tisches und der Warburgs. Die Familien wußten nichts davon. Man hatte mit Speichelproben gearbeitet, die man sich ohne ihr Wissen beschafft hatte. Naveh hatte Mahlnaimi bestätigt, daß diese Forschungen tatsächlich stattfanden. Er hatte ihm aber auch erzählt, daß die Ergebnisse über lange Zeit nicht eben zufriedenstellend gewesen waren. Das änderte sich schlagartig, als 1997 auf den Y-Chromosomen von jüdischen Männern, die zur Kaste der Kohanim gehörten, ein einzigartiges Muster von sechs Chromosommarkierungen entdeckt wurde, der sogenannte Cohen-Modal-Hapoltypus. Seither hatte sich die Arbeit in Nes Tsiona intensiv auf das »Priester-Gen« konzentriert. Das Ergebnis der Forschungen entwickelte sich in den Kulturen, die Mahlnaimi so sorgfältig gezüchtet hatte. Er hatte lange nach einem Weg gesucht, um die Bakterien stabil zu halten. Wärme schadete ihnen. In dem Tropfen, den Naveh aus Nes Tsiona herausschmuggeln konnte, war fast die Hälfte der Erreger abgestorben. Das einzige, was leicht zu beschaffen und dennoch sicher war, war flüssiger Stickstoff. Also hatte er die Kulturen in flüssigem Stickstoff bei minus hundertsechsundneunzig Grad eingelagert. Sobald der Stickstoff auf Raumtemperatur erwärmt wurde, verdampfte er und konnte durch den dabei erzeugten Druck auch als Treibmittel benutzt werden, um die Bakterien aus Sprühdosen in der Umgebung zu verteilen.

Seit vier Tagen zog Noah Mahlnaimi jeden Morgen den weißen Ganzkörperschutzanzug an und betrat durch eine Luftschleuse das Hochsicherheitslabor. Er hatte die Erreger aus den Kulturen extrahiert, immer darauf bedacht, daß die rote Flüssigkeit sich nicht über acht Grad Celsius erwärmte. Die schwarzen Sprühdosen, auf denen grün-blau der Markenname *Liquid Waves* aufgedruckt war, hatte der Mossad bei Harrod's in London gekauft und nach Tel Aviv schicken lassen. Mahlnaimi hatte sie geleert, in ihre Einzelteile zerlegt, gereinigt und wieder zusammengebaut. Durch ein in den Boden eingelassenes Plastikventil füllte er sie mit der hellroten Flüssigkeit. Jeweils zweihundert Milliliter konnte eine Dose aufnehmen. Dann kam der schwierigste Teil, die Zugabe des Flüssigstickstoffs, der genau dosiert werden mußte. Immer wieder ließ Mahlnaimi den Blick über die Batterie der schon gefüllten Spraydosen gleiten, auf der

Suche nach Auffälligkeiten, die eventuell durch den Einbau des Plastikventils verursacht würden. Doch es war fast unheimlich, wie harmlos die Dosen wirkten. Mahlnaimi erinnerte sich daran, daß er genau diese Marke in seinem Supermarkt im Regal gesehen hatte. Das tragbare Kühlaggregat war gestern geliefert worden. Von außen sah es aus wie ein Aluminiumkoffer mit etwas ungewöhnlichen Ausmaßen. Die zwölf Dosen paßten genau in die dafür vorgesehenen Kühlröhren. Mahlnaimi vergewisserte sich, daß die Kühlung funktionierte, dann schloß er den Koffer und stellte ihn auf seinen Labortisch. Jetzt würde er sich erst dieser unbequemen Schutzkleidung entledigen und dann den Kurier nach Hebron verständigen. Das Versteck für die Waffe war ein genialer Einfall von Meir gewesen. Die tiefgefrorenen Kulturen würden bis zu ihrem Abtransport nach Europa beim Grab der Patriarchen in Kiryat Arba in Hebron deponiert werden. Niemand würde auf den Gedanken kommen, dort nach ihnen zu suchen. Die israelische Armee bewachte und beschützte die Machpelah-Höhle. Ein würdiger Ort, fand Mahlnaimi, für die Waffe, die *Erez Israel* zum Sieg führen und damit auch endlich Freiheit für die tapferen Siedler von Hebron bringen würde.

*

»Sagt Ihnen der Name Benjamin Disraeli etwas?«

Die tiefe Stimme kam von dem mächtigen Schreibtisch aus dunklem Holz, der vor den abgedunkelten Fernstern stand. Im schwachen Licht der Deckenleuchte konnte Rosenstedt die Gesichtszüge des Mannes nicht erkennen, der sich in den Schreibtischstuhl zurücklehnte und ihn offenbar beobachtete. Allerdings war er solche Überraschungsmanöver von Mossad-Führern gewohnt.

»Natürlich. Welcher Jude kennt Benjamin Disraeli nicht?« Britischer Premierminister von 1868 bis 1880, Vertrauter von Königin Victoria, ein Mann, der einerseits noch tief im neunzehnten Jahrhundert verwurzelt war, ein Rassist, der glaubte, die Vermischung der Rassen führe zur Degeneration der Menschheit. Und andererseits ein genialer Visionär, der die philosophischen Grundlagen für eine jüdische Identität legte, auf denen die Schriften Herzls aufbauten. Ohne Disraeli gäbe es heute wahrscheinlich keinen Staat Israel.«

Der Mann erhob sich und trat zur rechten Wand, an der ein großer Biedermeier-Sessel stand. Er winkte Rosenstedt, näher zu kommen. Der junge Agent durchquerte den Raum, wobei er fast über einen Stapel Akten auf dem Perserteppich gestolpert wäre. Er stellte sich neben den Mossad-Chef und sah jetzt das altmodische Ölgemälde, das Benjamin Disraeli offenbar kurz vor seinem Tod zeigte. Das Porträt des großen Politikers mit der hohen Stirn und dem ergrauten Kinnbart war gut gelungen. Rosenstedt meinte, das Bild schon einmal gesehen zu haben.

»Ich habe das Gemälde zufällig in einem Londoner Antiquitätengeschäft gefunden. Eine gute Kopie des einzigen Fotos, das es von Disraeli gibt, finden Sie nicht auch?«

Rosenstedt nickte.

»Kennen Sie Disraelis Schriften? Dort findet sich der bemerkenswerte Satz: *Die Welt hat entdecken müssen, daß es unmöglich ist, die Juden zu vernichten.* Dieser Satz hat im zwanzigsten Jahrhundert eine unendlich größere und grausamere Dimension angenommen, als es sich Disraeli je hätte vorstellen können. Oder war er vielleicht ein Meister der Vorhersehung? Hat ein göttlicher Geist ihm die Hand geführt, als er schrieb: *Eine überlegene Rasse kann nie durch eine unterlegene zerstört werden.!?*«

Rosenstedt spürte, wie sich seine Nackenmuskeln anspannten. Ihm war klar, daß Meir keine Antwort auf seine Fragen erwartete, offenbar vergötterte der Mann Disraeli. Er nickte wieder. Heimlich versuchte er aus den Augenwinkeln zu erkennen, was der mannshohe schwarze Kasten darstellte, der einen knappen Meter von dem Ohrensessel entfernt in der Ecke stand. Meir sprach weiter. »Sie nennen Disraeli einen Rassisten. Das Wort hat heute einen sehr schlechten Ruf. Doch, wie Disraeli schon gesagt hat, allein die hebräische Sprache und die jüdische Religion begründen keine Identität, für die es sich zu kämpfen lohnt, für die man einen Staat aufbaut und ihn schützt gegen Feinde von außen und von innen. Es gibt etwas, das darüber hinausgeht, das man nur mit dem Herzen begreifen kann, ein Gefühl von Zugehörigkeit, von Heimat, von gemeinsamer Rasse und gemeinsamem Blut. Denken Sie nicht auch, Rosenstedt?«

Das massive Ding war ein Tresor, der junge Agent war sich ganz sicher. Er war reichlich mit gußeisernen Ornamenten verziert, aber der für antike Tresore typische Schließmechanismus war deutlich zu erkennen. Das Ding mußte mehr als eine Tonne wiegen. Er wandte sich Meir zu. »Ich bin stolz, Jude zu sein. Ich habe mich sofort nach der Armeezeit zum Mossad beworben. Ich kenne die Palästinenser, und ich möchte nicht in einem Land leben, in dem sie etwas zu sagen haben. *Erez Israel* muß jüdisch bleiben, sonst geht es unter. Ich liebe meine Heimat. Aber Begriffe wie Rasse und Blut, das sind eher metaphysische Kategorien für mich.«

Meir schaute ihm einen Moment lang direkt in die Augen. Rosenstedt hielt dem Blick stand, obwohl es ihm schwerfiel. Er wußte, daß es auch solche Psychospielchen waren, die seinen Platz in der Mossad-Hierarchie bestimmen würden.

Schließlich nickte der Mann und reichte Rosenstedt die Hand. »Willkommen in Frankfurt. Ich bin Abraham Meir, Ihr neuer Chef.«

Rosenstedt ergriff die Hand und lächelte.»Das habe ich mir beinahe schon gedacht.«

Auch Meir lächelte.»Ja. Man hat uns viel von Ihnen erzählt. Yaari ist hin und weg von Ihnen, aber das werden Sie wohl wissen. Setzen Sie sich doch.« Er machte eine einladende Handbewegung zu der anderen Seite des Raumes, wo eine zum übrigen Interieur passende Couch und zwei Sessel standen. Erst jetzt bemerkte Rosenstedt, daß das cremefarbene, flauschige Etwas, das er oberflächlich als Sofakissen registriert hatte, eine lebende Katze war.

»Das ist Dr. No. Ich hoffe, Sie sind nicht allergisch gegen Katzen«, sagte Meir. Rosenstedt meinte, fast einen entschuldigenden Klang in seiner Stimme zu hören.

»Nein.« Rosenstedt setzte sich in gebührendem Abstand neben das große Tier, das ihn mißtrauisch beäugte, sich dann erhob und einen Katzenbuckel machte. Mit leichtfüßiger Eleganz sprang Dr. No von der Couch und tapste auf den Ohrensessel zu, auf dem Rosenstedt jetzt die zweite Katze entdeckte.

»Und das ist Miss Marple.« Der Geheimdienstchef schaute der Katze nach, dann machte er es sich auf einem der Sessel bequem.»Ich werde jetzt versuchen, Ihnen die Bedeutung des Mossad in Europa etwas nahezubringen. Es wird Sie sicher langweilen, aber ich bitte Sie, mir Ihre volle Aufmerksamkeit zu schenken. Später werden Sie merken, daß das, was ich Ihnen erzähle, sehr wichtig ist. Haben Sie verstanden?«

»Natürlich«, antwortete Rosenstedt.

»Ich mache das mit jedem, der neu meiner Zentrale zugeteilt wird, das ist also keine Sonderbehandlung. Und stören Sie sich nicht daran, wenn ich Sie Junge oder Jungchen nenne. Sie sind … was, fast vierzig Jahre jünger als ich. Diese Marotte müssen Sie mir altem Mann einräumen.«

»Kein Problem.«

»Gut.« Meir lehnte sich in die grünen, mit Blümchenmuster bedruckten Polster zurück. »Hier in der europäischen Zentrale ist etwas anderes von Ihnen gefordert als bei Ihren bisherigen Einsätzen für die Organisation. Hier ist bis auf den Balkan nirgends Kriegsgebiet. Oder sagen wir besser, der Krieg, der auf diplomatischem Parkett geführt wird, braucht andere Waffen und andere Strategien. Das Gewicht der Staaten verlagert sich immer mehr von ihrer militärischen Potenz hin zur Wandlungs- und Lernbereitschaft ihrer Bevölkerung. Nur wer hier die Oberhand behält, zählt zu den Siegern.«

Der Monolog Meirs gab Rosenstedt Gelegenheit, sich den Mann genauer anzuschauen, der in manchen Zusammenhängen über mehr Macht verfügte als die amerikanische Präsidentin und vielleicht eines Tages an die Spitze des Mossad rücken würde. Abraham Meir wirkte nicht wie ein Mann Ende Fünfzig, obwohl Rosenstedt wußte, daß er vor ein paar Wochen achtundfünfzig geworden war. Seine muskulöse Gestalt, die aufrechte Haltung, der leicht federnde, sportliche Gang, sogar die Glatze gaben ihm die Ausstrahlung eines Mittvierzigers, der geistig und körperlich in Höchstform war. Rosenstedt rückte etwas tiefer in die Polster zurück und konzentrierte sich auf Meirs Ausführungen. Ein Satz war gefallen, der seine Aufmerksamkeit erregte. »Es ist unmöglich, in die Zukunft zu sehen, und es ist gefährlich, es nicht zu tun«, hatte Meir gerade gesagt. Jetzt richtete er sich auf und deutete mit der Linken auf die überdimensionale Weltkarte, die neben dem Eingang hing.

»Die USA. Auch in fünfzig Jahren werden sie noch immer die militärische Vormacht in der Welt haben.« Die Karte war dem jungen Agenten sofort ins Auge gefallen, als er den Raum betreten hatte. In dem altertümlichen Büro wirkte die neue Plastikkarte seltsam unpassend. »Mit ihnen dürfen wir es uns nicht verderben. Wir müssen versuchen, sie für unsere Interessen einzuspannen.« Die Hand bewegte sich nach unten, zu einer anderen Stelle auf der Karte. »Und hier: Afrika. Der Schwarze Kontinent wird weiterhin das Armenhaus der Welt bleiben. Eine bessere medizinische Versorgung wird dort eher weitere Bevölkerungs- und Ernährungsprobleme schaffen als lösen und die grundlegenden politischen Fragen nicht beantworten. Es wird auch in Zukunft reichen, wenn wir dort mit wenigen Kräften präsent sind. Sie wissen natürlich, daß wir in vielen afrikanischen Staaten die Leibwachen der Herrschenden ausgebildet haben. Wir haben sie geschult, umworben, und viele sind uns treu ergeben. Mehr brauchen wir dort nicht zu tun. In Europa aber ist es anders.«

Rosenstedt beobachtete die Hand Meirs, die zurück auf die Sessellehne gefallen war. Er spürte den Blick Meirs auf sich. Langsam schlug er die Beine übereinander und schaute dem Mossad-Chef direkt in die dunklen Augen. Fast meinte er, dort so etwas wie Belustigung zu erkennen.

»Für Europa liegt das größte Problem der Zukunft in der zunehmenden Zersplitterung in weitere Nationalstaaten.« Für einen Moment schaute Meir stumm auf die Karte. »Sehen Sie selbst. Heute gibt es weltweit hundertdreiundneunzig Nationalstaaten. 1946 waren es vierundsiebzig und 1914, als die europäischen Kolonialnationen noch die Herrschaft in weiten Teilen Asiens, Afrikas und Lateinamerikas ausgeübt haben, nur zweiundsechzig. In Europa wird es bald viele kleine Brandherde geben.«

»Sie meinen den Balkan?« fragte Rosenstedt dazwischen.

Meir drehte sich rasch zu ihm um und sagte: »Nein, nicht nur den Balkan. Unterbrechen Sie mich nicht, Junge. Hören Sie einfach nur zu.«

»Jawohl.« Rosenstedt legte die Hände auf seine Oberschenkel.

»Der Balkan, Weißrußland, die Ukraine, Rumänien. Alle diese Staaten sind wirtschaftlich schon jetzt am Ende. Es brodelt zwischen unterschiedlichen Interessengruppen, zwischen den Ukrainern und Russen im Osten der Ukraine. Es ist nur eine Frage der Zeit, bis Unruhen ausbrechen. Am Ende werden neue Nationalstaaten stehen, neue Regierungen, auf die wir Einfluß nehmen müssen. Und die Amerikaner werden sich auf keinen Fall aus dem unmittelbaren europäischen Einflußbereich zurückziehen. Dahinter steht die ungeklärte eurasische Frage, die Frage nach dem Einfluß des Westens in Rußland und Indien. Ihnen ist klar, was das bedeutet, nicht?«

Der junge Agent deutete ein Nicken an, schwieg aber. Meir holte kurz Luft und fuhr fort, ohne auf eine Antwort zu warten.

»Hier droht ein neuer Großmachtkonflikt mit China.« Seine Linke schoß hoch und deutete auf die rechte Seite der Wandkarte.

»China ist weder eine strategische Großmacht noch hat es den Anschluß an die westlichen Industriestaaten geschafft. Auch dort brodelt es im Inneren, und wie schon einmal zu Anfang des letzten Jahrhunderts könnte China in viele Kleinstaaten zerfallen. Asien wird kriegerische Unruhen erleben. Auch die Taiwan-Frage wird früher oder später mit Gewalt entschieden werden. Für Europa kann das nur eine Konsequenz haben: Es muß Rußland integrieren. Die europäische Rolle in der Nato wird in Zukunft wachsen. Das Bündnis wird dadurch den Vereinigten Staaten ebenbürtig, zahlt aber den Preis von erhöhten Spannungen im Inneren. Denn die Lage wird zunehmend instabiler. Der Korruption und der Mafia Einhalt zu gebieten, in allen Bündnisländern verläßliche Rechtssysteme aufzubauen, das wird eine der schwierigsten Herausforderungen der Zukunft. Die Voraussetzung dafür ist ein finanzieller Kraftakt. Und wenn die Europäer daran scheitern, droht ihnen der wirtschaftliche Kollaps und das Absinken in die Bedeutungslosigkeit.«

Meir brach ab. Die plötzliche Stille ließ Rosenstedt zusammenzucken. Er blickte zu dem Mossad-Chef, der versonnen die Weltkarte anstarrte. Schon seit ein paar Minuten war Rosenstedts Aufmerksamkeit auf das Geschehen hinter Meir gerichtet. Eine der cremefarbenen Katzen hatte sich dort auf den geheimnisvollen Tresor zubewegt, ihn erst umrundet und saß nun schon eine geraume Zeit an der Hinterseite des Eisenkastens. Immer wieder war ein ausgestrecktes Katzenbein oder die Schwanzspitze zu sehen, so daß Rosenstedt annahm, das Tier putze sich.

»In der westlichen Hemisphäre wird es allerdings kaum noch Kriege geben«, fuhr Meir fort. »Ihre Einsätze bei der europäischen Zentrale, Rosenstedt, werden sich deshalb von dem, was Sie bisher gewohnt waren, radikal unterscheiden. In Europa und Amerika geht es heute um die technologische Vorherrschaft. Die Wirtschaftsspionage hat massiv zugenommen. Technisch gesehen heißt das, der Krieg konzentriert sich zunehmend auf die unblutige Zerstörung oder Übernahme von infrastrukturellen Zielen. Wie etwa Kommunikationsmitteln.«

Meir beugte sich vor und wandte sich direkt an Rosenstedt. »Stern hat Ihnen ein paar Unterlagen über einen aktuellen Einsatz zusammengestellt. Die schauen Sie sich mal an, dann kriegen Sie einen genaueren Einblick, was das für unsere Arbeit bedeutet.«

»Gerne«, erwiderte der Agent. Natürlich gab es beim Mossad eine Abteilung für Wirtschaftsspionage. Früher hatte sie *Lakam* geheißen, doch mit der Pollard-Affäre hatte man Lakam unter amerikanischem Druck auflösen müssen. Seither kursierte das Gerücht, die Abteilung sei unter einem anderen Namen zu neuem Leben erwacht.

»Eines ist ganz klar«, sagte Meir. »Samuel Huntingtons Wort vom Kulturkampf wird für die Europäer Realität werden. Westliche Werte, der ausgeprägte Individualismus, prallen auf festgefügte gesellschaftliche Systeme. Massenkommunikationsmittel unterlaufen via Satellit und Internet die Informationskontrolle diktatorischer Regime und sprengen die traditionellen Gefüge. Selbsternannte weise Männer wie in der Islamischen Republik Iran werden die materiellen Wünsche ihrer Untertanen nicht länger befriedigen können. Und die so geschaffene politische und wirtschaftliche Instabilität wird auch dort zu Auflösungserscheinungen führen. Zudem droht den Europäern auch Ärger von ihren eigenen Minderheiten. Gut möglich, daß es in zwanzig Jahren auf dem Gebiet der Niederlande eine muslimische Mehrheit gibt, vor allem wegen des hohen indonesischen Bevölkerungsanteils. Für Frankreich gilt ähnliches. Dort werden es die muslimisch-maghrebinischen Einwanderer sein. Der islamistische Fundamentalismus wird auch in Europa zu einem ernsten, sehr ernsten Problem werden.«

Rosenstedt nickte. Gleichzeitig versuchte er, die Birma-Katze hinter dem Tresor zu entdecken. Vor einer Weile meinte er, ein leises Klicken gehört zu haben. Seither waren weder Pfote noch Schwanz erschienen. Die Katze war weg. Der Agent spähte zur anderen Seite des Tresors, doch von seinem Platz aus konnte er nicht ausmachen, ob das Tier dort wieder hinter dem Kasten hervorgekommen war.

»Auf Israel und den Mossad kommen in Europa gewaltige Probleme zu«, dozierte Meir. Offenbar war er bei seinem Lieblingsthema angelangt. »Wer wird uns dann vor diesen Fanatikern schützen? Wir müssen selbst handeln, ehe es zu spät ist. Wir müssen die Macht haben, damit wir ihnen jederzeit den Strom abstellen und ihre gesamte Infrastruktur lahmlegen können. Denn nur so sind wir nicht auf andere Regierungen angewiesen. Und nur dann werden wir im Ernstfall bestehen können.«

»Könnte es nicht sein, daß die Europäer durch die Osterweiterung zu neuer Stärke finden?« Rosenstedt hatte für einen Moment vergessen, daß er bei diesem »Gespräch« nur als Zuhörer vorgesehen war. Mit einem Schulterzucken fügte er hinzu: »Die Politiker werden sich doch auch Gedanken über die Folgen ihres Handelns machen.«

»Totaler Quatsch.« Meir zischte fast. Doch sofort hatte er sich wieder unter Kontrolle und meinte:»Na, unter Umständen erreichen die Staaten der alten Donaumonarchie die Auflagen, die die EU ihnen als Beitrittsvoraussetzung macht. Aber für den Balkan sind sie eine Utopie. Die Staaten dort erheben zwar Anspruch auf Teilnahme an Kerneuropa, aber sie wollen ihre eben erlangte Autonomie nicht gleich wieder für Westeuropa opfern. Das übersehen die Regierungen in Berlin, Paris, London und sonstwo.«

»Aber die Europäer werden den Balkan und die anderen osteuropäischen Staaten aufbauen, die Entwicklung finanziell unterstützen.«

Meir lachte kurz auf.»Sicher. Bulgarien, Kroatien, Rumänien und die Ukraine werden dauerhaft am Brüsseler Tropf hängen. Und das wird teuer, sehr teuer. Denn damit kommen noch einmal mindestens fünfundachtzig Millionen zusätzliche Einwohner in die EU, die weniger als vierzig Prozent des Einkommens pro Kopf in der EU erwirtschaften und aus eigener Kraft nicht aufschließen können. Und danach kommen noch einmal hundertsechzig Millionen Russen und Weißrussen. In den kommenden fünf Jahrzehnten müssen also mehrere hundert Millionen Menschen in die Europäische Gemeinschaft integriert werden. Es wird ein gigantisches System der Alimentation durch Transferzahlungen geben. Aus den Steuereinnahmen ist das nicht zu finanzieren. Also wird man die Staatsverschuldungen weiter steigern. Und es wird eine Währungsreform zur Vernichtung der Staatsschulden geben müssen. Schon die Altersrenten werden die Staatskassen plündern. Stellen Sie sich jetzt aber mal vor, was passiert, wenn die Renten nicht mehr ausgezahlt werden können. Und statt dessen das Geld auf dem Balkan verschwindet.« Meir war an den Rand des Sessels vorgerückt und schaute Rosenstedt über das niedrige Tischchen hinweg genau an.»Was glauben Sie, was hier in Frankfurt, in Hamburg oder München passieren wird?«

Rosenstedt hob die Achseln.»Keine Ahnung, wie die Bevölkerung auf so ein Schreckensszenario reagieren würde. Protestieren, Prozesse anstrengen wahrscheinlich, alle demokratischen Mittel ausschöpfen, um an ihre Renten zu kommen. Und die neuen EU-Mitglieder würden sicher nicht mit offenen Armen empfangen werden, ganz im Gegenteil.«

»Genau«, unterbrach ihn Meir.»Die Leute werden anfällig für radikale Parolen.« Er lehnte sich in den Sessel zurück.»Sie werden dem folgen, der ihnen das Blaue vom Himmel verspricht. Der ihnen einen perfekten Sündenbock bietet. Und dreimal dürfen Sie raten, wer das sein wird?« Der Mossad-Chef machte eine vage Geste in Richtung des Disraeli-Gemäldes.»Uns werden sie sich herauspicken. Auf uns werden sie herumhacken. Uns werden sie wieder einmal für ihre eigene Unfähigkeit verantwortlich machen. Sollen etwa wieder die Synagogen brennen? Vergessen Sie niemals die Vergangenheit und setzen Sie sich mit der Zukunft auseinander. Haben Sie zufällig Goethes *Egmont* gelesen?«

Rosenstedt schüttelte den Kopf.

»Goethe schreibt darin: ... *wie in einem Lostopf greifst du in die dunkle Zukunft: was du fassest, ist noch zugerollt, dir unbewußt, sei's Treffer oder Fehler* ... Wir aber können es nie wieder zulassen, unsere Zukunft von einem Lostopf bestimmen zu lassen. Darum sind Sie hier. Prägen Sie sich das ein. Wir sind dazu da, unsichtbar im Hintergrund die Fäden zu ziehen. Zur Zeit sieht es gut für uns aus. Von der Weltbank über den Internationalen Währungsfonds, die größten Banken, die wichtigsten Regierungen und Medien, Unternehmen und Bildungseinrichtungen. Aber es gibt neue Entwicklungen, die wir im Auge behalten müssen, Entwicklungen, die uns bedrohen, die wir kontrollieren müssen.«

In diesem Moment tauchte die Katze wieder hinter dem Tresor auf. Sie ließ sich auf den Hinterpfoten nieder, leckte sich mit ihrer hellrosa Zunge über das Fell und miaute schließlich leise. Meir wandte sich um und sagte:»Miss Marple, da bist du ja.«

»Wo hat sie denn die ganze Zeit gesteckt?« fragte Rosenstedt.

Meir blitzte ihn kurz an, dann stand er auf und meinte:»Diese Frage interessiert Sie offensichtlich mehr, als alles, was ich Ihnen auf den Weg geben kann.« Er ging die paar Schritte bis zu dem Tresor.»Na, kommen Sie schon und schauen Sie es sich an.«

Rosenstedt sprang von der Couch, stellte sich neben Meir und schaute hinter den Tresor, der ihn knapp überragte. An der Rückseite konnte er im unteren Drittel Schweißspuren erkennen, die ein Quadrat bildeten. Das Viereck war ausgefüllt mit einem dunklen, gefächerten Plastikeinsatz, der aussah wie ein überdimensionierter Kameraverschluß.

»Und?« fragte Meir ihn.»Riechen Sie etwas?«

»Riechen?« Rosenstedt ging in die Hocke und betastete vorsichtig das Material des Verschlusses. Hartes Plastik, aber nachgiebig, wenn er dagegen drückte.

»Natürlich riechen.«

Der junge Agent richtete sich wieder auf, holte tief Luft und schüttelte dann den Kopf.»Es riecht angenehm hier, ein bißchen nach Parfüm. Und ganz schwach nach Zigarre.«

Meir lächelte. »Gute Nase, mein Junge. Lavendelwasser. Altes Rezept von meiner Großmutter. Sie wurde in Auschwitz ermordet. Heute putzt eine deutsche Putzfrau die Räume des Mossad damit.« Er fuhr mit dem Finger über die Oberkante des Tresors und zeigte Rosenstedt die staubfreien Kuppen. »Und ab und zu gönne ich mir mal eine Havanna.«

»Ich bevorzuge mehr die helleren, dominikanischen«, sagte Rosenstedt und klopfte sich auf die Tasche des Jacketts. »Aber was hat es denn nun mit dem Tresor auf sich?«

»Katzenklo«, sagte Meir.

Rosenstedt mußte lachen. »Was, Katzenklo?«

»Na ja, so ein Tresor besteht aus acht Zentimeter dicken Stahlplatten, die Tür schließt absolut luftdicht. Dieses Schmuckstück aus dem frühen zwanzigsten Jahrhundert habe ich bei einem Frankfurter Schrotthändler entdeckt. Ich hasse den Geruch von Katzenpisse.«

»Ganz im Ernst? Das ist ein Katzenklo?«

»Ganz im Ernst, mein Junge. Selbst die Klappe für die Katzen schließt so dicht, daß kein Geruch nach außen dringt. Und wenn die Putzfrau die Kistchen saubermacht, dann öffnet sie den Tresor von vorn mit einem Top-secret-Geheimcode, der sich aus *009* für Dr. No und *19 Uhr 43 Paddington Station* für Miss Marple zusammensetzt.«

*

Das Flugzeug nach Luxor ging um 12.30 Uhr, eine Maschine der Air Egypt, der einzigen Fluglinie, die Luxor von Frankfurt direkt ansteuerte. Im dunkelblauen S-Klasse-Mercedes von Herbert Fleischmann hatten Michael und Tamara die Urlauber rechtzeitig zum Frankfurter Flughafen gefahren. Samt den schweren Koffern hatten sie die beiden am Schalter der Fluggesellschaft abgesetzt. Während das Gepäck eingecheckt wurde, gab Sarah Tamara noch die letzten Instruktionen für die Pflege der Hauspflanzen und des Gartens. Sie verabschiedeten sich, und Michael nahm Tamara an der Hand und zog sie weg, damit sie endlich zurück zum Wagen kamen. Herbert Fleischmann rief ihnen noch hinterher:»Vergeßt Amigo nicht, ja?«

»Keine Sorge. Für eine Woche kriegen wir das schon geregelt. Und grüß mir die Pharaonen.«

In diesem Moment wurde der Flug der Air Egypt, 12.30 Uhr nach Luxor aufgerufen. Eine freundliche Bodenhosteß bat die Passagiere der 1. Klasse über den Lautsprecher, die Maschine zu besteigen. Tamara und Michael winkten, dann rannten sie über den polierten Boden des Flughafens in Richtung Parkgarage.

»Haben wir eigentlich noch was Eiliges vor heute«, fragte Tamara, als sie außer Atem auf der Rolltreppe standen.

»Nein.« Michael lächelte und nahm sie in die Arme. »Ich bin bloß aufgeregt, weil wir die Villa so ganz für uns haben. Und wegen der Party übermorgen.« Er beugte sich vor und küßte Tamara leicht auf die Lippen. Sie legte die Arme um seinen Hals und erwiderte den Kuß.

Hinter ihnen auf der Rolltreppe räusperte sich ein älterer Geschäftsmann mit einem wirren Schopf grauer Locken. »Vorsicht. Die Rolltreppe endet hier gleich.«

Michael und Tamara drehten sich zu ihm um, da stolperten sie auch schon über das Ende der Treppe und konnten sich gerade noch aufrecht halten. »Zu spät«, sagte der Geschäftsmann, lächelte und ging an ihnen vorbei zum Taxistand.

Tamara lachte. »Küssen auf der Rolltreppe, freundliche Herren, die einen darauf aufmerksam machen, daß man dabei gleich über die eigenen Füße stolpert … das hätte es daheim einfach nie gegeben.«

Michael drückte ihre Hand. Tamara erwähnte ihr Elternhaus

so gut wie nie. Er erinnerte sich an den Morgen in Finchley, als Tamara sich von der Mutter verabschiedete und ihren Paß holte, um mit ihm nach Deutschland zu fliegen. Den Entschluß dazu hatten sie zwei Nächte zuvor im Square Club gefaßt. Für Michael war es das aufregendste Abenteuer seines bisherigen Lebens gewesen. Die durchtanzten Nächte, die zärtlichen Gespräche in seinem Hotelzimmer, die überwältigende, berauschende Leidenschaft mit Tamara, wie er es noch mit keinem anderen Mädchen erlebt hatte.

An dem Morgen in Finchley hatte Tamara nicht zugelassen, daß Michael sie zum Haus ihrer Eltern begleitete. Er wartete im Taxi an der Ecke und versuchte, im grauen Morgennebel etwas von dem großbürgerlichen Haus zu erkennen, in dem Tamara fast ihr ganzes Leben verbracht hatte. Michael gab sich nicht der Illusion hin, Tamara würde nur seinetwegen mit ihrer Familie brechen. Als sie sich kennenlernten, hatte Tamara schon eine Weile nicht mehr bei ihren Eltern gewohnt. Mit Hilfe einer Gruppe namens Hillel, die Mitgliedern aus ultra-orthodoxen Familien half, sich eine neue Existenz aufzubauen, war Tamara ausgezogen und hatte sich mit Aushilfsjobs über Wasser gehalten. Für Michael war es ein Teil der stürmischen Romantik seiner Londoner Zeit, daß Tamaras Vater von der Beziehung zu Michael und der Abreise nach Deutschland nichts wissen durfte. Erst später, als Tamara schon ein paar Wochen mit ihm zusammenwohnte, Deutschkurse besuchte und sie sich zusammen die Prospekte der Abendschulen anschauten, an denen sie das Abitur nachholen wollte, wurde Michael klar, welchen unwiderruflichen Schritt die geliebte Tochter einer strenggläubigen, tief orthodoxen jüdischen Familie in ihrem Leben getan hatte. Immer wieder erinnerte er sich an die Gestalt mit dem dunklen Kopftuch, die oben an den Treppen vor der Haustür in Finchley gestanden hatte und Tamara mit unendlicher Trauer nachgewunken hatte.

»Woran denkst du«, fragte Tamara.

»An den Morgen in der Chester Street, als du dich von deiner Mutter verabschiedet hast.« Michael zog sie näher zu sich und fuhr ihr durch das wilde, rabenschwarze Haar.

»Ich hab gestern mit ihr telefoniert.«

»Und? Hat sich dein Vater immer noch nicht eingekriegt?« Tamara schüttelte den Kopf. »Mum sagt, es wird immer schlimmer mit ihm. Er ist einfach zu alt, um sich zu ändern.«

»So alt dann auch wieder nicht. Du hast gesagt, er sei 1948 geboren.«

»Ja.« Tamara schwieg einen Moment. »Er ist alt in seinem Denken. Verbraucht. Eingefahren. Wenn du ihn sehen würdest...«

»Warum? Wie sieht er denn aus?«

Tamara lachte ein bißchen. »Na, genau so, wie man sich einen chassidischen alten Polen eben vorstellt. Langer Bart, Latschen, Kippa. Ruth sagt, man kann kaum mehr mit ihm unter die Leute.«

»Wie geht es denn Ruth?«

»Er sperrt sie im Haus ein, läßt sie nur zur Synagoge. Ich hab ihr von Hillel erzählt, und daß ich jetzt zur Schule gehe und bald studieren kann.« Tamara zuckte mit den Schultern. »Sie hängt an Mum und an den Brüdern. Sie traut sich noch nicht.«

»Du denkst, dein Vater ist so superstreng zu ihr, weil er Angst hat, daß sie auch wegläuft?«

Sie betraten das Parkdeck, in dem der Mercedes stand. Tamara blieb am Eingang stehen. »Michael, wenn mein Vater wüßte, daß irgend jemand aus meiner Familie mit mir Kontakt hat, würde er komplett durchdrehen. Für ihn bin ich entführt und dann einer Gehirnwäsche unterzogen worden. Jetzt bin ich eine Sünderin, die vom wahren Glauben abgefallen ist, eine Heidin, die sich mit dem Teufel verbündet hat. Er lebt ganz in einer vergangenen Welt ohne Radio, Fernseher und Zeitschriften. Für Frauen ist Algebra Teufelszeug, und wenn ich in einem Atlas nachschauen wollte, wo eigentlich Chile liegt, habe ich gegen die ewigen Gesetze des Herrn verstoßen. Meine Brüder dürfen wenigstens in die Schule. Wenn ich was nicht wußte, habe ich es heimlich im Lexikon nachgeschlagen. Mein Vater durfte nichts davon erfahren. Kurz, bevor ich abgehauen bin, hat er eine Hochzeit zwischen mir und dem Sohn eines seiner Freunde arrangiert. Ich wäre inzwischen verheiratet. Dabei kannte ich diesen Uzi nicht mal. Ich wurde nie nach meinen Wünschen oder meiner Meinung gefragt. Und Ruth, Ruth ...«

Michael sah, daß Tamara Tränen in den Augen hatte. Er strich vorsichtig über ihre Hand. »Ist okay, Timmy, ist schon okay.«

»Tut mir leid.« Tamara holte ein Tempo aus ihrer Umhängetasche und wischte sich die Augen. »Komm, fahren wir. Wo war denn noch mal das Auto?« Sie lief schnell die Reihe von chromglänzenden Fahrzeugen entlang, ohne nach rechts und links zu schauen. Michael holte sie ein und nahm sie in die Arme.

»Wir stehen da drüben«, sagte er. Dann küßte er sie vor den Augen einer schwer bepackten Reisegruppe, die schmunzelnd an dem Paar vorbeiging.

Langsam rollte der schwere Mercedes die Ausfahrt aus dem Parkdeck hinunter zur Straße. Michael konzentrierte sich auf die enggeführten Windungen, während Tamara den Parkschein aus der Tasche holte und ihm reichte.

Als das kleine Kärtchen in dem gelben Apparat verschwand und die Schranke sich vor ihnen hob, sagte Michael: »Hättest du was dagegen, wenn wir kurz bei der ReHu vorbeifahren?«

»Nein, gar nicht. Was willst du denn da?«

»Ich möchte mit Wolf sprechen, wegen des Gutachtens für die Design School in London. Außerdem ... « Michael schaute nach hinten und bog dann auf den Autobahnzubringer Richtung Kassel ein.

Tamara schaute ihn von der Seite an. »Du willst sehen, ob alles in Ordnung ist, hab ich recht?«

Michael zuckte mit den Schultern. »So ungefähr.« Er stellte die Anlage an und schob einen Techno-Mix ein.

»Finde ich gut. Die Sache mit dem Ball und Amigo war total gemein. Ich hoffe, dein Vater kriegt das hin mit diesen Erpressern.«

»Mein Vater soll sich jetzt erst mal richtig erholen. Egal, was bei der ReHu abgeht, ich hoffe, er hat das Handy daheim gelassen und kann seine Woche Luxor richtig genießen.«

Damit zog Michael seine Ray-Ban aus der Brusttasche, setzte sie auf, trat das Gaspedal durch und kümmerte sich nicht um die zulässige Höchstgeschwindigkeit.

*

Seit seinem letzten Aufenthalt hatte sich im Foyer des Old Winter Palace nichts verändert. Einzig der Metalldetektor, den Benjamin Levy passieren mußte, war neu. Seit dem blutigen Anschlag auf eine Touristengruppe vor dem Hatschepsut-Tempel vor einigen Jahren waren solche Geräte in allen ägyptischen Hotels installiert worden. Sie dienten eher der Beruhigung der Touristen als dem vorgeblichen Ziel, islamische Fanatiker von einem Anschlag abzuhalten. Welcher Extremist wäre so dumm, mit Maschinenpistolen und Sprengstoff beladen durch den Haupteingang zu stürmen, wenn die Lieferanteneingänge weiterhin unbewacht waren? Warum, fragte Levy sich immer wieder, wandten die Extremisten überhaupt solche Brachialmethoden an, wenn es doch so viele elegantere und sicherere Wege gab, mit den Touristen kurzen Prozeß zu machen.

64

Außerdem wurden die Kontrollen schon lange nicht mehr ernst genommen. Als Levy den Detektorrahmen durchschritt, piepste es verdächtig, doch der uniformierte Wachposten winkte ihn ungeduldig weiter. Hinter ihm wartete eine Busladung voller amerikanischer Touristen darauf, ins Hotel zu kommen. Der Spruch vom Flughafen ging ihm wieder durch den Kopf – *Smile, you are in Egypt.* Levy lächelte und machte sich nicht einmal die Mühe, das Schweizer Taschenmesser, das den Warnton ausgelöst hatte, aus der Hosentasche zu kramen. Die interessanteren Dinge hatte er sowieso in dem Koffer und der Golftasche deponiert. Die aber wurden von einem livrierten Portier auf dem Gepäckwagen – ohne den Metalldetektor zu passieren – durch den Seiteneingang hereingebracht. Das war schon der dritte gravierende Fehler der ägyptischen Behörden. Levy wurde sein kleines Gedankenspielchen allmählich leid. Einsätze in Ägypten bargen einfach keine Herausforderung mehr für den Mossad-Mann.

»Willkommen in Luxor, Sir«, begrüßte ihn ein schlanker Mann Mitte Vierzig, der die dunkelblaue Uniform des Winter Palace und einen Fez trug. Sein Aussehen war immerhin ein Fortschritt, denn Levy erinnerte sich von seinem letzten Besuch noch genau an den schwarzen Anzug seines Vorgängers, bei dem nicht nur die Ärmel speckig geglänzt hatten. Mit einer schnellen Geste schob ihm der Hotelbedienstete das Registrierungsformular zu. Seine Aufmerksamkeit war auf die amerikanischen Touristen gerichtet, die unter viel Getöse die Rezeption umringten. Der Mossad-Mann trug sich mit Druckbuchstaben als *Ben Levy, 10345 Rue des Chevallier, Paris, geboren am 21. Januar 1967 in Toulouse* ein. Bei seinem nächsten Aufenthalt in Paris würde er doch einmal der Rue des Chevallier einen Besuch abstatten müssen. Er bezahlte bar, für eine Woche im voraus. Der Portier wartete schon mit seinem Gepäck am Aufzug und brachte ihn hoch auf Zimmer Nr. 247. Es lag im Hauptgebäude fast genau über der Eingangshalle und war sowohl über die Marmortreppe als auch mit dem Fahrstuhl schnell zu erreichen. Levy gab dem Portier ein Trinkgeld und schloß die Tür. Wie immer unterzog er den Raum samt Toilette und Badezimmer einer kurzen Inspektion. Die Schränke waren leer, das Bad sauber geputzt. Mit einem schnellen Griff entfernte er den Deckel der Toilettenspülung, doch hier schien alles, wie es sein sollte. Levy schlüpfte aus seinen Schuhen, zog einen Stuhl vom Tisch in die Mitte des Raumes, stellte sich darauf und betastete das Innere der kunstvoll bemalten Glaslampe. Auch dort fand er nichts außer Staub und vertrockneten, toten Fliegen. Nachdem er die Nachttischlampen und das Bett gründlich untersucht und nichts Auffälliges entdeckt hatte, gab er sich zufrieden.

Er schob den hellen Vorhang zur Seite, öffnete einen Flügel der hohen Balkontüre und genoß den Ausblick auf das geschäftige Treiben am Nilufer. Vor einigen Jahren war hier die Uferpromenade betoniert worden, und seither hatte sich der Steg am Old Winter Palace zu einer beliebten Anlegestelle für die Touristenschiffe entwickelt. Die untergehende Sonne blendete Levy. Für einen Augenblick nahm sie ihm die Sicht auf das sich am anderen Ufer majestätisch erhebende Bergmassiv, hinter dem die Libysche Wüste lag. Als er wieder etwas erkennen konnte, sah er den riesigen Heißluftballon, der über dem Fluß auf die Berge zuschwebte. *Balooning in Egypt* stand in fetten dunkelblauen Lettern auf der Ballonhülle, unter der ein mit fünf Passagieren besetzter Korb hing. Levy kniff die Augen zusammen, dann erkannte er die goldene Totenmaske des Tut-Ench-Amun auf dem Ballon, die aus schwarzgeränderten Augen in den strahlendblauen Himmel starrte.

*

Als der dunkelblaue Mercedes in Bad Homburg von der Louisenstraße in die Hofeinfahrt des ReHu-Werksgeländes einbog, sahen Tamara und Michael sofort, daß etwas nicht Ordnung war. Vor dem Eingang stand ein Einsatzfahrzeug der Feuerwehr, daneben parkten zwei Polizeistreifen. Feuerwehrmänner mit Helmen rollten gerade Wasserschläuche wieder auf, die durch die Glastür ins Innere gelegt worden waren.

Michael stellte den Wagen quer über zwei Parkplätze ab, stürzte aus dem Mercedes und lief zu der gläsernen Eingangstür, deren Automatik abgestellt worden war. Im Foyer roch es nach verschmortem Plastik, und ein feiner Rauchschleier lag in der Luft. Der Empfang war unbesetzt. Michael warf einen schnellen Blick zu den Überwachungskameras, dann rannte er nach rechts in den Gang, der zum Büro seines Vaters führte. Gerade noch hörte er, wie Tamara hinter ihm schrie: »Warte doch, Michael!«

Er stoppte und drehte sich um. Tamara winkte ihn ins Foyer zurück. Neben ihr stand einer der Feuerwehrmänner.

»Der Brand war im Entwicklungstrakt«, sagte Tamara.

Der Feuerwehrmann nickte. »Da ist ein Computer ausgebrannt. War nichts mehr zu machen. Wir konnten gerade noch verhindern, daß das Feuer auf das ganze Büro übergegriffen hat.«

Michael trat durch eine massive Glastür in den Gang links vom Empfang. Normalerweise war diese Tür immer verschlossen. Nur mit einem elektronischen Werksausweis und einem Geheimcode ließ sie sich öffnen. Besuchern wurden temporäre Ausweise ausgestellt, die sie während des ganzen Aufenthalts in den Fertigungshallen, Labors und Büros tragen mußten. Doch heute war auch diese Tür geöffnet, der automatische Schließmechanismus außer Kraft gesetzt.

Tamara und der Feuerwehrmann folgten Michael, der schnell den Gang hinunterschritt. Als er zu den Fertigungshallen abbiegen wollte, hielt ihn der Feuerwehrmann zurück. »Nein, hier rum. Es war in den Büros.«

»Im Produktdesign?«

Der uniformierte Mann nickte.

»Hat Wolf …« Michaels Stimme stockte. »Ist Herr Jenninger schon informiert worden?«

»Wenn das der Chef dort mit der Glatze ist, der sitzt gerade vor seinem Computer und versucht zu retten, was zu retten ist. Viel wird es nicht sein.«

Die drei traten in das helle Großraumbüro, in dem die Produktentwicklung untergebracht war. Die Luft war hier rauchgeschwängert, und der beißende Gestank trieb Michael die Tränen in die Augen. Tamara hustete. Die Angestellten standen in einer Gruppe zusammen und unterhielten sich leise. Ein paar erkannten Michael und begrüßten ihn. Hinter der Glaswand zum Büro von Wolf Jenninger standen zwei Männer, die Michael nicht kannte, und Kremer, dessen sonnengebräuntes Gesicht so gar nicht zu seinem bestürzten Gesichtsausdruck passen wollte. Dann entdeckte Michael auch den Produktdesigner, der am Schreibtisch saß und immer wieder auf die Tastatur seines Mac G4 drückte. Plötzlich blickte er auf und sah Michael und Tamara durch die Scheibe. Er stand auf und winkte ihnen, hereinzukommen.

Von nahem war das Ausmaß der Zerstörung an dem Computer deutlich zu sehen. Das eingebaute CD-ROM-Laufwerk wies dunkle Schmauchspuren auf, die Kabel waren zum Teil verbrannt, zum Teil verschmort, und sogar das silbrig glänzende Gehäuse des Geräts sah aus, als hätte jemand Zigaretten darauf ausgedrückt. Auf dem schwarzen Monitor blinkte im Sekundentakt ein weißes Feld auf, in dem eine explodierende Bombe abgebildet war.

»Wie konnte das denn passieren«, sagte Michael leise. Ein

Blick in Jenningers zerknirschtes Gesicht verriet ihm, daß der Schaden nicht reparabel war.

Kremer ging auf ihn zu und schüttelte ihm die Hand. »Kein schöner Anlaß für einen Besuch, Michael. Ist dein Vater wenigstens gut abgereist?«

»Ja. Wir kommen gerade vom Flughafen.« Michael schaute immer noch zu Wolf, der mit den Schultern zuckte und sich wieder an den Schreibtisch setzte.

»Darf ich vorstellen? Herr Fleischmann junior und seine Lebensgefährtin, Kriminalhauptkommissar Özcal und Kommissar Wirth von der Kripo Bad Homburg.« Michael bemerkte, daß Kremers Stimme leicht zitterte.

»Wie konnte das denn passieren?« wiederholte Michael seine Frage.

Jenningers Stimme kam vom Schreibtisch, und Michael drehte sich zu ihm um. Der Produktdesigner wedelte mit einem braunen Umschlag. »Das hier ist heute morgen mit der Post gekommen. Der Absender ist eine Firma, mit der ich schon ewig zusammenarbeite. Sie wollte mir ein paar Scans schicken. Vor …« Er schaute auf seine Armbanduhr. »… na, vor knapp zwei Stunden hab ich die CD ins Laufwerk geschoben. Keine zehn Sekunden später hat der Rechner gebrannt.«

Jenninger brach ab und schaute zu dem dunkelhaarigen Polizisten. »Der Herr von der Kripo hat dafür eine Erklärung«, meinte er leise.

Kriminalhauptkommissar Özcal räusperte sich. »Was genau den Brand ausgelöst hat, können nur unsere Techniker feststellen. Die müßten eigentlich jeden Moment da sein.« Er schaute kurz durch die Glasscheibe zum Eingang. Dann wandte er sich wieder an Michael. »Ich hab so etwas bisher nur einmal gesehen. Und zwar bei einem Lehrgang über Computersabotage. Mir sieht es danach aus, als ob auf diese CD ein sehr leicht entzündbares Pulver aufgestäubt und irgendwie fixiert wurde. Als Herr Jenninger die CD dann ins Laufwerk geschoben hat und der Rechner sie lesen wollte, hat sich das Pulver entzündet und einen Brand auf der Festplatte ausgelöst.« Er schwieg einen Moment. »Es ist eine Theorie. Sie bekommen dann natürlich den ausführlichen Laborbericht, Herr Kremer.« Jenninger schaltete sich wieder ein. »Ich habe mit einer Spezialfirma telefoniert. Wenn überhaupt noch was zu machen ist, dann brauchen sie Wochen, wenn nicht Monate, um die Daten auf dem Rechner zu retten.« Er fuhr sich mit beiden Händen über die Glatze. »Das gesamte Design der neuen ProgressDot-Reihe war hier drauf.«

»Uns interessiert natürlich besonders, wer als Verursacher für so einen bösen Streich in Frage kommen könnte«, sagte Kommissar Wirth und schaute dabei auffordernd in die Runde.

»Vor allem«, fügte Kriminalhauptkommissar Özcal hinzu, »weil sich ja in letzter Zeit solche Angriffe auf die ReHu häufen. Gibt es denn irgend jemanden, der der ReHu auf diese Art Schaden zufügen will? Ein früherer Mitarbeiter vielleicht, der weiß, an welchen Stellen die Firma empfindlich getroffen werden kann?«

»Meine Herren, besprechen wir das nicht besser in meinem Büro? Kommen Sie, bitte.«

Michael schaute dankbar Kremers schlaksiger Gestalt nach, als der Geschäftsführer die beiden Kriminalbeamten aus der Produktentwicklung führte. In diesem Moment traten zwei weißgekleidete Männer und ein uniformierter Polizist in das Büro. Mit ein paar geübten Handgriffen lösten die Polizeitechniker die verschmorten Kabel und packten sie in eine Plastiktüte, auf die in dicken Buchstaben *Beweismittel* aufgedruckt war. Dann verstauten sie den Mac samt Tastatur und Monitor auf einer mitgebrachten Sackkarre.

Wortlos nahm Jenninger den Beleg in Empfang, mit dem die Abholung bestätigt wurde. Tamara schloß die Bürotür hinter dem Feuerwehrmann, der den Technikern nach draußen folgte. Der Produktdesigner starrte durch die Glasscheibe seinem Mac hinterher. Dann brummte er:»So eine verdammte Scheiße.« »Was machst du denn jetzt?« fragte Michael. »Na, erst mal nachschauen, was ich auf noch auf Zip gespeichert habe. Ab und zu speichere ich ja schon was. Oder die Nicole macht's.« Er fing an, die Regale abzusuchen. Dann drehte er sich plötzlich zu Michael und Tamara um.»Sie haben Kremer übrigens schon angerufen.«

»Wer?«

»Na, die Erpresser. Diese Israelis.«

»Woher weißt du das?«

»Der Kremer hat's mir vorhin gesagt. Und die Gerüchteküche in der Firma ist ja auch schon heiß am Brodeln.« Jenninger wandte sich wieder zu dem Regal und ging eine Reihe Metallschachteln durch.

»Und was hat Kremer gesagt?« Michael spürte, wie seine Handflächen feucht wurden.

»Na, was wohl? Daß nicht verkauft wird. Anweisung vom Chef. Wäre ja noch schöner, wenn dein Vater denen in den Arsch kriechen würde. Kremer hat erzählt, dieser Meir hätte auch nur noch aufgelegt.«

»Das letzte Mal hat ein Kerl namens Levy angerufen.«

»*Abraham* Meir?« Tamara trat einen Schritt vor. Sie starrte Jenninger an.

Der legte ein Zip auf den Schreibtisch und schaute erstaunt zu ihr hoch.»Keine Ahnung, wie dieser Meir mit Vor...«

»Woher kennst du den Namen, Timmy?« Michael faßte Tamaras Hand. Zu seiner Überraschung war sie ganz ruhig, während er plötzlich aufgeregt wurde.

»Ein Abraham Meir war früher oft bei uns zu Besuch«, sagte Tamara. »Als ich noch ein Kind war«, fügte sie leise hinzu.

*

Benjamin Levy schaute nur flüchtig zu den in Dreierreihen am Kai ankernden Touristenschiffen. Zweihundertachtzig dieser bis zu sechs Decks hohen Kolosse drängten sich auf dem majestätisch dahinströmenden Fluß. Die meisten von ihnen gehörten Saudis, Kuwaitern und Bahreinis. Wenn die Nilschiffe einander begegneten, ließen die Kapitäne zum Gruß das Signalhorn erklingen. Und in der Touristenstadt Luxor trafen sie alle aufeinander. Das immerwährende Hupen war sogar nachts vom Hotel aus noch zu hören.

Am Neubau des Winter Palace Hotels vorbei, einem Plattenbau aus der sozialistischen Nasser-Zeit, führte ihn sein Weg zu einigen Souvenirläden, deren Leuchtreklamen für billigen Ramsch warben. *Abu Baker Papyrus* und *Alis Alabaster Factory* stand in grellen Farben auf den Schildern der beiden Läden, die rechts von ihm lagen. Auf der anderen Straßenseite verkündete eine blinkende Reklame in abwechselnd grüner und roter Schrift *Mahmoud's Carpets*.

Levy blieb stehen und schaute sich um. Kaum zwanzig Meter entfernt von ihm stand in großen schwarzen Lettern *Aboudy Internet Cafe* über einem Schaufenster. In den Unterlagen der Organisation hieß es, das Aboudy sei das größte der drei Ende der neunziger Jahre in Luxor eröffneten Internetcafés. Die Skizze, die dem Bericht beigefügt war, besagte, es sei nur einen Steinwurf vom Büro der Touristenpolizei entfernt. Aus der weit geöffneten Tür strömte angenehme Kühle. Levy trat ein und fand sich umgeben von Tausenden von Parfümflakons, die in allen Farbschattierungen funkelten. Die Stapel mit Reiseführern und bunten T-Shirts gingen in der Masse der Parfüms fast unter. Aus einem Hinterzimmer drang die sentimentale Melodie einer arabischen Liebesschnulze. Nach einem Internetcafé sah es hier nun wirklich nicht aus.

»Hallo. Wo kann ich hier meine E-Mails abrufen?« Hinter der Kasse saß ein übergewichtiger Mann, der vollkommen in das Zählen eines Dollarnotenbündels vertieft schien. Seinen Besucher hatte offenbar gar nicht wahrgenommen. Levy trat näher an die Kasse und unternahm einen neuen Versuch. »Haben Sie hier einen Internetanschluß?«

Jetzt hatte der Mann ihn offenbar gehört, denn er hob den Kopf, starrte ihn aus einem runden Gesicht mit seltsam weichen Zügen an, während er mit der linken Hand in einer raschen Bewegung das Geld vom Tisch in eine offenstehende Schublade schob. Mit einer hohen Stimme, die Levy an die Kastraten früherer Opernchöre erinnerte, sagte er: »Oben, oben, die Treppe hoch.«

Levy schritt die knarrenden Holzstufen hinauf und mußte seinen Kopf einziehen, damit er nicht an der Decke des oberen Stockwerks anstieß. Er spürte, wie der Dicke ihm hinterher starrte und drehte sich um. Schnell wandte sich der Mann wieder den Geldscheinen in der Schublade zu.

Auch hier oben fiel sein Blick zunächst auf einen Wald von Parfümfläschchen. Merkwürdigerweise roch es aber weder hier noch unten nach Parfüm. Levy holte tief Luft. Es roch hier schon eher nach Urin. Ganz in der Nähe mußte eine Toilette sein. Während seine Nase den Ursprung des Gestanks aufspüren wollte, überflog er den fensterlosen Raum. Früher war das vielleicht einmal ein Speicher gewesen, wo die leeren Parfümfläschchen aufbewahrt worden waren. Doch der Besitzer hatte den Raum in ein ganz annehmbares Internetcafé umgewandelt. Die Decke entlang zogen sich zwei Halogenleuchten, die das Café in kühles Licht tauchten. Direkt neben ihm stand ein Kühlschrank, in dem er hinter der dicken Glastür Cola-, Fanta- und Wasserdosen sehen konnte. Auf einer Tafel daneben waren Preise für Schokoladenriegel und anderes Süßzeug aufgelistet. Rechts an der Wand standen auf einem etwa vier Meter langen Metalltisch sechs 18-Zoll-Bildschirme. Nur ein Platz war belegt. Dort sah Levy die Nachrichtenseite der BBC über den Monitor flimmern. Die anderen Bildschirme waren schwarz. Der Mossad-Mann fragte den in Camouflage-Shorts und ein graues T-Shirt gekleideten Jungen, ob man hier den Rechner selbst hochfahren müsse.

»Nein. Die Computer sind alle auf Stand-by. Sind Sie zum ersten Mal hier?«

»Ja, ich will meine E-Mails abrufen. Was kostet mich der Spaß?«

»Da.« Der Junge ließ die Maus los und zeigte auf einen an der Wand hängenden Zettel.

»Fünfundzwanzig Pfund die Stunde. Aber die Verbindung ist ganz gut.«

Levy nickte und wunderte sich, daß hier niemand namens Aboudy aufpaßte, daß die Computer nicht zerstört wurden. Wahrscheinlich managte der Dicke Parfümshop und Internetcafé vom unteren Stockwerk aus und würde nachher irgendeinen Fantasiepreis von ihm verlangen, um dann das Feilschen zu beginnen.

Levy setzte sich an den hintersten Platz an der Rückwand. Von dort aus konnte er den Raum überblicken, und wenn er den Bildschirm ein wenig zu sich drehte, konnte ihm niemand über die Schulter linsen.

Mit einer Mausbewegung aktivierte er den Bildschirm. Er schaute kurz zu dem Jungen und bemerkte erst jetzt den vielfarbigen Lara-Croft-Aufdruck auf der Rückseite des T-Shirts.

Der Junge war offenbar wieder ganz in die BBC-Website vertieft. Levy wunderte sich kurz, was es da für den höchstens Vierzehnjährigen Interessantes geben könnte, dann wandte er sich seinem Monitor zu. Dort hatte sich im klassischen Hellblau die Oberfläche des Browsers geöffnet. Levy tippte *http://www.cafejournal.de* in das Adreßfeld und betätigte die Enter-Taste. Nach wenigen Sekunden zeigte der Bildschirm die deutschsprachige Website eines Frankfurter Internetcafés. Mitten auf dem Bildschirm blinkten die Worte *under construction* ... Am linken Bildschirmrand gab es eine Leiste mit den Worten *Über uns, Web-Cam, Wie Sie uns finden, Preisliste* und *Gästebuch*. Mit der rechten Maustaste klickte er nun auf das Icon *Gästebuch*. Er wußte, daß die anderen Icons zu einer Website führten, auf der nur wieder der Schriftzug *under construction* erschien. Eine Sekunde nach dem Mausklick öffnete sich ein weiteres Fenster. In ihm wurde er aufgefordert, Kommentare und Anregungen zur Website und zum Internetcafé zu hinterlassen.

Levy grinste. Das Caféjournal war ein toter Briefkasten der Organisation. Mit dem Internet war auch die Arbeit der Geheimdienste um vieles einfacher geworden. Er hatte es sich zur Devise gemacht, nur im Ausnahmefall mit Verschlüsselungen und Anonymizer-Programmen zu arbeiten, die unweigerlich das Interesse anderer Dienste auf sich lenkten. Mehr als ein Einsatz des Mossads war durch das Verschicken einer harmlos klingenden E-Mail gefährdet worden. Auf einem der unzähligen Knotenrechner wurden alle Mails unweigerlich auf Schlüsselworte oder Verdächtiges hin gescannt. Ein Eintrag in ein Gästebuch dagegen war völlig unverfänglich. Niemand würde sich dafür interessieren – außer der Organisation. Nicht einmal zufällig konnten Außenstehende hinter das Geheimnis dieser Website kommen. Immerhin gab es Hunderte solcher Internetadressen. Der erste Eintrag ins Gästebuch stammte offenbar von den

Betreibern des Internetcafés selbst. Sie entschuldigten sich für die lange Dauer, die der Aufbau der Website in Anspruch nahm. Levy überflog die Zeilen. Er suchte nach einem bestimmten Wort. *Geglückt,* wenn sein Plan mit der präparierten CD-Rom Fleischmann doch noch hatte überzeugen können, endlich zu verkaufen. *Leider,* wenn er sich immer noch weigerte. Da war es: *... haben wir es leider immer noch nicht geschafft ...* Levy schüttelte kaum merklich den Kopf. Daß dieser verfettete Deutsche mit den Puppenwimpern so halsstarrig war! Sie hatten ihm Millionen geboten, obwohl sie ganz anders mit ihm hätten umspringen können. Aber Meir wollte diese Sache möglichst ohne große Schlagzeilen abwickeln. Dabei hatten Meirs Bedenken weniger damit zu tun, daß in der deutschen Öffentlichkeit publik werden könne, der Mossad interessiere sich für die alteingesessene Elektronikfirma. Es war ein offenes Geheimnis, daß die ReHu die Geheimdienste belieferte. Außerdem war er Profi, niemand konnte die Anschläge auf die ReHu zur Organisation zurückführen. Meir schonte Fleischmann, weil er mit einer Jüdin verheiratet war. Levy hatte gleich gewußt, daß der Anruf bei Sarah Fleischmann nichts bringen würde, doch Meir hatte darauf bestanden. Aber hier in Luxor würde es sich nicht vermeiden lassen, daß Sarah Fleischmann zusammen mit ihrem Mann ins Gras beißen mußte.

Levy tippte die Nachricht *Eure Seite ist einfach große Klasse. Gruß Jacques* in die Tastatur, drückte *send* und lehnte sich zurück. Innerlich mußte er lachen. Was für ein Unsinn, eine Website zu loben, die es gar nicht gab. Doch außer Stern würde es niemand lesen. Und mit ihm hatte er genau diesen Satz vereinbart. Schon in Sekunden würde Meir wissen, daß alles nach Plan verlief.

»Schade, daß noch nicht mehr von der Seite zu sehen ist«, sagte plötzlich eine Stimme hinter ihm.

Levy fuhr herum und unterdrückte den Impuls, mit beiden

Händen den Bildschirm zu bedecken. Der Junge stand hinter ihm und hielt eine eiskalte Cola-Dose in der Hand, die er sich offenbar gerade aus dem Kühlschrank genommen hatte. Er mußte sich angeschlichen haben, denn Levy hatte überhaupt nichts gehört. Schnell schaute er zu den Schuhen des Jungen. Schwarz-weiße Baseballschuhe mit Gummisohlen, die auf dem Teppichboden keine Geräusche machten.

»Ist das ein Internetcafé in Deutschland?« fragte der Junge und öffnete mit einer geübten Bewegung die Cola-Dose. Das Zischen riß Levy aus der Schreckstarre.

»Ja«, sagte er langsam. »Das machen Freunde von mir.« Dann klickte er auf das Kreuzchen in der rechten oberen Ecke des Bildschirms, die Seite schloß sich, und er drehte den Stuhl ganz zu dem Jungen um. »Du hast wohl noch nie was von Webikette gehört?«

Der Junge starrte ihn an, dann schüttelte er den Kopf.

»Man schaut anderen Leuten nicht beim Surfen zu.« Levy musterte den Jungen genau. Der erste Eindruck trog, der Junge konnte gut sechzehn, vielleicht sogar achtzehn Jahre alt sein. Der ägyptische Geheimdienst hatte sicher auch noch jüngere Mitglieder. Levy stand auf, trat zu dem Kühlschrank und nahm sich ebenfalls eine Cola heraus. Der Junge zuckte mit den Schultern und setzte sich wieder vor seinen Monitor, wo auf der linken Seite immer noch das BBC-Logo schwebte. Levy starrte einen Moment auf die hocherhobene Waffe in der schmalen Hand von Lara Croft, dann setzte er die kalte Dose an und leerte sie in einem Zug.

*

Sarah Fleischmann fuhr beim lauten Knallen des Champagner-korkens zusammen. Den Kühler mit der eisüberzogenen Flasche Vieuve Clicquot hatte sie inmitten des Blumenmeers ganz übersehen. In jedem Winkel der Hochzeitssuite des Old Winter Palace Hotels, die Herbert trotz ihrer Proteste für den Urlaub gebucht hatte, standen Vasen mit roten Rosen. Es mußten Hunderte von Blumen sein. Sogar vor den Balkontüren hatte man noch zwei mattschwarze Bodenvasen mit langstieligen, tief dunkelroten Rosen aufgestellt. Auf dem niedrigen Tisch vor der Couch stand eine weiße Porzellanschale, in der geöffnete rote Rosenblüten schwammen und einen unglaublichen Duft verbreiteten.

»Das ist … himmlisch.« Sarah war sprachlos. Herbert Fleischmann war nie ein großer Romantiker gewesen, und auch Sarah hatte eher eine pragmatische Einstellung zu ihrer langen, glücklichen Ehe. Um so tiefer berührte sie diese Geste.

»Auf den Urlaub«, sagte Herbert und reichte ihr einen Champagnerkelch, in dem die goldgelbe Flüssigkeit perlte.

»Die Rosen müssen ein Vermögen …« Herbert beugte sich schnell vor und küßte sie leicht auf den Mund, so daß sie nicht mehr weiterreden konnte.

»Wir wollten doch nicht über Geschäftliches reden«, flüsterte er ihr ins Ohr und berührte mit den Lippen ihre dunklen Locken.

»Du hast recht«, sagte Sarah. Sie holte tief Luft und füllte die Lungen mit dem weichen Rosenduft. »Es ist wie in einem Traum. Komm«, sie hob das Kristallglas, »laß uns auf eine Woche Ruhe, Sonne und strahlendblauen Himmel anstoßen.«

Die feingeschliffenen Kelche klirrten hell, und die beiden tranken, wobei sie sich in die Augen sahen.

»Ich möchte dir noch etwas sagen, Mäuschen«, sagte Herbert Fleischmann. Sarah lächelte unwillkürlich, als er den alten Kosenamen gebrauchte, mit dem er sie schon am zweiten Abend ihrer Bekanntschaft zum Lachen gebracht hatte.

»Was denn, Herbert?«

Er stellte das Glas neben den Kühler, und auch Sarah stellte den Champagnerkelch ab. Herbert nahm sie in die Arme, und sie spürte, wie er ihren Körper genoß, ihre Wärme suchte. »Du bist mit jedem Jahr unserer Ehe schöner geworden.« »Ach was, ich werd auch nicht jünger. Und wenn ich die Haare nicht färben würde, wär ich grau wie meine Mutter.« »Du weißt genau, was ich meine, Mäuschen.« Er strich ihr sanft über den Rücken. »Und daß du trotz all dem Ärger bei mir geblieben bist, dafür will ich dir jetzt endlich mal danken.« Sarah spürte, wie ihr Tränen in die Augen schossen. »Ach, Herbert«, flüsterte sie, »ich liebe dich doch. Da könnte weiß Gott was passieren, und ich würde immer zu dir halten.«

Herbert Fleischmann nickte wortlos und zog sie noch näher zu sich. Sarah schmiegte sich an seine Brust. Sie hatte gesehen, daß sich auch in seinen blauen Augen die Tränen sammelten. So blieben sie eine ganze Weile still stehen.

Dann löste Herbert die Umarmung. »Schau uns nur an, wie die Teenager.« Er nahm Sarahs Hand und küßte sie. Dann sagte er: »Komm, raus jetzt aus den verschwitzten Sachen, eine kühle Dusche und dann schauen wir mal, was es hier zu entdecken gibt.«

»Ja.« Sarah wischte sich mit der linken Hand die Tränen weg. »Packen wir erst einmal die Koffer aus. Wenn wir hier überhaupt noch einen Platz finden zwischen all den Rosen. Und weißt du, was ich wirklich gerne machen würde?«

Fleischmann, der gerade die Koffer ins Schlafzimmer schleppte, drehte sich in der Tür um. »Was denn, Mäuschen? Ich erfüll dir alle deine Wünsche.«

Sarah lachte. »Das machst du doch immer, Herbert.«

Er schüttelte den Kopf. »Stimmt gar nicht. Ich bin sicher, in den letzten Monaten hast du dir auch was anderes gewünscht als einen Ehemann, der jeden Tag mit schlechter Laune und einer neuen Hiobsbotschaft von der Arbeit ...«

»Ah, Herbert!« Sarah trat zu ihm und packte den Tragegriff ihres blauen Koffers. »Nichts Geschäftliches. Hast du's schon vergessen.«

»Nö.« Er lächelte. Gemeinsam schleppten sie die Koffer ins Schlafzimmer und legten sie auf eines der beiden Doppelbetten. »Dieser Raum war übrigens das persönliche Schlafgemach von König Faruk.«

Sarah schaute sich in dem großzügig ausgestatteten Raum um. Auf den Böden lagen teure Seiden-Perserteppiche, die Ornamente in allen möglichen Nuancen von Rot- und Brauntönen aufwiesen. Mitten im Zimmer stach ein runder Teppich ins Auge, auf dem das Bild eines Pfaus eingewoben war, der ein Rad schlug, das in der Brillanz der Farbe fast lebendig wirkte. Die gestreiften Sessel an den Wänden, die in Rot und Gold gehaltene Sitzgruppe am Fenster, das verzierte Sideboard – alle Möbel waren offenbar Antiquitäten, die aus der britischen Kolonialzeit stammten, als der Old Winter Palace erbaut worden war. Auch im Schlafzimmer waren die Nachttische und der Schreibtisch am Fenster mit Rosensträußen geschmückt. An der Wand gegenüber dem überbreiten Bett stand ein viktorianischer Schminktisch aus Kirschholz. »Die Hochzeitssuite war das Schlafgemach des Königs, wenn er sich hier aufgehalten hat?«

Fleischmann nickte und setzte sich auf das Bett. »Und was wünschst du dir, Mäuschen?«

Sarah setzte sich neben ihn und legte den Kopf auf seine Schulter. »Eine Fahrt beim Sonnenuntergang auf dem Nil. Nur wir zwei, Arm in Arm.«

Sie setzte sich irritiert auf, als ihr Mann leise anfing zu lachen. »Findest du das blöd, oder was?«

Schnell nahm Fleischmann sie in die Arme. »Nein, Mäuschen, ganz und gar nicht. Weißt du, als ich die Rosen bestellt habe, da hat der Mensch vom Hotel mir genau das vorgeschlagen: eine romantische Nilfahrt im Sonnenuntergang. Ich hab das Boot schon bestellt.«

*

Über dem Parkplatz vor dem Hatschepsut-Tempel hatte die Gondel eine Höhe von achtzig Metern erreicht. Am östlichen Nilufer zeigten sich die ersten Sonnenstrahlen, der Muezzin weckte die auf den Dächern schlafenden Fellachen mit einem »Allahu Akhbar« zum Morgengebet. Ein erster Windhauch trieb den Heißluftballon sacht flußaufwärts. Wie an jedem Morgen deutete Mustafa mit seinem Sprechfunkgerät auf die erodierten Gesteinsmassen des Bergmassivs.

»Da drüben ruht ein jahrtausendealtes Geheimnis.« So weckte er das Interesse der Touristen, die noch halb verschlafen in den Sonnenaufgang blinzelten.

»Vor nicht allzulanger Zeit hatte ich einen Briten bei mir hier oben in der Gondel. Er hat fotografiert, genauso wie Sie es jetzt tun. Als er später die Filme entwickeln ließ, sah er auf einem Foto einen eigenartigen bunten Lichtschimmer. Er hat die Aufnahme von einem Fachlabor vergrößern lassen. Und siehe da...« Die Pause war gewollt und diente dazu, die Spannung zu steigern, die ihm später ein üppiges Trinkgeld einbringen würde.

»Welch unglaubliches Glück!« Wie immer blickten sich die Touristen fragend an. Welches Glück konnte schon auf einem Urlaubsschnappschuß verborgen sein? Er hatte ihre volle Aufmerksamkeit.

»Auf dem Bild konnte man eindeutig den Eingang zu einem bislang unbekannten Grab sehen. Die Aufnahme war unscharf. Doch die farbig bemalten Pfeiler auf beiden Seiten des Eingangs waren gut zu erkennen. Der Brite hat die ägyptische Botschaft informiert. Zwei Wochen lang hat unsere Luftwaffe mit Hubschraubern nach dem Grab gesucht. Auch internationale Archäologenteams wurden eingeschaltet. Doch das Grab haben sie nicht gefunden. Denn das Licht ändert sich mit jeder Sekunde.« Mustafa zeigte mit ausgestrecktem Arm auf das Bergmassiv, das immer mehr von dem orangefarbenen Licht der aufgehenden Sonne überzogen wurde.

»Felsspalten, die im einen Moment noch ocker erscheinen, nehmen schon im nächsten eine rötliche Farbe an. Und die Schatten wandern. Weil der Brite nicht wußte, in welcher Höhe und an welchem Ort er das Bild gemacht hatte, war die Suche aussichtslos. Es ist ein großes Geheimnis.« Er blickte von der Gondel in die Ferne, als versuche er selbst, mit bloßem Auge das Grab zu finden. Vier neugierige Augenpaare folgten unwillkürlich seinem Blick.

»Ja, irgendwo dort draußen gibt es ein unentdecktes Grab. Ich erzähle dieses Geheimnis nicht jeder Gruppe. Ihnen vertraue ich. Behalten Sie das Geheimnis für sich.«

Spätestens jetzt reckten die Touristen die Hälse und suchten mit dem Zoom der Fotoapparate die Felsschluchten nach dem vermeintlichen Grab ab. Welch wundervolle Geschichte. Ein Geheimnis, das nur sie kannten. Und das sie daheim jedem, der es hören wollte, berichten konnten. Es war immer das gleiche: Die Spendierfreude der Ballonfahrer war geweckt.

*

Mustafa stieg als erster aus dem aus fingerdicken Weidenästen geflochtenen Korb und half der älteren niederländischen Dame, über die Leiter auszusteigen. Unter ihrem breitrandigen weißen Hut lächelte sie ihn freundlich an. Sichtlich angetan von der frühmorgendlichen Fahrt und seiner Geschichte drückte ihm ihr Mann ein dickes Trinkgeld in die Hand.

Kaum war die Gondel vertäut, machte Mustafa sich auf den Weg zum Hotel Mövenpick Jolie Ville. Auch im St. George und im Ibis lohnte es sich, auf zahlungskräftige Kundschaft zu warten, die bereit war, pro Person zweihundertfünfzig Dollar für einen dreißig Minuten dauernden Flug im Ballon zu zahlen und dabei den Blick über das Niltal und Luxor im Licht der aufgehenden Sonne zu genießen. Doch das Mövenpick war die beste Adresse. Die Anlage auf Crocodile Island, einer Nilinsel, war eine Oase der Ruhe. Keine lärmende Straße unterbrach dort den Blick auf den faszinierenden Strom und die auf ihm treibenden Wasserhyazinthen. Und Touristen, die es sich leisten konnten, die in der parkähnlichen Anlage verstreut liegenden Bungalows zu mieten, hatten auch das nötige Kleingeld für die Ballonfahrt, die Mustafa ihnen anzubieten hatte. Es gab einen unvergeßlichen Blick, eine abenteuerliche Geschichte, eine Gondeltaufe mit einem Glas Champagner und zur Erinnerung ein schönes Zertifikat, das die Ballonfahrer sich daheim an die Wand hängen konnten. Seit Mustafa das riesige Plakat mit dem Slogan *Ballooning in Egypt* auf der Straße vom Flughafen in die Stadt hatte anbringen lassen, konnte er sich über das Geschäft nicht beklagen.

Auch an diesem Morgen hatte Mustafa im Mövenpick Glück. Er hatte noch keine fünf Minuten gewartet, da sprach ihn ein hagerer, hochaufgeschossener Europäer in Jeans und grünem Polohemd an, der an einer Ballonfahrt interessiert war. Der dunkelhaarige Mann, offenbar ein Franzose, lud ihn zu sich an einen der niedrigen Tische im Foyer des Hotels ein, wo ihnen ein Kellner sofort eisgekühlten Malventee servierte. Nach fünfzehn Minuten hatte Mustafa den Mann von den Vorzügen einer frühmorgendlichen Ballonfahrt überzeugt. Er buchte zwei

Tickets für den übernächsten Morgen mit dem dunkelblauen Ballon, dessen Außenhülle mit dem goldenen Antlitz der Totenmaske des Tut-Ench-Amun bedruckt war. Zum Erstaunen Mustafas verzichtete er auf die fünfzehn Prozent Rabatt, die er ihm großzügig für den Kauf von gleich zwei Tickets anbot.

»Bakschisch für Sie«, sagte der Tourist zu Mustafa. Offenbar war Geld für den Mann unwichtig. Und noch etwas fiel Mustafa auf. Während andere Kunden umständlich in Brustbeutel oder Geldbörse nach den grünen Dollarscheinen kramten, zog dieser Mann aus einem ledernen Handtäschchen, das mit einer Schlaufe um sein Handgelenk befestigt war, einen weißen Briefumschlag. Er öffnete ihn vorsichtig, drehte ihn und ließ fünf Hundertdollarnoten direkt vor Mustafas Nase auf die an den Kanten zersplitterte Glastischplatte fallen.

»Na?« sagte der Mann mit einem Akzent, den Mustafa jetzt eindeutig als französisch einordnete. Er schüttelte den Briefumschlag, und ein schneeweißes Kärtchen, etwas größer als eine gewöhnliche Visitenkarte, fiel auf die Geldscheine. Der Mann deutete darauf.

»Ich möchte, daß Sie die Tickets zum Hotel Old Winter Palace, Zimmer 243, schicken. Und legen Sie bitte die Karte dazu. Es ist eine Überraschung für einen Geschäftsfreund.«

Mustafa hatte schon viele Verrückte gesehen. Meist feilschten sie noch im letzten Moment, in der irrigen Annahme, sie könnten für einen Bruchteil des Preises an der Ballonfahrt teilnehmen. Andere überlegten es sich dann und versprachen, morgen wiederzukommen. Doch das war nur eine verlegene Ausrede dafür, daß sie in Wirklichkeit kein Geld für die Fahrt hatten. Sicher, hin und wieder kaufte jemand Tickets auch in der Absicht, sie zu irgendeinem Anlaß zu verschenken.

Mustafa schob die weiße Karte von den Geldscheinen, die er vorsorglich in seiner Brieftasche verstaute. Erst dann las er den

Aufdruck auf der Karte. *Welcome to Egypt, with compliments of LES CAVES GIANACLIS* stand dort. Mehr nicht. Keine Unterschrift. Kein Gruß. Nun ja, das konnte ihm auch egal sein. Hauptsache, das Geld stimmte. Und die Dollarnoten waren offensichtlich echt.

»Les Caves Gianaclis?« Mustafa nahm das Glas mit dem Malventee vom Tisch und lehnte sich zurück. Während er an dem Getränk nippte, schaute er den Mann fragend an. Les Caves Gianaclis war ein inzwischen privatisierter ägyptischer Weinbaubetrieb, der für sündhaft teures Geld den Rotwein Omar Khayyam, den man im ganzen Land spöttisch *chateau migraine* nannte, in den Touristenrestaurants anbot.

Der dunkelhaarige Mann nickte. »Ja. Ich komme aus Bordeaux und arbeite für Les Caves Gianaclis. Kennen Sie vielleicht unsere Weine?«

Mustafa nickte und stellte das Teeglas wieder auf die Tischplatte. »Sicher. Ihre Firma hat doch vor ein paar Jahren den heruntergewirtschafteten ägyptischen Staatsbetrieb übernommen. Ich trinke selbst keinen Wein, aber Freunde erzählen mir, daß nicht nur der ägyptische Rotwein, sondern auch der Rosé und der Crue des Ptolomees seither wieder annehmbar geworden sind.«

Der Mann lächelte und neigte geschmeichelt den Kopf. Er deutete mit dem Kinn auf die Karte. »Die Ballonfahrt ist eine Überraschung für einen Geschäftsfreund. Er macht mit seiner Frau Urlaub in Luxor.«

»Eine wundervolle Überraschung.« Mustafa überlegte, ob er dem Weinhändler eine dauerhafte Zusammenarbeit zu günstigen Konditionen anbieten sollte. Es gab sicher etliche Geschäftsfreunde, die sich über eine Ballonfahrt freuen würden. »Soll ich die Tickets heute abend noch abgeben lassen oder reicht es morgen früh?« fragte er.

»Lassen Sie sich ruhig Zeit.«

Mustafa bemerkte, daß der Mann von irgend etwas hinter ihm abgelenkt wurde. Er drehte sich um und sah den Pool, der durch eine Glasscheibe vom Foyer getrennt wurde. Eine füllige Blondine stellte dort ihre runden Formen in einem viel zu knappen Bikini zur Schau.

»Oh, lala«, machte der Franzose. »Das sind vielleicht ein paar Ballons.«

Mustafa kam die Bemerkung aufgesetzt vor, als wolle der Mann vom eigentlichen Anlaß ihres Gesprächs ablenken. Trotzdem spielte er das Spiel mit. »Aber unsere Ballons werden ausgetauscht, wenn sie alt sind«, grinste er.

Beide lachten über den Witz.

Abrupt wurde der Mann wieder ernst. »Kann ich mich wirklich auf Sie verlassen? Der Ballon wird auch wirklich abheben? Was ist, wenn ein Sandsturm aufzieht?«

Mustafa winkte ab. »Keine Sorge, um diese Jahreszeit ist das Wetter absolut vorhersehbar. Sandstürme gibt es jetzt nicht.«

»Und was ist, wenn plötzlich vier andere Touristen gemeinsam einen Ballon mieten wollen? Mein Geschäftsfreund kann nämlich sehr ungehalten werden, wenn etwas nicht so klappt, wie er es sich vorstellt.« Der Mann schien tatsächlich besorgt. Aber im Umgang mit schwieriger Kundschaft war Mustafa ein Meister.

»Keine Sorge«, beschwichtigte er. »Wir haben drei Ballons und zwei Piloten. Ihre Tickets sind die ersten, die ich für übermorgen verkauft habe. Weitere Gäste werden entweder zu Ihrem Freund und seiner Gattin geladen, oder es wird ein weiterer Ballon gestartet. Aber wenn Sie ganz sichergehen wollen, kann ich Ihnen einen Exklusivflug anbieten. Ich gebe Ihnen zwanzig Prozent Rabatt, das wäre dann ein Spezialpreis von achthundert Dollar.« Mustafa schaute den Mann fragend an, doch der winkte ab.

»Ach, nein, das ist nun nicht nötig. Also, Sie schicken die Tickets rechtzeitig in das Winter Palace?« Der Weinhändler erhob sich.

Mustafa stand ebenfalls auf und nickte.»Jawohl, Zimmer 243. Wie gewünscht.« Er steckte die weiße Karte zu den Geldscheinen in seine Brieftasche und verabschiedete sich. Am besten, er schaute jetzt im St. George vorbei, ob er dort nicht das zweite Paar für die Ballonfahrt des Weinhändlers auftreiben konnte.

Als Mustafa in die gleißende Hitze vor dem Eingang des Mövenpick Jolie Ville trat, sah er vor sich den großen Mann im grünen Polohemd, wie er in einen Wagen stieg und Richtung Luxor davonfuhr. Heute abend mußte er sich einmal bei seinen Freunden erkundigen, ob sie denn etwas darüber gehört hatten, daß sich Les Caves Gianaclis seit neuestem für Ballonfahrten interessierten.

*

»Der Schöpfer meint es gut mit den Kohanim: Über Jahrtausende reichen sie ihr Erbe unverfälscht weiter von Vater auf Sohn und wieder Vater und wieder Sohn. Die königliche Linie beginnt mit dem Moses-Bruder Aaron, dem ersten der Hohepriester und Urahn aller Kohanim. Aus dem Labor der modernen Wissenschaft kommt heute die Bestätigung dessen, was wir in unserem Herzen schon immer wußten. Wir sind die Auserwählten. Wir werden das jüdische Volk nach jahrtausendelanger Pein zu neuen Ufern und neuer Blüte führen. Die Gene zeigen, daß Gott sein Versprechen hält. Wir gehen nicht verloren. Das Priester-Gen, das alle Kohanim verbindet, macht uns zur einzigen authentischen königlichen Linie der menschlichen Geschichte. Aber braucht nicht eine königliche Linie einen König? Braucht dieser König nicht ein Land und einen Stamm, den er führen kann?«

Die tiefe Stimme des Rabbi erfüllte das fensterlose Archiv im sechsten Stock der Guiolletstraße 154. Salomon Rosenstedt richtete sich aus dem ledernen Fernsehsessel auf und holte die DVD-Hülle, die vor ihm auf dem Arbeitstisch lag. *Rede von Rabbi Ehud Yosef, 03-05-2003* hatte jemand mit akkuraten Buchstaben die DVD beschriftet. Wahrscheinlich Stern, vermutete Rosenstedt. Neben dem Rekorder lag schon ein hoher Stapel von DVDs, die Rosenstedt sich angeschaut hatte. Alles Mitschnitte von Reden oder Vorträgen von Rabbi Yosef und anderen Ultra-Orthodoxen. Alle hatten ein gemeinsames Thema: Das Priester-Gen und die führende Rolle der Kohanim für die Zukunft Israels. Zu seinem Erstaunen verfügte das Frankfurter Mossad-Büro über eine ausufernde Sammlung zu diesem Thema.

Rosenstedt stand auf und holte sich den dicken Wollpullover, den er auf Anraten von Meir auf der Zeil erstanden hatte. Obwohl er inzwischen warme Flanellhemden trug und die Heizung im Archiv hochgeschaltet hatte, war ihm wieder kalt geworden. Die Schatten des LCD-Monitors fielen auf die weißen Seiten in seinem Notizbuch, das aufgeschlagen auf dem großen Tisch im Zentrum des Raumes lag. Rosenstedt setzte sich, schob das Mossad-Handbuch weg, das er als Unterlage benutzt hatte, und überflog seine Notizen. Heute morgen hatte Stern ihm die Unterlagen zum Fall ReHu übergeben. »Damit Sie mitkriegen, welche Aufgaben der Mossad in Europa wahrnimmt, meint der Chef«, hatte Stern ihm gesagt. Rosenstedt glaubte, einen leicht ironischen Unterton in den Worten herauszuhören.

Er hatte die Akte durchgelesen. Offenbar ging es bei diesem Fall um die neuen Encrypter-Programme des Mossad. In den letzten Jahren hatte sich eine Spezialabteilung mit der Erstellung von neuen Codierungssystemen beschäftigt. Rosenstedt war darüber informiert, daß dabei ein Computerprogramm entstanden war, das selbst von den fähigsten Köpfen des Mossad nicht geknackt werden konnte, ein Programm, das sich in Sekundenbruchteilen ständig neu chiffrierte. Weltweit hatte nur die ReHu auf diese neue Art der Verschlüsselung reagiert. Ihr neuestes Monitoring-Programm arbeitete mit einem vorgeschalteten Programm, einer Art Virus, der die ständige Neu-Chiffrierung der Encrypter-Programme verlangsamte, so daß die standardisierte Entschlüsselungssoftware überhaupt greifen konnte. Hundertsiebzig Millionen Dollar war dem Mossad die Kontrolle über das Patent wert, doch der Chef der Firma wollte offenbar um keinen Preis verkaufen. Rosenstedt hatte die Berichte der Agenten überflogen, die auf den Mann Druck ausübten. Es waren die üblichen Methoden, die in solchen Fällen angewandt wurden. Nicht schön, aber notwendig.

Nichts in der Akte rechtfertigte den komischen Tonfall, den Rosenstedt in Sterns Stimme gehört hatte. Vielleicht hatte er sich getäuscht. Der Mann schien ihm hier sowieso fehl am Platze, weniger Geheimdienstagent als Bürovorsteher, der sich vor allem um die Organisation der Dependance kümmerte. Die anderen Agenten arbeiteten in den Räumen, die weiter hinten in dem weitläufig angelegten Stockwerk lagen. Rosenstedt kannte ihre Namen und Persönlichkeitsprofile aus den Unterlagen des Mossad: Kimiagarov, Slonin, Daniel. Stern hatte sie ihm kurz vorgestellt, als er ihn auf einem Rundgang durch das Stockwerk geführt und ihm das Großraumbüro mit den modernen Computeranlagen gezeigt hatte. Dann hatte er ihm einen Arbeitsplatz zugewiesen.»Und wenn Sie mit der ReHu-Akte durch sind, sollten Sie sich mal in unserem Archiv umtun. So was sehen Sie nicht alle Tage«, hatte Stern noch hinzugefügt. Auch hier wieder dieser Tonfall, den Rosenstedt nicht richtig zu deuten wußte.

An den Wänden des Archivs waren nur wenige Regale den Themen gewidmet, die Rosenstedt im Archiv eines Geheimdienstes erwartet hatte. Nun war das Frankfurter Büro nicht mit dem Hauptquartier des Mossad in Israel zu vergleichen, wo Rosenstedt ein ganzes Informationszentrum zur Verfügung gestanden hatte. Allerdings wunderte er sich über die Stapel von Büchern und Zeitschriften zur Geschichte der Gentechnik, die hier die Regale füllten. Offenbar hatte der Frankfurter Mossad das *American Journal of Human Genetics, Science* and *Nature* abonniert, die in Archivordnern abgelegt ein Regalbrett füllte, das sich die gesamte Länge des Raumes entlangzog. Einzelne Ausgaben waren zerlesen, und gelbe Post-it-Zettelchen ragten aus den Heften. Rosenstedt war auf etliche Monographien zum Werk Friedrich Mielschers und die Entdeckung der Nukleinsäure gestoßen, auf Biographien von Francis Crick und James Watson, den Entdeckern der Doppelhelixstruktur der DNS. Ebenso hatte er Schriften über Paul Berg und die Geschichte der DNS-Rekombination entdeckt, die Protokolle und späteren Veröffentlichungen der Asilomar-Konferenz in Pacific Grove über die Risiken der Gentechnik, und sogar eine kleine Sammlung von Science-fiction-Paperbacks, die von Aldous Huxleys *Schöne neue Welt* bis zu den neueren Cyberpunk-Fantasien William Gibsons reichten. In prall gefüllten Ordnern auf dem untersten Regal fand Rosenstedt Zeitungsartikel aus den größten Tages- und Wochenzeitungen der Welt. Meir mußte einen Ausschnittsdienst mit dem Sammeln beauftragt haben. Oder einer der Agenten des Büros war damit zwölf Stunden am Tag beschäftigt. Viele der Artikel waren Ausdrucke aus dem Internet. Beim Durchblättern fand Rosenstedt erwartungsgemäß Artikel zum Thema Gentechnik und zur Entdeckung des Priester-Gens der Kohanim. Doch daneben waren hier Artikel, die sich mit seltsamen Krankheitsausbrüchen beschäftigten, bei denen die Ursache nie geklärt werden konnte. Ein ganzer Ordner voller Artikel beschäftigte sich mit dem Ausbruch der Maul- und Klauenseuche in Großbritannien vor ein paar Jahren und Vermutungen, daß Saddam Hussein den Erreger absichtlich auf die britischen Inseln eingeschleppt hätte. Ein neuerer Artikel berichtete von einem ungeklärten Ausbruch tödlich verlaufen- der Encephalitis-Erkrankungen in New York, der die Millio- nenstadt in Panik versetzt und die Behörden zu einer massiven Moskitobekämpfung veranlaßt hatte. Am Rand neben den Spe- kulationen eines Reporters, Wandervögel hätten das Virus ein- geschleppt, hatte jemand mit blauem Kuli ein großes Ausrufe- zeichen gesetzt. Ein anderer Ordner war voll mit Artikeln, die sich mit den Möglichkeiten und Gefahren der Entwicklung ei- ner ethnischen Bombe beschäftigten. Zwischen den Zeitungs- ausschnitten entdeckte Rosenstedt sogar einen Mossad-inter- nen Bericht, der sich mit den genetischen Ursprüngen der süd- afrikanischen Lemba und den äthiopischen Juden beschäftigte.

Rosenstedt steckte den Artikel wieder in den Ordner und richtete sich auf. Auf dem Bildschirm war noch immer der ehr- würdige Rabbi Yosef zu sehen, der zum Höhepunkt seiner Rede zu kommen schien. »Der Ahnenpaß aus dem Labor der modernen Wissenschaft macht uns Kohanim zu den Thronfol- gern Davids, als dessen mächtige Erben wir in die Geschichte eingehen werden«, dröhnte die Stimme aus den Lautsprechern.

Der Agent schüttelte den Kopf und schaute sich im Raum um. An der Wand links vom Eingang stand eine Reihe silbrig glänzender Aktenschränke. Er versuchte einen zu öffnen, doch die Schübe waren abgeschlossen. In den kleinen Metall- rähmchen vorn steckten unbeschriftete Schilder. Nur auf einem stand in derselben ordentlichen Schrift wie auf den DVD-Hül- len Meirs Name. Er rüttelte an dem Griff, doch der Aktenschub blieb verschlossen. Da sah er am Schrank daneben einen Schub, der nicht ganz geschlossen war. Rosenstedt zog, und der schwere Kasten bewegte sich. Dabei schrappte es im Innern metallisch, als ob der Stab, der die Schübe sicherte, hier nur halb eingerastet wäre. Es waren offenbar Personalakten, wie der Mossad-Agent enttäuscht feststellte. Gleich am Anfang hing eine Akte über Yaakov Abramowitz, den Generalstabschef der israelischen Armee. Rosenstedt öffnete den schmalen Ordner, in dem sich mehrere lose Blätter befanden, offenbar die Ergebnisse eines medizinischen Tests. Er nahm den Ordner und setzte sich wieder in den Ledersessel am Tisch. Plötzlich wurde ihm klar, was er hier vor sich hatte: Es war eine detaillierte DNS-Analyse, die sich besonders auf das Y-Chromosom zu konzentrieren schien. Rosenstedt war kein Experte, was Genetik anging, trotzdem erinnerte er sich, gelesen zu haben, daß das Y-Chromosom für die Vererbung fast belanglos war, und nur Genmutationen dort saßen, die etwa die Bluterkrankheit und Rotgrünblindheit auslösten. Er schaute sich die Papiere noch einmal an. Eine Seite war ein Auszug aus der DNS-Kartei des Innenministeriums, eine Art genetischer Stammbaum von Abramowitz' Vater, der 1974 mit der Familie aus der damaligen Sowjetunion nach Israel eingewandert war.

Der Mitschnitt der Rede war zu Ende, und das Bild auf dem Monitor war schwarz. Rosenstedt stand auf, schaltete das Gerät ab und nahm die DVD aus dem Rekorder. Als er sie in die Hülle schob, fiel sein Blick auf die Beschriftung des Aktenordners. In der unteren Ecke hinter dem Namen *Abramowitz, Yaakov* stand ein kleines *K*. Rosenstedt wandte sich zu dem offenen Aktenschub und suchte die Ordner ab. *Levy … Mahlnaimi, Meir … Motti, Naveh* − mit dem Buchstaben *N* endete der Schub. Der Agent beugte sich nach unten und versuchte, den darunterliegenden Schub zu öffnen. Doch der erwies sich als fest verschlossen.

»Man kann immer nur einen herausziehen«, sagte plötzlich

Stern neben ihm. Rosenstedt schreckte hoch und stieß sich an dem geöffneten Schub. Ohne ein Anzeichen von Schuldbewußtsein sagte Stern:»Tut mir leid, wenn ich Sie erschreckt habe.« Rosenstedt brummte:»Ich habe nicht gehört, wie Sie reingekommen sind.« Er rieb sich den schmerzenden Ellbogen. Dabei beobachtete er den rothaarigen Stern, der einen Stapel Akten absetzte und den Schrank mit einem kleinen Schlüssel aufschloß. Dann schob er zuerst den geöffneten Schub wieder hinein, bis dieser einrastete, und beugte sich zum zweituntersten Schub, den Rosenstedt gerade vergeblich hatte öffnen wollen. Wortlos begann er, die Akten einzusortieren.

»Haben Sie vielleicht die hier gesucht?« Stern drehte sich kaum um, als er Rosenstedt einen Ordner mit der Aufschrift *Rosenstedt, Salomon* reichte. Der Agent starrte auf die Akte und nickte.

»Ja«, sagte er.»Ich wollte sehen, ob es auch eine über mich gibt.«

»Natürlich«, sagte Stern.»Die Ergebnisse des DNS-Tests sind gerade aus Jerusalem hereingekommen.«

»DNS-Test?«

»Wird routinemäßig gemacht.«

»Ich kann mich nicht erinnern, daß ich je eine Probe für so einen Test abgegeben hätte.«

Stern drehte sich um, und für einen Augenblick meinte Rosenstedt, ein spöttisches Grinsen auf dem Gesicht zu sehen. Doch im nächsten Moment erklärte der schmächtige Mann vollkommen ernsthaft:»Natürlich haben Sie keine Probe abgegeben.« Mit dem Kinn deutete er auf das Mossad-Handbuch, eine Geste, die für ihn offensichtlich Erklärung genug war. Wahrscheinlich hatten sie die Probe aus der Einstellungsuntersuchung. Rosenstedt öffnete die Akte und fand wie erwartet seine DNS-Analyse und seinen Stammbaum vor. Stern war inzwischen fertig mit dem Einsortieren der Akten und wollte die Lade wieder schließen.

»Moment noch«, sagte Rosenstedt. Er schaute auf die Beschriftung der Akte. Seinem Namen war auf dem Schildchen nichts hinzugefügt. »Könnte ich auch noch Ihre Akte sehen?«

Stern nickte. »Aber sicher.« Mit einem raschen Griff zog er die Akte *Stern, Ephraim* aus dem Schub. Auch auf diesem Schild war nichts hinzugefügt, weder ein *K* noch sonst ein Buchstabe.

»Sagen Sie, Stern, Sie sind vor zwei Jahren dem Frankfurter Büro zugeteilt worden?«

»Ja«, erwiderte der kleine Mann.

»Yaari hat Sie hierher beordert?«

»Ja.«

»Meir hatte nichts damit zu tun?«

»Nein, ich bin direkt aus dem Stab Yaaris in die Europa-Zentrale versetzt worden.«

Vor der Tür des Archivs rannte jemand mit schweren Schritten den Gang entlang.

»Ich muß gehen. Anscheinend ist Levys Nachricht angekommen.« Stern streckte seine Hand aus. Für einen Moment starrte Rosenstedt die Hand an, dann wurde ihm klar, daß Stern die Akte wollte, um sie zurück in den Schrank zu hängen. Mit einem entschuldigenden Achselzucken reichte er sie ihm und schaute zu, wie er den Aktenschrank verschloß.

Ariel Kimiagarov unterhielt sich offenbar gutgelaunt mit dem Mossad-Chef im Gang vor Meirs Büro. Als Stern und Rosenstedt zu den beiden traten, drehte sich der massige Agent zu ihnen um. »Levy hat vor zwei Minuten seine Nachricht in unserem Gästebuch hinterlassen.« Er schwenkte einen Computerausdruck in der Hand. »Der alte Fuchs sitzt in der Falle.«

*

Mit dem sicheren Instinkt eines Jagdhunds hatte Benjamin Levy Herbert Fleischmann samt Gattin vom Balkon aus entdeckt.

Der ReHu-Chef wirkte fast unverändert, obwohl er statt eines Geschäftsanzugs legere Freizeitkleidung, ein weites, buntes Hemd und Jeans, trug. Levy kannte Sarah Fleischmann nur von den Fotos aus dem Frankfurter Mossad-Büro. Die Bilder waren offenbar veraltet, die Frau trug das Haar jetzt kürzer, und sie wirkte schlanker. Eine sehr schöne Frau, stellte Levy fest. Ihm schoß die Frage durch den Kopf, was sie wohl in dem Industriellen sah, warum sie sich entschlossen hatte, ihr Leben mit einem Deutschen zu teilen.

Das Paar hatte den frühen Nachmittag auf der rechten Nilterrasse des Old Winter Palace verbracht. Die Terrasse erhob sich beidseitig des Haupteingangs etwa vier Meter über der geschäftigen Nil-Corniche. Wenn Levy sich auf seinen Balkon stellte, konnte er sie ganz überblicken. Die Gefahr, daß Fleischmann unerwartet in diese Richtung schaute und ihn erkannte, war gering. Levy beobachtete die beiden schon den ganzen Tag. Als sie morgens nicht im Frühstückssaal erschienen waren und er sich auch draußen am Pool vergeblich nach ihnen umschaute, hatte er schon fast geglaubt, er habe sie verpaßt. Doch die Fleischmanns hatten offenbar lange geschlafen und sich das Frühstück auf dem Zimmer servieren lassen. Erst gegen Mittag verließen sie Hand in Hand das Zimmer, waren dann wohl durch die Stadt gebummelt, um sich jetzt einen gemütlichen Nachmittag im Schatten auf der Nilterrasse zu machen.

Levy schob den Schreibtisch vor die weit geöffneten Fensterflügel und plazierte den Stuhl so, daß er die Fleischmanns über den Balkon sehen konnte. Die Frau hatte gerade einen Kaffee bestellt und schien ganz in ein Buch vertieft. Fleischmann selbst widmete sich einem eiskalten Bier und genoß die Aussicht und die Sonne. Levy überlegte kurz, ob er sich vom Zimmerservice auch ein Bier bringen lassen sollte, dann wandte er sich aber doch den Gegenständen zu, die er wie ein Chirurg auf der Tischplatte angeordnet hatte: ein Stück Samt, seine Armbanduhr, ein Paar Latex-Handschuhe, die Golfschläger und Balsa-Hölzer, eine leere Rotweinflasche, deren Etikett goldgeprägte, ägyptische Lettern zierten, eine Knopfbatterie, zwei Seidenschleifen, ein Schweizer Taschenmesser, ein Holzkistchen und zwei winzige Schraubenzieher, wie sie Uhrmacher benutzen. Zunächst streifte der Agent die transparenten Handschuhe über. Auf keinen Fall wollte er wegen eines unachtsam hinterlassenen Fingerabdrucks auffliegen. Dann entfernte er mit Hilfe der Schraubenzieher den Rückdeckel der Casio PTR-600-7V. Er hatte die Uhr in Zürich als Triple Sensor Trekking Watch gekauft. Das teure Stück Uhrmacherkunst verfügte neben einem Thermometer und Barometer auch über einen Höhenmesser. Eigentlich nutzte man sie für Bergwanderungen. Bei einer vorgegebenen Höhe zwischen null und sechstausend Metern konnte man einen Alarm auslösen lassen und jeden Schritt einer Wanderung protokollieren. Bis auf fünf Meter genau wurde der Höhenwert angezeigt. Für seine Zwecke reichte das allemal.

Levy blickte hinunter zu den Fleischmanns. Vor Überraschung wäre ihm fast die Uhr aus der Hand gefallen, denn die beiden saßen nicht mehr an ihrem Platz. Nur noch die leere Kaffeetasse und die Bierflasche standen auf dem Tisch. Der Agent stand auf, trat auf den Balkon und suchte die Terrasse und die Straße vor dem Hotel ab. Die große Gestalt Fleischmanns in dem bunten Hemd war unübersehbar. Er und seine Frau stiegen gerade auf der gegenüberliegenden Straßenseite in eine Feluka, einen landestypischen weißen Nilsegler. Dieser Mann war wirklich unberechenbar. Erst verbrachte er ganz gegen seine sonstigen Gewohnheiten den Morgen mit seiner Frau im Bett und ließ sich das Frühstück aufs Zimmer servieren. Und jetzt entschwebte er ihm in der größten Nachmittagshitze auf dem träge dahinströmenden Nil.

Für einen Moment überlegte Levy, ob er nach unten rennen und sich der Fahrt auf dem Segler anschließen sollte, doch dann setzte er sich wieder an den Schreibtisch. Von seinem Balkon aus konnte er das Boot am besten verfolgen. Der Blick reichte kilometerweit in beide Richtungen über den Fluß. Außerdem wehte draußen kein Windhauch. Das Schiff dümpelte mehr oder weniger auf der Stelle und hatte sichtlich Mühe, gegen die Strömung zu kämpfen. Allzuweit würde die Fahrt die Fleischmanns nicht führen.

Levy konzentrierte sich auf die Casio. Aus seinem Koffer holte er neue Batterien, die er ebenfalls in Zürich gekauft hatte, und tauschte sie gegen die in der neuen Uhr aus. Bösen Überraschungen wollte er nicht den Hauch einer Chance geben. Mit dem Taschenmesser befreite er vorsichtig zwei Drähte an den Enden von der Isolierschicht und verband sie mit dem Alarm-Mechanismus der Uhr. Dann schraubte er die Golfschläger auseinander: In den aufgeklappten Teilen lagen je Schläger drei Beutel mit einem gräulichen Inhalt, der an Knetmasse erinnerte. Insgesamt war es über ein Kilogramm Semtex. Dazu steckte im breiter werdenden Ende des einen Schlägers ein Zündmechanismus. Levy begutachtete das winzige Stück Elektronik, dann steckte er die blanken Enden von zwei ebenfalls abisolierten Drähten in die dafür vorgesehenen Schlitze und klemmte sie fest.

Die Semtex-Beutel leerte er mit einem Löffel, den er beim Frühstück eingesteckt hatte. Langsam füllte er Schicht um Schicht in die leere Weinflasche und stopfte die zähe Masse mit den Balsahölzern durch den engen Flaschenhals. Dazwischen ließ er jeweils einige Dutzend Eisennägel fallen, die er gestern auf dem Weg ins Internetcafé in der Altstadt gekauft hatte. Als

die Flasche zu zwei Dritteln gefüllt war, führte er den Miniatur-
zünder ein. Die langen Drähte staken wie die zitternden Anten-
nen eines grünschillernden Außerirdischen aus dem offenen
Flaschenhals. Löffelspitze um Löffelspitze füllte Levy die letzten
Schichten Semtex ein, die den Zündmechanismus unter sich
begruben und den Drähten Stabilität verliehen. Mit einem der
Hölzer preßte er den letzten Rest in die Flasche. Dann schob er
behutsam einen alten Korken an den Drähten vorbei in den
Hals und drückte ihn fest.

Levys Blick löste sich von seiner Arbeit. Er suchte den Horizont nach dem Nilsegler ab und entdeckte ihn sofort. Kaum
hundert Meter war das Schiff von der Ablegestelle am Winter
Palace weitergekommen. Levy griff zu seinem Fernglas. Die
Fleischmanns waren deutlich auf einer Sitzbank des Seglers auszumachen. Engumschlungen blickten sie auf das braune Wasser
am Bug des Schiffes. Die Sonne stand noch immer hoch, aber
von den Bergen strahlte schon das rötliche Licht, das den na-
henden Sonnenuntergang ankündigte. Levy betrachtete das Gesicht der Frau – das Gesicht von Sarah, wie der Mossad-Mann
sich ermahnte. Wenigstens für die letzten vierundzwanzig Stunden ihres Lebens wollte er sie in Gedanken bei ihrem Vornamen
nennen. Levy bewunderte ihre feinen Gesichtszüge, ihr
Lächeln, ihre schlanke Gestalt. Ihr einziger Fehler war es gewesen, diesen sturen Deutschen zu heiraten und nicht einmal
ihren Einfluß als Jüdin auf ihn geltend zu machen.

Der Agent legte das Fernglas zur Seite. Er sehnte sich nach
einem eisgekühlten Bier. Es war immer noch drückend heiß.
Die Fleischmanns, die beide ohne schützende Kleidung auf
dem Wasser waren, würden einen Sonnenbrand bekommen. Er
legte die Casio direkt vor sich. Mit Hilfe der Gebrauchsanlei-
tung programmierte er den Höhenalarm. Fünfzig Meter, das
mußte reichen. Die Bombe würde explodieren, wenn der Bal-

lon zwischen fünfundvierzig und fünfundfünfzig Meter hoch in der Luft schwebte. Nun mußte er nur noch die aus der Flasche ragenden Drähte des Zündmechanismus mit dem Chip, der den Alarm auslöste, und der Knopfbatterie verbinden. Vorsichtig führte er mit der rechten Hand den ersten Draht an die Uhr. Es piepste. Sofort zog Levy den Draht zurück und brach den Kontakt. Der Alarm war ausgelöst worden. Er überflog die Gebrauchsanweisung, doch nichts in dem technischen Kauderwelsch deutete darauf hin, daß er bei der Programmierung der Höhe einen Fehler gemacht hatte. Noch einmal führte er den Draht an die Uhr. Sofort setzte das Piepen wieder ein, und er schreckte zurück. Kleine Schweißperlen bildeten sich auf der Stirn des Agenten. Wenn er nur ein wenig zügiger gearbeitet und beide Drähte in rascher Folge an der Uhr befestigt hätte, dann wäre jetzt ein riesiges Loch in der Außenmauer des Old Winter Palace. Ein Loch wie in den zerbombten Häusern in der toten Straße in Beirut. Levy stand rasch auf und trat von dem Schreibtisch zurück. Das pfirsichfarbene Wohnzimmer, der alte Palästinenser, der Junge, der sich nicht rührte, nicht zum Gewehr griff, nichts tat, um seinem Vater zu helfen. Levy fuhr sich mit der Hand übers Gesicht. Er hätte tot sein können.

Er trat zum Telefon und wählte die Nummer des Zimmerservice.

»Bringen Sie mir bitte ein Bier. Eisgekühlt. Ja. Zu essen? Nein, danke. Nichts.«

Levy legte auf und trat auf den Balkon. Das Bergmassiv war inzwischen ganz in das Rot des Sonnenuntergangs getaucht. Er glaubte, die Konturen des Hatschepsut-Tempels zu erkennen. Die violetten Schatten vorspringender Felsen wirkten samtig und geheimnisvoll. Er schaute nach rechts, von wo die Feluka gemächlich wieder in Richtung Winter Palace segelte. Das Nilwasser leuchtete wie rötliches Gold. Im zunehmenden Däm-

merlicht versuchte er, mit bloßem Auge die Fleischmanns auszumachen, aber er konnte sie nicht sehen.

Es klopfte. »Zimmerservice«, murmelte eine leise Stimme vor
der Tür.

Levy öffnete und nahm das Bier in Empfang. Die Flasche
wurde auf einem silbernen Tablett mit einem Glas serviert, das
er auf dem Schreibtisch am Balkon abstellte. *Stella – seit 1897
mit Nilwasser gebraut* stand auf dem Etikett der Flasche, an der
Kondenswassertropfen perlten. Die Rotweinflasche lag unbewegt auf dem Schreibtisch, daneben die geöffnete Casio-Uhr.
Levy schaute noch einmal über den Fluß zu den Bergen, dann
lachte er plötzlich laut auf. Er nahm einen langen Schluck von
dem Bier, spürte, wie ihm die eiskalte Flüssigkeit die Kehle hin-
unterrann. Dann griff er nach der Uhr und drückte auf den
Knopf für den Höhenmesser. Neunzig Meter zeigte die Uhr als
aktuelle Höhe über dem Meeresspiegel. Bis auf fünf Meter genau. Levy atmete tief aus und wischte sich die schweißnassen
Hände an der Hose ab.

Der Ballon startete am Westufer des Nils vor dem Hatschepsut-Tempel. Er lag etwas höher als der Winter Palace, vielleicht
zwanzig Meter. Aber es war jetzt keine Zeit mehr, hinüberzu-
fahren und die Höhe auf dem Parkplatz vor dem Tempel zu
messen. Die Fahrt allein würde mindestens zwei Stunden dauern. Ein Schätzwert mußte ausreichen. Mit wenigen Tippbe-
wegungen des rechten Zeigefingers stellte Levy den
Höhenalarm auf hundertfünfundsechzig Meter über dem
Meeresspiegel ein.

Ohne weiteres Zögern verband Levy die neben dem Korken
herausragenden Drähte mit der Uhr. Kein Piepsen. Doch die
Bombe war scharf. Erschütterungen würden ihr nichts anha-
ben. Das einzige, was zählte, war die vorprogrammierte Höhe.
Der Rückendeckel der Casio rastete durch ein leichtes Drücken

wieder ein. Levy klebte die Uhr in die Wölbung am Flaschenboden. Wie sie in der Holzkiste auf dem dunkelblauen Samt lag, die verräterischen Drähte sorgfältig nach hinten gedreht und mit der gelben Schleife um den Flaschenhals, sah die Bombe wie ein echtes Werbegeschenk aus. Levy band die zweite Schleife um die Kiste und befestigte daran ein Kärtchen mit der Aufschrift: *Mr. Fleischmann, welcome to Egypt, with compliments of LES CAVES GIANACLIS.*
Unten am Nilufer legte die Feluka an. Fleischmann half Sarah aus dem Segler. Sie lachte, als sie ihm in die Arme sprang. Hand in Hand kamen sie über die Straße und die Treppe zum Eingang des Hotels hoch. Als sie im Eingang verschwanden, senkte sich die Sonne über dem Horizont. Von überall ertönte der Ruf des Muezzins:»Allahu Akhbar.«Von wegen Allah, dachte der Agent und leerte befriedigt sein Bier.

*

Mustafa hatte in all den Jahren so viele Sonderwünsche erlebt, daß er sich kaum noch über etwas wunderte. Einmal war einem jungen Pärchen einen Tag vor dem Ballonflug in den Sinn gekommen, sich am nächsten Morgen während des Fluges von einem koptischen Priester trauen zu lassen. Auch das hatte er in letzter Sekunde arrangiert. Eine Geschenkpackung zu übergeben, eine Flasche Wein als Überraschung, so etwas war dagegen ein Kinderspiel. Natürlich sagte er zu, als der französische Weinhändler anrief und ihm die Lieferung des Geschenks ankündigte. Mustafa war überzeugt davon, daß absolute Zuverlässigkeit und Service am Kunden seine beste Werbung waren. Und das Plakat auf der Straße vom Flughafen natürlich.
Eine halbe Stunde später klingelte das Handy wieder. Mustafa saß im Foyer des Mövenpick und war in ein Gespräch mit

zwei potentiellen Kunden verwickelt. Ein Paar aus Japan. Die junge, zierliche Frau war begeistert von der Aussicht auf eine Ballonfahrt im Morgengrauen. Der ältere Gatte war allerdings noch nicht überzeugt, ob das luftige Vergnügen auch den Preis wert sein würde.

Mustafa griff zum Handy und entschuldigte sich.

»Ballooning in Egypt, Mustafa«, meldete er sich und trat ein paar Schritte zu der Glaswand zum Poolbereich.

»Ist das Geschenk angekommen?«

Schon wieder der Weinhändler. Mustafa bemühte sich, seinen Ärger über das unterbrochene Verkaufsgespräch aus der Stimme herauszuhalten »Ja, sicher, machen Sie sich keine Sorgen. Der Taxifahrer hat es bei mir abgegeben. Ein sehr geschmackvolles Geschenk übrigens.« Aus dem Augenwinkel beobachtete er, wie die Japanerin leise auf ihren Mann einsprach.

»Kann ich mich darauf verlassen, daß der Pilot das Präsent Herrn Fleischmann erst kurz vor der Landung aushändigt? Verstehen Sie, erst kurz *vor* der Landung, es soll doch die Krönung der Überraschungen werden.«

Der Mann klang ernsthaft besorgt. Offenbar war dieser Geschäftspartner ein sehr wichtiger Kunde für ihn. Er würde dem Piloten für die Ballonfahrt morgen früh noch einmal spezielle Anweisungen geben. Denn obwohl Mustafa nicht hatte in Erfahrung bringen können, ob Les Caves Gianaclis größer ins Geschäft mit den Touristen einsteigen wollte, hatte er das Gefühl, der Weinhändler könnte ein wichtiger Kunde für ihn werden.

»Sie können sich hundertprozentig auf uns verlassen. Die Tickets sind heute im Hotel abgegeben worden. Das Überraschungsgeschenk ist hier bei mir, und ich werde es heute abend noch an den Piloten weitergeben. Die Ballonfahrt wird der Höhepunkt des Urlaubs Ihres Geschäftspartners werden, etwas, das er bestimmt nicht so schnell vergessen wird. Und mein Pilot wird dafür sorgen, daß er auch nicht vergißt, wem er dieses wundervolle Erlebnis zu verdanken hat.« Daraufhin fing der Weinhändler am Telefon komischerweise leise an zu lachen. Mustafa befürchtete einen Augenblick lang, er hätte etwas Falsches gesagt, doch dann sagte der Mann:»Sie wissen Ihr Geschäft zu führen, Mustafa. Ich werde Sie weiterempfehlen.« Er verabschiedete sich und legte auf.

Verblüfft steckte Mustafa das Handy weg und setzte sich wieder zu den Japanern. Die Frau lächelte ihn strahlend an.
»Sie haben sich entschieden?« fragte er.

Der Japaner brummte etwas Unverständliches und zückte seine Brieftasche. Mustafa erwiderte das Lächeln der Frau. Die letzten beiden Plätze in den Ballons für morgen früh waren vergeben.

*

Der zerbrechlich wirkende, rötliche Korpus war kunstvoll in den geschnitzten, hellen Onyx eingearbeitet. Sarah beugte sich vor, um im trüben Licht des Ladens genauer zu sehen, was sich da in dem Schälchen am hintersten Ende des Regals verbarg. Auf den ersten Blick hatte der Inhalt wie kleine, verschiedenfarbige Steinchen gewirkt. Dann entdeckte sie das rötliche Stück, das sie sofort faszinierte. Vorsichtig nahm sie den winzigen Skarabäus und ging damit zu ihrem Mann, der im Nebenraum in einer Sammlung alter Kaffeekannen stöberte.

»Was meinst du, würden sich Michael und Tamara wohl über die Kanne hier freuen?« Fleischmann hielt eine bauchige Kaffeekanne aus vermessingtem Kupfer hoch, deren schmaler Hals in einer länglichen Öffnung endete, die dem Gefäß Ähnlichkeit mit einem Schwan verlieh. Sarah mußte lachen, als sie sich die Kanne in Michaels spärlich eingerichtetem Apartment mit den Designermöbeln vorstellte.

»Also, hm, ich weiß nicht.« Sie schaute sich die abstrakten Ornamente auf der Kanne an, die Handarbeit zu sein schienen. »Vielleicht lieber etwas weniger Auffallendes. Du kennst ja seinen Geschmack.«

»Allerdings. Du glaubst also nicht, daß die Kanne gut in das Loft passen würde, in das Michael mit Tamara einziehen will?«

»Wie hast du denn das mitgekriegt?« Sarah war ehrlich erstaunt. Sie wußte genau, daß Michael noch nicht mit seinem Vater über das Loft gesprochen hatte.

»Na, ihr müßt mich nicht für taub halten.« Herbert Fleischmann stellte die Kanne auf das Regal zurück, wo eine ganze Reihe Kupfergefäße in verschiedenen Formen und Größen auf Käufer warteten. »Ich hab's vom Wohnzimmer aus gehört, als Michael mit dir im Garten darüber gesprochen hat.« Fleischmann, der eben noch spitzbübisch gegrinst hatte, wurde plötzlich ernst. »Das war an dem Tag, als die Sache mit dem Tennisball passiert ist.«

Sarah schaute besorgt auf. »Nicht, Herbert. Michael sorgt schon für Amigo.«

»Das weiß ich ja. Ich mach mir auch momentan weniger Sorgen um Amigo als um die Firma. Wer weiß, was in den zwei Tagen, seit wir weg sind, schon wieder passiert ist.«

»Das wird Kremer dir alles bis ins kleinste Detail erzählen, wenn wir zurück sind. Aber jetzt ist ReHu-Auszeit, Herbert. Wie abgemacht. Wir sind hier, um uns von dem ganzen Streß zu erholen.« Sarahs dunkle Augen blitzten in dem staubigen Ladenraum, und unwillkürlich hatte sie den Skarabäus, den sie immer noch in der Hand hielt, fester gepackt. Sie spürte ein Gefühl der Wärme, das von dem Stein auszugehen schien.

Fleischmann faßte Sarah an der Taille und zog sie nah zu sich heran. »Ist schon okay, Sarah. Ich wollte ja gar nicht damit anfangen. Du hast wirklich recht. Luxor ist unser Urlaub.«

»Sie interessieren sich für Skarabäen?« Die heiser flüsternde

Stimme des Händlers ließ sie beide zusammenschrecken. Sarah löste sich aus Herberts Umarmung und legte die Hand mit dem Skarabäus schützend vor ihre Brust. Im nächsten Moment wurde ihr klar, was sie da machte. Sie öffnete die Hand und hielt den hellen Stein ausgestreckt von sich weg, so daß Fleischmann und der Händler ihn sehen konnten. »Ja, ich interessiere mich für Skarabäen. Den hier wollte ich meinem Mann zeigen.« Sarah lächelte den Händler entschuldigend an.

Die dunklen Gesichtszüge des Mannes blieben unbewegt. »Ein außergewöhnliches Exemplar.« Sein Deutsch hatte einen eigentümlichen Akzent, den Sarah nicht einordnen konnte.

»Ist er so alt, wie er aussieht?« fragte Herbert und berührte vorsichtig die rote Scheibe, die von den geschnitzten Freßwerkzeugen des steinernen Totengräbers gehalten wurde.

»Dieser hier schon.« Der Händler blickte zu Sarah. »Wo haben Sie ihn gefunden?«

»Im hinteren Raum, auf dem Regal mit den Kerzenleuchtern. Er lag da in einer Schale mit anderen Skarabäen.«

»Seltsam.« Der dunkelhäutige Mann warf einen Blick zur Tür, wo zwei junge Touristinnen sich zwischen den Säcken mit Kardamom, Pfeffer, Malvenblüten und Sesam leise unterhielten. Dann verschwand er im hinteren Raum und kehrte einen Moment später mit einem Plastikbeutel in der Hand zurück. Bedächtig zog er einen weichen braunen Lappen aus dem Beutel, in den zwei Skarabäen eingewickelt waren. Sie hatten eine ovale Form und waren genauso meisterhaft verarbeitet wie derjenige auf Sarahs Hand. Der eine war ganz aus glänzend poliertem Elfenbein, in das jede noch so feine Linie des Insektenkörpers einritzt war. Der andere war aus grüner Jade mit einer goldenen Scheibe.

»Woher haben Sie die?« fragte Sarah.

»Manchmal finden die Bauern sie beim Pflügen auf den Feldern. Die Bauern in diesem Land sind arm. Sie kommen zu mir. Ich kaufe ihnen die Skarabäen ab. Und manchmal verkaufe ich einen solchen Skarabäus an Touristen, die ein solches Amulett zu schätzen wissen.« Der Händler hob die Hand mit dem weißen und dem grünen Skarabäus und hielt sie neben den rötlichen auf Sarahs Hand. Dann schüttelte er den Kopf und sagte knapp:»Dieser.« Er schloß die Hand mit den beiden Skarabäen zu einer Faust, die er unter seinem weiten Gewand verschwinden ließ. Sekunden später trat er zu einem Wandteppich, hinter dem er den Plastikbeutel mit dem braunen Lappen verbarg. Sein Blick wanderte wieder zu den beiden Mädchen, die inzwischen das Sortiment an metallenen Tabletts und Wasserkannen begutachteten.

Herbert Fleischmann räusperte sich.»Also, wir wollen diesen Skarabäus kaufen.« Er blickte fragend zu Sarah, die heftig nickte.

»Ja, natürlich. Er wird Ihnen Glück bringen.« Der Händler blickte über Sarah hinweg zur Tür, die Augen immer noch auf den Touristinnen. In dem staubigen Ladenraum war es ganz ruhig, nur das leise Kichern der Mädchen war zu hören. Als Sarah meinte, jetzt würde sie das Schweigen nicht länger aushalten, schien der Händler zufrieden. Er nickte und sagte:»Kommen Sie.«

Er führte die beiden nach vorn zu einem wackligen hölzernen Tisch, auf dem eine antik wirkende Registrierkasse, zwei Kugelschreiber und ein neues Kreditkartenlesegerät standen.

»Was bin ich Ihnen schuldig?« fragte Fleischmann. Ohne zu zögern nannte der Händler die Summe. Die Köpfe der beiden Mädchen fuhren zu ihnen herum, und Sarah atmete scharf ein. Herbert Fleischmann dagegen schien die Ruhe selbst. Sarah merkte, wie er sich innerlich auf eine geschäftliche Transaktion vorbereitete und den horrenden Preis herunterhandeln wollte. Sie stieß ihm sanft mit dem Ellbogen in die Seite.

»Was?«

»Nicht.«

Er schaute sie irritiert an, reichte aber dann dem Händler ohne ein weiteres Wort die Kreditkarte.

*

Draußen auf der Karnak Temple Street nahm Sarah den Skarabäus aus der billigen Plastiktüte, in die ihn der Händler verpackt hatte.

»Er ist wunderschön«, sagte sie leise und küßte Herbert Fleischmann zärtlich.

Er schloß sie in die Arme und strich über den weichen Stoff ihres Sommerkleids. »Er paßt zu dir, Mäuschen.«

Eine Pferdekutsche kam auf sie zugefahren, und die beiden traten rasch von der Straße an eine Hauswand.

»Dieser Händler war ganz schön unheimlich«, meinte Fleischmann, als sie Hand in Hand zum Hotel schlenderten.

»Ja. Ganz anders als sonst die Verkäufer in den Touristenläden.« Sarah drehte sich um und schaute zu dem Laden. *Fakhouri Souvernirs* stand auf einem ovalen Schild über der Eingangstür, an der eine Kette mit kleinen goldenen Glöckchen hing.

»Warum wolltest du denn nicht, daß ich mit dem Mann handle?« Fleischmann drückte Sarahs Hand. »Ich hab das gern bezahlt, das weißt du. Aber wir hätten den Skarabäus sicher auch um den halben Preis gekriegt.« Er wandte sich zu ihr und lächelte sie an.

Sarah fühlte nach dem Skarabäus, den sie in die tiefe Seitentasche ihres Leinenkleides gesteckt hatte. Sie spürte, wie sie das Kinn vorstreckte und die Lippen aufeinanderdrückte, eine unbewußte Geste zwischen Entschuldigung und Trotz.»Es war nur so ein Gefühl. Als ob es irgendwie nicht recht wäre, um den Preis eines Skarabäus zu feilschen.«

Fleischmann lachte.»Dich kann ich hier nicht alleine zum Einkaufen losschicken. Du bist das gefundene Fressen für die Tricks der Verkäufer hier.«

Auch Sarah mußte lachen.»Okay, ich geb's ja zu. Das hört sich blöd an. Aber ich bin davon überzeugt, daß der Skarabäus wirklich sehr alt ist. Da lagen noch mehr in der Schale, die waren nur auf alt getrimmt. Man gibt sie Ziegen zum Fressen, und wenn die Steine die Gedärme mit all den Säuren durchlaufen haben, wirken sie wie echte alte Skarabäen. Aber unser roter und die beiden aus dem Plastikbeutel ... ich glaube dem Händler, daß die alt sind.«

»Er macht sich strafbar, wenn er Skarabäen aus der Zeit der Pharaonen verkauft.«

»Vielleicht war er deshalb so komisch.«

Herbert Fleischmann nickte.»Ja, vielleicht.«

Sie bogen um die Ecke und sahen den Nil vor sich. Der plötzliche Anblick des orange-roten Himmels und der dunkelvioletten Berge, hinter denen gerade noch der oberste Rand der untergehenden Sonne leuchtendrot hervorstrahlte, verschlug ihnen fast den Atem. Sarah trat unwillkürlich näher zu Herbert und drückte seine Hand. Er flüsterte:»Ist das nicht fantastisch?«

Sie blieben an der Ecke stehen und verfolgten gebannt, wie die Sonne langsam hinter den Bergen verschwand. Dann lagen die Straße und der träge dahinfließende Strom im Dunkel. Herbert sagte:»Wenn der Skarabäus irgend etwas mit diesem Sonnenuntergang zu tun hatte, dann hat sich der Kauf schon gelohnt. Und jetzt hab ich wirklich Hunger. Hoffentlich kriegen wir im Hotel was Leckeres.«

*

Kaum hatte das Paar die breiten Türflügel des Old Winter Palace durchschritten, da winkte der junge Mann hinter der Rezeption sie zu sich. »Guten Abend, Herr Fleischmann. Es wurde ein Brief für Sie abgegeben.«

»Für mich? Ich erwarte doch gar keine Post.« Fleischmann drehte sich zu Sarah um. »Du weißt, was das ist? Eine neue Hiobsbotschaft von der Firma, da bin ich mir sicher.« Sarah merkte, daß er unter dem von der Sonne geröteten Gesicht bleich geworden war.

»Ach was. Kremer hätte doch ein Fax geschickt oder angerufen. Warum sollte er denn einen Brief abgeben lassen?« Sie nickte dem Mann an der Rezeption zu, der an die Postfächer der Hotelgäste trat und einen überlangen, cremefarbenen Umschlag holte. Fleischmann riß ihn auf, überflog den Inhalt und reichte ihn dann Sarah. »Das ist merkwürdig. Kannst du etwas damit anfangen?«

Sarah schaute auf die gedruckte Seite, der eine Karte und zwei Tickets beigelegt waren. »Was ist das? Eine Einladung zu einer Ballonfahrt?« Plötzlich fing sie an zu lachen. »Gib es zu, Herbert. Das hast *du* dir doch einfallen lassen. Erst die romantische Fahrt auf dem Nil, und jetzt in einem Heißluftballon über Luxor. Du überraschst mich immer wieder, wirklich.«

Fleischmann trat einen Schritt zurück und hob beide Hände. »Nein, wirklich, Sarah, ich schwöre, ich habe nichts damit zu tun. Ich wußte ja nicht mal, daß es in Luxor Ballons gibt.«

Sarah blickte ihn immer noch zweifelnd an. Dann warf sie einen Blick auf die Karte. »Wer um alles in der Welt ist dann Les Caves Gianaclis?«

Fleischmann überlegte einen Moment, nahm ihr das Kärtchen aus der Hand, drehte es um und untersuchte auch den Umschlag auf irgendwelche Hinweise, die ihm Aufschluß über den Absender geben könnten. »Vielleicht sind wir dort Zulieferer? Aber wie sollten die wissen, daß wir in Luxor auf Urlaub sind?«

Er trat mit der Karte an den Empfangstisch und fragte den Mann:»Kennen Sie diese Firma, Les Caves Gianaclis?« Er deutete auf den Absender des Kärtchens.

»Natürlich. Eine bekannte Weinfirma, die sich in den letzten Jahren sehr um den ägyptischen Wein verdient gemacht hat. Einige der einheimischen Weine auf unserer Weinkarte kommen von Gianaclis.«

»Es muß eine Werbeaktion sein. Was für eine tolle Überraschung!« Sarah wurde ganz aufgeregt bei dem Gedanken an das frühmorgendliche Abenteuer.

Der Empfangschef warf einen Blick auf den Briefkopf der Einladung und meinte:»Sie machen morgen früh eine Ballonfahrt?«

»Ja, es sieht ganz so aus«, erwiderte Herbert Fleischmann mit einem glücklichen Lächeln.

»Sie werden von dem Piloten gegen fünf Uhr am Hotel abgeholt. Sie müssen nicht frühstücken. Nach dem Flug wird Ihnen ein Champagnerfrühstück serviert. Sollen wir Sie um halb fünf wecken?«

»Ja bitte. Herbert, ist das nicht wundervoll?«

Eine gute Stunde später saßen die Fleischmanns müde, aber zufrieden unter den Palmen am Pool des Old Winter Palace, wo zum Dinner ein italienisches Buffet aufgebaut war. Ihr Tisch war mit einer weißen Damasttischdecke, einer langstieligen roten Rose und einem silbernen Kerzenleuchter geschmückt. Unter dem Tisch stand in einer Schale eine spiralförmige grüne Räucherkerze, deren sanftes Glimmen die Mücken vertreiben sollte. Die Auswahl an Köstlichkeiten auf dem Buffet war überwältigend und reichte von in Öl eingelegtem Gemüse und mindestens einem Dutzend verschiedener Nudelgerichte bis zu feinem Parmaschinken und ausgefeilten Fischgerichten. Es war alles aufgetischt, was die mediterrane Küche zu bieten hatte.

Sarah lehnte sich in ihrem Stuhl zurück und befühlte den Skarabäus, der immer noch in ihrer Seitentasche steckte. »Dieser Urlaub erinnert mich an unsere erste Zeit in Italien, Herbert. Weißt du noch, die Festessen auf dem Hof von Rita und Uwe?«

Herbert und Sarah Fleischmann hatten sich in Italien kennengelernt, als sie bei einem befreundeten Paar Urlaub machten, das in der Toscana einen Bauernhof hatte. Zwei Wochen lang waren sie zusammen durch die paradiesische Landschaft gefahren und gewandert, hatten sich entlegene Klöster und malerische Dörfer angeschaut, mit den Freunden opulente Sechsgängemenüs gekocht und an langen, milden Sommerabenden Unmengen von Rotweinflaschen geleert. Einen Tag vor ihrer Abreise hatte Herbert ihr auf der Piazza del Campo in Siena einen Heiratsantrag gemacht.

»Ja, ich erinnere mich noch gut. Vor allem an das köstliche Tiramisu, das du immer ewig lang von Hand geschlagen hast.«

»Tiramisu muß man nun mal ganz lange schlagen. Sonst wird das nichts. Je länger man das Eiweiß zu Schnee schlägt, um so kleiner werden die Luftblasen in der Masse aus Eiern, Zucker, Mascarpone und Kakaopulver. Und um so fester wird ihr Zusammenhalt. Nur dann kriegt man eine stabile Grundlage für das Tiramisu.«

Kochen war Sarahs Leidenschaft, die sie sogar zu den Chemiebüchern in der Bad Homburger Stadtbibliothek getrieben hatte.

»Tiramisu fehlt eigentlich noch für ein komplettes italienisches Buffet. Ich hab nur Panacotta bei den Salaten gesehen. Und das war fast alle.«

Herbert Fleischmann blickte sie verschwörerisch an und

senkte die Stimme.»Da ist eine ganze Schüssel voller Tiramisu. Sie steht hinter dem Obst, die letzte Schale. Und vorhin, als ich noch mal Käse geholt habe, war sie auch noch fast voll.«

»Wirklich?«

»Ja.«

»Herbert, ich finde, der krönende Abschluß von diesem wundervollen Tag und diesem ausgezeichneten Essen kann nur Tiramisu heißen.« Sarah lächelte spitzbübisch.

»Und wer zieht uns nachher wieder hoch, Mäuschen?«

»Wir bleiben einfach sitzen, bis ein Kellner vorbeikommt und uns hochhilft.«

»Okay, ich bin schon unterwegs.«

Minuten später kam Herbert Fleischmann mit zwei Porzellanschalen zurück, in die er kleine Berge von Tiramisu gehäuft hatte. Sarah mußte lachen, als sie ihn beobachtete, wie er verstohlen die Tische der anderen Hotelgäste umrundete, von denen tatsächlich einige begehrliche Blicke auf seine Entdeckung warfen. Er servierte ihr den Nachtisch wie ein richtiger Kellner, dann machten sie sich beide über die Köstlichkeit her.

»Wunderbar«, meinte Herbert schließlich und schob die leere Schale von sich weg.»Nicht ganz so gut wie dein Selbstgemachtes, aber trotzdem ein Hochgenuß.«

Sarah hatte erst die Hälfte ihres Tiramisus bewältigt.»Es ist ganz okay, finde ich. Nicht schlecht für ein Restaurant.« Sie strich mit dem Löffel über die weiße Masse.»So ist es besser.«

Dann drehte sie grinsend die Schale herum, so daß Herbert das Herz sehen konnte, das sie für ihn gezeichnet hatte.

*

»Ein Atheist stirbt. Zu seiner Überraschung findet er sich nach seinem Tod vor dem Höllentor wieder.›Scheiße‹, denkt er sich,

›gibt's das also doch‹, und tritt durch das Tor. Dahinter erwartet ihn eine sonnenbeschienene Meeresbucht, herrlich weißer Sandstrand, ein sanfter Wind weht, leise Musik klingt im Hintergrund. Der Teufel liegt im Schatten unter Palmen und trinkt Cocktails. Er winkte den Atheisten zu sich und sagt: ›Komm her, hol dir einen Drink und schau dich um …‹ Eine schöne Frau im knappen Bikini reicht ihm einen Caipirinha, er kann es noch gar nicht fassen und macht erst mal einen kleinen Spaziergang. Am Ende der Bucht öffnet sich vor ihm plötzlich ein großes Loch, Rauch quillt hervor, Flammen züngeln heraus und man hört Jammern und Wehklagen. Überrascht kehrt der Atheist zum Teufel zurück. ›Ich muß sagen, die Hölle kommt mir wie das Paradies vor. Nur da am Ende der Bucht, dieses dunkle, raucherfüllte Loch, aus dem Jammern und Wehklagen zu hören ist – was ist das denn?‹ Darauf meint der Teufel: ›Laß dich davon nicht stören. Das ist für die Christen – die wollen das so!‹«

Der Pilot des Aerospitale AS-332 Puma lachte auf und grinste Abraham Meir breit an. Der Mossad-Chef lehnte sich zufrieden in den weichgepolsterten Sitz des Reisehubschraubers zurück. Er wußte, daß seine Qualitäten als Witzeerzähler begrenzt waren. Trotzdem freute es ihn, wenn er anderen ein Kleinod aus seiner unerschöpflichen Sammlung an Christenwitzen vorführen konnte. Der Pilot, der auf seinen Wunsch von der israelischen Luftwaffe und nicht vom deutschen Grenzschutz kam, schien seinen Humor zu teilen. Anscheinend bekam er nun eine Meldung über den Kopfhörer, den er so übergestreift hatte, daß sein rechtes Ohr frei blieb.

»Wir können in fünf Minuten starten«, gab er an Meir weiter.

Seit zehn Minuten warteten sie auf die Starterlaubnis für den Flug nach Berlin, wo er zu einem Gespräch mit dem deutschen Geheimdienstkoordinator im Kanzleramt erwartet wurde. Die Deutschen waren äußerst zuvorkommend, wenn es um die

Wünsche des Mossad und Annehmlichkeiten für den Mossad-Chef ging. Der Hubschrauber, in dem er jetzt saß, Limousinen-Service, sein Mercedes – es gab kaum Anfragen, die ihm nicht bereitwillig erfüllt wurden. Meir war sich sicher, daß er auch beim heutigen Gespräch im Kanzleramt wieder Erfolg haben würde.

Seit vor ein paar Jahren endlich die Einigung über die Entschädigungszahlungen an ausländische Zwangsarbeiter während der NS-Zeit erzielt worden war, hatte Meir im Hintergrund agiert, um aus den Entschädigungstöpfen auch Geld für den ständig von Finanznot geplagten Mossad zu sichern. Noch immer waren nicht alle Anspruchsberechtigten ausfindig gemacht. Und die Zeit drängte. Jeder ehemalige Zwangsarbeiter, der in Rußland oder Südamerika verstarb, ohne seine Entschädigung ausbezahlt zu bekommen, bedeutete schlechte Presse für Deutschland. Und wer, so hatte Meir in den letzten Jahren immer wieder argumentiert, könnte bei der Suche besser helfen als der Mossad. Unter der Hand, versteht sich. Er hatte sich geschickt angeboten, so daß man seine Hilfe kaum hatte abschlagen können. Im Gegenteil, von deutscher Seite meinte Meir eine gewisse Dankbarkeit zu spüren. Natürlich wurde die Zusammenarbeit nicht öffentlich bekanntgemacht. Und ebenso natürlich mußten die Dienste des Mossad finanziert werden. Zweihundert Millionen wollte Meir dieses Mal fordern. Die Berichte über in bitterer Armut sterbende Zwangsarbeiter, die in den letzten Monaten in der internationalen Presse erschienen waren, hatten auch in Deutschland hohe Wellen geschlagen. Und im Kanzleramt wollte niemand die Debatte über die Deutschen als »die wahren Geizhälse des 21. Jahrhunderts« wieder aufflammen lassen, mit der sich der amerikanische Opferanwalt Michael Hausfeld damals so wunderbar in Szene gesetzt hatte.

Endlich gab der Pilot ihm aus der offenen Cockpittür das Zeichen, daß sie starten konnten. Dann schloß sich die Tür, und Meir hatte alle siebenundzwanzig Sitze in dem komfortablen Transporter für sich allein. Er breitete die Tageszeitungen auf den Sitzen neben sich aus und genoß den Cappuccino, der ihm noch vor dem Start serviert worden war. Von den zweimal eintausendsechshundert PS, mit denen der Hubschrauber ihn in kaum mehr als einer Stunde nach Berlin bringen würde, spürte er nichts außer einem sanften Vibrieren. Meir lachte leise in sich hinein. Die Hölle als Südseeparadies mit einem Loch, in dem sich die Christen ihren Schuldkomplex abheulen konnten – dieser Witz amüsierte ihn immer wieder.

Der Forschungsleiter in Nes Tsiona hatte den Witz überhaupt nicht komisch gefunden. Meir erinnerte sich noch genau, wie der müde wirkende Mann mit der goldgerahmten Intellektuellenbrille ihn mit einem arroganten Blick bedacht hatte, dann mit den Schultern gezuckt und weiter über seine Arbeit geredet hatte.

Das war Anfang der neunziger Jahre gewesen, nur Monate, nachdem die ersten irakischen Scud-Raketen im Norden Israels eingeschlagen hatten. Damals hatte sich das israelische Sicherheitskabinett beinahe stündlich getroffen, um über militärische Maßnahmen gegen den Irak zu beraten. Meir war dabeigewesen und hatte erlebt, mit welcher Macht Washington zur Mäßigung gedrängt hatte. Israel hatte nicht in den Kuwait-Krieg eingegriffen. Doch in jenen Tagen war der Etat des Biologischen Forschungsinstituts von Nes Tsiona erhöht worden und Abraham Meir auf die Forschungen aufmerksam geworden, an denen dort gearbeitet wurde.

Er hatte schon immer gewußt, daß dort die Chemikalien entwickelt und getestet wurden, die der Mossad bei Operationen einsetzte. Doch bei seinem Besuch in Nes Tsiona war es ihm um viel mehr gegangen, um eine neue Waffe, die die Existenz Israels für immer garantieren würde. Denn die Welt würde Israel nicht schützen. Das stand für Meir seit dem Golfkrieg ohne jeden Zweifel fest. Im Zweiten Weltkrieg hatten die Amerikaner von der Existenz der Konzentrationslager gewußt. Sie hatten nicht nur geahnt, sondern Beweise dafür gehabt, daß dort Juden systematisch in den Gaskammern ermordet wurden. Trotzdem hatten sie erst viel zu spät eingegriffen. Bei einem Angriff der Araber auf Israel würde es den Juden heute nicht anders ergehen. Das diplomatische Machtspiel im Golfkrieg, während schon israelische Städte brannten und wieder Juden getötet wurden, das ewige politische Lavieren, mit dem sich die USA und Europa vor einer eindeutigen Stellungnahme für Israels Interessen drückten, sich mit den Palästinensern verbündeten und Terroristen schützten – das alles waren für Meir deutliche Hinweise, wie die Weltöffentlichkeit bei einem arabischen Angriff auf Israel reagieren würde. Er wußte, was auf dem Spiel stand. Er wußte es, seit die Scud-Raketen auf israelischem Boden eingeschlagen hatten. Er wußte es, seit er in das Leichenschauhaus in Jerusalem getreten war, um die Überreste seiner Frau zu identifizieren, und nur eine rote Handtasche und einen schwarzen Schuh in einem Plastikbeutel vorfand.

»Schon mal was von Dr. Josef Mengele gehört?« hatte der Forschungsleiter ihm mit unüberhörbar ironischem Unterton geantwortet, als Meir ihn direkt nach dem Forschungsstand einer ethnischen Bombe gefragt hatte.

Meir hatte stumm an seiner Zigarre gezogen und den Mann angestarrt, bis der schließlich sagte:»In Nes Tsiona wird nicht an einer ethnischen Bombe geforscht.«

»Aha.« Meir war aufgestanden und zum Fenster getreten, aus dem man auf einen vertrockneten Palmenhain blickte.»Und warum nicht?«

Der Forschungsleiter hatte schnell geantwortet. Ein bißchen zu schnell, fand Meir. Offenbar war man schon von anderer Seite mit diesen Fragen an Nes Tsiona herangetreten. »Zum einen ist es technisch nicht möglich. Das menschliche Genom ist noch nicht voll entschlüsselt. Es ist noch nicht mal klar, wie sich ethnische Unterschiede im genetischen Fingerabdruck des Menschen niederschlagen.« Der Forschungsleiter schwieg.

»Und zum anderen?« fragte Meir.

»Zum anderen wird sich kein respektabler Forscher zu so etwas hergeben.« Der Mann wurde lauter. »Es darf niemals dazu kommen, daß eine Volksgruppe ausgerottet wird, nur weil es einer anderen so gefällt. Die Eltern meines Vaters und meiner Mutter sind in Auschwitz ermordet worden. Ich wußte schon immer, was ethnische Säuberung bedeutet, bevor es ein Modewort geworden ist. Diese Idee von einer ethnischen Bombe, das ist ein Gedanke, der geradewegs aus dem kranken Hirn eines Hitler stammen könnte!«

Meir drehte sich zu dem Forschungsleiter um, der aufgestanden war. Er hatte die Arme vor seinem weißen Laborkittel verschränkt und starrte den Mossad-Chef an.

»Israel wird von allen Seiten bedroht. Auch auf dem diplomatischen Parkett.« Meir hatte diesen Mann wirklich überzeugen wollen. Für seinen Plan brauchte er Nes Tsiona. »Bald werden wir einem Krieg nicht mehr ausweichen können. Und auf Dauer können wir unsere militärische Überlegenheit nicht halten. Was wird dann? Wer schützt Israel, wer schützt Ihre Familie vor den Raketen der Iraker, der Syrer? Eine ethnische Bombe wäre das ideale Druckmittel.«

»Es gibt doch genug Waffen.« Der Forschungsleiter schüttelte den Kopf. »Wir forschen hier in Nes Tsiona an chemischen Waffen, von denen die Welt da draußen keine Ahnung hat. Wir haben biologische Waffen entwickelt, die von Trägerraketen an jeden Ort der Welt gebracht werden können. Das muß reichen. Unsere Atomwaffenarsenale sind gefüllt ...«

»Klar. Und wenn wir sie gegen Syrien einsetzen, geht eine radioaktive Wolke auf unser Land nieder«, unterbrach ihn Meir.

»Ein Grund mehr, sich auf die Friedensbemühungen zu konzentrieren und es nicht zu einem Krieg kommen zu lassen.« Der Mann setzte sich wieder. »Das sollte die Aufgabe des Mossad sein. Hören Sie auf, uns Forscher zu drangsalieren, daß wir immer grauenvollere Waffen entwickeln sollen. Was Sie von uns verlangen, ist ein Alptraum. Wenn es eine ethnische Bombe gäbe, dann könnte sie eines Tages auch gegen uns eingesetzt werden. Dann wird der Holocaust, den die Nazis mit den Mitteln des frühen zwanzigsten Jahrhunderts angefangen haben, mit den fortgeschrittenen Waffen des einundzwanzigsten. Jahrhunderts vollendet.«

Wieder hatte Meir lange geschwiegen. Die verglühte Asche an seiner Zigarrenspitze drohte abzufallen. Einen Augenblick überlegte er, ob er sie einfach auf den teuren Teppich schnippen sollte, mit dem das Büro des Forschungsleiters ausgelegt war. Dann trat er zum Schreibtisch, auf dem ein gläserner Ascher stand, der aussah, als ob er nie benutzt wurde. Mit einer raschen Bewegung drückte Meir die halbgerauchte Zigarre aus. Dabei schaute er dem Mann direkt in die Augen. »Sie wissen von den Hinweisen, daß die Russen an biologischen Waffen arbeiten?«

»Biologische Waffen?« Der Forschungsleiter schob den Ascher, in dem die ausgedrückte Zigarre noch leicht qualmte, von sich weg. »Gewiß doch. Aber keine Waffe, die gezielt eine bestimmte genetisch definierte Gruppe von Menschen ausrotten könnte.«

»Wenn es diese Bombe gäbe, könnten wir vielleicht ruhiger schlafen.«

»Mich bringt die Vorstellung einer solchen Bombe um den Schlaf.«

In diesem Moment war Meir klargeworden, daß das Gespräch keinen Zweck hatte. Der Mann war einfach uneinsichtig. Ein Liberaler, dem seine anerzogenen ethischen Bedenken den Blick auf die tödliche Bedrohung verstellten, der Israel durch die arabische Welt ausgesetzt war. Einer, der nicht aus der Geschichte lernen wollte, sondern weiterhin die Rolle des Juden als ewiges Opfer zu spielen gedachte.

Doch Meir hatte genug erfahren, um auf allen Ebenen Unterstützung für das Projekt zu gewinnen. In Armee und Politik hatte er viele Freunde. Er hatte enge Kontakte zu orthodoxen Kreisen, mit Rabbi Yosef pflegte er eine gemeinsame Leidenschaft zu teuren, guten Weinen. Der Premierminister hielt große Stücke auf ihn und schätzte auch in diesem Fall den Weitblick seines europäischen Mossad-Chefs. Sogar Yaari war bei dieser Sache auf seiner Seite gewesen. Und es gab genug Geldtöpfe, über die nicht Rechenschaft abgelegt werden mußte. Kaum jemand hatte es erfahren, als in Nes Tsiona eine weitere geheime Abteilung geschaffen wurde, die öffentlicher Kontrolle nicht zugänglich war. Meir hatte dafür gesorgt, daß die Sicherheitsinteressen des Staates Israel höchste Priorität bei dem neuen Forschungsleiter hatten. Und allen Dementis zum Trotz wurde in Nes Tsiona nun schon seit Jahren an einer ethnischen Bombe gearbeitet.

Aus dem Deckenlautsprecher dröhnte die Stimme des Piloten:»Noch zehn Minuten bis zur Landung.«

Meir schreckte aus seinen Gedanken hoch und sah aus dem Fenster. Unter ihm waren der Spreebogen und die Reichstagskuppel deutlich zu erkennen. Welche Summen hatten die Deutschen für ihre neue Hauptstadt ausgegeben. Trotz der Belastung durch die Wiedervereinigung war es ein reiches Land. Und Israel war auf internationale Finanzhilfe angewiesen, ohne die der jüdische Staat nicht überlebensfähig war. Vielleicht sollte er doch besser zweihundertfünfzig Millionen fordern. Der Puma setzte sanft vor dem Kanzleramt auf. Meir sah die Referentin am Rande des Hubschrauberlandeplatzes, die ihn ins Kanzleramt bringen würde. Er packte seine Aktentasche und stand auf. In diesem Moment wurde die Tür des Transporters aufgeschoben, und ohrenbetäubender Lärm drang in das Innere der gepolsterten Kabine.

Mit wenigen Schritten stieg er die Leiter hinab, die der Pilot an der Kabine ausgeklappt hatte, und wollte über den Asphalt außer Reichweite der Rotoren gehen, um die Referentin zu begrüßen.

»Moment noch«, brüllte hinter ihm der Pilot.

Meir drehte sich zu ihm um. »Was gibt es?«

»Gerade kam über Funk ein Anruf rein. Das Frankfurter Büro versucht dringend, Sie zu erreichen …«

»Ja, ich hatte für den Flug mein Handy ausgeschaltet.« Meir schrie, damit er überhaupt seine eigenen Worte verstehen konnte.

»Sie sollen sofort Kimiagarov anrufen. Es geht um Levy.«

*

Das Geräusch des Telefons klang gespenstisch in der menschenleeren Straße. Auf der polierten Oberfläche der dunklen Kommode standen Familienbilder in goldenen und mit Plastikblumen geschmückten Rahmen, aber nirgends war hier ein Telefon zu sehen. Ein Wunder, daß überhaupt noch irgendwo Leitungen funktionierten. Da vorn kamen sie, hielten sich im Schatten der Häuserfront. Hoffentlich hörten sie das Klingeln nicht, das vom Innern des Hauses zu kommen schien. Er drückte sich an die pfirsichfarbene Tapete, so daß nur noch die Spitze des Gewehrlaufs über den Fensterrahmen schaute. Sie kamen näher, bewegten sich vorsichtig von Hauseingang zu Hauseingang. Dann waren sie verschwunden. Verdammt, das Klingeln dieses beschissenen Telefons hatte sie mißtrauisch gemacht. Er griff mit der Hand nach dem Fensterrahmen, tastete die Fläche ab, fühlte seine Uhr, das Messer. Endlich, da war ja dieses verfluchte Telefon.

Benjamin Levy griff unbeholfen nach dem Hörer, der vom Apparat rutschte. Das Klingeln hörte auf, und eine weibliche Stimme kam aus dem Hörer. Er richtete sich auf, knipste die Nachttischlampe an und meldete sich:»Ja, was ist denn?«

»Guten Morgen, Monsieur Levy. Hier ist Ihr Weckruf. Wir wünschen Ihnen einen angenehmen Tag.«

»Danke.« Levy legte den Hörer zurück auf den Apparat, lehnte sich an die Kopfstütze des Bettes und schloß die Augen. Er hatte schon lange nicht mehr von der Sache in Beirut geträumt. Sicher hatte die Anspannung der letzten Tage die Erinnerung in seinem Unterbewußtsein aktiviert. Nach einer Weile setzte er sich auf die Bettkante und wählte die Null. Wieder meldete sich die weibliche Stimme, die ihn vorhin geweckt hatte.

»Hier ist noch mal Levy aus Zimmer 247. Machen Sie doch bitte meine Rechnung fertig. Ich reise in anderthalb Stunden ab. Ja. Bis nachher.«

Der Agent stand auf und musterte einen Moment lang seinen nackten Körper in dem Spiegel an der Tür zum Badezimmer. Dann wickelte er sich in den grünen Bademantel des Hotels und trat auf den Balkon. Die Berge wirkten grau und seltsam flach im fahlen Licht des frühen Morgens. Es war noch still, die einzigen Geräusche kamen von einem Lastkahn auf dem Nil und einem einzelnen Auto, das die Straße entlangfuhr. Er beugte sich über die Balkonbrüstung und blickte vier Zimmer weiter. Hinter den zugezogenen Vorhängen konnte er Licht sehen. Gut, die Fleischmanns waren wach und bereiteten sich auf ihren

Ballonflug vor. Levy grinste, schlug kurz mit der Hand auf die Brüstung, dann trat er zurück ins Zimmer und schloß die Balkontür.

Den Koffer und die Golftasche hatte er schon am Vorabend gepackt. Er genoß den heißen Strahl der Dusche, der ihn vollends aufweckte und ihn aus der depressiven Stimmung holte, in die ihn der Traum versetzt hatte. Er rasierte sich gründlich und zog die legere Freizeitkleidung an, die er gestern abend für den Flug ausgesucht hatte. Der Etagenkellner hatte ihm das Frühstück aufs Zimmer gebracht, und er trank den frisch aufgebrühten Kaffee, während er durch die Balkontür zusah, wie die Sonne über den Bergen aufging.

In der Lobby war trotz der frühen Stunde mehr los, als Levy erwartet hatte. Zusammen mit ihm trat ein übermüdet wirkender, großgewachsener Ägypter im braunen Anzug an den Tresen. Der Empfangschef begrüßte den Mann und sagte mit einem entschuldigenden Lächeln zu Levy:»Einen Moment, bitte. Ich bin sofort bei Ihnen.«

Er führte den Mann zum Aufzug, und Levy sah, daß er einen schwarzen Pilotenkoffer in der Hand hielt, auf dem ein quadratischer weißer Aufkleber mit dem roten Halbmond zu erkennen war. Offenbar ein Arzt. Der Aufzug öffnete sich, und ein braungebrannter Amerikaner trat heraus, der den Empfangschef sofort in eine lautstarke Diskussion über irgendeinen Fehler auf der Rechnung verwickelte.»Das zweite Zimmer rechts«, rief der Empfangschef dem Arzt noch nach, der kopfschüttelnd in den Aufzug trat. Dann kam er zurück zur Rezeption und stellte sich wieder hinter den Tresen. Der Amerikaner bestand darauf, daß sein Problem jetzt auf der Stelle geklärt wurde und auch die wiederholten Hinweise des Empfangschefs, daß Levy vor ihm an der Reihe sei, beeindruckten ihn nicht.

Normalerweise hätte die Situation den Mossad-Mann zur

Weißglut gebracht. Doch heute morgen blieb er gelassen. Es war noch reichlich Zeit bis zum Abflug seiner Maschine. Und er wollte vermeiden, jetzt noch durch Streitereien aufzufallen und dadurch im Hotel unnötig deutlich im Gedächtnis zu bleiben. So winkte er dem Empfangschef zu, den Amerikaner vor ihm abzufertigen, was dieser mit einem dankbaren Blick quittierte.

Zehn Minuten später stieg Levy in eines der Taxis, die Tag und Nacht vor dem Old Winter Palace auf Fahrgäste warteten. Der Verkehr auf der Straße nahm allmählich zu, und Levy schaute zum Fenster hinaus auf die gegenüberliegende Seite des Flusses, während der Taxifahrer fluchend versuchte, eine Pferdekutsche zu überholen. Eigentlich müßte man die Ballons von hier fast erkennen können. Doch bevor Levy den Parkplatz vor dem Tempeleingang ausmachen konnte, hatte der Fahrer das Überholmanöver beendet und brachte sie mit schneller Geschwindigkeit in Richtung Flughafen. Der einzige Ballon, den Levy während der ganzen Strecke sah, war der auf dem überdimensionalen Werbeplakat.

Am Schalter der Fluggesellschaft war Levy der erste Passagier für den Direktflug nach Zürich-Kloten. Als First-Class-Passagier konnte er sich den Sitzplatz aussuchen, und er wählte einen Fensterplatz in der ersten Reihe. Er ging zur Paßkontrolle, zeigte Bordkarte und den falschen französischen Ausweis vor und passierte ohne Probleme. Levy grinste, als er seine Jacke vom Fließband der Sicherheitskontrolle nahm. Das war der vierte und letzte Fehler der ägyptischen Behörden. In weniger als einer Stunde würde die Nachricht von einem weiteren extremistischen Attentat an unschuldigen Touristen über die Ticker der Agenturen laufen, das die Ägypter nicht hatten verhindern können.

Levy drehte sich zur Treppe und ging einen Stock höher zum

Wartebereich. Er nahm sich die Egypt Times und wählte einen der breiten blauen Sessel, die direkt vor dem Fenster mit dem Rücken zum Wartebereich plaziert waren. Von dort hatte man einen freien Blick auf das Rollfeld. Levy entdeckte neben zwei Charterflugzeugen auch eine Maschine der Air Egypt. Das mußte sein Flugzeug sein. Offenbar gab es keine unvorhergesehene Verspätung. Es waren noch zwanzig Minuten bis zum Boarding, und allmählich füllte sich der Wartebereich. Zwei Männer, die auf der Stuhlreihe hinter ihm gesessen hatten, erhoben sich. Sie traten zu einer Gruppe Muslime und nahmen am gemeinsamen Morgengebet teil. Levy beobachtete das Ritual. Hier auf dem Flughafen kam es ihm besonders grotesk vor, daß erwachsene Menschen sich kaum zwei Meter von der Tür der Herrentoilette entfernt auf einen abgewetzten Teppich warfen.

»Können Sie mir vielleicht Schweizer Franken in Pfund wechseln?« Der Agent zuckte zusammen und drehte sich ruckartig um. Ein Ägypter in einem orangefarbenen Overall stand vor ihm.

»Wechseln? Wieso denn das?« Levy musterte den Mann mit dem geübten Blick des Geheimdienstagenten. Für einen Kofferträger kam er ihm ein bißchen jung vor. Die Oberarmmuskeln, die unter dem T-Shirt, das der Mann unter dem Overall trug, hervortraten, sahen weniger nach jahrelangem Kofferschleppen, sondern nach einem Fitneßstudio des Muhabarat aus.

»Weil ich mit den Münzen hier doch nichts anfangen kann«, sagte der Mann. »Haben Sie vielleicht noch ägyptisches Geld übrig? Würden Sie es gegen Schweizer Franken eintauschen? Ja?« Levy zog seine Börse aus der Innentasche der Jacke. Dabei schaute er sich im Wartebereich um.

»Wieviel haben Sie denn?«

»Zehn Schweizer Franken. Wenn Sie mir dafür zwanzig Pfund geben …«

»Ja, das ist okay.«

Vorne am Gang stand eine Gruppe Elitesoldaten in dunkelblauen Uniformen. Während er dem Kofferträger das Geld reichte, sah er aus dem Augenwinkel, wie sie in den Wartebereich an seinem Gate kamen, Sitzreihe für Sitzreihe abschritten und die Passagiere genau musterten.

Der Mossad-Agent schob die Börse zurück in die Jackentasche und die Münzen in seine Hosentasche. Der Ägypter bedankte sich und ging weiter. Allerdings blieb er neben dem Zeitungsständer stehen und schaute offenbar den Soldaten bei ihrem Einsatz zu. Levy entging nicht, daß der vermeintliche Kofferträger ihn nicht aus den Augen ließ. Der Mann stand aufrecht, halb zu ihm gewendet. Sein rechter Arm war leicht angewinkelt, und unter dem Stoff des T-Shirts zeichneten sich für einen Moment die Träger eines Schulterholsters ab.

Die Soldaten waren noch ungefähr zehn Reihen von ihm entfernt. Levy faltete die Zeitung, blieb noch kurz sitzen, als sei er ganz vertieft in den Anblick der Air-Egypt-Maschine, an die jetzt die Einstiegstreppe gerollt wurde. Dann stand er auf und ging an den betenden Muslimen vorbei in Richtung der Toilette. Er spürte, wie der Kofferträger sich ihm von hinten näherte. Dann brüllte im Gang plötzlich jemand: »Da ist er! Da, der Große mit der Zeitung!«

Levy schritt weiter, als ginge ihn das alles gar nichts an. Rechts von ihm im Gang erkannte er die drahtige Gestalt von Mustafa von Ballooning in Egypt, der auf ihn zeigte und die Aufmerksamkeit der Soldaten auf ihn lenkte. Die Tür zur Herrentoilette war angelehnt. Levy drückte sie auf und verschwand im Vorraum. Er stürzte weiter in den Waschraum, schaute sich um, entdeckte die niedrigen Fenster über den Kabinen und trat auf eines zu, als er hinter sich ein metallisches Klicken hörte. Augenblicklich gefror Levy in seiner Bewegung. Die Zeitung, die er immer noch unter den Arm geklemmt hatte, fiel mit einem leisen Klatschen auf den gefliesten Boden.

»Herr Levy?« fragte der Kofferträger.

Levy drehte sich um. Das höflich erstaunte Lächeln auf seinem Gesicht war das Ergebnis jahrelangen harten Trainings. »Ja?«

»Ich denke, es ist das beste für alle Beteiligten, wenn Sie einfach mit mir kommen.« Der Mann hielt die Beretta fest in beiden Händen. Der Lauf war direkt auf Levys Herz gerichtet. Der Agent ließ eine einstudierte Folge von Schreck, Angst und Empörung über seine Züge gleiten, dann sagte er: »Was wollen Sie denn von mir?« Er bemühte sich, ein leises Zittern in seine Stimme zu legen, wie es bei einem Zivilisten beim Anblick einer auf ihn gerichteten Waffe zu erwarten war. »Es sind Soldaten draußen. Wenn Sie mich ausrauben wollen, werden Sie nicht weit kommen.«

Der Mann machte eine ungehaltene Bewegung mit der Beretta. »Kommen Sie schon.«

Levy zuckte mit den Schultern und beugte sich zum Boden, um die Zeitung aufzuheben. Der laute Befehl des Mannes stoppte ihn unvermittelt. »Hände hoch, Freundchen. Lassen Sie die Zeitung liegen. Los jetzt, raus hier.«

»Was soll denn das? Mein Flugzeug geht gleich«, sagte Levy. Mit erhobenen Armen näherte er sich dem Mann und ging an ihm vorbei zur Tür.

»Diesen Flug werden Sie verpassen, Levy. Das wird sich wohl nicht vermeiden lassen.«

Vor der Toilette wurden sie von einem Kreis aus Gewehrläufen empfangen, die alle auf Levys Kopf gerichtet waren. Die Passagiere hatten sich von den Soldaten zurückgezogen, saßen in den am weitesten entfernten Reihen oder standen um den Abfertigungstisch am Gate, wo eine Stewardeß beruhigend auf sie einsprach. Die betenden Muslime waren nicht mehr zu sehen, und auch Mustafa konnte Levy in der Menge nicht mehr entdecken.

»Führen Sie ihn ab«, wies der falsche Kofferträger einen Schnauzbärtigen in Uniform an. »Und durchsuchen Sie ihn. Er hat eine Waffe an den Beinen versteckt.«

*

Sarah hatte sich schon seit Jahren nicht mehr so elend gefühlt. Auch der wortkarge Arzt, der sie und Herbert untersucht hatte, konnte ihnen kaum helfen. Die Vomex-Injektion verschaffte keine Linderung, Zäpfchen waren bei der Stärke des Durchfalls zwecklos. Der Etagenkellner hatte Kamillentee und stilles Wasser gebracht und kümmerte sich rührend darum, daß sie genug zu trinken hatten und die ausgeschiedene Flüssigkeit immer durch neue ersetzt wurde. Trotzdem waren seine Bemühungen nicht von Erfolg beschieden.

»Salmonellen«, diagnostizierte der Arzt. »Wenn Durchfall und Erbrechen nicht bald nachlassen, muß ich Sie ins Krankenhaus einweisen. Sie brauchen Infusionen, damit der Flüssigkeitsverlust ersetzt wird.« Der hagere Ägypter schaute auf seine Armbanduhr und blickte dann zu Sarah. »Wann hat es denn angefangen?«

»Vor ungefähr vier Stunden. Wir sind beide aufgewacht, weil uns so schlecht war. Dann ging es ziemlich schnell los mit dem Erbrechen und hat seither nicht mehr aufgehört.«

Sie schaute zu Herbert, der totenbleich und mit geschlossenen Augen im Bett am Fenster lag und stöhnte. Ihn hatte es noch schwerer erwischt als sie. Der Arzt tränkte ein weißes

Frotteetuch in Eiswasser und legte es auf die Stirn des ReHu-Chefs, worauf der die Augen öffnete. Mit matter Stimme fragte er:»Was glauben Sie denn, woher das kommt? Wir waren gestern viel unterwegs, in der Altstadt und so. Aber gegessen haben wir da doch nichts, oder?« Herbert schaute zu Sarah, die in einen Morgenmantel gehüllt im anderen Bett lag. Sie schüttelte stumm den Kopf. Eine neue Welle von Übelkeit durchfuhr ihren Magen, und sie war ganz damit beschäftigt, den würgenden Brechreiz niederzuhalten.

»Kann man schlecht sagen«, meinte der Arzt. »Ich muß jedes Auftreten von Salmonellen melden. Vielleicht erfahre ich dann, ob es in der Stadt noch mehr Erkrankungen gibt und man die Quelle schon gefunden hat.« Er trat schnell zu Sarahs Bett und half ihr beim Aufstehen. Wenigstens konnte sie einigermaßen aufrecht stehen und krümmte sich nicht wie Herbert, der zwischen Bett und Toilette vor Schmerzen kaum gehen konnte. Der höfliche Ägypter begleitete sie bis zum Badezimmer, dann ließ er sie allein, wofür sie ihm sehr dankbar war. Durch die angelehnte Tür fragte er:»Salmonellen bilden sich gerne in Speisen, für die rohe Eier verwendet wurden. Haben Sie gestern irgendwo so eine Speise zu sich genommen?«

Das Eiklar lange und fest schlagen. Je kleiner die sich bildenden Luftblasen, desto lockerer wird die wohlschmeckende Masse aus Kakao, Ei, Mascarpone und Zucker. Sarah schaffte es gerade noch bis zur Toilette. Allein die Vorstellung von Eiweiß genügte in ihrem jetzigen Zustand, und sofort bewegte sich ihr Mageninhalt wie von selbst in die falsche Richtung. Als sie sich mit den Händen an den angenehm kühlen Fliesen abstützte und langsam wieder hochzog, rief der Arzt von draußen:»Geht es, Frau Fleischmann? Brauchen Sie Hilfe?«

»Nein, vielen Dank. Ich schaff's allein«, sagte Sarah.»Aber ich weiß jetzt, wo die Salmonellen drin waren.« Sie putzte sich zum

sechsten Mal heute morgen die Zähne und trat dann wieder ins Schlafzimmer. Für einen Moment fühlte sie sich fast wieder gesund und bemerkte den Duft der roten Rosen, der ihr den ganzen Morgen über noch nicht aufgefallen war. Herbert hatte sich im Bett aufgerichtet und wirkte um die Augen leicht grünlich. Seine zusammengepreßten Lippen verrieten ihr sofort, daß er gleich wieder ins Badezimmer mußte. Sie setzte sich auf sein Bett und küßte ihn sanft auf die schweißnasse Stirn.
»Toller Urlaub, was, Mäuschen?« flüsterte er ihr ins Ohr.
»Schicksal.« Sarah lachte leise. »Auf jeden Fall wirst du so ruck, zuck die paar Kilos los, die du eh abnehmen wolltest.«
Fleischmann verzog das Gesicht, was wohl ein Grinsen andeuten sollte. Dann blickte er hilfesuchend zu dem Arzt und setzte sich auf. Der Ägypter brachte ihn ins Badezimmer und fragte dabei Sarah: »Sie wissen, wo Sie sich die Salmonellen geholt haben?«
Sarah kroch unter ihre Decke. »Ja. Im Tiramisu. Hier im Hotel. Gestern abend war ein italienisches Buffet am Pool aufgebaut. Mein Mann und ich lieben Tiramisu.« Die Übelkeit machte sich wieder in ihrem Magen breit, und sie spürte, wie ihr Kreislauf allmählich schlappmachte. »Zumindest haben wir es immer sehr gerne gegessen. Gerade kann ich mir allerdings nicht vorstellen, daß ich in den nächsten Jahren irgend etwas Eßbares, geschweige denn Tiramisu, hinunterkriegen werde.«
Der Arzt lächelte sie aufmunternd an. »Das gibt sich. Ich verspreche Ihnen, daß Sie bald wieder richtig schlemmen können. Immerhin holen sich fast achtzig Prozent aller Touristen in Ägypten irgendwann einmal eine Salmonelleninfektion. Und bisher haben es alle überlebt, die von mir behandelt wurden.« Dann wurde er ernst. »Eine Einweisung ins Krankenhaus kann ich Ihnen aber wohl nicht ersparen. Ihr Mann verliert zuviel Flüssigkeit.« Er nahm die aufgerissenen Vomex-Packungen vom

Tisch und räumte Fieberthermometer und Stethoskop in seinen Pilotenkoffer. »Ich verabschiede mich. In zwei Stunden schaue ich wieder vorbei. Dann wissen wir mehr.«

In diesem Augenblick klopfte es an der Eingangstür zur Suite. Der Arzt schaute fragend zu Sarah, doch die schüttelte den Kopf. »Keine Ahnung, wer das sein soll«, sagte sie, stand stöhnend auf und suchte nach ihren Hausschuhen, die unter das Bett gerutscht waren. Es klopfte noch einmal, und Sarah rief: »Einen Moment, bitte.« Der Arzt hatte inzwischen den Koffer geschlossen und war ins andere Zimmer getreten. Sarah ignorierte die weißen Sternchen, die vor ihren Augen aufblinkten, und die Übelkeit, die in ihrem Magen rumorte. Sie drehte den vergoldeten Türknauf und spürte, wie das Schloß aufschnappte.

Vor der Tür stand ein ungefähr vierzigjähriger Mann in einer braun-beige gestreiften Galabiyya. In den Händen hielt er eine längliche Holzkiste, um die eine gelbe Schleife drapiert war. Sarah war sich sicher, daß sie den Mann noch nie gesehen hatte.

»Entschuldigen Sie die Störung. Man hat mir an der Rezeption gesagt, Sie und Ihr Gatte wären erkrankt. Das tut mir wirklich außerordentlich leid.« Der Mann griff mit einer raschen Bewegung vorne in sein Gewand und holte eine Karte hervor, die er der verblüfften Sarah überreichte.

»Darf ich mich kurz vorstellen? Ibn Mustafa, Ballooning in Egypt. Für Sie waren heute morgen in unserem Tut-Ench-Amun-Ballon zwei Plätze reserviert.«

»Ach, du meine Güte. Die Ballonfahrt.« Sarah trat einen Schritt zurück und lud den Mann in der Galabiyya mit einer Handbewegung ein, in die Suite hereinzukommen. »Hat Ihnen die Rezeption nicht ausrichten lassen, daß mein Mann und ich über Nacht krank geworden …«

»Doch, doch«, unterbrach Mustafa sie schnell. »Wir haben die

Nachricht erhalten. Ich bin nur gekommen, um Ihnen persönlich dieses Geschenk zu überbringen.« Er reichte Sarah das Holzkistchen. Es war schwerer, als sie erwartet hatte. »Sie sollten das Geschenk erst im Ballon erhalten, eine kleine Aufmerksamkeit von Les Caves Gianaclis.«

»Das ist wirklich sehr nett von Ihnen.« Sarah stellte das Kistchen auf dem Tisch ab und schaute sich nach ihrer Handtasche um. Sie entdeckte sie auf der Couch und kramte den Geldbeutel heraus. Doch als sie dem Mann ein Bakschisch geben wollte, lehnte dieser ab.

»Oh, nein, nicht doch. Das gehört zum Service von Ballooning in Egypt. Ihr Geschäftspartner will zufriedene Kunden, wir wollen zufriedene Kunden.« Mustafa lächelte breit. »Ich wollte Sie einladen, die Ballonfahrt doch zu wiederholen. Sie haben die Tickets noch?«

»Natürlich.« Sarah wurde kurz schwarz vor Augen, und sie ließ sich auf die Couch sinken. Der Arzt, der am Schreibtisch ein Rezept ausfüllte, schaute besorgt zu ihr hinüber. Mustafa allerdings schien nicht zu bemerken, in welchem Zustand sie sich befand, und redete munter weiter. »Wenn es Ihnen wieder bessergeht, rufen Sie einfach die Nummer an, die auf meiner Karte steht.« Er deutete auf die Karte, die Sarah immer noch in der Hand hielt. »Dann vereinbaren wir einen neuen Termin.«

»So schnell wird meine Patientin sich nicht erholen«, mischte sich der Arzt ein. »Sie und ihr Gatte haben eine Salmonellenvergiftung.«

Sarah war es speiübel. Alles, was sie wollte, war ins Bett. Oder am besten gleich ins Badezimmer.

Ibn Mustafa bedachte sie mit einem mitleidigen Blick. »Eine Salmonellenvergiftung? Wie schrecklich. Da wünsche ich Ihnen gute Besserung.« Er verabschiedete sich ausführlich, und Sarah winkte ihm schlaff nach, als er zur Tür trat. Ihr Blick fiel auf das

Holzkistchen, und sie sah, daß mit der gelben Schleife eine Grußkarte befestigt war. Sie zog die Karte aus der Schleife und klappte sie auf. *Mr. Fleischmann, welcome to Egypt, with compliments of LES CAVES GIANACLIS.*

»Einen Moment noch«, rief Sarah dem Mann in der Galabiyya nach. Er drehte sich an der Tür um und schaute sie fragend an.

»Was verbirgt sich denn hinter Les Caves Gianaclis?«

»Wein. Und zwar der beste, den Ägypten zu bieten hat.« Mustafa lächelte, verabschiedete sich ein weiteres Mal und schloß leise die Tür hinter sich.

Sarah stand rasch auf, was sie sofort bereute. Ihr Magen krampfte sich schmerzhaft zusammen, und sie preßte die Hand auf den Bauch. Schon vor ein paar Minuten hatte sie gehört, daß Herbert das Badezimmer freigegeben hatte. Der Arzt half ihr noch ins Schlafzimmer, dann verabschiedete auch er sich.

»Kennen Sie Les Caves Gianaclis?« fragte sie ihn. »Angeblich der beste Wein, den Ägypten zu bieten hat.«

Der hagere Mann lächelte und nickte. »Eine kleine Übertreibung ist immer gut fürs Geschäft. Und Gianaclis hat wirklich ausgezeichnete Weine.«

»Tun Sie mir einen Gefallen, ja?« Sarah deutete auf das Kistchen. »Nehmen Sie das doch bitte mit und machen Sie sich einen schönen Abend damit. Als kleine Geste unserer Dankbarkeit. Schon der bloße Gedanken an Wein ...«

Mit einem Ohr hörte Sarah noch, wie der Arzt sich bedankte und die Suite verließ. Doch viel dringlicher beschäftigten sie ihre revoltierenden Gedärme und die Frage, ob sie es wohl bis zum Badezimmer schaffen würde.

*

Mustafa erhob sich von dem Tisch auf der Nilterrasse des Old Winter Palace Hotels, wo er zwei junge Männer für die morgige Ballonfahrt hatte gewinnen können. Die beiden braungebrannten Touristen, offenbar Dänen oder Schweden, luden ihn noch auf ein frühes Bier ein, doch Mustafa lehnte dankend ab. Er wollte noch im St. George vorbeischauen. Rasch ging er die Treppen hoch und trat in die angenehme Kühle des Foyers. Ein Cousin seiner Frau arbeitete an der Rezeption, bei dem er kurz vorbeischauen wollte. Als er über den Marmorfußboden auf den Empfangstisch zulief, kam ihm der Arzt entgegen, der oben das Ehepaar mit der Salmonellenvergiftung behandelt hatte. Mustafa war in Sorge geraten, als die beiden heute früh nicht am Ballon erschienen waren und statt dessen der Fahrer des Shuttledienstes ausrichten ließ, sie hätten abgesagt. Glücklicherweise war ihm ein junges Liebespaar über den Weg gelaufen, das sich eigentlich nur den Sonnenaufgang über dem Nil anschauen wollte, aber hocherfreut sein Angebot annahm, zu einem Spezialpreis an der Ballonfahrt teilzunehmen. Nichts haßte Mustafa mehr, als wenn die Ballons nicht voll besetzt in die Luft stiegen.

Der Arzt nickte ihm zu und ging an ihm vorbei durch die Glastür des Hotels. In der einen Hand trug er den Pilotenkoffer, doch in der anderen sah Mustafa zu seiner Überraschung das Holzkistchen mit dem Wein, das er vorher oben abgegeben hatte. Er hätte das Werbegeschenk heute morgen glatt vergessen, doch der Pilot des Ballons hatte ihn gefragt, was er damit machen solle. Mustafa hatte beschlossen, den Wein selbst im Hotel abzugeben und dem deutschen Geschäftsmann einen neuen Termin für die Ballonfahrt anzubieten. Für ihn war es kaum eine Mühe, da er sowieso vorgehabt hatte, im Winter Palace auf Kundschaft zu warten. Und vielleicht konnte er mit diesem kleinen Extra mehr an Service Les Caves Gianaclis von den Vorteilen einer kontinuierlichen Kooperation überzeugen.

Die Gattin des deutschen Geschäftsmannes hatte ziemlich schlecht ausgesehen. Wahrscheinlich hatte sie dem Arzt den Wein vermacht. Ein Blick zum Empfangstisch verriet Mustafa, daß der Cousin nicht da war. Er überlegte kurz, ob er eine Nachricht hinterlassen sollte, doch aus einem vagen Gefühl heraus machte er kehrt und folgte dem Arzt. Der hagere Mann war schon unten an der Straße, wo er seinen alten Mercedes in der Haltebucht vor dem Hotel geparkt hatte. Deutlich sichtbar klebte auf der Windschutzscheibe der weiße Aufkleber mit dem roten Halbmond. Mustafa schlenderte die Treppen hinunter. Der Arzt hatte seinen Koffer auf den Rücksitz des Wagens geworfen und auf dem Fahrersitz Platz genommen. Mustafa konnte erkennen, wie er den Schlüssel in die Zündung steckte, doch der Wagen fuhr nicht los. Statt dessen drehte sich der Mann mit dem Rücken zum Fenster und beschäftigte sich mit etwas, das offenbar auf dem Beifahrersitz lag. Mustafa hatte fast das Ende der Treppe erreicht, als der Arzt sich umdrehte, ihn erkannte und das Fenster herunterließ.

»Entschuldigen Sie, Sie haben doch vorhin den europäischen Touristen ein Werbegeschenk von Les Caves Gianaclis gebracht?«

Mustafa trat zu dem Mercedes. »Ja.«

»Schauen Sie sich das einmal an.«

Mustafa warf einen Blick auf die geöffnete Holzkiste, die der Arzt ihm vor die Nase hielt. »Die Dame hat Ihnen den Wein weitergeschenkt?« fragte er, während er den Inhalt musterte.

Der Mann nickte. »Die beiden hat es ziemlich schlimm erwischt. Sie werden die nächste Woche im Krankenhaus verbringen, fürchte ich.« Er tauschte mit Mustafa jenen wissenden Blick der Einheimischen aus, die sich nur immer wieder wundern konnten, wie unvorsichtig sich die Touristen trotz des heißen Klimas den gewohnten Genüssen roher Speisen hingaben. Dann zeigte er auf die Flasche.»Aber Wein ist eigentlich immer gut.«

Zunächst glaubte Mustafa die üblichen Umrisse einer Weinflasche vor sich zu haben. Sie lag auf einem blauen Samttuch und hatte eine gelbe Schleife umgebunden. Doch in der Flasche war gar kein Wein. Soweit Mustafa es trotz der dunkelgrünen Farbe des Glases erkennen konnte, war Zement in der Flasche. Als nächstes sah er die Drähte am Korken. Und dann entdeckte er die Digitaluhr am Boden der Flasche. Instinktiv trat er einen Schritt zurück.

»Herr Doktor.« Mustafa räusperte sich. Seine Stimme war ein heiseres Krächzen.»Legen Sie das Ding weg. Ganz vorsichtig.«

Der Arzt schaute ihn verwundert an.»Was ist denn damit? Was haben Sie denn?« Mit einem lauten Knall ließ er den Deckel des Kistchens zufallen.

»Vorsicht!« Mustafa brüllte fast und trat noch einen Schritt zurück. Der Portier vor dem Hoteleingang wurde auf ihn aufmerksam.»Kapieren Sie denn nicht? Das ist eine Bombe!«

*

»Noch mal.« Die Stimme des europäischen Mossad-Chefs klang heiser. Rosenstedt war mit den anderen Agenten im hinteren Großraumbüro. Er hockte mit Stern auf einer Tischkante, die anderen hatten sich ihre Bürosessel herangerollt. Zum wiederholten Mal kam die Aufnahme aus den Lautsprechern, die rechts und links von Daniels Computer standen.

»Noch mal.«

Die blonden Strähnchen in Daniels dunkelbraunem Haar wippten, als er den Kopf schüttelte.»Das bringt doch nichts. Mehr als die Zentrale können Sie aus den paar Worten auch nicht rausholen.«

Abraham Meir drehte langsam den Kopf und starrte den

Agenten aus glasigen Augen an. Rosenstedt zuckte zusammen, als der Mossad-Chef Daniel anbrüllte:»Noch mal!«

Seit Meir vor einer knappen Stunde das Büro betreten hatte, war die ohnehin schon angespannte Stimmung einer gereizten, fast feindseligen Hektik gewichen. Meir war offenbar schon in Berlin gewesen, als die Nachricht von der Festnahme seines Todesengels ihn erreichte. Er hatte den Hubschrauber sofort umkehren und die wichtigen Verhandlungen mit dem Kanzleramt platzen lassen. Kimiagarov hatte Meir vom Flughafen abgeholt. Seither herrschte im Büro Krisenalarm. Rosenstedt konzentrierte sich auf die Nachricht, die von den Horchposten des Mossad entlang der ägyptisch-israelischen Grenze vor drei Stunden aufgezeichnet und dem diensthabenden Offizier in Tel Aviv sofort vorgelegt worden war.

»Wir haben hier einen europäischen Terroristen ... einen Heißluftballon in die Luft sprengen ... französischen Paß, ausgestellt auf den Namen Ben Levy ... spricht nur französisch ... Ausführlicher Bericht folgt ... « Damit brach das Gespräch ab. Offenbar hatte der Anrufer aufgelegt. Aus den Computerlautsprechern kam nur noch Rauschen. Daniel beugte sich vor und schaltete die Übertragung mit einem Mausklick aus. Dabei schaute er fragend zu Meir.

Der Mossad-Chef starrte auf den Monitor, dann brummte er etwas Unverständliches und wuchtete seinen muskulösen Körper aus dem Bürostuhl.

»Also, sind wir absolut sicher, daß das unser Levy ist?«

»Hundertprozentig. Levy wollte in Luxor irgendwas mit einer Touristenattraktion drehen. Slonin hat ihm noch Informationen zu einem Weingeschäft rausgesucht.« Kimiagarov schaute zu Slonin, der nickte.»Irrtum ausgeschlossen. Sie haben ihn geschnappt. Und Fleischmann lebt.«

Stern fügte hinzu:»Daran gibt es wirklich keinen Zweifel

mehr. Die Nachricht ist schon im ägyptischen Radio und Fernsehen. Sie machen eine Riesensache daraus.«

»Die Ägypter wissen wahrscheinlich schon, daß er zu uns gehört«, meldete sich Daniel zu Wort. »Sie machen eine Staatsaffäre aus der Sache. Die trommeln alles zusammen. Da ist die Hölle los. Für zwölf Uhr mittag haben sie eine Ansprache des ägyptischen Präsidenten im Fernsehen angekündigt. In ein paar Stunden werden sie Levy im Fernsehen vorführen.«

Meir stöhnte. »Dann erklär mir mal einer, warum Levy seinen richtigen Namen verwendet hat.«

Kimiagarov zuckte die breiten Schultern. »Mit dem Namen hat er doch die ganze Sache bei der ReHu durchgezogen. Und er hat noch den französischen Paß auf seinen Namen. Er fand es wohl das Praktischste.«

»Das Praktischste?« Meir starrte den Agenten an. »Das Dümmste, wolltest du wohl sagen.«

»Na ja, das war ein kleines Ding für Levy. Konnte ja niemand ahnen, daß der Anschlag auf den Deutschen so in die Hosen gehen würde.«

Rosenstedt stellte vorsichtig die Füße auf den Boden. Kimiagarov schien nicht zu bemerken, daß Meir kurz vor einer Explosion stand. Sein Gesicht hatte einen rötlichen Farbton angenommen, an der linken Schläfe zeichnete sich eine bläuliche Ader ab. Er trat einen Schritt auf Kimiagarov zu. »Ein kleines Ding?« zischte er den massigen Mann an, der vollkommen gelassen auf seinem Stuhl saß. »Du weißt genau, wie wichtig die ReHu für uns ist. Wenn andere Geheimdienste das Monitoring-Programm in die Hände kriegen, können wir unsere neuen Encrypter-Codes vergessen.«

Kimiagarov zuckte mit den Schultern. »Na und. Alle Codes werden irgendwann mal entschlüsselt. Entwickeln wir eben neue. Ein Beinbruch, aber kein Weltuntergang.«

Rosenstedt bekam den Eindruck, daß Kimiagarov die Sache mit Absicht herunterspielte. Er und Meir kannten sich schon seit ihrer gemeinsamen Militärzeit, sie duzten sich und waren nach Aussage von Stern auch privat miteinander befreundet. Vielleicht hatte er den übergewichtigen Mann mit der lauten Stimme, der immer eine aufgesetzt wirkende Betriebsamkeit ausstrahlte, unterschätzt. Vielleicht wußte er ja am besten, wie man Meir wieder beruhigte. Allerdings schien seine Strategie heute nicht aufzugehen.

Meir beugte sich zu dem sitzenden Mann, wobei er die Hände auf die Lehnen des Stuhles legte und Kimiagarov direkt ins Gesicht schaute. »Du ...« Meir versagte vor Wut die Stimme. Er setzte noch einmal an. »Du weißt ganz genau, was daran hängt. Wir können den Plan vergessen, wenn ...«

In diesem Moment stand Kimiagarov auf. Allein mit dem Gewicht seines Körper löste er Meirs Finger von den Stuhllehnen und drückte den Mossad-Chef von sich weg. Daniel war aufgesprungen, um dazwischenzugehen, falls einer der beiden handgreiflich werden sollte. Doch seltsamerweise schien die Bewegung des Mossad-Agenten die Spannung zu lösen. Meir fing leise an zu lachen und versetzte Kimiagarov einen spielerischen Hieb. »Scheiße, tut mir leid.« Er holte tief Luft. Dann schaute er in die Runde.

»Okay, Stern, geben Sie mir das Büro des Premierministers. Er soll sofort in Washington anrufen. Die Amerikaner müssen Druck auf die Ägypter ausüben. Keine Fernsehansprache, nichts, Schluß. Wofür haben wir denn einen Friedensvertrag mit denen? Der Rest klemmt sich vor die Monitore und nimmt alles auf, was über die Agenturen läuft.«

Er wandte sich an Slonin. »Und Sie geben der Zentrale unsere offizielle Stellungnahme weiter. Falls die Ägypter wirklich Beweise haben, die einen Ben Levy mit dem Ballon-Anschlag in Verbindung bringen, dann war es die Tat eines durchgedrehten Einzelgängers. Und wir fordern die umgehende Auslieferung unseres Agenten. Levy ist geistesgestört und gehört sofort in ärztliche Behandlung. Geben Sie es gleich durch.«

*

Fünf Paar Hände griffen nach Levy und stießen ihn auf den Steinboden des Wartebereichs. Beim Fallen dachte er daran, den Kopf zur Seite zu wenden, damit er sich nicht Kinn und Nase verletzte. Trotzdem schlug er hart auf Knie und Ellenbogen auf. Im nächsten Moment spürte er die Gewehrläufe in seinem Rücken und zwischen seinen Beinen. Jemand durchsuchte ihn schnell und mit geübten Handgriffen. Die für Scanner unsichtbare Plastikwaffe, die er immer an einem Band unter seinen Strümpfen trug, entdeckten sie sofort. Seine Arme wurden im Polizeigriff hochgerissen, so daß er vor Schmerz kaum aufstehen konnte. Dann wurden ihm Handschellen angelegt, und er wurde durch das Flughafengebäude abgeführt. Als sie den Wartebereich verließen, wurden über den Lautsprecher gerade die Passagiere der 1. Klasse zum Besteigen des Fluges nach Zürich aufgefordert.

Draußen stießen sie ihn in einen dunkelblauen Jeep. Zwei weitere Fahrzeuge folgten ihnen mit heulenden Sirenen. Levy schaute sich vorsichtig um, doch er konnte weder Mustafa noch den falschen Kofferträger entdecken. Nach einer zehnminütigen Fahrt, während der in dem Jeep eisiges Schweigen herrschte, erreichten sie den Stadtrand von Luxor. Er wurde an eine Stahltür geführt, neben der eine staubbedeckte weiße Plastiktafel hing. Levy mußte sie nicht lesen, um zu wissen, wo er sich befand: Der weitläufige Bungalowbau aus hellbraunem Lehm war ein Gebäude des Muhabarat.

In einem fensterlosen Keller drückte ihn der schnauzbärtige Uniformierte, der ihn schon auf Waffen untersucht hatte, auf einen wackligen Holzstuhl. Vor ihm auf dem Tisch lagen eine mit Semtex gefüllte Rotweinflasche, ein dunkelblaues Samttuch, eine gelbe Schleife und eine fast neue, leicht manipulierte Casio PTR-600-7V. Eine Bürolampe stand auf dem Tisch, war aber ausgeschaltet. Das fahlgelbe Licht kam von einer nackten Glühbirne, die von der Decke baumelte. Der Uniformierte griff mit der Linken in Levys Haar und riß mit einem festen Ruck seinen Kopf nach hinten.

»Keine Mätzchen«, flüsterte er so nah an Levys Gesicht, daß dieser von dem durchdringenden Geruch nach Schweiß und Nikotin fast würgen mußte. Dann spürte er, wie die Handschellen, die seine Arme immer noch auf dem Rücken zusammenhielten, aufschnappten. Levy widerstand der Versuchung, den stockenden Blutkreislauf in seinen eingeschlafenen Fingern wieder in Bewegung zu bringen. Er rührte sich nicht. Der Schnauzbärtige zog seine Arme grob hinter die Lehne des Stuhles, zwängte sie dort unter die Querstrebe und befestigte sie mit den Handschellen. Dann verließ er ohne ein weiteres Wort den Raum.

Levy atmete langsam aus. Unbewußt hatte er in den letzten Minuten sehr flach geatmet und kaum Luft geholt. Er konzentrierte sich auf seine Umgebung, die Wände des Raumes, die grüne Eisentür, die seltsam tief hängende Decke, den saubergeschrubbten Zementboden. Levy kannte diese trostlosen, scheinbar leeren Räume, die scheinbar überall auf der Welt gleich aussahen. Von seiner Position aus konnte er drei Steckdosen erkennen, aus weißem, neuen Plastik, ebenso wie der Lichtschalter neben der Tür. An dem Hahn des altmodisch eckigen Waschbeckens fehlte die äußere Fassung, was es einfacher machte, einen Gummischlauch daran anzuschließen. Wahrscheinlich stand der Schnauzbärtige auf der anderen Seite des sonderbar breiten Spiegels über dem Becken und beobachtete ihn durch das verspiegelte Glas.

Er hätte vorsichtiger sein sollen, zumindest eine andere Identität wählen, einen italienischen Journalisten zum Beispiel, oder einen zypriotischen Bankier. Es wäre ein leichtes gewesen, sich entsprechende Ausweise zu besorgen. Den ersten Fehler hatte er gemacht, als er sich das Touristenvisum in einen Paß mit seinem Klarnamen einstempeln ließ. Den zweiten kurz danach, als er sich als *Ben Levy* in das Gästebuch des Winter Palace eingetragen hatte. Levy verzog den Mund, als er sich daran erinnerte, wie überheblich er noch vor ein paar Stunden die Sicherheitsmaßnahmen der ägyptischen Behörden beurteilt hatte.

Die Tür wurde aufgerissen, und der Schnauzbärtige stapfte in den Raum. Auf dem Zementboden hallten die Schritte der staubigen Armeestiefel seltsam hohl. Der Mann stellte sich neben ihn und legte ihm den Arm um die Schulter. »Na, wie gefällt dir deine Unterkunft? Ist doch ganz nett hier.« Er drehte Levy an der Schulter, so daß dessen Hände zwischen der Strebe und den Handschellen gequetscht wurden. »Alles da, Tisch, Stühle, fließend Wasser, Strom. Toilette ist draußen auf dem Gang.«

Aus dem Augenwinkel entdeckte Levy die beiden Kameras, die in den Ecken der Decke montiert waren.

Der Schnauzbärtige folgte seinem Blick. »Ach ja, Fernsehen haben wir auch. Kein Kabel, aber dafür senden wir vierundzwanzig Stunden life.« Er drückte Levy wieder zum Tisch. »Nun zur Sache: Hast du uns etwas zu diesem großzügigen Geschenk zu sagen, daß du den Touristen vermachen wolltest?«

Levy schaute zu der Trekking-Uhr. Offensichtlich war der Alarm nicht ausgelöst worden. Vielleicht hatte die Uhr nicht

funktioniert. Doch er hatte keine Fehlfunktion feststellen können. Doch irgendwo mußte etwas schiefgelaufen sein, etwas, das
er übersehen hatte und das ihn geradewegs in dieses Loch und
in die Hände dieses stinkenden Kerls gebracht hatte.

»Aha, ein Taubstummer.« Der Uniformierte löste den Griff
um Levys Schultern und setzte sich ihm gegenüber. »Wirklich
unglaublich, wie viele Taubstumme für die Gammat al-Islamiya
arbeiten. Kommt man bei euch anders nicht rein, oder was? Damit ihr später nicht plappert wie die Papageien?«

Er hätte die Ballonfahrt für den ReHu-Chef einen Tag später
buchen sollen. Zur Sicherheit. Er wäre heute morgen nach
Zürich geflogen und schon wieder in Frankfurt gewesen, wenn
die Bombe hochgegangen wäre. Was immer schiefgelaufen war,
wäre erst morgen aufgeflogen. Doch ihn hatte die Vorstellung
gereizt, im Flugzeug über Luxor zu sitzen, während nur wenige
tausend Meter unter ihm der Ballon explodierte. Zu tollkühn,
zu übermütig, einfach zu dumm die Vorstellung, daß er durch
die kleinen Fenster des Flugzeugs vielleicht den Feuerball der
Explosion würde sehen können. Und zu stolz. Das war sein
dritter Fehler gewesen. Er war so stolz auf seinen raffinierten
Plan gewesen, daß er unvorsichtig geworden war.

Der Schnauzbärtige redete immer noch. Wieder erwähnte er
die Gammat al-Islamiya. Offenbar wußten sie noch nicht, daß
er beim Mossad war. Die Absurdität der Idee amüsierte ihn:
Benjamin Levy, der Todesengel des Mossad, als Handlanger der
berüchtigten, ägyptischen Terrorgruppe. Unwillkürlich grinste
er in sich hinein. Sein vierter Fehler. Levy sah, wie der schnauzbärtige Typ aufsprang und sich auf ihn zubewegte. Dann landete eine Faust in seinem Gesicht, und für Sekunden wurde ihm
schwarz vor Augen. »Verarsch mich nicht, du mieses Stück
Dreck.«

Levy spürte den süßlichen Geschmack von Blut, das ihm von

der gespaltenen Oberlippe tropfte. Seltsamerweise fühlte er keinen Schmerz, nur ein vages Ziehen im Gesicht.

»Wir wissen genau, daß dein Paß gefälscht ist. Du hast dir dieses harmlose deutsche Paar im Winter Palace ausgesucht, um wieder mal ein paar Touristen in die Luft zu jagen. Wir wissen genau, wie du die Bombe gebaut hast. Semtex! Habt ihr Kerle denn nichts Besseres auf Lager?«

»Funktioniert doch.« Die Worte waren Levy schneller über die Lippen gekommen, als er denken und sich genau überlegen konnte, was er sagte. Sein überhebliches Getue setzte dem Schnauzbärtigen allmählich zu. Die Faust krachte ein zweites Mal auf seine Lippe. Dieses Mal zerriß der Schmerz wie Feuer seine Haut. Sein Kiefer war einen Moment wie betäubt, dann machte sich ein brennendes Pochen breit, das bis zur Stirn hochzog. Levy tastete vorsichtig mit der Zunge und spürte, daß sich ein Schneidezahn gelockert hatte.

»Laß die großen Sprüche, Freundchen.« Befriedigt sah Levy, wie der Schnauzbärtige sich über die geröteten Knöchel fuhr. Dann steckte der Mann die Hand in die Hosentasche und holte einen silbernen Schlagring hervor. Direkt vor Levys Augen streifte er ihn sich über die Finger der rechten Hand.

»Mit Terroristen machen wir hier kurzen Prozeß«, sagte der Uniformierte und prüfte in aller Ruhe, ob der Ring auch richtig saß. »Islamische Fanatiker werden bei uns hingerichtet. Haben deine Chefs dir das nicht gesagt?«

Levy lehnte sich auf dem Stuhl zurück. Das metallene Schlangenmuster auf dem Ring beunruhigte ihn. Sicher, er hatte Fehler gemacht, schwere Fehler sogar. Doch kein Grund, sich von diesem Bullen totschlagen zu lassen. Er fixierte die Augen des Mannes, wie es im Mossad-Handbuch beschrieben wurde. Er war beim Geheimdienst. Es gab Abkommen zwischen Israel und Ägypten, die solche Vorfälle regelten. Er mußte sich nur strikt an Regel Nummer 1 halten. Im Falle einer Festnahme: alles leugnen.

Der Schnauzbärtige fuhr ihm mit dem Ring hart über die blutenden Lippen. Levy drehte den Kopf weg, um dem kalten Metall zu entkommen. »Also, von wem bekommst du deine Befehle, aus der Schweiz, aus Frankreich? Und wer sind deine Kontaktpersonen hier in Luxor? Doch wohl nicht der fette Schwanzlutscher aus dem Parfümladen?«

Ohne das jahrelange Training beim Mossad hätte Levy seine überraschte Reaktion wohl nicht kontrollieren können. Er konzentrierte sich darauf, die Augenlider und seinen Atem ruhig zu halten. Es half ihm, wenn er dabei den Schlagring fixierte. Aboudy mußte sich rein zufällig an ihn erinnert haben. Wahrscheinlich war es ein Fehler gewesen (sein fünfter), mit dem Internetbetreiber wegen der unverschämt hohen Benutzungsgebühren herumzustreiten. Doch Levy konnte sich nicht vorstellen, daß der Muhabarat ihn seit seiner Ankunft im Visier gehabt haben sollte. Das war unmöglich. Dann fiel ihm der Junge im Internetcafé wieder ein: das Lara-Croft-T-Shirt, die Website der BBC. Irgend etwas an dem Jungen kam ihm bekannt vor.

Der Schnauzbärtige schlug ihm mit der beringten Faust an den Kopf. Levy spürte, wie sich sofort eine Beule entwickelte. »Schau mich gefälligst an, wenn ich mit dir rede, du Arsch! Und ich will jetzt endlich was hören.« Ein weiterer Schlag traf Levy an der anderen Kopfseite. Er stöhnte vor Schmerz auf. Es wurde Zeit, diese miese Vorstellung abzubrechen.

»Ich bin israelischer Staatsbürger und arbeite für den Mossad«, sagte der Agent mit deutlicher Stimme. Er hatte den Blick Richtung Spiegel gewandt. »Und ich habe keine Ahnung, was mir hier vorgeworfen wird. Die Gegenstände auf dem Tisch habe ich noch nie in meinem Leben gesehen.«

Seit einer halben Stunde saß Abraham Meir in dem Ohrensessel. Die Akten, die darauf gestapelt gewesen waren, lagen überall verstreut auf dem Boden. Dr. No und Miss Marple lagen auf Meirs Schoß und genossen die Streichelbewegungen, mit denen er über das flauschige Fell der Katzen strich.

Er wolle sein Bestes versuchen, hatte der Premier gesagt. Aber er könne nicht versprechen, daß er auch dieses Mal die Lawine stoppen könne, die Meir losgetreten habe. »Drück uns mal die Daumen«, hatte der Premier am Ende des Gesprächs noch gemeint und dann aufgelegt. Und obwohl Goldstein in ähnlichen Situationen früher genauso reagiert hatte, beschlich Meir das seltsame Gefühl, daß es dieses Mal anders war.

Seine Freundschaft zu Moshe Goldstein reichte zurück bis zu ihrer gemeinsamen Militärzeit. Einmal waren sie während einer Patrouillenfahrt von den Syrern beschossen worden. Meir zog den vollkommen überraschten Goldstein hinter den Jeep und rettete ihm so das Leben. Das Erlebnis hatte sie einander nähergebracht, ebenso wie der Tod von Meirs Frau viele Jahre später. Goldstein hatte Meirs Aufstieg im Mossad gefördert, ebenso wie Meir ihn unterstützte, als er zum Premierminister gewählt wurde. Sie hatten sich immer aufeinander verlassen, und der Premier hatte auch bei gefährlichen Aktionen immer hinter seinem Mossad-Chef gestanden.

Meir wandte den Kopf zur Seite und starrte auf das Bild Disraelis. Er bewunderte den Künstler, dessen Talent aus Leinwand und Öl ein Porträt geschaffen hatte, in dem das innere Wesen des großen Mannes so wahrhaftig ausgedrückt wurde. Sein Talent lag auf einem anderen Feld, hatte mit einer tiefer liegenden Wahrheit zu tun, die an der Oberfläche wie Täuschung und Betrug wirkte. Ohne ihn wäre die Organisation nicht das, was sie heute war. Beim Mossad gab es nicht die ideologisch motivierten Spione, die im gegnerischen Lager für die Sache Israels tätig wurden. Es gab keine heimlichen arabischen Zionisten, keine syrischen, irakischen, palästinensischen Kim Philbys. Er verstand es, aus Menschen, die eigentlich Gegner waren, Helfer zu machen, die ohne moralische Bedenken töteten. Und er hatte als erster im Mossad gezielt Männer und Frauen beschäftigt, die überzeugend als Angehörige anderer Nationalitäten auftreten konnten. Benjamin Levy war ein Vorzeigebeispiel für diese Strategie, Meirs ureigenste Entdeckung. Der Mann war ein Sprachen- und Schauspielertalent, absolut skrupellos und ihm treu ergeben. Meirs Leute repräsentierten fast alle Sprachgruppen der Welt und bewegten sich selbst in feindlicher Umgebung wie Einheimische. Es waren sein Einfallsreichtum, seine Härte, seine Überzeugungskraft und seine Fähigkeit zur Menschenführung, die dem israelischen Geheimdienst so viele Erfolge beschieden hatten.

Beide Katzen schnurrten inzwischen wie kleine Spielzeugmotoren. Der cremefarbene Kater drehte sich auf den Rücken, und Meir kraulte ihn am Hals, den ihm Dr. No entgegenreckte. Dabei war er vorsichtig, nicht den Bauch zu berühren. Mehr als einmal hatte das Tier ihn mit scharfen Krallen gekratzt, wenn er über das seidige Bauchfell hatte streichen wollen. Plötzlich hob Miss Marple den Kopf und rollte sich wieder in eine liegende Position. Meir sah, wie sie ihre weichen Ohren spitzte. Sicherlich horchte jemand an der Tür. Stern wahrscheinlich, oder dieser mißtrauische Rosenstedt, den Yaari ihm aufs Auge gedrückt hatte. Schon seit einer ganzen Weile traute man ihm nicht mehr in der Zentrale. Meir wußte, daß Moshe Goldstein heute nicht mehr ganz so bedingungslos hinter ihm stand wie früher.

Erste Anzeichen, daß er und der Premier vollkommen anders über Israels Zukunft dachten, zeigten sich bei dem Streit um die Zukunft der Golan-Höhen. Meir hatte gerade seine Frau beerdigt. Er träumte nachts von dem leeren Sarg, der unter der Erde lag. Das Ansinnen Washingtons, nach dem Friedensschluß mit Ägypten und Jordanien nun auch den Golan zu räumen, war für ihn unerträglich. Es bestätigte seine Warnungen, daß der Friedensschluß mit einem zu hohen Preis für Israel erkauft worden war.

Das geringste Übel wäre der Verlust der Berghänge gewesen, auf denen im Golan besonders schmackhafte Trauben heranreiften und aus denen einer der besten israelischen Weine gepreßt wurde. Für den Weinkenner in Meir hatte der Wein der Golan-Höhen mehr als nur symbolische Bedeutung, aber es wäre zu verkraften gewesen. Doch die blühenden Siedlungen, die an das alte jüdische Erbe im Golan anknüpften, die Hotels, das Ski-Ressort am Berg Hermon und die vielen anderen Touristenattraktionen, die für viele Juden den Lebensunterhalt bedeuteten – alles, was in den letzten vierzig Jahren aufgebaut worden und gewachsen war, konnte nicht aufgegeben werden. Und die Radarstationen auf den Höhenzügen, die vor feindlichen Flugzeugen warnten, waren überlebenswichtig für Israel. Mit der Rückgabe der Golan-Höhen würde strategische Tiefe geopfert, Land verloren gegeben, das Israel brauchte, um im Notfall rechtzeitig Truppen mobilisieren zu können. Meir war wie vor den Kopf geschlagen, als er damals erfahren hatte, daß Moshe Goldstein bereit war, den Golan um des Friedens willen aufzugeben.

Es war damals nicht zum offenen Bruch zwischen dem Premier und seinem Mossad-Mann gekommen. Doch für Meir war seither klar, daß Moshe Goldstein in den wichtigen Dingen auf der falschen Seite stand. Er war ein Politiker geworden, ein Opportunist, der für einen schnellen diplomatischen Erfolg die historischen Interessen Israels aufs Spiel setzte. Genau wie die Amerikaner, die bei ihren vielgepriesenen Nahost-Offensiven doch immer nur kurzfristige, innenpolitische Ziele und amerikanische Wählerstimmen im Hinterkopf hatten.

Später hatte Goldstein einmal bei einer gemeinsamen Fahrt in Meirs S-Klasse-Mercedes den Aufkleber des Siedlerkomitees des Golans am Kofferraum des Wagens bemerkt. Meir war nicht entgangen, wie erstaunt sein alter Freund war. »Ich wußte gar nicht«, hatte Goldstein gesagt, »daß du dich so sehr für Politik interessierst.« Goldstein wußte vieles nicht von Abraham Meir. Er wußte nichts von den sechsstelligen Geldsummen, die Meir seit Jahren heimlich auf die Konten der Jüdischen Verteidigungsliga überwies. Wenn es nicht zu gefährlich gewesen wäre, hätte Meir am liebsten das Symbol der Kach-Partei, die geballte Faust auf gelbem Grund, auf seinen Wagen geklebt.

Meir war sich bewußt, daß er die Rückgabe des Golans mit Worten allein nicht würde verhindern können, daß Israel nicht allein durch die unermüdliche Arbeit des Mossad vor der Fremdbestimmung zu retten war. Er mußte selbst handeln. Doch nicht so wie der junge Attentäter Jitzhak Rabins, nicht wie der Arzt Baruch Goldstein, als er sich 1994 den gelben Stern an die Brust heftete und am Grab Abrahams das größte Massaker begann, das bis dahin ein Jude unter Arabern angerichtet hatte. Sie hatten gehandelt und waren als Helden gestorben.

Doch ihre Taten waren Nadelstiche, kleine Störungen in einem vorgeschriebenen internationalen Prozeß, an dessen Ende der vielbeschworene Frieden stehen sollte. Die Politiker konnten noch jahrelang über den Frieden reden, doch eines Tages würden auch sie sehen, daß sie sich hatten blenden lassen. Auf diesen Tag wollte Meir vorbereitet sein. Denn dann würde es Krieg geben, einen Krieg, in dem über die Zukunft der heiligen Stätten entschieden werden würde. Nicht umsonst hatte es Meir im Mossad bis ganz nach oben gebracht. Er war ein ausgezeichneter Soldat gewesen und ein noch besserer Geheimdienstmann geworden. Und eine Sache hatte er dabei gelernt: Einen Krieg konnte man nur durch gute Vorbereitung gewinnen. Sollten doch Goldstein und die anderen Politiker blind an den Frieden glauben. Vielleicht war das ja ihre Aufgabe. Doch seine Aufgabe war es, Schaden von *Erez Israel* abzuwenden, mit allen Mitteln.

Meir lehnte sich nach vorn und schubste die schlafenden Katzen zu Boden. Miss Marple fauchte, während Dr. No leise maunzte, einen Katzenbuckel machte und sich hinter dem Sessel auf dem Teppich zusammenrollte. Der Mossad-Chef trat neben den Schreibtisch und schob die dichtgewebten Vorhänge zur Seite. Direkt neben dem Fenster war ein kleiner, kaum sichtbarer Tresor in die Wand eingelassen. Er öffnete ihn und kramte in den Geheimakten, die er hier aufbewahrte. Schließlich zog er einen Stapel CD-ROMs heraus. Sie sahen alle gleich aus, grau mit einem weißen Aufkleber, auf dem der Stempel der israelischen Regierung prangte. Meir zog eine Scheibe aus dem Stapel und ließ die anderen auf den Schreibtisch fallen.

Plötzlich kam von der Tür her ein rasches, lautes Klopfen. Meir zuckte zusammen, und Miss Marple, die ihn beobachtet hatte, sprang auf und verkroch sich unter dem Ohrensessel.

»Ja? Was ist denn?« fragte Meir. Mit dem Rücken drückte er die Tür des Tresors zu und ließ die CD-ROMs mit einer flinken Bewegung unter einer Akte verschwinden.

Die Tür öffnete sich, und Rosenstedt trat ins Zimmer. »Die Ansprache von Präsident Ibrahim wird gleich übertragen. Ich wollte nur Bescheid sagen.« Der junge Agent blickte kurz zu dem Porträt Disraelis, dann zu Meir am Schreibtisch. »Wir haben Meldung von der Zentrale, daß Levy gestanden hat. Die Ägypter wollen das Geständnis live im Fernsehen bringen.«

*

Der Kellerraum stank nach Blut, Schweiß und Schmerzen. Und überall roch es nach Angst. Seiner Angst. Levys Haut wirkte gelblich in dem Licht der Glühbirne. Nur die Handschellen hielten ihn noch auf dem Stuhl, sonst wäre er längst auf den Boden gekippt. Er betrachtete seine nackten Beine wie Fremdkörper, registrierte zum ersten Mal die feinen Muster der starken Behaarung und entdeckte eine kleine Narbe am linken Knie. Obwohl er sich das Gehirn zermarterte, konnte er sich nicht erinnern, wo er sich die Narbe zugezogen hatte.

Am Anfang hatte Levy die Schmerzen noch gut ertragen. Er hatte gelernt, das Empfinden abzuschalten und das Bewußtsein in einen Ort zurückzuziehen, wo äußerlicher Schmerz ihn nicht erreichen konnte. Er hatte die schneidenden Schläge der Elektrokabel ausgehalten, die der Schnauzbärtige ihm verabreichte, hatte sich unter der eiskalten Wucht des Wasserstrahls gewunden, der auf ihn prallte, ihn samt des Stuhles auf den Zementboden riß und Stuhl und Mensch in die Ecke des Raumes trieb. Als der Schnauzbärtige die Elektroden an seine Hoden klemmte und die Stromstöße wie flüssiges Metall durch seinen Körper rasten, hörte er Schreie. Doch es war nicht er, der da schrie, sondern ein Namensvetter von ihm, ein Weinhändler namens Ben Levy, wohnhaft 10345 Rue des Chevallier in Paris, geboren am 21. Januar 1967 in Toulouse.

Die Angst war mit dem falschen Kofferträger in den Kellerraum gekommen. Der hatte den orangefarbenen Overall ausgezogen und trug jetzt verwaschene Jeans und ein kurzärmeliges Hemd. Doch nicht seine Kleidung oder das, was er sagte, machte Levy angst. Es war diese reglose, freundliche Maske, die Levy selbst nur zu gut kannte. Er hatte denselben Gesichtsausdruck oft genug im Spiegel gesehen. Damals hatte es ihm gefallen, dieses Gefühl von absoluter Macht, wenn er in den Verliesen des Mossad die Wahrheit aus den palästinensischen Gefangenen herausholte. Er kannte die Maske, weil er sie selbst getragen hatte. Er wußte, wie man sich dahinter fühlte. Der Mann war ein Folterer, ein Killer, er war sein Gegenpart auf der ägyptischen Seite, ein Todesengel, der für den Muhabarat mordete.

Todesangst, die Levy bis jetzt erfolgreich verdrängt hatte, breitete sich in seinem Bewußtsein aus. Er verstand nicht, warum man ihm nicht glaubte, daß er beim Mossad war. Es konnte kein Problem für den Muhabarat sein, das nachzuprüfen. Und Meir hätte sich schon längst melden und seine Auslieferung verlangen müssen. Auch die Ägypter hatten die Abkommen unterzeichnet. Auch die Ägypter mußten nach den Regeln spielen, an die sich alle Geheimdienste zu halten hatten.

Der ägyptische Todesengel saß ihm gegenüber auf dem Stuhl, auf dem vorhin der Schnauzbärtige gesessen hatte. Levy kannte sein angedeutetes Grinsen. Genauso grinste er die gefangenen Palästinenser an, wenn er wußte, daß sie kurz vor dem Zusammenbruch standen. Der Mossad-Agent ging in Gedanken die Übungen durch, die sie in der Ausbildung gemacht hatten. Er versuchte, wieder an den Ort zu kommen, wo nicht er, sondern ein erfundener Weinhändler die Folter ertragen mußte, die der Todesengel sich für ihn ausgedacht hatte.

»Schau dich an, Ben Levy, du bist ein Hund, nichts als ein mieser, räudiger Straßenköter.« Levy beobachtete den Mann. Es war ein Trick. Er mußte wissen, daß er ihn durch bloße Beleidigungen nicht zum Reden bringen konnte. Vor allem nicht mit einem Schimpfwort, das vielleicht für einen gläubigen Moslem die schlimmste nur mögliche Beleidigung sein mochte, ihn aber überhaupt nicht berührte. Die Herablassung im Tonfall des Mannes war unüberhörbar, eine Verachtung, die ihm galt und nicht irgendwelchen Hunden. Levy spürte, wie er wütend wurde. Sie waren beide Geheimdienstagenten, hatten eine ähnliche

Ausbildung absolviert, waren sich ebenbürtig. Nicht wie der alte Palästinenser, der vor ihm um sein Leben gebettelt und geschrien hatte, ja, er sei ein räudiger Hund, ein Straßenköter. Genau das hatte er gesagt. Das war in Beirut gewesen, in der zerbombten Straße, dem Wohnzimmer mit der silbrigen Tapete. »Was weißt du über die Sache in Beirut?« Levys Stimme war heiser, er brachte kaum die Silben über die aufgeplatzten Lippen. Der ägyptische Todesengel grinste wieder. Er verschob die Teile der Bombe, die immer noch auf dem Tisch lagen. »Da war ein Junge«, sagte er langsam.

Levy wollte aufspringen, doch die Handschellen hielten ihn fest. Er mußte während der Folter geredet haben, Teile aus seinen Träumen erzählt haben. Das passierte manchmal, er hatte selbst schon erlebt, wie die Gefolterten ihre intimsten Erlebnisse herausbrüllten und sich nachher nicht mehr daran erinnerten. Gefolterte, denen er systematisch die Knochen gebrochen hatte, genau wie dem alten Palästinenser vor dem Hauseingang in der dunklen Straße. Levy erinnerte sich plötzlich an die Eisenstange in seiner Hand, die immer wieder auf den zuckenden Körper niederdonnerte, erst Hände und Arme zerschmetterte, dann die Beine, Knie und die Hüftknochen. Er erinnerte sich an das ohrenbetäubende Krachen, als er die Stange auf den Asphalt warf und sich völlig außer Atem über den Palästinenser beugte. Blut quoll in einem dicken Strom aus dem Mund des alten Mannes, und seine Augen waren geschlossen, doch er war noch am Leben. Levy hatte sofort erkannt, daß es sich bei dem Mann, der langsam vor ihm starb, auf keinen Fall um Khaled Nabi Natsheh handelte.

Vielleicht waren irgendwie einige Akten von Mossad-Mitarbeitern in die Hände des Muhabarat gelangt. Levy wußte, daß die Sache in Beirut in seiner Akte vermerkt war. Sicher gab es auch Berichte über seine Sitzungen bei der Psychologin, vielleicht sogar Aufzeichnungen über die quälenden Alpträume, unter denen er nach der Sache in Beirut gelitten hatte.

Er hatte dem Palästinenser einen Tritt gegen den Kopf verpaßt und wie einen sterbenden Hund ins Jenseits verfrachtet. Dann war er aufgestanden und wollte zurück zu seinem Versteck. Der Junge hatte an der Wand gestanden. Das Gewehr hing immer noch über seiner Schulter. Er streckte die rechte Hand nach oben und sagte mit einer hellen, klaren Kinderstimme *Heil Hitler.*

»Ich bin israelischer Staatsbürger. Ich arbeite für den Mossad«, flüsterte Levy.

Der Muhabarat-Agent beugte sich über den Tisch zu ihm. »Das wissen wir schon, Levy. Uns interessiert, was es mit dieser Bombe auf sich hat.« Er zeigte auf die Flasche und die Uhr auf dem blauen Stück Stoff.

Levy starrte ihn an. »Aber … das hat doch nichts … Das hat nichts mit der Sache in Beirut zu tun.«

»Wollen Sie ein Geständnis ablegen?«

Vielleicht hörten die Alpträume auf, wenn er diesem Ägypter von dem Jungen erzählte. Er hatte noch nie mit jemandem darüber gesprochen. Auch nicht mit der Psychologin. Levy zögerte. *Ein Mossad-Mann verrät nichts, ein Mossad-Mann schweigt und stirbt.* Sein Ausbilder hatte ihm diesen Satz immer wieder gesagt.

Der Mann stand neben ihm und berührte ihn leicht an der Schulter. »Reden Sie sich diese Last von der Seele. Es wird Ihnen guttun.« Er winkte den Schnauzbärtigen heran und flüsterte ihm etwas ins Ohr. Gleich darauf spürte Levy, wie er ihm mit einem feuchten Tuch das Blut aus dem Gesicht wischte.

Levy nickte. »Ja«, sagte er. Er sprach nun englisch, genau wie sein Todesengel. »Ein Geständnis.«

Die Fernsehansprache des ägyptischen Präsidenten Ibrahim dauerte fast dreißig Minuten. Sie wurde live aus dem Arbeitszimmer seiner Sommerresidenz in Luxor im staatlichen Fernsehen übertragen. Ibrahim redete von einem israelischen Spionagering und zionistischen Rädelsführern, beschwor das jahrtausendealte Erbe des von ihm geführten Landes, zitierte den Propheten und den Koran. Er schloß mit den Worten:»Ich habe den Alarmzustand über unsere Streitkräfte verhängt. Die israelische Regierung ist uns nun eine Erklärung schuldig. Wenn wir sie nicht schnell bekommen, wenn sie Ausflüchte suchen und uns belügen, dann werden wir ihnen entsprechend antworten. Ich habe bereits mit einer Reihe von anderen arabischen Staatsführern gesprochen. Sie bestärken uns in der Auffassung, daß der Bogen überspannt wurde.« Im Anschluß zeigte das ägyptische Fernsehen Truppenparaden, untermalt von Marschmusik.

Die Aufnahme des Geständnisses, das fünfzehn Minuten später in voller Länge im ägyptischen Fernsehen und weltweit im Internet ausgestrahlt wurde, zeigte einen bekleideten Benjamin Levy. Seine Lippen wirkten nur leicht geschwollen, die blauen Flecken, die die Schläge des Schnauzbärtigen hinterlassen hatten, waren durch die Kleidung verborgen oder geschickt zurechtgeschminkt worden. Vor ihm auf einem Tisch standen eine Tasse Kaffee und ein Glas Wasser. Ein Aschenbecher und eine Packung Kleopatra-Zigaretten lagen daneben. Das Licht einer Halogenlampe blendete, so daß die Teile der Bombe im Hintergrund nur undeutlich zu erkennen waren.

»Ich bin israelischer Staatsbürger und arbeite für den Mossad«, begann er. Levy sprach englisch. Im unteren Rand des Bildes wurde die arabische Übersetzung eingeblendet.»Ich habe einen palästinensischen Jungen erschlagen. Mit einer Eisenstange auf den Kopf. Er hat geblutet wie ein Schwein. Er war vielleicht neun oder zehn. Er hatte ein Gewehr, aber er hat nicht geschossen. Er hat Nazischwein zu mir gesagt. Nein, das stimmt nicht. Er hat ›Heil Hitler‹ zu mir gesagt. Weil ich seinen Vater umgebracht habe. Wir dachten, Khaled Nabi Natsheh sei uns in die Falle gelaufen. Das mit dem Hitlergruß hätte der Junge nicht machen sollen. Meine Großeltern sind im Konzentrationslager Bergen-Belsen umgekommen.«

Der Mossad-Mann blickte starr geradeaus auf einen Punkt an der Wand, vorbei an der Kamera, die ihn von oben her einfing. In knappen Sätzen erzählte er von seinen Eltern, die in Israel eine Heimat gefunden hatten, seiner Jugend im Westjordanland, seiner Militärzeit. Er sprach von der ohnmächtigen Wut, die er empfunden hatte, wenn palästinensische Kinder israelische Militärpatrouillen mit Steinen bewarfen, davon, wie stolz er war, für den Mossad arbeiten zu dürfen. Levy war nie ein Mann der großen Worte gewesen.

Ab und zu schwenkte die Kamera auf die Gesichter einer Gruppe von Männern, die im Hintergrund des Raumes standen. Kurz wurde gezeigt, wie der Gouverneur von Luxor den Raum betrat. Benjamin Levy wurde nicht unterbrochen, nur einmal kam eine leise Stimme aus dem Hintergrund, die ihn aufforderte, über das Attentat in Luxor zu berichten. In groben Zügen erzählte der Agent von den fehlgeschlagenen Versuchen des Mossad, die Firma eines deutschen Geschäftsmannes zu übernehmen, und über seinen Auftrag, den Firmenchef zu ermorden. Wann immer Levy den Namen Fleischmann erwähnte, war ein schrilles Piepen übergeblendet, so daß der Name nicht zu verstehen war.

Levy weinte nicht, er bat nicht um Vergebung, er tat nichts von dem, was man nach einer solchen Lebensbeichte erwarten könnte. Er starrte nur weiter stumm die Wand an. Die letzte Einstellung zeigte einen Mann im kurzärmeligen Hemd, der auf den Agenten zutrat.

Salomon Rosenstedt hatte sein Ohr eng an die Tür von Meirs Büro gepreßt. Stern stand in der offenen Tür zu seinem Raum und beobachtete ihn halb mißbilligend, halb neugierig. Immer wieder schaute er den Gang hinunter zum hinteren Trakt, wo die anderen lautstark das Geständnis Levys diskutierten. Nach der Sendung war Meir leichenblaß und ohne ein Wort in seinem Büro verschwunden. Fünf Minuten später erreichte Stern der Anruf von Goldsteins Büro auf der verschlüsselten Leitung. Stern hatte zu Meir durchgestellt. Seither hatten sie nichts mehr gehört.

»Du *wirst* zurücktreten.« Goldsteins Tonfall duldete keinen Widerspruch. »In einer Stunde erwarte ich dein Rücktrittsgesuch. Du hast selbst gesehen, was dein Spezialagent sich geleistet hat. Das ist unentschuldbar. Nicht wiedergutzumachen.«

»Levy muß ausgeflippt sein. Sie haben ihm Drogen gegeben. Man hat ja genau gesehen, daß er gefoltert worden war.« Meir strich sich unablässig über die Glatze.

»Du hast das vielleicht gesehen, Abraham, weil du deinen Mann genau kennst. Für die Welt sah das aus wie ein sehr emotionales, sehr ehrliches Geständnis eines Mannes, der unter seinen Gewissensbissen zusammengebrochen ist. Niemand wird es uns nur eine Sekunde lang abnehmen, wenn wir sagen, dieses Geständnis sei völkerrechtswidrig unter Folter erpreßt worden.«

»Und Yaari will meinen Kopf dafür, sehe ich das richtig? Wegen einer Sache, an die sich in ein paar Monaten niemand mehr erinnern wird. Eine Operation ist schiefgelaufen. Na und? Das passiert nicht zum ersten Mal. Wenn wir zusammenhalten …« Meir brach ab.

Am anderen Ende der Leitung herrschte für einen Moment Schweigen, dann sagte Goldstein:»Abraham, dein Mann hat detaillierte Angaben zu einer Mossad-Aktion preisgegeben. Er hat Morde an Unschuldigen gestanden. Dir muß doch klar sein, was hier los ist!«

»Du suchst doch nur einen Sündenbock.«

»Du kannst das nennen, wie du willst. Wenn wir nicht drastische Schritte unternehmen, brechen die Ägypter die Beziehungen ab, und die Arbeit der letzten dreißig Jahre war umsonst. Im schlimmsten Fall droht uns ein Krieg. Und so, wie die Dinge stehen, können uns nicht mal die Amerikaner helfen. Versteht du, was das heißt? Ibrahims Ansprache war nicht bloß Schaumschlägerei, er meint es ernst. Der ägyptische Botschafter hat dringend um eine sofortige Stellungnahme zu dem Vorfall gebeten. Und wenn er nicht mit unserer Antwort zufrieden ist, wird Ibrahim ihn abziehen.«

»Diplomatengeschwätz!« Meir spuckte das Wort in den Hörer. »Wenn Ibrahim einen Krieg will, dann soll er ihn eben haben. Die Siedler auf den Golan-Höhen und in Hebron werden seine arabischen Schergen schon richtig empfangen.«

Wieder war Schweigen in der Leitung. »Du bist ein verbitterter alter Mann geworden, Abraham«, sagte Goldstein dann leise. »Du warst mal ein sehr guter Agent, einer der besten. Aber du hast jedes Maß verloren. Du bist unhaltbar, Yaari hat recht. Ich erwarte dein Rücktrittsgesuch in einer Stunde. Ansonsten …«

»Was ansonsten, Moshe? Willst du mir etwa drohen?« Meir war aufgestanden und hatte den Hörer an sein Ohr gepreßt.

»Ansonsten werde ich bekanntgeben, daß du entlassen worden bist.«

Damit beendete der Premier das Gespräch. In der Leitung war nur noch ein Piepen zu hören. Meir ließ den Hörer fallen, und das schnurlose Gerät landete auf dem Teppich. Langsam ballte er die Hände zusammen und stand einen Augenblick unbewegt da, wobei die gespannten Fäuste unter der Anspannung zitterten. Dann donnerte er mit einem unartikulierten Schrei die Fäuste auf die Tischplatte.

Durch den Schlag fiel der bronzene Becher um, in dem der Mossad-Chef seine Stifte aufbewahrte. Die Kulis rollten über den Tisch und fielen zu Boden. Meir griff nach einem und verschob dabei die Akte, die an der rechten Seite des Schreibtischs lag. Die CD-ROMs aus dem Wandtresor kamen zum Vorschein. Langsam griff Meir nach einer der CD-ROMs, drehte sie mehrmals in der Hand und schaute sie an, als sähe er sie zum ersten Mal. Dann ließ er sich auf den Bürostuhl fallen und zog den Laptop heran. Er lachte kurz auf und klopfte mit der CD-ROM auf den Tischrand. Dann sagte er leise:»Du täuschst dich in mir, Moshe Goldstein. Ich bin immer noch der Beste. Und für Israel werde ich der Stein in Davids Schleuder sein.«

»Der Premierminister hat aufgelegt«, sagte Stern leise von seinem Büro aus.

»Und Meir rastet aus. Ganz schalldicht ist die Tür doch nicht.« Rosenstedt richtete sich auf und stellte sich zu Stern. »Goldstein muß ihn gefeuert haben. Dem Premier bleibt nichts anderes übrig, wenn er seinen eigenen Kopf aus der Schußlinie bringen will. Das Signal im ägyptischen Fernsehen mit den Truppenparaden war klar und deutlich.«

»Was macht Meir denn da drinnen?«

»Er hat gebrüllt und was runtergeworfen. Oder wo draufgeschlagen.« Rosenstedt zuckte mit den Schultern. »Mehr habe ich nicht hören können.«

»Denken Sie, wir sollen reingehen und nach ihm schauen?«

»Kann nicht schaden.«

Stern fuhr sich durch die roten Locken und trat vor die Tür

zu Meirs Büro. Er klopfte zweimal, dann öffnete er die schwere Tür und betrat das Zimmer. Rosenstedt blickte dem Rücken Sterns nach, hinter dem sich die Tür wieder schloß, als Kimiagarov den Gang entlangstapfte.

»Irgendwas Neues vom Chef?«

Rosenstedt schüttelte den Kopf. »Stern ist gerade drin.«

»Nicht gerade der beste Tag für ein gepflegtes Pläuschchen.« Kimiagarov ging an Rosenstedt vorbei in Sterns Büro, setzte sich an dessen Schreibtisch und blätterte die Akten und Papiere durch, die sich dort stapelten.

Rosenstedt beobachtete ihn von der Tür. »Der Premierminister hat angerufen.«

»Klar«, brummte der massige Agent. »Er wird Abraham nicht halten können.« Er riß die oberste Schublade des Schreibtischs auf und kramte darin herum.

»Was suchen Sie eigentlich in Sterns Schreibtisch?«

Kimiagarov blickte zu Rosenstedt hoch und verzog den Mund. »Tja, das wüßten Sie wohl gern.« Der Agent öffnete die nächste Schublade und brummte: »Na, das sieht ja schon besser aus.« Er legte einen Packen CD-ROMs und eine durchsichtige Box mit Computerdisketten auf den Tisch, verteilte die CD-ROMs, nahm jede einzelne in seine fleischigen Finger und betrachtete sie eingehend.

Rosenstedt hörte, wie sich hinter ihm die Tür zu Meirs Büro öffnete und wieder schloß. Er drehte sich um und schaute Stern fragend an. Der hob die Schultern. »Nichts. Er sitzt am Schreibtisch und arbeitet an seinem Laptop. Er will in den nächsten Stunden nicht gestört werden. Mehr hat er nicht gesagt.«

Es war ein perfekter Plan. Meir arbeitete seit über fünfzehn Jahren daran. Er hatte mit vielen darüber gesprochen, Andeutungen gemacht, Meinungen ausgelotet, politische und persönliche

Gesinnungen überprüft. Er hatte sich diejenigen ausgesucht, die am radikalsten und am verläßlichsten waren, und kannte jeden persönlich, der an dem Plan beteiligt war. Niemand kannte die geheimen Forschungsergebnisse aus Nes Tsiona so gut wie er, nur wenige wußten von dem ausgelagerten Forschungslabor des Mossad. Und niemand ahnte, womit sich Agent Mahlnaimi dort beschäftigte. Meir war der große Macher im Hintergrund, bei ihm liefen alle Fäden zusammen. Mit dem gesamten Instrumentarium an legalen und illegalen Mitteln, das ihm der Mossad bot, hatte er sein Netzwerk aufgebaut. Er hatte Gelder für Ausrüstung abgezweigt, sich Informationen beschafft, ihm ergebene Agenten in der Welt herumgeschickt. Er leitete sein Team aus Getreuen und Auserwählten mit einer perfekten Tarnung. Und inzwischen brauchte er weder den Mossad noch Goldstein, um seinen Plan endlich in die Tat umzusetzen. Die Schleuder Davids war geladen und bis aufs Äußerste gespannt.

Der Plan würde nicht mehr ganz so glatt über die Bühne gehen wie geplant. Dieser Verlust an Perfektion ärgerte Meir. Doch er würde auf sein Improvisationstalent zurückgreifen. Damit hatte er bisher noch jede Krise gemeistert, angefangen mit dem Artikel in der Londoner Sunday Times, in dem öffentlich behauptet worden war, Israel forsche an einer ethnischen Bombe, bis zu dem gescheiterten Attentat auf Khaled Nabi Natsheh, das ihm als ein Testlauf für den Einsatz von Spraydosen gedient hatte.

Der Fehlschlag von Levy würde ein paar Unsicherheitsfaktoren mehr mit sich bringen. Gerne hätte Meir vor der Initialisierung des Planes die Kontrolle über die ReHu gehabt und verhindert, daß das Monitoring-Programm in die falschen Hände geriet. Auch der Zeitpunkt war überstürzt. Kleinigkeiten, um die er sich gerne noch gekümmert hätte, würden nun unerledigt bleiben. Doch eigentlich war schon seit Monaten alles bereit. Und da es nie einen wirklich vollkommen perfekten Augenblick des Losschlagens gab, war der jetzige Moment so gut wie jeder andere.

Auf dem bläulich leuchtenden Monitor überflog der Mossad-Chef, was er geschrieben hatte. Er lächelte kurz, dann druckte er die Seite auf einem Briefbogen des Mossad aus. Die CD-ROM lag neben dem Laptop. Meir schob sie in das Laufwerk und überspielte ihren Inhalt in ein E-Mail-Programm. Mit einem Tastendruck sandte er die Nachricht über die Standleitung des Mossad. Die Nachricht war mit Code Blue verschlüsselt. Egal, ob sie dem Militär oder anderen Diensten in die Hände fiel, sie würden sie nicht lesen können. Das Monitoring-Programm der ReHu hatte gerade mal die firmeninterne Testphase durchlaufen. Bis es auf den Markt kam und die Dienste routinemäßig damit arbeiteten, würden noch Monate vergehen. Monate, in denen sich die Welt fundamental verändern würde, Monate, nach denen niemand mehr nach dem Ursprung einer einzigen, scheinbar bedeutungslosen E-Mail suchen würde.

Meir griff zum Telefon und wählte die Nummer des Forschungslabors in Tel Aviv.

»Hallo«, meldete sich Mahlnaimi.

»Es ist soweit. Schick das Paket los. Viel Glück.« Meir legte den Hörer auf und lächelte wieder. Es befriedigte ihn, wie simpel die Schritte waren, die die Maschinerie seines Planes in Bewegung setzten. Der Stein Davids war abgeschossen und würde Goliath an seiner empfindlichsten Stelle treffen.

Er hatte sich keine Mühe gegeben, am Telefon leise zu sprechen. Wahrscheinlich stand dieser Rosenstedt vor dem Büro und versuchte, ihn durch die schalldichte Tür hindurch zu belauschen. Meir war sich inzwischen fast sicher, daß Rosenstedt ein Spitzel Yaaris war. Goldstein hätte ihn nie entlassen, wenn der Leiter des Mossad hinter Meir stehen würde. Wie schon so oft überlegte er, ob er die Versetzung nach Europa damals lieber nicht hätte annehmen sollen, ob seine Freundschaft zu Goldstein vielleicht nicht zerbrochen wäre, wenn er in Jerusalem geblieben wäre.

Er schaute zu dem Bild Disraelis. Die internen Machtkämpfe der Organisation, alte Freundschaften und Feindschaften – das alles war jetzt vorbei. Aus dem Plan wurde jetzt Wirklichkeit. Er würde das Lebenswerk seines Vorbilds vollenden und mehr. Er setzte in die Tat um, was dieser nicht einmal in seinen kühnsten Träumen zu hoffen gewagt hatte.

Unter dem Porträt lag Miss Marple auf dem Ohrensessel. Sie hatte sich zusammengerollt und schlief. Nur ab und zu zuckte die Schwanzspitze. Dr. No lag immer noch neben dem Stuhl. Neugierig verfolgte er Meir, der den Freßnapf auf den Boden stellte und mit frischem Futter füllte. Dr. No erhob sich und näherte sich dem Napf. Das klirrende Geräusch des Löffels auf dem Porzellan weckte Miss Marple, die sofort vom Sessel sprang und vor dem Freßnapf maunzte. Meir leerte den Inhalt der Dose in die Schale. Dann beobachtete er die Tiere, die die Brocken hinunterschlangen, als hätten sie tagelang nichts gefressen. Er strich Dr. No sanft über das Fell.

Meir stand auf und trat zur Bar, die hinter einer Glastür in der eingebauten Schrankwand aufgebaut war. Das Eisfach war eine ausgetüftelte Konstruktion, die seitlich in die Wand der Bar eingelassen war. Er klappte es auf und zog hinter einer eisüberzogenen Flasche Gin eine kleine Spraydose hervor. Der Aufschrift nach enthielt sie Reizgas, wie man es überall kaufen konnte. Meir tastete den Boden der Dose ab. Deutlich spürte er die kreisförmige Erhebung, wo Mahlnaimi das Plastikventil eingebaut hatte.

Die Katzen waren noch am Fressen. Meir holte eine Rolle braunes Paketband aus der untersten Schreibtischschublade und trat vor den gußeisernen Tresor. Er stellte mit dem altmodischen Rad, das den Tresor öffnete, den Code 0-0-9-1-9-3-4 ein und zog die schwere Stahltür auf. Im Innern standen zwei tiefe eckige Plastikschalen, die die Putzfrau heute morgen gereinigt und mit frischer Streu gefüllt hatte. Meir nahm die Katzenklos heraus und beugte sich ins Innere. An der hinteren Wand des Tresors war deutlich die Klappe zu sehen. Sorgfältig klebte Meir zuerst die Ränder ab, dann überklebte er den gesamten Verschluß mit den breiten Streifen.

Dr. No saß vor dem Napf und leckte die letzten Reste des Futters auf. Meir streichelte ihn wieder, dann packte er das überraschte Tier und verfrachtete es in den Tresor. Die schwere Tür lehnte er an, während er nach Miss Marple suchte. Die cremefarbene Katze lag schon wieder auf dem Ohrensessel und putzte sich ausgiebig ihre Pfoten. Meir hob sie hoch, setzte sich auf den Sessel und nahm sie auf den Schoß. Er strich ihr beruhigend über das flauschige Fell und griff dabei mit der anderen Hand nach der kleinen Spraydose, die auf dem Regal oberhalb der Bar stand. Vorsichtig stand er auf und trug die Katze zum Tresor. Mit einer schnellen Bewegung beförderte er auch Miss Marple ins Innere. Die Birma-Katze fauchte, doch ansonsten reagierten die Tiere gelassen auf die ungewohnte Behandlung. Dr. No schnüffelte an der überklebten Klappe. Miss Marple saß unbewegt wie eine ägyptische Statue, nur ihre Schwanzspitze zuckte, und ihre leuchtenden hellblauen Augen blitzten Meir aus dem dunklen Tresorraum an.

Der Mossad-Chef legte den rechten Zeigefinger sprühbereit auf den Knopf und schloß die schwere Tür bis auf einen schmalen Spalt. Er sprühte zweimal, zwei kurze, kräftige Stöße. Dann schloß er den Tresor und verriegelte ihn so, daß er nur mit dem Code wieder geöffnet werden konnte.

In Sterns Büro waren inzwischen noch mehr CD-ROMs auf dem Schreibtisch gelandet. »Natürlich habe ich das Code-Blue-Programm nicht einfach in der Schublade rumliegen.« Stern warf Kimiagarov einen empörten Seitenblick zu. »Es war in der abschließbaren Kassette im Schrank. Ich bewahre alle wichtigen Datenträger dort auf.«

Kimiagarov fuhr sich über die Stirn, auf der Schweißtropfen perlten. »Und? Wo ist das Ding jetzt?«

»Was weiß ich?« Rosenstedt war überrascht, wie genervt Stern plötzlich klang. Für ein paar Sekunden herrschte Schweigen im Raum. Dann fügte Stern hinzu: »Meir muß sich das Programm geholt haben. Er hat als einziger außer mir den Schlüssel zur Kassette.«

»Scheiße«, brummte Kimiagarov und erhob sich schwerfällig. »Jetzt flippt der Alte doch völlig aus.«

»Was?« fragte Rosenstedt.

Doch Kimiagarov winkte nur ab. Zu Stern gewandt, fragte er: »Wann haben Sie das Programm denn zum letzten Mal gesehen?«

»Vor zehn Tagen vielleicht. Können auch zwei Wochen gewesen sein.«

»Sie haben vor zehn Tagen eine Mail rausgeschickt, die mit Code Blue verschlüsselt war?« Der Agent schien überrascht.

Stern schüttelte den Kopf. »Nein, natürlich nicht. Daniel hatte wieder mal seine Festplatte geschrottet und wollte das Programm, um es neu zu überspielen.«

»Hm.« Kimiagarov starrte zu den CD-ROMs auf Sterns Tisch. Dann drehte er sich abrupt um und trat an die Tür. Im Vorbeigehen sagte er: »Nicht so neugierig, Rosenstedt. Und warum sitzen Sie eigentlich nicht vor den Fernsehern und verfolgen die Nachrichtensender, wie man es Ihnen befohlen hat?« Damit verließ er, ohne eine Antwort abzuwarten, den Raum.

»Und was war das?«

»Keine Ahnung. Kimiagarov eben.« Der schmächtige Mann seufzte und begann, die CD-ROMs wieder in die Schublade zu räumen.

Rosenstedt beobachtete ihn kurz, dann ging er nach hinten, um sich wie schon in den vergangenen Tagen parallel an mehreren Bildschirmen Fernsehnachrichten anzuschauen. Heute konnte er wenigstens sehen, wie die Welt auf die Festnahme und das Geständnis Levys reagierte. Als er im Gang am Archiv vorbeikam, hielt er kurz an. Er betrat den Raum und knipste das Licht an. Er hatte Glück. Offenbar hatte Stern vergessen, die Aktenschübe abzuschließen. Ohne Probleme ließen sich die Kästen aus den Schränken ziehen, und Rosenstedt fand Kimiagarovs Akte auf Anhieb. Sie war an der richtigen Stelle eingeordnet und korrekt beschriftet. Zwar mit feinem Bleistift, aber deutlich lesbar, war das kleine *K* auf dem Namensschild vermerkt.

*

Nach seinem Geständnis wurde Levy mit ausgesuchter Höflichkeit behandelt. Ein Arzt erschien und erkundigte sich nach seinem Befinden. Er bekam zu essen, Zigaretten. Nicht einmal für den Gang aus dem Keller wurden ihm Handschellen angelegt. Und die Männer, die ihn in ein anderes Gebäude begleiteten, trugen dunkle Anzüge und nicht die blauen Uniformen der Elitesoldaten. Dennoch erfaßte Levys geübter Blick sofort, daß ein Fluchtversuch unmöglich war. Das geräumige Zimmer, in dem man ihn untergebracht hatte, war zwar luxuriöser ausgestattet als eine Gefängniszelle, doch es war klar, daß er ein Gefangener des Muhabarat war.

»Höre Israel, der Herr unser Gott ist der einzige Gott, und du sollst den Herrn, deinen Gott, lieben von ganzem Herzen, von ganzer Seele, von allem Vermögen!« Levy hatte sich nie für einen besonders gläubigen Juden gehalten. Er hatte keine Ahnung, woher er das Gebet kannte, das er in dem stillen Zimmer immer wieder vor sich hinsagte. Bruchstücke aus der Erinnerung an die Talmud-Schule vielleicht. Irgendwo mußte er es aufgeschnappt haben, und es hatte sich tief in sein Gedächtnis eingegraben.

»Und diese Worte, die ich dir heute gebiete, sollst du dir zu Herzen nehmen und sollst sie deinen Kindern einschärfen und davon reden, wenn du in deinem Hause sitzest oder auf dem Wege gehst, wenn du dich niederlegst oder aufstehst, und sollst sie binden zum Zeichen auf deine Hand, und sie sollen dir ein Denkmal vor deinen Augen sein, und du sollst sie über deines Hauses Pforten schreiben und an die Tore.«

Bei seinen Kleidern, die ihm die Männer in den dunklen Anzügen zurückgegeben hatten, fehlte der Ledergürtel. Doch die spärliche Einrichtung des Zimmers bot genug Material, aus dem er einen reißfesten Strick herstellen konnte. Levy zog das Laken von dem frisch überzogenen Bett und zerriß es in gleichmäßige Streifen. Diese band er zusammen und flocht sie in ein stabiles Seil. Er prüfte die Festigkeit, indem er es an die Gitterstäbe des Fensters band und mit aller Kraft daran zog. Es würde sein Gewicht aushalten.

Der Agent löste den Strick von den Fensterstäben, dann stellte er einen Stuhl unter die Lampe, die in der Mitte des Zimmers von der Decke hing. Er ertastete den Haken und hängte die Lampe ab. Das Lakenseil ließ sich problemlos um den Haken wickeln. Levy knüpfte eine Schlaufe mit einem beweglichen Knoten. Er prüfte noch einmal die Stabilität des Hakens und die Festigkeit des Seils, dann legte er sich die Schlaufe um den Hals.

Als er den Stuhl wegkickte, blickte Levy zum Fenster. Von hier aus war der Nil nicht zu sehen, doch in der Ferne erhob sich majestätisch das Bergmassiv, hinter dem die Libysche Wüste begann.

*

Sarah Fleischmann blickte aus dem ovalen Fenster der Sondermaschine der Air Egypt, mit der sie in ein Kairoer Militärhospital gebracht wurden. Draußen flirrte die Mittagssonne auf dem glühendheißen Rollfeld, und Sarah spürte sofort, wie sich eine neue, krampfhafte Welle den Weg von ihrem Magen nach oben bahnte. Während des Fluges hatten sie und Herbert sich ununterbrochen übergeben, trotz der Opiumtinktur, die man ihnen zur Entspannung der Darmschleimhaut verabreicht hatte.

Der freundliche Arzt war gegen Mittag wieder in ihr Hotelzimmer gekommen. Irgend etwas mußte in den zwei, drei Stunden, in denen er weg war, vorgefallen sein. Er war aufgeregt, obwohl er bemüht war, sich vor seinen Patienten die Nervosität nicht anmerken zu lassen. Und er kam nicht allein. Der Geschäftsführer des Hotels betrat mit ihm die Suite. Und zwei ägyptische Polizisten, deren prunkvolle Uniformen ein wenig an die Leibgarde des amerikanischen Präsidenten erinnerten, traten ebenfalls ein, schauten sich um und warteten dann an der Tür.

»Sie sind möglicherweise an Typhus oder Paratyphus erkrankt«, erklärte der Arzt. »Ich habe Sie in ein Kairoer Krankenhaus überwiesen. Wir wollen Sie am späten Nachmittag dorthin fliegen.« Sarah hatte das Gefühl, daß er mehr zum Geschäftsführer sprach als zu ihnen. Außerdem war sie sicher, daß sie eine Salmonellenvergiftung hatten und nichts anderes. Irgend etwas mußte passiert sein, etwas, das die Anwesenheit der beiden Polizisten erklärte.

»Können wir nicht auch nach Deutschland geflogen werden«, fragte Herbert mit matter Stimme. Er hatte die Decke bis unters Kinn gezogen und sah bleich und müde aus. »Wir haben doch eine Reisekrankenversicherung.«

Der Arzt schüttelte den Kopf. »Wenn Sie das Kleingedruckte Ihrer Versicherungspolice genau lesen, werden Sie feststellen, daß Rücktransport bei Salmonellenvergiftung ausgeschlossen ist. Es wäre für die Versicherung ein zu großes Risiko, all den vielen Touristen, die sich hier eine Vergiftung zuziehen, den Transport zu zahlen. Außerdem …« Er blickte von Herbert zu Sarah. »Eigentlich sind Sie nicht transportfähig. Ich werde für Sie tun, was ich kann, aber selbst der kurze Flug wird ziemlich anstrengend werden.«

Damit hatte er recht behalten. Sarah hatte sich nichts sehnlicher als den Moment der Landung herbeigewünscht, damit das Schaukeln und Vibrieren ein Ende hatte, das direkt an ihrem Magen anzusetzen schien und diesen mit Gewalt zusammenpreßte und nach oben drückte.

Während des Fluges war ihnen von einem der vier anwesenden Ärzte ein junger Ägypter vorgestellt worden. Der Mann hatte einen Bürstenhaarschnitt und ein markantes Gesicht, das Sarah fast zu weich für die militärische Frisur erschien. Er sprach fließend Deutsch, erkundigte sich mehrmals nach ihren Wünschen und hatte Anstand genug, sich zurückzuziehen und einen Arzt zu rufen, wenn Sarah oder Herbert sich wieder einmal übergeben mußten.

»Abdel Schaki, persönlicher Referent von Präsident Ibrahim«, hatte der Arzt ihn vorgestellt. In einem Moment, in dem sie und Herbert sich kurz besser fühlten, erzählte ihnen Abdel Schaki in wenigen Worten, was passiert war. »Die Salmonellenvergiftung hat Ihnen das Leben gerettet«, beendete er seinen kurzen Bericht. Herbert hatte ihn ungläubig angestarrt, und Sarah hatte für einen Moment fast vergessen, daß ihr Sekunden vorher noch hundeelend war. Sarah ahnte, daß Abdel Schaki ihnen manche Aspekte des Attentats verschwieg, doch was sie gehört hatten, war ihr genug. In der Hand hielt sie den antiken Skarabäus. Für den Flug hatte sie ihn aus der Schmuckschatulle, in der sie ihn aufbewahrte, herausgenommen.

»Sind wir endlich in Kairo«, flüsterte Herbert, der von dem straffgespannten Transportbett, das man zwischen drei Sitzreihen befestigt hatte, nicht zum Fenster sehen konnte.

»Ja«, erwiderte Sarah. Am Fuße der Gangway sah sie zwei Notarztwagen, die in der Sonne blitzten, als wären sie vor nicht langer Zeit im Werk vom Fließband gerollt.

»Ich verstehe nicht, warum so ein Zirkus um uns getrieben wird.« Sarah drehte sich zu Herbert. »Glaubst du, es steht wirklich so schlimm um uns?«

»Es muß wegen der Bombe sein. Ich hatte nicht das Gefühl, daß dieser Referent uns alles erzählt hat.« Herbert schien es besserzugehen. Er richtete sich auf und blickte aus dem Fenster. »Also, in den Ambulanzen hat ja ganz bestimmt noch kein Ägypter gelegen!«

In diesem Moment wurde vorne die Luke geöffnet, und zwei Sanitäter bestiegen das Flugzeug. Der eine hielt aufrecht eine Krankentrage. Einer der Ärzte trat auf die Männer zu und redete leise mit ihnen. Herbert griff Sarahs Hand und drückte sie. Dabei spürte er den Skarabäus und lachte leise. »Du bist wirklich abergläubisch, Mäuschen, weißt du das?«

»Aber ich hatte recht, nicht?« Sarah blickte in sein Gesicht, das ihr hagerer vorkam als sonst.

»Ja, du hattest recht.« Herbert strich über die Oberfläche des Steines. »Er ist wirklich alt. Und er hat uns Glück gebracht.«

Die Sanitäter stellten die Trage neben Herbert und lösten die Befestigungsriemen. Herbert preßte seine Lippen auf die Finger und drückte die Finger dann auf Sarahs trockenen Mund. Leise sagte er ihr ins Ohr:»Mach dir keine Sorgen, Mäuschen, alles wird wieder gut.«

*

Waddesdon Manor, die grandiose Residenz im Stil der französischen Renaissance, hatte schon immer eine seltsame Anziehungskraft auf Abraham Meir ausgeübt. Aus einiger Entfernung konnte man die verspielte Architektur des Schlosses, das sich Baron Ferdinand de Rothschild nach 1870 in der Grafschaft Buckinghamshire hatte bauen lassen, im Überblick bewundern. Schon über eine Stunde starrte Meir über den breiten Kiesweg in Richtung des Haupteingangs. Er bewunderte die vielen Türmchen und Erker, die weitverzweigten Anbauten um das zentrale Hauptgebäude. Sie vermittelten einen harmonischen Gesamteindruck, ohne sich an strenge Blickachsen und vorgeschriebene Linienführungen zu halten. Eigentlich hatte er vorgehabt, das Gebäude und die berühmten Weinkeller des Barons zu besichtigen. Doch in den kalten Wintermonaten waren nur die weitläufige formale Gartenanlage mit der Rokoko-Voliere und der Manor & Wine-Shop geöffnet. In dem Laden hatte er ein paar Flaschen 1982er und 1985er Chateau Mouton Rothschild erstanden und dabei verwunderte Blicke auf sich gezogen, weil er bar bezahlte.

Meir schaltete die Standheizung des weißen Volvo-S80 ein. Den Wagen hatte er gestern gleich nach seiner Landung in Heathrow gemietet. Ein Mercedes oder Cadillac deVille wäre ihm lieber gewesen. Doch solche Fahrzeuge waren zu auffällig. Einem Volvo schenkte man in Großbritannien weniger Beachtung. Trotzdem, der blaubezogene Fahrersitz des Volvos war nicht zu vergleichen mit den weichen Lederpolstern auf dem

Rücksitz der gepanzerten Mercedes-Limousine, mit der Meir sich vom Frankfurter Mossad-Büro zum Flughafen hatte kutschieren lassen. Er würde den Luxus der Dienstfahrzeuge vermissen, die ihm die Deutschen zur Verfügung gestellt hatten. Sein S55 AMG Mobile Media konnte E-Mails und verschlüsselte Faxe empfangen, es gab einen Tandem-Anschluß für das Telefon, und das Equipment erlaubte sogar, vom Auto aus an Videokonferenzen teilzunehmen. Jetzt stand der Mercedes ungenutzt im hintersten Winkel einer Tiefgarage in der Nähe des Flughafens, wo ihn Meir abgestellt hatte. Der Fahrer lag mit einem blutigen Loch in der Stirn im Kofferraum. Es durfte keine Zeugen für seine Abreise geben, und der Mann hatte mitgehört, wie Meir vom Wagen aus den Flug nach London gebucht hatte.

Meir hatte viel über Waddesdon Manor gelesen, sich die Fotos der Anlage angeschaut. Allerdings war das Schloß dort immer im strahlenden Sonnenschein und inmitten blühender Parkanlagen abgebildet. In der kalten Jahreszeit waren die mannshohen Statuen, die den Kiesweg säumten, von weißen Plastikplanen eingehüllt. Sie kamen ihm wie Geister vor, die sich nach vergangenen Zeiten sehnten, als Königin Viktoria hier dem Baron Rothschild ihre Aufwartung gemacht hatte. Es war die Neugier auf ein exotisches Stück Frankreich mitten in Buckinghamshire gewesen, das die Königin nach Waddesdon gelockt hatte. Von der Einrichtung des Hauses war sie so beeindruckt gewesen, daß sie den Oberinspektor des Mobiliars von Windsor Castle zur Begutachtung anreisen ließ. Meir erinnerte sich mit Vergnügen an diese Anekdote, die in jedem Führer über das Anwesen wiederholt wurde. Er mußte ein Perfektionist gewesen sein, dieser Baron Ferdinand.

Es war leicht gewesen, die Spuren seiner Flucht zu verwischen. Mehr als ein Dutzend Ausweise standen ihm zur Verfügung. Sie waren nicht gefälscht. Der Mossad kooperierte mit vielen Diensten der Welt, lieferte ihnen wertvolle Erkenntnisse und erhielt im Gegenzug hin und wieder echte Ausweise. Meir hatte sich einen ausgesucht, den er noch nie verwendet hatte, und war damit von Frankfurt nach London geflogen. Selbst wenn der Paß an der Grenze gescannt worden wäre, hätte man ihn nicht aufgehalten. Ein Harold Wilson aus Toronto, kanadischer Handlungsreisender für Fischkonserven, tauchte auf keiner Fahndungsliste der Welt auf.

Die Sonne ging langsam am Horizont unter. Immer wieder schien zwischen den tiefhängenden Wolken die Abendröte durch. Sie tauchte das Anwesen für Momente in ein rötliches Licht. Die roten Klinker, die im trüben Winterlicht kalt und abweisend wirkten, leuchteten auf und ließen erahnen, welchen atemberaubenden Anblick das Schloß im Sommer bot. In dem gußeisernen Zaun blitzten die Spitzen von fünf zu einem Bündel geschnürten Pfeilen auf. Das Wappen der Rothschilds stand für die fünf Söhne des großen Ahnherrn der Rothschild-Dynastie Mayer Amschel Rothschild, dem Gründer des Bankhauses Rothschild in Frankfurt. Als Meir einen Spaziergang durch die Parkanlagen gemacht hatte, war ihm das Symbol überall in Zäunen, Gittern, auf Wänden, sogar in den Rückenlehnen der steinernen Parkbänke begegnet.

Er hatte sich nicht im nahe gelegenen Five Arrows Hotel einquartiert, sondern im ebenso geschichtsträchtigen Hartwell House in Aylesbury. Am Flughafen in London hatte er kurz überlegt, ob er für den Preis von sechshundert Pfund plus fünfzig Pfund Landegebühr von Heathrow aus mit dem Hubschrauber nach Aylesbury fliegen sollte. Der Transport des schweren Metallkoffers, den er aus der Gepäckaufgabe am Heathrow Airport ausgelöst hatte, wäre so einfacher gewesen. Aber dann hatte er sich für die einstündige Fahrt mit dem Leihwagen entschieden. Das Geld war ihm unwichtig. Doch eine Ankunft im Hubschrauber zog Aufmerksamkeit auf sich, die er sich jetzt nicht leisten konnte. Außerdem hatte er Zeit. Er mußte erst morgen am vereinbarten Ort sein.

Und hätte er den Hubschrauber gewählt, dann wäre er auch nicht an der Flughafen-Buchhandlung vorbeigekommen, wo er ein Buch entdeckte, von dem er gedacht hatte, daß es in Europa verboten sei: Hitlers *Mein Kampf*, ins Englische übersetzt von einem Ralph Manheim und beim Londoner Verlag Pimlico-Publishers erschienen. Spätestens in diesem Moment wußte Meir, daß es richtig gewesen war, auf die Briten keine Rücksicht zu nehmen. Sie hatten sich bei der Staatswerdung Israels kein Ruhmesblatt erworben, die Flucht europäischer Juden nach Israel gewaltsam verhindert. Und heute schämten sie sich nicht einmal, ein solches Buch ins Schaufenster zu stellen.

Inzwischen war es dunkel geworden. Nach und nach leerte sich der Parkplatz, auf dem Meir sein Fahrzeug abgestellt hatte. Abraham startete den Motor und fuhr den Weg zurück über die lange Allee in Richtung Hartwell House. Niemand würde ihn in dem im viktorianischen Kolonialstil ausgestatteten Luxushotel vermuten. Die meisten Gäste um diese Jahreszeit waren Stammgäste. Wer sich hier im Winter aufhielt, war weniger am ruhigen Landleben und den zahlreichen kulturellen Sehenswürdigkeiten der Umgebung, sondern in erster Linie an den Annehmlichkeiten des Hartwell Wellness-Centers interessiert. Meir hatte einen Royal Room bezogen, in dessen Übernachtungspreis Massagen, Dampfbäder, diverse Saunagänge und Maniküre enthalten waren. Die erste Ganzkörperpackung mit Algenschlamm hatte er heute morgen schon über sich ergehen lassen. Ein, vielleicht auch zwei Tage mußte er diese Tarnung noch aufrechterhalten.

Meir hatte schlecht geschlafen, trotz des vorzüglichen Chateau Mouton, von dem er am Abend einige Gläser gekostet hatte und der ihm sonst immer glückliche Träume bescherte. Diese Nacht hatte er von seiner Frau geträumt. Von der Zeit, als sie sich kennengelernt hatten. Er stürzte den Morgentee hinunter, der im Hartwell House in feinen weißen Porzellantassen zum Aufstehen gereicht wurde. Dann duschte und rasierte er sich. Die für heute früh angesetzte Massage mit Aromatherapie hatte Meir schon gestern abend an der Rezeption abbestellt. Sorgfältig packte er den Rucksack, den er aus dem Schrank geholt hatte.

Ohne Frühstück fuhr er im Morgennebel über Aylesbury und Naphill nach Hughenden Valley, wo ihm ein braunes Schild des National Trust mit der weißen Aufschrift *Hughenden Manor* bedeutete, rechts abzubiegen. Die schmale, unbefestigte Straße führte an einem Bauernhaus vorbei über eine Brücke, unter der ein Bach durch die starken Regenfälle der letzten Tage zu einem reißenden Strom angeschwollen war. Meir lenkte den Wagen langsam über die Brücke, dann blickte er wieder nach vorn und sah vor sich die Kirche und den altertümlichen Friedhof von Hughenden Valley. Er stellte den Volvo auf dem verlassenen Friedhofsparkplatz ab. Ein Feldweg führte den Berg hinauf. Der Pfad schlängelte sich durch saftig-grüne Wiesen, auf denen Schafe weideten.

Meir ging zurück zu der Bruchsteinbrücke und schaute den Enten zu, die in dem reißenden Bach wie kleine Gummibälle auf und ab hüpften. Ein paar Minuten bewunderte er das Geschick, mit dem die Vögel im Wasser manövrierten, dann blickte er zur Straße. Das Bauernhaus lag wie verlassen da, kein Mensch war zu sehen. Auch bei der Kirche und dem Friedhof nicht.

Der Aufstieg durch die Wiesen dauerte zehn Minuten. Dann erblickte Meir hinter einer Mauer endlich den roten, im neugotischen Stil erbauten Backsteinbau. Hier also hatte Benjamin Disraeli mehr als dreißig Jahre lang gelebt. Hier hatte ihn Königin Victoria mit der seltenen Ehre eines Privatbesuchs geehrt. Meir ging auf das Hauptgebäude zu und sah auch hier sofort die Tafeln des National Trust, auf denen darauf hingewiesen wurde, daß Hughenden Manor über die Wintermonate geschlossen blieb. Die Scheiben des Hauses waren von innen mit Sperrholzplatten vernagelt, so daß er nicht einmal einen Blick ins Innere werfen konnte. Nur der Andenkenladen war geöffnet. Zusammen mit drei anderen Besuchern betrat Meir den Laden. Mit Interesse begutachtete er die ledergebundene Gesamtausgabe von Disraelis Werk, doch war sie nicht zu vergleichen mit seiner antiquarischen Sammlung von Erstausgaben der Schriften Disraelis. Die alte Dame, die den Laden führte, wies die Besucher darauf hin, daß sich in einem Nebengebäude des Haupthauses eine Kantine des National Trust befand, wo gerne auch Besuchern ein Mittagessen gereicht wurde. Meir erstand eine Postkarte vom Arbeitszimmer Disraelis, dann umrundete er das Anwesen und spazierte auf den Feldwegen um Hughenden Manor, bis ihn strömender Regen zur Umkehr veranlaßte.

Auf dem Platz vor dem Gebäude und beim Andenkenladen war niemand zu sehen. Das gleichförmige Rauschen des Regens unterbrach nicht die Stille, die über dem Gelände lag. Wahrscheinlich saßen die wenigen Besucher in der Kantine und ließen sich eine Gemüsesuppe schmecken.

Den Feldweg hinunter ging Meir zum Parkplatz zurück. Ab und zu blieb er stehen und ließ den Blick über die Weiden schweifen, drehte sich um und schaute unwillkürlich bergauf in Richtung des Haupthauses. Doch keine dunkle Gestalt im triefenden Regenmantel folgte ihm. Nicht einmal die Schafe ließen sich von seiner Anwesenheit beim Grasen stören. Meir öffnete den Kofferraum des Volvo, holte den grünen Rucksack heraus und setzte ihn sich auf die Schultern. Der Rucksack hing weit nach unten, und Meir zog die Tragegurte zurecht, um das Gewicht besser zu verteilen.

Die Tür der kleinen Kirche war wie verabredet nicht verschlossen, und Meir trat in den Kirchenraum. Im Inneren roch es nach Paraffin und tierischen Ausdünstungen. Wahrscheinlich hatte sich unlängst eines der Schafe, die neben den Gräbern weideten, in den kleinen Bau verirrt. Als sich seine Augen an das Dunkel gewöhnt hatten, ging er vor zu dem nicht zu übersehenden, kleinen Chor, der der königlichen Familie vorbehalten gewesen war. Hier hatte Königin Viktoria 1882 in Erinnerung an Benjamin Disraeli eine marmorne Grabplatte anbringen lassen. Meir strich über den hellen kalten Marmor, dann nahm er eine Kerze von dem Ständer vor dem Altar, zündete sie an und stellte sie in die dafür vorgesehene Halterung bei der Grabplatte. Lange Zeit saß er auf den samtenen Kissen der königlichen Chorbänke und starrte in das flackernde Licht der Kerze.

Kurz nach ein Uhr kam Abraham Meir aus der Kirche und ging mit federnden Schritten zum Wagen. Den Rucksack warf er auf den Rücksitz. Der Mossad-Agent steuerte den Volvo über die Brücke und an dem Bauernhof vorbei in Richtung Landstraße. Der Rückweg über Hughenden Valley führte ihn wieder in das Dörfchen Naphill. Die bunten Reklametafeln eines Pubs namens *The Wheel* und ein knurrender Magen erinnerten ihn daran, daß er heute noch nichts gegessen hatte. Er kehrte in den gemütlichen, nach würzigem Pfeifenrauch riechenden Pub ein und bestellte ein Steak. Als der rotgesichtige Wirt ihn fragte, ob er ihm auch ein Pint Lager zum Essen servieren dürfe, willigte Meir gerne ein. Das Steak war ausgezeichnet, der Wirt ein guter Geschichtenerzähler, dessen Großvater den Premierminister in

Hughenden Manor sogar gekannt hatte. Als Meir unter dem hölzernen Rad, das über dem Eingang des Pubs hing, wieder in den Regen trat, hatte er drei Pints getrunken und war bester Laune.

Zum ersten Mal seit vielen Tagen konnte er wieder lachen. Der Traum der vergangenen Nacht, der ihn am Morgen noch gequält hatte, schien ihm jetzt ein gutes Omen, so als hätte seine Frau ihm auf diese Weise ihre Glückwünsche mit auf den Weg gegeben. Alles lief wie geplant. Perfekt. Meir fuhr durch die wolkenverhangene Landschaft, die Benjamin Disraeli zur Heimat geworden war, und pfiff eine Melodie. Der Regen hatte aufgehört, und die Straße glitzerte naß. Meir trat das Gaspedal durch und genoß es, wie sicher der schwere Wagen selbst die engen Kurven der Landstraße meisterte. Die Tachonadel zeigte fast siebzig Meilen, als Meir das Radio einschaltete und nach einem Sender suchte. Vivaldi, das wäre die richtige Musik für die gelöste Stimmung, in der er sich befand. Aus dem Augenwinkel sah Meir noch die große Eiche, die mit hoher Geschwindigkeit auf ihn zugerast kam. Er riß das Lenkrad zur Seite. Dann sah er nichts mehr.

»Mr. Wilson, hören Sie mich?« Abraham Meir nahm die Stimme wahr, die leise und gedämpft klang, als stecke sein Kopf in einem riesigen Wattebausch. Er öffnete die Augen. Wie durch wäßrige Schlieren sah er weiße Gestalten, die sich um ihn herum bewegten. Er versuchte sich zu bewegen, doch er steckte fest wie in den Algenwickeln, in die man ihn im Hartwell House eingeschlagen hatte.

»Mr. Wilson, können Sie mich verstehen?«

Meir öffnete den Mund, schloß ihn aber sofort wieder, als ein brennender Schmerz sein Gesicht durchzuckte. Ganz langsam bewegte er die Lippen: »Wer sind Sie? Was ist passiert?«

»Sie hatten einen Unfall. Sie sind im Krankenhaus. Mr. Wilson, haben Sie vielleicht Verwandte, die ...«

Die Stimme wurde so leise, daß er sie nicht mehr verstehen konnte. Harold Wilson war schon in eine tiefe Bewußtlosigkeit geglitten. Im Gehirn von Abraham Meir blitzte noch kurz die Kirche von Hughenden Valley auf, eine Erinnerung, die ihn zutiefst befriedigte, obwohl er sich im Moment nicht darauf besinnen konnte, warum.

TEIL 2

»Die Namen vieler israelischer Siedlungen sind in Anlehnung an Bibelzitate gewählt worden. Eine von ihnen ist Nes Tsiona, manchmal auch Nes Ziyyona geschrieben. Nes Tsiona wurde 1883 gegründet und nach Jeremias 4, 6 benannt: Erhebt ein Kampfzeichen in Richtung auf Zion hin. Seit zwei Jahrzehnten beherbergt es ein biologisches Forschungszentrum, das eng mit dem Weizmann-Institut für Zellbiologie in Rehovot, dem Tel Aviv Medical Center, dem Berger-Institut für Epidemiologie und der Ben-Gurion-Universität in Beer Sheva zusammenarbeitet. Mehrmals in den letzten Jahrzehnten ist das Forschungszentrum in die Schlagzeilen geraten. Und jedesmal waren die Anlässe so mysteriös, daß die wildesten Gerüchte um die wahre Arbeit der Forscher kursierten. Ein Dr. Markus Klingenberg, der in der Abteilung Biologische Waffentests in Nes Tsiona arbeitete, wurde als Spion der damaligen Sowjetunion entlarvt und zu zehn Jahren Haft verurteilt. Nach dem Absturz einer Boeing-747 der El Al über Amsterdam wurde bei der Untersuchung des Wracks Dimethyl-Methylphosphat entdeckt, ein Stoff, der zur Herstellung des Giftgases Sarin benötigt wird. Die Ladung war für Nes Tsiona bestimmt. Für einen Skandal sorgte ein Bericht der Sunday Times vom 15. November 1998, in dem behauptet wurde, die Wissenschaftler von Nes Tsiona arbeiteten an einer sogenannten ethnischen Bombe, also einer biologischen Waffe mit gentechnisch veränderten Krankheitserregern, die nur bestimmte Bevölkerungsgruppen töteten.«

Ungeduldig schob Kathleen Arnett die Ärmel des seidenen Morgenmantels zurück, die über ihre Handgelenke gefallen waren. Eine Tasse Kaffee stand unberührt neben dem Laptop auf der Glasplatte ihres Schreibtischs. Seit zwanzig Minuten tippte sie ohne Pause. Nur in diesen frühen Morgenstunden hatte die CNN-Korrespondentin Zeit, um an Features und Berichten zu arbeiten, für die sie eigentlich keinen Auftrag hatte. Doch manchmal arbeitete sie auch aus eigenem Interesse an etwas. So wie bei dieser Sache über Nes Tsiona und die ethnische Bombe, die dort angeblich entwickelt wurde. Kathleen Arnett beschäftigte sich schon seit ein paar Jahren mit der Gefahr, die von biologischen Waffen ausging, was zum nicht geringen Teil mit ihrem Job als Nahost-Berichterstatterin für CNN zu tun hatte. Bis jetzt hatte sie weder CNN noch andere Sender für ihre Recherchen interessieren können. Doch seit sie Ariel kannte, meinte sie, etwas in Händen zu haben, daß ihr den ganz großen Wurf bringen könnte.

Sie hörte auf zu tippen und horchte auf Geräusche aus dem Schlafzimmer. Die Tür war nur angelehnt, aber sie hörte nichts. Wahrscheinlich schlief Ariel immer noch so tief und fest wie vorhin, als sie vorsichtig, um ihn nicht zu wecken, die Seidenlaken und seinen warmen Körper verlassen hatte. Kathleen hatte Ariel Naveh vor zehn Tagen bei einem Buffet im King-David-Hotel kennengelernt. Der gutaussehende, schlanke Israeli war ihr als Mitarbeiter eines biologischen Forschungszentrums vorgestellt worden und hatte sie sofort fasziniert. Sie fand nicht nur seinen Beruf interessant, sondern auch die Natürlichkeit, mit der er sich, die Kippa auf den schwarzen Locken, in dem luxuriösen Ambiente des King-David-Hotels bewegte. Mit ihr unterhielt er sich in einer Ernsthaftigkeit, mit der ihr die Menschen sonst selten begegneten.

Kathleen griff nach der Fernbedienung und schaltete den Flachbildschirm des Fernsehers ein, der in die gegenüberliegende Wand eingelassen war. Die Morgennachrichten gehörten zu ihrem Pflichtprogramm, vor allem nach dem gescheiterten Attentat in Luxor gestern und dem bewegenden Geständnis des Mossad-Mannes. In den Abendnachrichten hatten die Kommentatoren auf allen ausländischen Kanälen nur dieses Thema gehabt. Wieder einmal war ein Mordversuch des Mossad aufgeflogen. Doch die Gerüchteküche wurde vor allem durch das ungewöhnliche Ziel des Anschlags angeheizt: Ein weltweit angesehener Geschäftsmann, mit einer Jüdin verheiratet, beide Opfer absolut unverdächtig, im Kontakt mit rechtsextremistischen Gruppierungen zu stehen. Die Sender übertrafen sich gegenseitig mit Direktschaltungen nach Kairo, wo die Zuschauer auch nicht mehr erfuhren als das, was der Agent in seinem Geständnis ausgesagt hatte. Ihre Kollegen spekulierten wild ins Blaue hinein, konstruierten angebliche Motive des Mossad, zogen Verbindungen zu anderen Attentaten, was nach Kathleens Einschätzung und Erfahrung vollkommen an der Realität des Geheimdienstes vorbeiging. Sie selbst hatte aus Jerusalem nur die üblichen Bilder aus der Knesset bringen können. Weder der Mossad noch die israelische Regierung waren zu einer Stellungnahme zu bewegen.

Im Schlafzimmer tapste jemand über den flauschigen Boden, das Fenster wurde geöffnet. Dann stand Ariel in der Tür und lächelte sie an. Er trug den weißen Bademantel, den sie vor ein paar Tagen zusammen ausgesucht hatten. Kathleen bewunderte seine muskulöse, stark behaarte Brust, die unter den Rändern des Bademantels hervorschaute. Ariels Körper war durchtrainiert, er joggte regelmäßig und spielte Squash in einem Club in Tel Aviv. Jetzt kam er auf sie zu, und sie klappte mit einer raschen Bewegung den Laptop zu.

»Du arbeitest schon?« fragte Ariel und strich den Seidenmantel von ihren Schultern. »Guten Morgen.« Sanft berührte er die nackte Haut mit den Lippen.

Kathleen drehte sich um und zog ihn zu sich herunter. »Guten Morgen, Ariel.« Sie küßte ihn leidenschaftlich. Schon lange hatte sie keine Affäre mehr gehabt, die sie so rundum befriedigte.

»An was sitzt du denn?«

»Nur ein bißchen Hintergrund über die Sache gestern in

Luxor. Ich bin gleich fertig. Geh du doch schon mal duschen.«
Sie tippte ihn auf die Nasespitze. »Und danach Frühstück mit
Croissants und Kaffee, okay?«

Ariel grinste, rückte den Seidenmantel wieder zurecht und
verschwand im Badezimmer. Gleich darauf hörte sie das Wasser
der Dusche rauschen. Es war schwer vorstellbar, daß ihr attrak-
tiver und selbstbewußter Liebhaber derselbe Mann war, der
sturzbetrunken, heulend und total verzweifelt mit ihr in der Bar
des King David gesessen hatte. Kathleen hatte Ariel an diesem
ersten Abend mit zu sich nach Hause genommen, die gute
Beichtschwester gespielt, ihm das Händchen gehalten und ihm
in Wasser aufgelöste Aspirin eingeflößt, damit der Kater am
nächsten Morgen nicht allzu schlimm würde. Eine Weile noch
hatte sie mit dem Gedanken gespielt, ihn zu verführen, aber an
Sex war in dieser ersten Nacht nicht zu denken. Er hatte sich in
ihrem Bad übergeben und auf ihrer Couch geschluchzt. Und
nach und nach hatte sie die ganze Geschichte aus ihm herausgeholt.

Der Grund seiner Verzweiflung war eine Frau, die ihn verlassen hatte. Verraten, nannte es Ariel. »Eine Mossad-Hure war
das«, hatte er gestammelt, »sie wollte gar nichts von mir, sie
wollte nur an die Viren ran.« Und dieser Satz hatte bei Kathleen
die Alarmglocken schrillen lassen. Schlagartig war ihr klar geworden, daß Ariel in Nes Tsiona arbeiten mußte, daß er vielleicht an der Entwicklung von biologischen Waffen arbeitete,
daß er Zugang zu gefährlichen Erregern hatte. Mit dem untrüg-
lichen Instinkt der Reporterin roch sie eine Geschichte, die es
wert war, ihr nachzugehen. Sie hatte Ariel vorsichtig ausge-
horcht, immer weiter Wein nachgeschenkt, damit er nicht auf-
hörte zu reden. Am Ende einer langen Nacht, als Ariel auf der
Couch seinen Rausch ausschlief und sie endlich ins Bett durfte,
konnte sie aus seinen bruchstückhaften Erzählungen eine Ge-

schichte zusammenfügen, die an Brisanz nicht zu überbieten war. Mit vom Alkohol gelockerter Zunge hatte Ariel ihr gestanden, daß er genetisch veränderte Pesterreger aus Nes Tsiona nach draußen geschmuggelt hatte. Angeblich waren sie an ultraorthodoxe Kreise weitergegeben worden. Dabei hatte irgendwie der Mossad seine Finger im Spiel. Und wenn sie Ariels Geschluchze richtig interpretiert hatte, war etwas extrem Gefährliches geplant, etwas, das viele Menschen das Leben kosten könnte.

»Aber nicht die Kohanim.« Der stiere Blick in den braunen Augen Ariels hatte sie erschreckt. Er wiederholte es mehrmals, »Nicht die Kohanim«, als ob es damit etwas Wichtiges auf sich hätte, daß er ihr unbedingt mitteilen wollte. Den Mann quälte sein Gewissen. Dazu ahnte er, obwohl er es sich kaum eingestehen wollte, daß er grausam für die Zwecke anderer mißbraucht worden war. Kathleen hatte keinen Zweifel, daß die Frau, die Ariel vor ein paar Monaten anscheinend zufällig in der Beith-El-Gemeinde kennengelernt hatte, eine Mossad-Agentin war. Was immer ihr Auftrag gewesen war, sie hatte den Forscher dazu gebracht, heimlich Viren aus den Labors in Nes Tsiona zu entwenden. Doch was der Mossad mit genetisch veränderten Pesterregern wollte, konnte Kathleen sich beim besten Willen nicht denken.

In diesem Moment erklangen von irgendwo in der Wohnung die Töne von Ravels Bolero. Kathleen sprang auf und rannte zur Garderobe, wo das Handy in ihrer Handtasche steckte.

»Arnett«, meldete sie sich etwas außer Atem.

»Hallo, Mrs. Arnett, hier ist Moshe Goldstein. Guten Morgen. Wie geht es?«

»Gut, Herr Premierminister. Interessant, daß Sie gerade jetzt anrufen. Ich habe gerade an unser Treffen im Hotel King David gedacht.«

»Ja.« Der Premierminister am anderen Ende der Leitung räusperte sich. »Ein sehr netter Abend. Ich habe Ihnen doch versprochen, daß ich Sie anrufen werde, wenn es etwas Wichtiges gibt.«

»Ja, das stimmt. Und jetzt haben Sie hoffentlich eine offizielle Erklärung zu den Vorkommnissen in Ägypten für mich? Gestern war ja nichts von Ihnen zu hören.«

»Nun, nicht ganz. Was ich für Sie habe, ist keine offizielle Erklärung. Aber es hat mit der Sache in Ägypten zu tun. Ich möchte nicht, daß Sie mich zitieren, ich gebe Ihnen nur eine Information.«

Kathleen Arnett trat mit dem Handy am Ohr zum Schreibtisch und machte sich eine kurze Notiz auf einem Schreibblock. Dann legte sie das Handy weg, fuhr sich energisch durch die blonde Kurzhaarfrisur und verschwand im Schlafzimmer. Wenig später trat sie geschminkt und angezogen wieder ins Wohnzimmer. Das hellblaue Leinenkostüm betonte ihre langen, schlanken Beine und die schmalen Hüften. Sie war schon wieder am Handy, als Ariel Naveh aus der Dusche kam. Er rieb sich mit einem Handtuch das Haar trocken und schaute sie fragend an. Sie warf ihm lautlos einen Handkuß zu und beendete ihr Gespräch.

»Du siehst toll aus«, sagte Ariel. »Was ist los?«

»Aus unserem Frühstück wird nichts, Süßer. Goldstein hat mich gerade angerufen. Ich gehe in fünfzehn Minuten auf Sendung.«

*

Salomon Rosenstedt saß schon wieder vor den Fernsehbildschirmen, über die Nachrichten aus aller Welt flimmerten. Es war so kalt heute, daß er die Winterjacke, die er über einem

dicken Wollpullover trug, noch nicht ausgezogen hatte. Vor allem die arabischen Kanäle beschäftigten sich ausführlich mit
dem gescheiterten Attentat in Luxor. Rosenstedt hatte schon
drei Sendungen entdeckt, in denen Levys Geständnis wiederholt wurde. Ganz abgesehen davon, daß es dem Ansehen des
Mossad schadete, wenn seine Männer öffentlich ihre Morde bekannten, war das Interview auch sicherheitstechnisch eine Katastrophe. Ein gewiefter Geheimdienstmann konnte aus Levys
konfusen Aussagen interessante Schlüsse auf Vorgehen, Kom-
mandostruktur und Einsatzplanung im Mossad ziehen. Rosenstedt schaute zu den großen amerikanischen Sendern, die am
Morgen fast nur Innenpolitisches brachten. Jüdische Gruppierungen in den USA forderten von Präsidentin Miller eine klare
Unterstützung Israels bei dem Konflikt mit Ägypten. Auf NBC
wurde ein Sprecher des Pentagons zitiert, der die insgesamt »la-
sche« Haltung der Demokraten kritisierte, was den Terror im
Nahost-Konflikt betraf. Auf CNN-Europe kam eine Zusam-
menfassung der Börsenkurse des gestrigen Tages.

»Haben Sie den Chef heute schon gesehen?« Stern kam mit
einer Tasse Kaffee den Gang entlang.

Rosenstedt schob die Kopfhörer hinter die Ohren. »Hier hat
er noch nicht vorbeigeschaut. Sie sitzen doch vorn. Ist er heute
morgen nicht gekommen?«

»Nein. Als ich gestern abend heim bin, hat er immer noch
gearbeitet. Vielleicht ist er ganz früh gekommen.«

»Er hat sicher im Büro übernachtet«, sagte Kimiagarov von
seinem mit Aktenstapeln überladenen Schreibtisch. »Macht er
doch öfter. Und nach dem, was gestern passiert ist …« Der
Agent zuckte mit den Schultern und kritzelte mit einem Kuli
weiter in einer dicken Akte herum.

»Er hat sich nicht mal einen Kaffee geholt oder ist raus auf
die Toilette.« Stern machte sich offenbar Sorgen. Er schaute un-

schlüssig von Rosenstedt zu Kimiagarov. Daniel war wie immer vollkommen in sein Computerprogramm vertieft.

»Wenn Sie ihm unbedingt einen Kaffee bringen wollen, dann gehen Sie doch rein.« Rosenstedt ließ den Blick wieder über die Monitore schweifen.

»Und wen er sich umgebracht hat?« Stern rührte nervös in der Kaffeetasse.

Kimiagarov lachte auf. »Abraham und sich umbringen. Wie kommen Sie denn da drauf?«

»Na, so wie Levy.«

Die Zentrale in Jerusalem hatte Nachrichten abgefangen, die nahelegten, daß der Agent sich erhängt hatte. Von offizieller Seite war noch nichts bestätigt worden, doch Rosenstedt schien das Gerücht wahrscheinlich. Der Benjamin Levy, den er auf den Bildschirmen gesehen hatte, war ein seelisch gebrochener Mann. Eine Zukunft gab es für ihn weder im Mossad noch sonst irgendwo.

»Stern, ich will Ihnen mal was sagen.« Kimiagarov lehnte sich in seinem breiten Stuhl zurück. »Abraham Meir würde sich nie umbringen. Der Mann ist ein Kämpfer, der sich immer wieder nach oben beißt. So eine Lappalie haut den nicht aus dem Gleichgewicht. Der ist aus einem ganz anderen Holz geschnitzt als Levy.« Rosenstedt meinte, ein kurzes verächtliches Zucken in Kimiagarovs Zügen zu sehen. Doch dann legte sich wieder der gewohnte, leicht herablassende Ausdruck über sein Gesicht. Er beugte sich vor und grinste Stern an. »Sie können den Kaffee aber gerne mir dalassen.«

»Und ich hätt auch gern einen«, kam es von Daniel.

Stern zuckte mit den Achseln, stellte die Tasse auf den nächstliegenden Schreibtisch und ging wortlos zurück zu seinem Büro. Kimiagarov erhob sich schwerfällig und nahm einen Schluck aus der Tasse.

»Hm, auch nicht mehr richtig heiß.« Er stellte sich hinter Rosenstedt, der sich wieder den Monitoren zugewandt hatte.

»Irgendwas Interessantes?«

»Nur das Übliche.« Er schob die Kopfhörer über sein rechtes Ohr. »Levys Geständnis wird allerdings auf ein paar arabischen Kanälen ganz groß ausge...« Rosenstedt stockte. Er schaute auf die Schalttafel, um festzustellen, von welchem Kanal er gerade den Ton hatte. CNN. Er blickte zu dem Fernseher, auf dem Kathleen Arnett eingeblendet war, die Korrespondentin aus Jerusalem.

»Hört euch das an.« Rosenstedt drehte den Ton voll auf, so daß alle im Raum mithören konnten. »CNN aus Jerusalem. Die bringen, daß Meir gefeuert wurde.«

»Was?!« Daniel starrte zu Rosenstedt.

»Das gibt's doch nicht«, brummte Kimiagarov und suchte die Monitore ab. »Wo?«

»Arnett. Die Blonde von CNN. Auf dem rechten Monitor.«

Die Stimme Kathleen Arnetts war jetzt deutlich zu verstehen. »Abraham Meir war für die Vorbereitung des Attentats verantwortlich und handelte ohne Rückendeckung der israelischen Regierung. Die israelische Regierung ist über die Vorfälle sehr beunruhigt und wird nach unseren Informationen alles unternehmen, um die Sache zu bereinigen. Soweit zu den jüngsten Entwicklungen hier, Kathleen Arnett, CNN Jerusalem.«

Ein Sprecher im braunen Anzug erschien auf dem Monitor, hinter dem unter der Schlagzeile *Mossad-Agent gesteht Anschlag* ein Bild des Hotels Winter Palace und das Mossad-Emblem eingeblendet waren. Er wiederholte, was die Jerusalem-Korrespondentin gemeldet hatte: »Die israelische Regierung hat erste Konsequenzen aus den gestrigen Vorfällen in Luxor und Kairo gezogen. Der europäische Chef des Mossad, Abraham Meir, wird von seinen Aufgaben entbunden ...«

Rosenstedt drehte den Ton aus. Auf dem Bildschirm bewegte der Sprecher stumm die Lippen, während am unteren Rand die Nachricht *Europäischer Chef des Mossad entlassen* als Schriftband lief.

*

Präsident Ibrahims morgendliche Stippvisite im Kairoer Militärkrankenhaus dauerte nur knapp fünfzehn Minuten. Dann verabschiedete sich der Präsident. »Gesellschaftliche Verpflichtungen rufen mich«, hatte er den beiden Deutschen mit einem Augenzwinkern zugeraunt. Abdel Schaki wußte es besser: Ibrahim traf sich mit führenden Abgesandten aus anderen arabischen Staaten. Das gescheiterte Attentat und die spektakuläre Festnahme des Mossad-Agenten boten seinem Präsidenten eine einmalige Chance, auf die er lange gewartet hatte. Im Umfeld des Präsidenten wußten alle, daß sich Ibrahim mit dem israelisch-ägyptischen Frieden, den er von seinem Vorgänger übernommen hatte, nie hatte abfinden können. Für ihn blieb der Friedensschluß ein Kniefall vor dem Westen, der Ägypten die Führungsrolle im arabischen Lager gekostet hatte. Das Land war geächtet worden. Und die Staatskasse war leer. Seit Jahren machte sich der Verlust der großzügigen Finanzhilfen der Saudis, Kuwaiter und Vereinigten Arabischen Emirate schmerzlich bemerkbar. In der jetzigen Situation konnte sich Ibrahim durch Härte und Unnachgiebigkeit gegenüber israelischen und amerikanischen Interessen wie früher Nasser als der wahre Führer der Araber beweisen.

Die beiden Deutschen hatten ihre erste Nacht im Militärkrankenhaus gut überstanden. Die Ärzte bestätigten Schaki, daß sich die Patienten auf dem Weg der Besserung befanden, auch wenn die Frau, Sarah Fleischmann, sich kurz nach seinem Eintreten mit matter Stimme entschuldigte und im Badezimmer verschwand. Der Mann, anscheinend ein bedeutender Geschäftsmann aus Deutschland, lag bleich unter dem Laken und betrachtete den exquisiten Sphinxkopf, der zum Fenster gewandt vor den Betten stand. Leise fragte er:»Sesostris der Erste, hat der Präsident gesagt?«

»Ja. König Sesostris aus Karnak vom Amuntempel. Mittleres Reich.«

»Ich weiß wirklich nicht, ob ich so ein Geschenk annehmen kann.«

Schaki lächelte.»Das müssen Sie, Herr Fleischmann. Sie würden sonst nicht nur den Präsidenten und mich beleidigen, sondern das ganze ägyptische Volk. Präsident Ibrahim will, daß Sie Ihren Urlaub in Ägypten nicht nur in schlechter Erinnerung behalten.« Doch natürlich war es auch ein clever eingefädelter Publicity-Coup des Präsidenten. Schließlich waren in einem Monat Wahlen. Das Kamerateam des staatlichen Fernsehens war noch vor den Leibwächtern dagewesen. Seit Jahrzehnten hatten Anschläge fundamentalistischer Terroristen immer wieder zu einem empfindlichen Rückgang des Tourismus in Ägypten geführt. Die Branche war einer der wichtigsten Devisenbringer des Landes, von dem ein Sechstel der Bevölkerung lebte. Die Bilder heute abend in den Nachrichten würden daheim wie im Ausland eine klare Botschaft übermitteln: Der Präsident am Bett der beiden erkrankten Touristen, sichtlich ergriffen von ihrem Schicksal. Auch die Geschenke zielten auf die Tourismusbranche ab, klassische Kulturgüter, die man sofort mit Ägypten in Verbindung brachte und wegen derer Millionen von Touristen das Land am Nil besuchten.

Der Geschäftsmann musterte immer noch die alabasterfarbene Sphinx mit dem Körper eines geflügelten Löwen und dem Kopf eines Herrschers.»Bei uns in der Familie ist mein Sohn für das Künstlerische zuständig. Er wird Augen machen, wenn wir mit solchen Schätzen nach Hause kommen.«

»Sie werden sicher einen Ehrenplatz dafür finden.«

»Ja, natürlich. Meiner Frau schwebt das Wohnzimmer vor, aber ich glaube, ein Hauch Ägypten würde sich gut in meinem Arbeitszimmer machen.«

»Sie konnten gestern abend mit Ihrer Familie daheim telefonieren?«

»Ja, es hat alles geklappt. Vielen Dank noch einmal, daß Sie uns das Handy besorgt haben.«

»Dafür bin ich da.«

»Mein Sohn hat im Fernsehen Berichte von der Festnahme eines israelischen Spions in Luxor gesehen. Aber er hatte keine Ahnung, daß Sarah und ich da hineinverwickelt worden sind. Er und seine Freundin kommen morgen.«

»Ach, darüber hat man mich gar nicht informiert.« Abdel Schaki zog einen flachen Palm Organizer aus der Hosentasche. »Könnten Sie mir die Ankunftszeit des Fluges und das Hotel nennen, in dem Ihr Sohn absteigen wird? Wir werden ihn und seine Begleiterin natürlich abholen lassen und, wenn Sie das wünschen, sofort zum Krankenhaus fahren.«

»Das ist wirklich nicht nötig. Die beiden können doch ein Taxi nehmen.« Sarah Fleischmann stand an der Badezimmertür. Sie wirkte grünlich im Gesicht und schwankte leicht. Abdel Schaki legte schnell den Palm weg, eilte zu ihr und begleitete sie zum Bett.

»Doch, das ist nötig, glauben Sie mir. Sie sind die persönlichen Gäste des Präsidenten. Übrigens hat er angeordnet, daß Sie nach Ihrer vollständigen Genesung in seiner Privatmaschine nach Deutschland zurückgeflogen werden.«

»Du meine Güte.« Sarah Fleischmann schaute zu ihrem Mann, der mit den Achseln zuckte und offenbar ebenso überwältigt von dem Angebot war. »All diese wertvollen Geschenke!«

Sie drehte den Kopf zum Nachttisch, wo eine feingeschnitzte Holzschatulle stand. Präsident Ibrahim hatte es sich nicht nehmen lassen, der Gattin des Firmenchefs einen dreitausenddreihundert Jahre alten Skarabäenanhänger zu schenken. Abdel Schaki hatte ihn schon gestern bewundert. Das Schmuckstück aus Gold, Lapislazuli, Türkis und Feldspat stellte Chephri, den geflügelten Skarabäus, dar.

»Kann ich denn sonst noch etwas für Sie tun? Und bitte zögern Sie nicht, Bitten oder Wünsche zu äußern.«

»Ja.« Sarah Fleischmann schien es wieder besserzugehen. Mit einem Lächeln sagte sie: »Ich würde nun doch gerne einmal das Video von der Ansprache des Präsidenten sehen. So ganz habe ich nämlich immer noch nicht verstanden, was eigentlich passiert wäre, wenn wir nicht das verdorbene Tiramisu gegessen hätten.«

Zusammen mit den Fleischmanns schaute sich Abdel Schaki noch einmal die Ansprache an, wobei er den beiden die Worte von Präsident Ibrahim grob übersetzte. Dann kam das Geständnis des Mossad-Agenten. Im Zimmer herrschte Schweigen, als der Mann in kargen Sätzen seine Lebensbeichte ablegte. Herbert Fleischmann hatte sich auf die Ellbogen gestützt und im Bett aufgerichtet. Er starrte gebannt auf den Bildschirm. Nach einer knappen Minute flüsterte er seiner Frau etwas zu. Diese ergriff seine Hand und legte einen Finger an den Mund. Ein Blick zeigte Schaki, daß auch sie die Aufnahme tief berührte.

Der Referent hatte das Band schon mehrmals gesehen. Für den Mossad mußte dieses Geständnis eine Katastrophe sein, ganz abgesehen davon, daß der Dienst sich bis auf die Knochen blamierte. Das hier war um vieles schlimmer als andere Einsätze des Mossad, die aufgeflogen waren. Schaki erinnerte sich an den

Fall im norwegischen Lillehammer, der immer wieder als Paradebeispiel für gescheiterte Aktionen des Mossad genannt wurde. Damals hatte der Mossad irrtümlich einen algerischen Kellner für einen Terroristen gehalten und erschossen. Diesen Irrtum hatte man bei dem nachfolgenden Prozeß auch beweisen können. Das Geständnis des Mossad-Mannes ließ aber keinen Zweifel, daß bei dem Attentat in Luxor mit Absicht und Vorsatz unschuldige Menschen ermordet werden sollten. Schaki fragte sich nicht zum ersten Mal, warum der deutsche Firmenchef in die Schußlinie des Mossad geraten war. Auf Anweisung der Ärzte durften die Fleischmanns erst in ein paar Tagen befragt werden, wenn sie die Salmonellenvergiftung ganz überwunden hatten.

Der Mossad-Mann auf dem Video war am Ende des Geständnisses angelangt und sprach nur noch mit vielen Pausen. Dazwischen starrte er auf etwas, das im Ausschnitt der Kamera nicht zu sehen war. Ein anderer Mann trat ins Bild, den Schaki für einen Mitarbeiter des Muhabarat hielt. Dann wurde das Bild für einen Moment schwarz, danach setzte weißes Rauschen ein. Abdel Schaki stand auf und schaltete das Gerät ab.

Als er sich umdrehte, waren die Fleischmanns in ein leises Gespräch vertieft. Sarah Fleischmann liefen Tränen über die Wangen. Immer wieder sagte sie: »So knapp, Herbert, so knapp, und wir wären tot. Er wollte uns mit dem Ballon in die Luft sprengen. So knapp, und wir wären tot. So knapp.«

Der Geschäftsmann wischte seiner Frau mit einer zärtlichen Geste die Tränen vom Gesicht. »Er hat's ja nicht geschafft, Mäuschen.«

Abdel Schaki trat zur Tür und wollte gerade das Zimmer verlassen, um die Fleischmanns in diesem Moment nicht durch seine Anwesenheit zu stören. Da hörte er, wie Herbert Fleischmann sagte: »Das war alles geplant, die Einschüchterungen und

Erpressungsversuche, der Telefonterror bei der ReHu, der explodierende Tennisball für Amigo. Am Anfang dumme Streiche, am Ende Mord. Und Levy war von Anfang an der Drahtzieher für den Mossad.«

Schaki drehte sich um. Er war sich ganz sicher, daß der Name des Mossad-Agenten in dem Geständnis nicht gefallen war. Nach seinen Informationen wurde der Name geheimgehalten und war nur dem Muhabarat und dem obersten Sicherheitsrat bekannt.

»Sie kennen den Mann, der Sie ermorden wollte?«

Herbert Fleischmann blickte zu dem jungen Referenten und nickte. »Ja, ich kenne ihn. Benjamin Levy wollte unbedingt mein Unternehmen haben. Und dafür war ihm offenbar jedes Mittel recht.«

*

Der Fahrer war tot. Seine Augen waren geschlossen. Im ersten Moment dachte Rosenstedt, der Mann sei vielleicht zusammengeschlagen und in den Kofferraum eingesperrt worden. Doch das kreisrunde Einschußloch an der rechten Schläfe und die gelbliche Färbung der Haut sprachen eindeutig dagegen, daß er hier einen Bewußtlosen vor sich hatte. Nur wenig Blut war aus dem Loch getreten, dessen Rand dunkle Schmauchspuren aufwies. Das Gesicht des Mannes wirkte seltsam aufgeschwemmt. Rosenstedt drehte den Toten widerwillig um. Ein Schuß aus solcher Nähe hatte sicher die hintere Schädelplatte weggesprengt. Doch zu seinem Erstaunen war am Hinterkopf kein Blut zu sehen. Er zog sich Latexhandschuhe über und untersuchte den Kopf genauer. Keine Austrittswunde. Der Mörder mußte ein Hohlspitzgeschoß verwendet haben, das im Gehirn des Toten implodiert war. Wahrscheinlich, um zu verhindern, daß Blutspritzer am Tatort zurückblieben oder durch die austretende Kugel etwas getroffen wurde. Autoscheiben zum Beispiel.

Rosenstedt war sich sicher, daß der Mann vorne auf dem Fahrersitz des Mercedes ermordet worden war. Abraham Meir wollte keine Zeugen für seine Flucht.

Daniel stand hinter ihm und hielt Meirs Privathandy, ein Nokia 9001x, das sie auf dem Rücksitz des Wagens entdeckt hatten. Eine Neuerung der modernen Überwachungstechnik hatte sie zu dem Wagen geführt. Als klar wurde, daß Meir verschwunden war, hatte Stern sofort die Nummer von Meirs Privathandy angerufen. Das Diensthandy hatte im Büro des Mossad-Chefs auf dem Schreibtisch gelegen. Nur die Mailbox war angesprungen. Daniel hatte ihnen vorgeführt, wie man ein Mobiltelefon sogar im ausgeschalteten Zustand als Wanze benutzen und damit auch die Koordinaten seines Standortes feststellen konnte. Innerhalb von einer halben Stunde hatte er das Parkhaus in der Nähe des Frankfurter Flughafens lokalisiert, in dem irgendwo Meirs Handy stecken mußte.

Rosenstedt hätte lieber den auseinandergebauten Laptop und die zerstörte Festplatte untersucht, die sie in Meirs Büro gefunden hatten. Doch Kimiagarov hatte unmißverständlich zu erkennen gegeben, daß er dafür zuständig war und der Neuling sich besser bei der Suche nach Meirs Handy seine Sporen verdienen solle. Als sie den reservierten Stellplatz von Meirs Mercedes leer vorfanden, hatten Daniel und er schon geahnt, was sie in dem Parkhaus entdecken würden. Den Zweitschlüssel zu Meirs Dienstwagen hatte ihm Stern in die Hand gedrückt.

»Scheiße«, sagte Daniel und blickte auf den Toten. »Wir werden die deutsche Polizei einschalten müssen.«

»Ja.« Rosenstedt ließ den Kofferraumdeckel zufallen und schloß das Fahrzeug ab. »Aber nicht sofort. Zuerst muß der Dienst wissen, wo Meir steckt.«

Sie fuhren zurück in die Guiolletstraße, wo Stern sie an der Tür erwartete. »Die Katzen sind auch verschwunden«, sagte er. »Meir muß sie mitgenommen haben.«

»Das kann ich mir nicht vorstellen. Er wird sie irgendwo in Pflege gegeben haben.« Rosenstedt trat zur weitgeöffneten Tür von Meirs Büro. Kimiagarov saß im Stuhl des europäischen Mossad-Chefs und wühlte in einem Haufen von Papieren. Innerhalb der kurzen Zeit, die Rosenstedt und Daniel unterwegs gewesen waren, hatte er es geschafft, den Raum in ein Schlachtfeld aus übereinandergeschichteten, aufgeschlagenen Akten, Briefen, Papierstapeln und geöffneten Ordnern zu verwandeln.

Stern zuckte beim Anblick des verwüsteten Büros mit den Achseln. »Habt ihr das Handy gefunden?« fragte er Rosenstedt.

»Es war in Meirs Mercedes. Er hat es sicher zurückgelassen, damit ihn niemand damit lokalisieren kann.«

»Samt der Leiche seines Fahrers im Kofferraum«, fügte Daniel hinzu.

»Das ist nicht euer Ernst.« Kimiagarov blickte von der Akte hoch, die er gerade durchblätterte. Dann schüttelte er den Kopf. »Dieser verdammte Trottel.«

»Das ist seine Rache, weil man ihn gefeuert hat«, sagte Stern.

Kimiagarov lachte auf. »Na, da kennen Sie Abraham Meir aber schlecht. Wenn der sich rächen will, dann sieht das ganz anders aus als ein toter Fahrer in einem verlassenen Parkhaus. Abraham Meir war schon immer ein Mann der großen Worte *und* der großen Taten.« Er bückte sich zum Boden und nahm ein Papier von einem Stapel. »Außerdem hat er selbst noch seine Rücktrittserklärung geschrieben, bevor er abgehauen ist.«

Rosenstedt trat in den Raum und nahm das Papier, das Kimiagarov ihm reichte. Er überflog es und sagte dann: »Goldstein muß ihn dazu aufgefordert haben.«

»Nachdem Levy aufgeflogen ist, war nichts anderes zu erwarten.« Kimiagarov blickte dem jungen Agenten direkt in die Augen. »Oder was meinen Sie, Rosenstedt? Wie schätzen Sie denn das Verhältnis von Jigal Yaari zu Meir ein? Glauben Sie, unser oberster Chef hat sich beim Premier für Meir stark gemacht?«

Ein gereizter Ton hatte sich in Kimiagarovs Stimme geschlichen. Seine Gelassenheit war nur aufgesetzt, das war deutlich zu spüren.

»Keine Chance«, erwiderte Rosenstedt. Er starrte immer noch auf die Rücktrittserklärung des Mossad-Chefs. »Ist Ihnen das Datum aufgefallen?«

»Nein. Was ist damit?« Kimiagarov stand auf und trat neben Rosenstedt.

»Sechzehnter Juni zweitausendeins? Das war vor über vier Jahren.« Rosenstedt deutete auf die Datumslinie am rechten Rand des Briefbogens.

»Ihr beiden.« Kimiagarov drehte sich zu Stern und Daniel um. »Irgendeine Ahnung, was dieses Datum bedeutet?«

Daniel schüttelte den Kopf, während Stern wortlos das Büro verließ. Nach ein paar Sekunden kam er mit einem Terminkalender zurück. »Ich wollte es nur noch mal kurz überprüfen. Der sechzehnte Juni ist der Todestag seiner Frau.«

Kimiagarov stöhnte. »Nicht zu fassen«, brummte er.

»Haben Sie das Büro schon durchsucht«, fragte Rosenstedt. Die Rücktrittserklärung gab er an Stern weiter.

»Nein. Können Sie gerne machen.« Kimiagarov trat zum Schreibtisch, nahm die Akte, in der er vorher gelesen hatte, und packte sie auf den Stapel, der am Boden lag. »Ich kann Ihnen allerdings gleich sagen, was Sie finden werden: Einen ruinierten Laptop, eine vollkommen zerstörte Festplatte, aus der nicht mal Daniel mehr was rausholen kann, und jede Menge Akten. Das

Code-Blue-Programm ist übrigens auch aufgetaucht. Es war hier im Wandtresor.« Er knallte mit der Handfläche auf den Tresor in der Fensternische. »Es gibt keinen Hinweis darauf, wohin Meir wollte. Ich habe schon alles überprüft.« Kimiagarov schaute sich um. »Ach ja, und die Viecher sind weg. Mehr gibt's hier nicht.«

»Was ist mit dem Stapel Akten auf dem Boden?«

Der massige Mann bückte sich ächzend, hob den Stapel auf und klemmte ihn sich unter den Arm. Dann ging er an Rosenstedt vorbei zur Tür und grinste den jungen Agenten dabei an. »Gut beobachtet, Rosenstedt. Vielleicht wird ja noch mal was aus Ihnen.«

Eine Stunde später hatte Rosenstedt mit Hilfe von Stern und Daniel das Büro des Mossad-Chefs durchsucht. Die Akten waren in der Mitte des Raumes zu einem riesigen Haufen gestapelt, der gesamte Inhalt des Schreibtischs auf der Schreibtischplatte ausgebreitet. Sie hatten stichprobenartig Bücher aus den Regalen gezogen, die Teppiche aufgerollt, die Polstermöbel sorgfältig abgetastet, aber sie waren auf keine geheimen Verstecke oder ähnliches gestoßen. Kimiagarov hatte recht gehabt, nirgends gab es einen Hinweis auf das Ziel Meirs. Keine Flugbuchungen, keine Kopien von Hotelreservierungen, dafür fehlten sämtliche Ausweise, die dem Mossad-Mann zur Verfügung standen. Zwei Merkwürdigkeiten waren Rosenstedt allerdings aufgefallen. Das Eisfach der Bar war nicht ganz geschlossen. Meir mußte gestern etwas herausgeholt haben, denn die durch die einströmende Wärme einsetzende Vereisung des Faches war noch nicht weit fortgeschritten. Und obwohl Rosenstedt mehrmals kräftig gegen die Gummiklappe an der hinteren Wand des antiken Tresors drückte, ließ sich der Eingang des ungewöhnlichen Katzenklos nicht mehr öffnen.

Der Anruf Abraham Meirs riß Noah Mahlnaimi aus seinem gewohnten Tagesablauf, den er wieder aufgenommen hatte, seit er die Spraydosen sicher im Grab des Patriarchen versteckt wußte. Ohne es sich recht bewußt zu machen, war er unendlich erleichtert, daß die Dosen und alles, was mit den Pesterregern zu tun hatte, aus seinem Leben verschwanden. Er wandte sich wieder seinen Experimenten zu und baute lange Versuchsreihen auf, um endlich das Projekt Milzbranderreger in einer wasserlöslichen, leicht transportierbaren Tablettenform fertigzustellen.

Mahlnaimi hatte kein Problem damit, daß er an der Entwicklung chemischer oder biologischer Waffen arbeitete, die gegen Terroristen und andere Feinde Israels eingesetzt werden konnten. Die Chemikalie, die Benjamin Levy dem Palästinenser-Führer ins Ohr gesprüht hatte, stammte aus einem Projekt in Nes Tsiona, an dem Mahlnaimi mitgearbeitet hatte. Eine Probe des Giftes in Form eines Aerosols hatte er Abraham Meir zukommen lassen. Für einen langjährigen Mitarbeiter wie ihn war es kein Problem gewesen, das Spray aus Nes Tsiona hinauszuschmuggeln. »Für alle Fälle«, hatte er gesagt, als er Meir das Gift überreichte. Der Mossad-Chef hatte die Dose mit dem für ihn typischen halbironischen, halbbedrohlichen Grinsen eingesteckt.

Mahlnaimi verehrte Abraham Meir. Der Mossad-Chef hatte ihn zu den wenigen Auserwählten berufen, die er in seinen Plan einweihte. Er hatte ihm die Verantwortung dafür übertragen, daß in Israel alles reibungslos lief. Für Mahlnaimi war Meir einer der großen politischen und religiösen Führer, die die Welt für die Ankunft des Messias vorbereiteten. In einer anderen Zeit wäre er ein jüdischer König gewesen, in der heutigen Welt war er eben ein hohes Tier beim Mossad. Und er hatte, obwohl er so offenbar zu den Berufenen gehörte, nicht die Verbindung zu den normalen Menschen verloren. Wahrscheinlich schätzte das Mahlnaimi am meisten an ihm. Man konnte mit Abraham Meir eine ganze Nacht mit gutem Wein und schlechten Witzen durchmachen und viel Spaß dabei haben. Deshalb hatte Mahlnaimi auch nicht gezögert, als Meirs Anruf gekommen war. Er hatte die Nachricht nach Hebron weitergegeben, von wo aus die Spraydosen noch in derselben Stunde zunächst nach Tel Aviv und dort in den gekühlten Frachtraum eines Flugzeuges verladen wurden. Was weiter mit ihnen passierte, wußte Mahlnaimi nicht. Es war Teil der Genialität von Meirs Plan, daß niemand außer ihm über alle Einzelheiten Bescheid wußte.

Trotzdem hatte Mahlnaimi Angst vor Abraham Meir. Manchmal schienen die hochfliegenden Träume für Israel dem Mann jeden Sinn für die Realität zu versperren. Mahlnaimi bewunderte, mit welch starkem Glauben Meir die Welt nach den Wünschen Gottes gestalten wollte. Dennoch quälten ihn Zweifel, die er sich kaum traute, dem aufbrausenden Meir gegenüber zu äußern.

Nach einer unruhigen Nacht meldete sich Mahlnaimi im Labor krank und ging in die Synagoge der Beith-El-Gemeinde. Eigentlich hatte er mit seinem Rabbi sprechen wollen, der aber gerade nicht da war. Der kleine Mann setzte sich auf eine leere Bank der Synagoge und starrte lange auf die aufgeschlagene, von oben beleuchtete Thora. Im fünften Buch Mose verhieß Gott, daß er nach der Rückkehr der Israeliten alles Siechtum und alle Fäulnis Ägyptens von ihnen nehmen werde. Meir hatte ihn auf diese Stelle hingewiesen, als eine Art biblischer Prophezeiung, daß nach einer Pestepidemie die Auserwählten Israels zu ihrer wahren Bestimmung geführt würden. Doch Mahlnaimi war immer weniger überzeugt davon, daß es wirklich nötig war, für dieses hohe Ziel einen Teil der Menschheit zu vernichten.

Außerdem beunruhigte es ihn, daß Meir den geheimen Berichten aus Nes Tsiona so blindlings Glauben schenkte. Dabei wußte der Mossad-Mann doch selbst am besten, wie Berichte geschönt wurden, um den finanziellen Aufwand zu rechtfertigen oder Gelder für neue Forschungen zu erhalten. Der Wissenschaftler Mahlnaimi wußte, daß immer ein nicht zu unterschätzendes und nicht kalkulierbares Restrisiko blieb. Sicher waren viele Tests mit den genetisch veränderten Pesterregern durchgeführt worden, an Hunden, Schweinen, Affen und Pferden. Und angeblich hatte man die Viren sogar palästinensischen Häftlingen injiziert, die daraufhin an der Pest gestorben waren. Trotzdem ließ die tödliche Wirkung der Viren auf Araber nicht den Umkehrschluß zu, daß die Kohanim immun gegen sie wären. Das war graue Theorie. In keinem der vielen Testberichte, die Mahlnaimi gelesen hatte, wurde berichtet, daß einem Kohanim die Pesterreger injiziert worden waren. Es gab absolut keinen Beweis dafür, daß die Erreger die Muster der Y-Chromosomen von Kohanim erkennen und sie nicht infizieren würden.

Beim Verlassen der Synagoge fiel ihm im Vorraum ein Plakat auf, das vor den wieder zunehmenden AIDS-Neuinfektionen in Tel Aviv warnte und den Gläubigen einen keuschen Lebensstil nahelegte. Darunter wurde aus dem ersten Buch Samuel zitiert, eine Passage über den Diebstahl der Bundeslade durch die Philister, die dafür mit der Pest bestraft wurden. Noah Mahlnaimi trat näher an das Plakat heran.

»Aber die Söhne Jechonjas freuten sich nicht mit den Leuten von Bet-Schemesch, daß sie die Lade des Herrn sahen. Und der Herr schlug unter ihnen fünfzigtausend Mann. Da trug das Volk Leid, daß er das Volk so hart geschlagen hatte. Und die Leute von Bet-Schemesch sprachen: Wer kann bestehen vor dem Herrn, diesem heiligen Gott?«

Fünfzigtausend Israeliten waren damals an der Pest gestorben, weil sie die Bundeslade angesehen hatten. Hier war die wahre Prophezeiung, die Meir nicht wahrhaben wollte. Der Pestfluch würde auf Israel selbst zurückfallen. Die Forscher in Nes Tsiona hatten sich geirrt, Abraham Meir hatte sich geirrt, und er selbst hatte sich geirrt. Sie alle hatten die tödlichen Erreger in der hellroten Flüssigkeit gesehen und sich dadurch schuldig gemacht, genau wie die Leute von Bet-Schemesch, die nicht den Blick von der Bundeslade abgewandt hatten. Das Priester-Gen würde sie nicht schützen, sie würden sterben wie alle anderen, die der Vergeltung Gottes ausgesetzt waren.

Der Telefonist des Shin Bet in Hebron wußte nicht recht, was er mit dem Anrufer machen sollte, der sich als Noah Mahlnaimi, Mitarbeiter des Mossad, ausgab und von irgendwelchen Virenkulturen berichtete, die man angeblich in Nes Tsiona entwendet hatte. Es klang total verrückt, aber in Israel mußten auch die verrücktesten Äußerungen zunächst einmal ernst genommen werden. Shin Bet überprüfte die Identität des Mannes, die positiv ausfiel. Daraufhin fand sich der Inlandsgeheimdienst bereit, ein Team zu schicken, daß sich auf Mahlnaimis Wunsch am Grab des Patriarchen in Kiryat Arba mit ihm treffen sollte. Es war ein gefährlicher Ort für ein Rendezvous von Agenten der beiden oft rivalisierenden Dienste, aber Mahlnaimi hatte darauf bestanden. Und falls der Mann wirklich verrückt sein sollte, war es besser, Shin Bet war an Ort und Stelle, sollte er vorhaben, das blutige Attentat von Baruch Goldstein zu wiederholen.

Die Shin-Bet-Agenten trafen einen kleinen rothaarigen Mann mit einem spärlichen Kinnbart, der sich ihnen noch einmal mit einer dunkelblauen Codekarte als Mitarbeiter eines vom Mossad betriebenen Forschungslabors auswies. Er nannte ihnen die Namen seiner Verbündeten in Hebron, die angeblich die gestohlenen Viren außer Landes geschafft hatten. Und er führte sie zu einem Lagerraum in der Nähe der Machpelah-Höhle, in dem Schutzanzüge und Laborausrüstungen lagerten.

Dann beschuldigte er Abraham Meir, den Chef des Mossad in Europa, der gestern entlassen worden war, Anführer einer Gruppe von Auserwählten zu sein, die dem Staate Israel mit dem Einsatz einer genetischen Waffe zu neuer Blüte verhelfen wollten.

*

Es war Ben Gurion, der 1951 zum Gründervater des Mossad wurde. Von Feinden umgeben, sollte er die israelische Regierung in die Lage versetzen, »zu verstehen, was um uns herum vorgeht«, so Ben Gurion. Am Anfang befaßte sich der Auslandsgeheimdienst nur mit arabischen Staaten, vor allem Syrien, Jordanien und Ägypten. Doch so wie alle Behörden der Welt bestrebt sind, immer mehr Kompetenzen an sich zu ziehen, breitete sich auch der Mossad mehr und mehr aus. *Ha-Mossad le-Modiin ule-Tafkidim Meyuhadim* wurde ein Markenzeichen für geheimdienstliche Erfolge. Erfolge, an denen Abraham Meir entscheidend mitgewirkt hatte. Ohne ihn wäre der Mossad nicht das, was er heute war.

Den ganzen Morgen hatte General Yaakov Abramowitz sich bei seinen Kontaktleuten in den Geheimdiensten über Meir informiert. Nichts in ihren Aussagen half ihm weiter, um die Meldung zu verstehen, die ihm heute auf den Schreibtisch geflattert war. Innerhalb des Mossad war Abraham Meir mehr als angesehen. Unter den Mitarbeitern gab es viele, die ihn als einen Helden verehrten. Das gleiche galt für Shin Bet und den militärischen Aman, für das Department für psychologische Kriegsführung LAP, die Forschungsabteilung, die für die täglichen Lageberichte für die israelische Regierung verantwortlich war. Überall wußte man, welche Gefahren Meir in seiner langen Laufbahn auf sich genommen hatte, welche schier unlösbaren

Aufgaben er bewältigt und wie oft er mit klugen Operationen das Leben israelischer Staatsbürger gerettet hatte.

Die Meldung auf seinem Tisch paßte so gar nicht zu dieser Einschätzung, die Abramowitz teilte, obwohl er Meir, der ihm bei den wenigen Treffen mit seiner großspurigen Art gehörig auf die Nerven gegangen war, nur flüchtig kannte. Vielleicht war Meir ein Mann, der ein bißchen zu sehr von sich überzeugt war. Doch überbordendes Selbstbewußtsein, Tatendrang, Initiative und vor allem Entschlossenheit gehörten zu den Eigenschaften, die Meir perfekt für den Mossad machten. Auch wenn sein Stil auf dem diplomatischen Parkett für Anstoß sorgte, hatte er eigentlich alles, was für einen Geheimdienstmann wünschenswert war.

Deshalb war es unvorstellbar, daß Meir in ein irrwitziges Komplott verstrickt sein sollte, dessen Ziel es war, genetisch veränderte Pesterreger freizusetzen. Abramowitz blätterte in den Seiten, auf denen das Verhör dieses Noah Mahlnaimi abgedruckt war. Angeblich sollten die Viren aus dem Biologischen Forschungszentrum in Nes Tsiona stammen. Shin Bet hatte angemerkt, daß der Mann wirklich in einem Forschungslabor des Mossad tätig war. An seiner Identität gab es keinen Zweifel. Abramowitz vermutete, es war mehr sein geistiger Zustand, den man gründlich überprüfen sollte. Darauf wiesen auch die Aussagen der beiden Männer hin, die Shin Bet ausfindig gemacht hatte, nachdem Mahlnaimi sie als Komplizen genannt hatte. Es handelte sich um Vater und Sohn, beide strenggläubige Juden und angesehene Mitglieder der Siedlergemeinde von Hebron. Sie wiesen jeden Verdacht von sich, hatten Zeugen – die Mutter und zwei Töchter der Familie –, die bestätigten, daß sie am Morgen weder am Grab des Patriarchen gewesen waren noch irgendwelche Fracht verladen hätten. Shin Bet hatte die Männer wieder gehen lassen.

Trotzdem wurde Abramowitz ein ungutes Gefühl nicht los. Die Aussagen der beiden Männer schienen ihm fast zu glatt. Aus Erfahrung wußte er, daß Familienangehörige als Zeugen notorisch unzuverlässig waren. Dagegen strotzte die Aussage, die Noah Mahlnaimi zu Protokoll gegeben hatte, vor Einzelheiten. Seine Beschreibung von Meirs Auftreten und Charakter war zutreffend, obwohl Abramowitz nie gedacht hätte, daß Meir einem religiösen Wahn verfallen sein könnte. Was Mahlnaimi über Kultur, Vermehrung und Transport der gefährlichen Viren sagte, klang für Abramowitz plausibel. Wie weit es auch einen Experten überzeugte, mußte er noch nachprüfen. Keine Sekunde bezweifelte Abramowitz die Möglichkeit, daß der Mossad ein geheimes Forschungslabor unterhielt und über einen Mittelsmann Viren aus dem Forschungszentrum in Nes Tsiona herausgeschmuggelt hatte. Die Methoden des Mossad mochten manchmal unsauber und brutal sein, aber sie waren effektiv.

Und dann war da natürlich noch der Kellerraum mit der Laborausrüstung in Kiryat Arba, zu dem Noah Mahlnaimi die Agenten des Shin Bet geführt hatte. Die absurde Wahl dieses geschichtsträchtigen Ortes als Versteck für tödliche Viren ließ Abramowitz am Wahrheitsgehalt von Mahlnaimis Aussage zweifeln. Aber gerade die Absurdität der Vorstellung machte das Grab der Patriarchen auch zu einer perfekten Tarnung. Eigentlich klang es ganz nach einem Coup, wie ihn Abraham Meir einfädeln würde.

Der Generalstabschef blickte von dem Ordner hoch zum Fenster, durch das man in grüne Baumwipfel blickte. Sein Büro lag im obersten Stock in einem der weißen langgezogenen Hochhäuser in Kiryat HaMemshala, dem Regierungsviertel. Das ganze Jahr über hatte er einen wunderbaren Blick über die farbenprächtig bepflanzten Blumenbeete des Parks. Abramowitz konnte ein Gähnen nicht unterdrücken. Er hatte fast die ganze

Nacht keine Ruhe gefunden. Seine jüngste Tochter bekam gerade die ersten Zähne und hatte unaufhörlich geschrien. Erst am frühen Morgen war sie mit einem rotverheulten Gesichtchen in den Armen seiner Frau Norma eingeschlafen. Abramowitz drückte auf den Knopf der Sprechanlage. »Bringen Sie mir doch bitte noch einmal eine Tasse Kaffee. Einen starken, wenn möglich. Ist die Personalakte von Meir schon da?«

In der Leitung knackte es, dann hörte Abramowitz die Stimme seines Adjutanten: »Die Akte wird noch beim Mossad zurückgehalten. Yaari hat anscheinend noch etwas für Sie.«

»Hm. Haben Sie ausrichten lassen, daß er Meir so schnell wie möglich auftreiben soll?«

»Ja. Man scheint sich auch dort Sorgen zu machen. Einen Augenblick, bitte.« Abramowitz hörte, wie der Referent im Hintergrund mit jemandem redete. Dann kam er wieder an die Anlage: »Die Berichte über Nes Tsiona sind gerade gekommen. Ich bringe Sie Ihnen sofort rein. Mit dem Kaffee, natürlich.«

Zwei Stunden lang hatte Abramowitz über den Geheimberichten aus Nes Tsiona gebrütet. Nirgends fand er einen Beweis dafür, daß dort konkret eine wirkliche Bombe entwickelt wurde. Dafür gab es etliche Hinweise, daß einzelne Abteilungen sehr wohl mit gentechnisch veränderten Bakterien experimentierten. Offenbar war Nes Tsiona auch am Human Genom Project beteiligt gewesen, und die Gentechniker nutzten die Erkenntnisse, die sie bei der Entschlüsselung der menschlichen DNS gewonnen hatten, heute vor allem für die biologische Waffenproduktion. Einem Dossier war eine Sammlung Zeitungsartikel beigelegt. Abramowitz erinnerte sich selbst noch gut an den Skandal vor sieben Jahren, als die renommierte Sunday Times berichtete, israelische Wissenschaftler arbeiteten an einer ethnischen Bombe. Damals waren amerikanische Fachleute nach Nes Tsiona eingeladen worden, die sich von der Unhaltbarkeit der Vorwürfe überzeugt hatten.

In einem Top-secret-Bericht des Mossad entdeckte Abramowitz dann eine Bestätigung dessen, was Mahlnaimi dem Shin Bet erzählt hatte: Der Mossad betrieb ein eigenes Forschungslabor. Allerdings stand in dem Bericht kein Wort über genetisch veränderte Viren. Das Labor war anscheinend ganz auf die geheimdienstliche Nutzung von konventionellen B- und C-Waffen ausgerichtet.

Auf dem übergroßen Schreibtisch des Generalstabschefs stapelten sich die Ordner und Papiere. Abramowitz nahm einen Schluck aus der Kaffeetasse und überflog seine Notizen. Einen Punkt hatte er nochmals überprüfen wollen. Er suchte in den Berichten, die er zur Seite gelegt hatte, und zog sich den roten Ordner heraus. Auch hier prangte fett der *TOP-SECRET*-Stempel auf dem Deckblatt. Darunter war ein Laufzettel eingeklebt. Ungefähr ein Drittel der Nes-Tsiona-Berichte existierte nur in einmaliger Ausfertigung, Kopien durften nicht gemacht werden. Abramowitz stutzte. Meirs Name stand an vierter Stelle auf dem Laufzettel. Der Generalstabschef schaute die anderen Geheimberichte durch. Auch hier war jedesmal *Abraham Meir* auf den Laufzetteln eingetragen. Er blätterte hektisch die Berichte und Akten noch einmal durch, überflog die Seiten, die er vorhin auf Informationen nach einer ethnischen Bombe angeschaut hatte. Jetzt suchte er nach einem Namen. Mehrmals im Laufe der letzten Jahrzehnte hatte sich Meir massiv dafür eingesetzt, daß eine geplante Vernichtung von speziellen Viren- und Bakterienkulturen in Nes Tsiona nicht durchgeführt wurde. Inoffiziell hatte er sich immer wieder für eine Aufstockung des Budgets für Nes Tsiona stark gemacht. Und offensichtlich hatte er seine Hand mit im Spiel gehabt, als der frühere Leiter von Nes Tsiona plötzlich und unter ungeklärten Umständen entlassen worden war.

Abramowitz starrte auf die Buchstaben. Da bemerkte er, daß seine Hand mit dem Kuli zitterte. Er riß sich zusammen und atmete tief durch. Alles, was er hier vor sich hatte, waren Gerüchte und Vermutungen, jedoch keine Beweise. Und er mußte jetzt wissen, ob es in Nes Tsiona geheime Forschungen gab, von denen nichts in den Berichten stand. Er stand auf und trat ans Fenster. Norma war sicher schon beim Kinderarzt gewesen. Bei der Großen hatte das Zahnen bei weitem nicht so lange gedauert. Ein paar Tage noch, hatte der Arzt beim letzten Mal versprochen. Viel Anteilnahme für die gestreßten Eltern hatte er dabei nicht gezeigt. Abramowitz hatte sich für den Arztbesuch frei genommen, was ungewöhnlich war für einen Mann in seiner Position. Doch er wollte nicht nur an den Wochenenden ein paar Stunden mit Norma und den Kindern zusammensein, er wollte, soweit es ging, auch an ihrem Alltag teilnehmen.

Der Generalstabschef fuhr sich durch das dunkle Haar, das an den Schläfen grau wurde. Dann griff er zum Hörer der Sprechanlage und ließ sich mit dem Leiter von Nes Tsiona verbinden.

*

Russel Graves war einer jener traditionsreichen Briten, die an Orangenmarmelade, Tea-Time und dem Hang zum Skurrilen festhielten, als seien sie auf Gedeih und Verderben mit ihnen verbunden. Das britische Königshaus war für ihn genausowenig aus England wegzudenken wie die vielen Pubs, in denen sich schon um die Mittagszeit die Londoner trafen, um ein Pint zu trinken, eine Shepard's Pie zu essen und über die täglichen Neuigkeiten zu diskutieren, die aus der großen Welt in ihre beschauliche Ecke sickerten. Mit vierzig hatte Graves seinen Beruf als Sportreporter an den Nagel gehängt und nördlich des Hyde

Parks, dort, wo Paddington und Marylebone aneinanderstießen, den Windsor Castle Pub aufgemacht. Abseits des Touristenrummels, war der Pub im Lauf der Jahre zu einem beliebten Treffpunkt für Journalisten aller Couleur geworden, die sich dort zum Lunch verabredeten oder auch abends zum Pint trafen. Der Windsor Castle war berühmt für seinen Plumpudding. Am Mittwoch und an den Wochenenden stand der über sechzig Jahre alte Graves noch selbst an der Theke.

An diesem Mittwochnachmittag war das Geschäft ruhig, ein halbes Dutzend Stammgäste verlor sich im Kneipenraum. Russel Graves wischte den Staub von der gläsernen Vitrine am hinteren Ende der langen Theke. Die Vitrine war den Verlobungsfotos der königlichen Paare der letzten hundert Jahre gewidmet. Russel Graves war besonders stolz auf ein Daguerreotyp aus dem 19. Jahrhundert, der verschwommen eine junge Queen Victoria mit Gemahl Albert zeigte.

Auf dem alten Fernseher in der Ecke lief BBC mit den Weltnachrichten. Offenbar hatte der ägyptische Präsident ein Sondertreffen aller arabischen Führer einberufen. Einer der Stammgäste rief Graves zu:»Dreh die alte Kiste mal ein bißchen auf. Vielleicht kommt da noch was über das Attentat auf die beiden deutschen Touristen.«

Graves trat zu dem Gerät, das aus den Zeiten stammte, als es noch keine Fernbedienung gab, und drehte am Lautstärkeregler.

Ein Sprecher des Pentagon wurde gerade von einer rothaarigen Korrespondentin zu dem Treffen in Kairo interviewt.»Dieser eine, zugegeben gravierende Fehler des Mossad kann nicht darüber hinwegtäuschen, daß die wirklichen Schurkenstaaten zur arabischen Welt gehören, von dort finanzielle Unterstützung erhalten und unter dem Deckmantel eines religiösen Nationalismus Terrorakte von unbeschreiblicher Brutalität durchführen.« – »General Myers, um was wird es auf diesem Treffen in Kairo gehen?« – »Ibrahim will, daß Ägypten wieder die Vorreiterrolle in der arabischen Welt …«

Russel Graves drehte sich um. »Soll ich das anlassen?«

»Nein, nein. Mich interessieren nur die Touristen. Meine Tochter will über Weihnachten nach Luxor.«

Plötzlich war von der Straße her lautes Gedröhne zu hören, dann ein übles Geräusch, als ein Motor grausam abgewürgt wurde. Der Stammgast mit der Tochter reckte den Hals und schaute zum Fenster hinaus.

»Marcus«, brummte er. »Schon wieder dicht, wie's aussieht.« Graves stöhnte. Sergeant Pat Marcus, früher Chief Inspector bei der Londoner Metropolitan Police, war ein langjähriger Stammgast. Gemeinsam mit seinem Freund Phil Campell, einem Rechercheur bei der BBC, hatte er früher fast jeden Abend im Windsor Castle verbracht. Dann war Marcus vor zwei Jahren im Rang zurückgestuft und aufs Land nach Aylesbury versetzt worden. Die Gerüchteküche im Pub war damals hochgekocht, aber niemand wußte genau, was vorgefallen war. Nur Graves und Campell hatten gehört, was ein sturzbesoffener Sergeant Marcus eines Nachts dem goldgerahmten Bildnis der verstorbenen Queen Mum anvertraut hatte: Auf einer Routinefahrt hatte er einen Jugendlichen erschossen, den er für einen Dealer gehalten hatte. Der Junge hatte gerade seinen fünfzehnten Geburtstag gefeiert. Im Blut von Pat Marcus wurde ein Alkoholwert von 2,6 Promille festgestellt.

»Ist Phil da?« fragte der Sergeant und hievte sich auf einen Barhocker.

»Hallo, Pat.« Russel Graves faltete sorgfältig das Staubtuch zusammen und legte es in die Schublade unter der Theke. »Nein, Phil ist nicht da. Er ist doch oben in Harrogate und macht Recherchen für diese Reportage über Menwith Hill.«

»Scheiße.« Marcus schlug mit der Handfläche auf den Tresen. Ein paar der Gäste schauten herüber.

»He, Pat. Reg dich ab. Was willst du denn? Soda? Cider? Ich hab auch noch eine Shepard's Pie hinten, wenn du was essen willst.«

Marcus lachte. »Du warst schon immer ein Witzbold, Russel. Ein Pint Lager hätte ich gern, und einen Whiskey für den Anfang.«

Russel stellte ein Bierglas unter den Zapfhahn und ließ die dunkle Flüssigkeit langsam hineinlaufen.

»Warum bist du denn an einem Mittwoch hier? Und was willst du von Phil?«

Pat Marcus schwieg. Als Graves das Bier vor ihn hinstellte, deutete er wortlos auf die Whiskeyflaschen, die auf einem Regal hinter der Theke aufgereiht waren. Mit einem Seufzer schenkte Graves seinem Gast ein und knallte das Glas vor Marcus auf den Tresen. Ein paar Tropfen des Whiskeys landeten auf der hölzernen Oberfläche des Tresens. Ohne darauf zu achten, griff Marcus nach dem Glas und leerte es mit einem Zug.

»War ganz schön was los bei uns gestern. Ein Unfall. Hab mir gedacht, daß Phil das interessieren könnte«, meinte er dann.

»Ein Unfall?« Graves schob ein weiteres Glas unter den Zapfhahn. Einer der Stammgäste hatte ihm mit einem Fingerzeig auf sein leeres Glas angedeutet, daß er Nachschub brauchte.

»Komische Sache. Der Typ hatte fünf verschiedene Ausweise in der Brieftasche. Visitenkarten mit fünf Namen. Und dazu die passenden Kreditkarten. Alles VISA Platinum Cards.«

»Ein Typ hatte einen Unfall?«

»Ja, sag ich doch.« Marcus nahm einen langen Schluck aus dem Bierglas. »Ist auf einen Baum gerauscht. Besoffen.« Er lachte leise in sich hinein.

»Und?«

Der Sergeant starrte den Pub-Besitzer mit diesem glasig-abwesenden Blick an, der Graves eindeutig anzeigte, daß Marcus schon mindestens drei Pint und einige Whiskey zuviel zu sich genommen hatte.

»Na, findest du das nicht komisch, daß dieser Wilson fünf verschiedene Pässe so einfach mit sich herumträgt?«

»Wilson, das ist der Typ, der den Unfall hatte?« Graves trat mit dem vollen Bierglas hinter dem Tresen hervor.

»Ja, sag ich doch.«

»Doch, das ist komisch.« Graves brachte das Bier an den Tisch und ging zurück hinter den Tresen. Dort holte er ein Fläschchen Silberputzzeug und einen Lappen aus der Schublade, in die er vorhin das Staubtuch gelegt hatte. Er nahm den ersten einer langen Reihe von versilberten Krönungstellern von der Wand über den Whiskeyflaschen und begann, den Schmuckteller mit dem Mittel zu polieren. Die Abbildung zeigte die Krönung von König William dem Dritten.

»Im Kofferraum haben wir eine Tasche mit hunderttausend Dollar gefunden. Dazu jede Menge von diesen topostr… toprogr… « Marcus kam ins Stottern und nahm einen Schluck Bier. »Diese Karten eben. Alle von Buckinghamshire. Und einen Hotelschlüssel. Du glaubst nicht, wo der Kerl gewohnt hat.«

»Wo denn?« Graves schaute hoch zu Marcus, der ihn erwartungsvoll anschaute. »Doch nicht in dieser miesen Bude mitten in Aylesbury? Wie heißt der Schuppen noch? Two Roses, nicht?«

»Three Roses.« Marcus inspizierte den Teller, den Graves bearbeitete. »Nein, er hat im nobelsten Hotel in der Gegend gewohnt, im Hartwell House. Ich war bei der Durchsuchung dabei. Wir haben einen merkwürdigen Apparat gefunden. Liam hat gemeint, es wär ein Ofen zum Brennen von Emaillearbeiten. Seine Frau …«

»Liam?« Graves spritzte noch ein bißchen Putzmittel auf den

Tellerrand, in dessen feine Linien sich der Staub tief eingegraben hatte.

»Mein Kollege. Ist ganz in Ordnung.« Marcus schwieg und starrte in das fast leere Bierglas.

»Und? Was war es denn für ein Apparat?«

»Ich hab gleich gesagt, daß es ein medizinisches Gerät sein muß. Hat das Krankenhaus nachher auch bestätigt. Ein mobiles vollisoliertes Kühlaggregat. Normalerweise werden in so was medizinische Proben gelagert. Und jetzt frage ich dich: Was will ein angeblich kanadischer Handlungsreisender für Fischkonserven, der über fünf verschiedene Identitäten hat, mit einem mobilen medizinischen Kühlaggregat?«

Russel Graves zuckte mit den Schultern. »Der Typ war Kanadier?«

Marcus nickte. »Der Paß auf den Namen Harold Wilson war kanadisch. Und den Volvo hat er in London unter diesem Namen gemietet.« Er führte das Glas zu den Lippen und leerte es.

Graves hängte vorsichtig den Teller zurück an die Wand.

»Die Jungs in Aylesbury haben natürlich sofort gedacht, daß die IRA hinter der Sache steckt. War mir aber gleich klar, daß der Kerl nicht zum Attentäterprofil der IRA paßt. Schon, weil er besoffen war. Wir haben dann alle fünf Personendaten in die Fahndungscomputer eingegeben. So eine Anfrage geht über alle Rechner, Scotland Yard, Europol, Interpol. Na, und jetzt kommt's.«

Graves drehte sich wieder zu seinem Gast. In der Hand hatte er den zweiten Krönungsteller aus der Reihe. Marcus winkte ihm mit dem leeren Bierglas, ein Hinweis, den der Pub-Besitzer stillschweigend übersah. »Was denn?«

»Auf alle unsere Anfragen ist ein Auskunftsverbot hochgekommen. Auf jeden der fünf Namen. Wenn so was passiert, dann wissen alle, daß es Ärger gibt, jede Wette. War natürlich auch so.

Anruf aus London. Vom MI5. Anscheinend werden die Jungs gleich mitinformiert, wenn eine Computeranfrage durchgeht. Und weißt du, was die gesagt haben?«

»Doch die IRA?«

»Nein, Quatsch. Hab ich doch gesagt. Der Mann paßt nicht ins Raster der IRA.« Marcus stellte das leere Bierglas neben den Zapfhahn.

Graves nahm es und legte es in das Becken mit Spülwasser. Dann holte er ein frisches Glas aus dem Regal und stellte es unter den Zapfhahn. Marcus nickte befriedigt, als das Lager eine kleine Schaumkrone bildete.

»Also, was hat der MI5 gesagt?«

»Befehl von oben. Wir sollen Wilson auf keinen Fall laufenlassen. Na, der Mann ist schwer verletzt, liegt im Koma. Schädelbasisbruch. Und wir sollen die Ermittlungen sofort einstellen. Der MI5 übernimmt den Fall. In einer Stunde waren die Jungs da.«

Graves stellte das Glas vor Marcus auf den Tresen. »Du hast recht, Pat. Das ist eine Geschichte, die Phil interessieren könnte.«

*

Der Leiter von Nes Tsiona wunderte sich offenbar, als Generalstabschef Abramowitz persönlich bei ihm anrief und unvermittelt fragte, ob im Biologischen Forschungszentrum an einer ethnischen Bombe gearbeitet würde. Und wie Shin Bet, Aman, Mossad, Ben-Gurion-Universität und alle anderen, die Abramowitz schon angerufen hatte, sagte er, ohne zu zögern, es sei völlig ausgeschlossen, daß in seinem Zentrum solche Studien betrieben würden. Nes Tsiona diene ausschließlich friedlichen Zwecken.

Abramowitz wurde es allmählich leid, immer wieder dieselben Floskeln zu hören. Norma hatte angerufen. Der Kinderarzt hatte sie wieder vertröstet. Angeblich waren die Milchzähnchen der Kleinen schon fast da, aber es würde eben noch ein paar Tage dauern. Nachher würde er seine Schwester Esther anrufen, ob sie Norma nicht ein paar Tage unterstützen könnte.

Er fischte ein Blatt aus den Stapeln von Unterlagen, die seinen Schreibtisch bedeckten. »Ich habe hier eine Tabelle vor mir, die aus einem der Geheimberichte über Nes Tsiona stammt. Hier werden alle Substanzen aufgelistet, die in Nes Tsiona gelagert werden. Sehr friedlich sieht mir das nicht aus.«

»Na ja, wir sind ein biologisches Forschungszentrum. Bei uns lagern sicher einige hundert Flaschen mit Proben von allen bekannten tödlichen Viren und Bakterien. Das reicht von Anthrax-Sporen bis Senfgas bis …«

»Auch Pesterreger?« unterbrach ihn Abramowitz.

»Ja, auch Pesterreger. Ein wahres Horrorkabinett, da haben Sie recht. Aber wir entwickeln B- und C-Waffen für die IDF. Diese Waffen dienen der Verteidigung von Israel.« Der Leiter hatte eine angenehme Stimme. Abramowitz war der Mann eigentlich sympathisch. Er redete nicht um den heißen Brei herum, sondern nannte die Dinge beim Namen.

»Was passiert mit diesen Proben?«

»Hauptsächlich wird an Impfstoffen geforscht.«

»Und nebensächlich?«

»Mit einigen Viren und Bakterien wird experimentiert, ob sie sich zur Herstellung von biologischen Waffen eignen.«

»Gibt es unter Ihren Mitarbeitern eigentlich Leute, die früher beim Human Genom Project mitgearbeitet haben?«

Der Leiter schwieg einen Moment. »Abrupter Themenwechsel, den Sie da vornehmen. Aber ja, natürlich. Israel war ja an dem Projekt beteiligt. Genauso wie die Vereinigten Staaten,

Großbritannien, die Europäische Union, Frankreich, Deutschland, Italien, Schweden, Dänemark, Australien, Brasilien, Kanada, Japan, Korea, Mexiko, die Niederlande, Rußland ... hab ich ein Land vergessen? Ich glaube, sogar China war beim Genom-Projekt dabei.«

»Interessant. Mit was beschäftigen sich denn diese Mitarbeiter jetzt?«

»Bio-Waffen. Die meisten sind auf Genetic Engineering spezialisiert.«

»Also werden in Nes Tsiona genetisch veränderte Bakterien oder Viren zur Waffenentwicklung benutzt?«

»Ja.« Die Antwort kam wie aus der Pistole geschossen. Allerdings kam danach nichts mehr. Am anderen Ende der Leitung war Schweigen.

Abramowitz redete vorsichtig weiter:»Ich frage mich nun, ob jemand, der an dem Genom-Projekt beteiligt war ... ich meine, würde es ihm dabei nützen, eine Waffe zu entwickeln, die nur eine bestimmte ethnische Gruppe trifft?«

»Natürlich. Theoretisch.« Die Stimme des Forschungsleiters klang gereizt. Wieder machte er eine lange Pause. Abramowitz wollte schon weiterfragen, als er endlich fortfuhr:»Aber das heißt noch lange nicht, daß hier eine ethnische Bombe entwickelt wird. Und damit behaupte ich nicht, daß eine ethnische Bombe ein Ding der Unmöglichkeit wäre. Wer den Bauplan des menschlichen Lebens kennt, kann auch Viren und Bakterien manipulieren. Und sicher auch so, daß sie nur bestimmte ethnische Gruppen treffen. Man braucht dazu nur Informationen über die Teile der DNS, in der die Unterschiede zwischen den menschlichen Bevölkerungsgruppen angelegt sind. Und seit das menschliche Genom entschlüsselt ist, kann sich dieses Wissen ja jeder leicht besorgen. Steht alles im Internet.« Er holte hörbar Luft.»Die British Medical Association hatte schon vor ein paar Jahren vor den

Gefahren der Entschlüsselung des menschlichen Genoms ge-
warnt. Ich kann Ihnen den Bericht gerne zukommen lassen.«
»Ja bitte, ich schicke Ihnen gleich einen Fahrer.« Abramowitz
machte sich eine Notiz. »Jetzt habe ich nur noch eine Frage.«
»Ja?«
»Ihr Vorgänger. Wissen Sie etwas über die Umstände, unter
denen er entlassen wurde?«
Nach einer Schrecksekunde kam vom anderen Ende der Lei-
tung Lachen. »Sie sind wirklich ein Freund von schnellen The-
menwechseln.«
Auf Abramowitz wirkte die plötzliche Heiterkeit künstlich.
»Kann schon sein. Ihr Vorgänger?«
»Kathover? Interessant, daß Sie gerade mich das fragen. Ich
dachte, ihr arbeitet auf Regierungsebene alle eng mit den Ge-
heimdiensten zusammen?«
»Und? Was hat das mit Kathover zu tun?«
»Na, er hat sich mit einem hohen Tier vom Mossad angelegt.
Irgendeine Meinungsverschiedenheit über die Waffenentwick-
lung. Und Sie brauchen nicht weiter zu fragen. Ich weiß nicht
mehr.«
»Wissen Sie zufällig noch, wer der Mann vom Mossad war,
mit dem Kathover sich überworfen hatte?«
»Komischer Zufall.« Der Forschungsleiter sprach langsam.
Abramowitz konnte die Gedanken förmlich hören, die der
Mann sich plötzlich über den eigentlichen Grund für den Anruf
des Generalstabschefs machte. »Es war der europäische Mossad-
Chef, den der Premierminister gestern gefeuert hat.«

*

Der dunkelblaue Van bog mit quietschenden Reifen in die
Parkbucht vor einem von Jerusalems besten Gourmet-Restau-

rants, dem Ocean in der Rivlin Street Nummer 7, ein. Auf den Straßen am Rande der Fußgängerzone ging es zu wie beim großen Wagenrennen in *Ben Hur.* Vom simplen Eselskarren bis zur zweiachsigen Kutsche waren Tausende von Jahren vergangen, von der Erfindung des ersten Automobils bis zum Satellitennavigationssystem kaum mehr als hundert Jahre. Doch das rasante Tempo der Massenmobilisierung brachte den Motor der Bewegung zum Stottern. In Jerusalem näherte sich das Durchschnittstempo aufgrund der Verkehrsdichte knapp sechzehn Stundenkilometern, dem Tempo jener Zeit, als das Rad gerade erfunden wurde. Das aber wollte kein Israeli hinnehmen. Und so wurde auf den Straßen gehupt und gedrängelt, als warteten am Ende ein Siegertreppchen, Mädchen in knappen Bikinis und Champagnerströme.

Kathleen Arnett blieb einen Moment in dem Van sitzen und überprüfte ihr Make-up im Rückspiegel. Der sorgsam aufgetragene mattgraue Lidschatten lenkte zumindest oberflächlich von ihren geschwollenen Augen ab. Bis spät in die Nacht hatte sie an Computer und Telefon gesessen und alle ihre Kontaktleute nach dem Mann gefragt, dessen Namen ihr Ariel gestern beim Abendessen anvertraut hatte.

»Für diesen Abraham Meir habe ich die Pesterreger aus Nes Tsiona geholt.«

Kathleen hätte sich fast an einem Shrimps verschluckt. »Den entlassenen Mossad-Chef?«

Ariel nickte. »Ich habe dich auf CNN gesehen, als du die Meldung gebracht hast. Diese Sache verfolgt mich, Kathleen, ich komme nicht weg davon. Als du seinen Namen gesagt hast, habe ich es einfach nicht fassen können. Ich bin weg vom Labor, bei dir, in Jerusalem. Und dann taucht er auf.« Kathleen sah, daß Ariels Lippen zitterten. Schon den ganzen Abend, während sie das Essen in der Küche zubereitet hatte, war er stiller gewesen als sonst und im Wohnzimmer herumgelaufen. Seine Nervosität erklärte, warum er die Pasta mit Meeresfrüchten kaum beachtete. Auch wenn ihre Fertigkeit in der Küche zu wünschen übrigließ, hatte sie doch ein feines Gespür dafür, wie man selbst aus einfachen Fertiggerichten ein ganz gutes Essen zaubern konnte.

»Abraham Meir? Du täuschst dich nicht?«

»Nein.« Er schob ein Stück Tintenfisch zu einem Tomatenviertel. »Noah hat den Namen einmal erwähnt.«

Noah war ein alter Schulfreund von Ariel, das hatte er ihr während der nächtlichen Beichte erzählt. »Noah ist beim Mossad, nicht?« Der Gedanke schoß Kathleen unvermittelt durch den Kopf, und sie fragte, ohne lange zu überlegen.

»Woher weißt du das?« Ariel starrte sie an. Die Knöchel seiner Hand, mit der er die Gabel hielt, waren weiß vor Anspannung.

»Nur eine Vermutung.« Kathleen stach in die Nudeln und wickelte sie mit solcher Hingabe auf, als interessiere sie im Moment nichts mehr als ihr Abendessen. »Noah hat also Abraham Meir erwähnt?« Sie kaute genüßlich.

»Es ist ihm rausgerutscht. Er wollte mir den Namen nicht sagen, da bin ich sicher. Aber ich weiß einfach, daß dieser Meir hinter dem Plan steckt.«

Kathleen wunderte sich, daß Ariel den mysteriösen Plan überhaupt erwähnte. Offenbar war ihm mehr von ihrem Gespräch in Erinnerung geblieben, als sie vermutet hatte. In der Nacht hatte sie trotz massivem Drängen nicht von ihm erfahren, um was es bei diesem Plan eigentlich ging. Einen Moment überlegte sie, ob sie Ariel direkt fragen sollte, entschied sich aber dagegen. Ein entlassener Mossad-Chef, der in den Diebstahl von genetisch veränderten Viren aus Nes Tsiona verwickelt war, hatte genug Sensationswert, um CNN prinzipiell dafür zu interessieren. Und wenn sie es geschickt anstellte, würde Ariel ihr freiwillig die ganze Geschichte erzählen, ohne daß er frühzeitig Verdacht schöpfte. Als sie ihn beobachtete, wie er mit ernstem Gesicht in der Pasta herumstocherte, kam es ihr fast so vor, als wolle er sich alles von der Seele reden. Glück für sie, daß er an eine CNN-Reporterin geraten war.

Kathleen Arnett nahm die geräumige Umhängetasche vom Beifahrersitz des Van und stieg aus. Das Ocean war ihr Stammlokal. Sie war im US-Staat Louisiana geboren und hatte ihre Jugend in New Orleans verbracht. Ein koscheres Menü, das mit Kuchen, Synthetiksahne und Kaffee ohne Milch endete, war nicht eben die Erfüllung ihrer kulinarischen Träume. Sie hatte alle nicht-koscheren Restaurants der näheren Umgebung der Joel Salomo Street getestet – argentinische, amerikanische, mexikanische und italienische. Viele der Restaurants hatten sogar Gärten, wo die Gäste unter schattenspendenden Stoffbahnen draußen sitzen konnten. Ein liebenswerter armenischer Wirt hatte seine Armenian Tavern in einer ehemaligen Kirche untergebracht und servierte auf handbemalten Keramiktellern getrocknetes Rindfleisch und armenische Pizza.

Doch in der ungezwungenen Atmosphäre des Ocean fühlte sich Kathleen Arnett am wohlsten. Sie saß immer in einem der kleineren Räume, die vom Hauptraum mit der gewölbten Steindecke abgingen, und ließ sich Krebs-Risotto in Traubenblättern, Auberginen-Sashimi in sizilianischem Olivensaft oder das ausgezeichnete Schwarma servieren. Ocean-Chefkoch Eyal Shani ging selbst in die Berge und pflückte dort die frischen Kräuter, die seine Speisen in duftende Kunstwerke verwandelten. Für Kathleen bot das Restaurant den unschätzbaren Vorteil einiger Parkbuchten, die für Stammgäste reserviert waren. Strategisch günstige Parkplätze waren bei ihrem Job wichtig, und von hier aus konnte sie in wenigen Minuten die Klagemauer,

Felsendom, Erlöserkirche und die anderen Orte der Altstadt erreichen, von denen meistens gesendet wurde.

An diesem Morgen hatte Kathleen Arnett kein Auge für die Rosette und die Uhr über dem Eingang des Ocean, zu denen sie sonst immer einen bewundernden Blick hochwarf. Vor einer halben Stunde war ein Anruf aus Atlanta gekommen. Die Nachrichtenredaktion wollte einen Kommentar zu den israelischen Vergeltungsschlägen im Süden des Libanon. Aus der Sicht der Korrespondentin waren die Vorgänge nichts Ungewöhnliches, Schlagabtausche zwischen israelischer Luftwaffe und libanesischen Hisbollah-Kämpfern waren die üblichen täglichen Nadelstiche. Aber die Sorge Washingtons über das Kairoer Treffen der arabischen Führer hatte anscheinend die Aufmerksamkeit des Publikums auf den Nahen Osten gelenkt. CNN brauchte aktuelle Meldungen. Kathleen hatte einen Sechzigsekundenbeitrag zugesagt, den sie gleich mit dem Kamerateam im Herzen der Altstadt drehen wollte.

Vorher wollte sie aber sehen, ob Eli etwas für sie hatte. Kathleen hatte den Programmierer in ihrem ersten, anstrengenden Jahr als Jerusalem-Korrespondentin in einer Disco kennengelernt. Aus einem kurzen Flirt war eine enge Freundschaft entstanden. Kathleen hatte Eli schon ein paarmal Jobs beim Sender vermitteln können und hatte mit ihm eine Reportage über Israel Seed gemacht, eine der wenigen israelischen Internetfirmen mit weltweitem Ruf, die sich in Jerusalem angesiedelt hatte. Dafür war Eli immer für Kathleen da, wenn sie Informationen brauchte, die nicht über die üblichen Kanäle zu beschaffen waren.

Sie erkannte Eli Barkat schon von weitem an seinem türkisfarbenen Hawaiihemd. Eli liebte knallige Farben und lose geschnittene Hemden, mit denen er geschickt seinen Bauch kaschierte. Er hatte ein Glas mit Minztee vor sich stehen und winkte ihr vom Tisch aus zu. Kathleen bedeutete dem Kellner, der fragend herüberschaute, ihr ebenfalls einen Tee zu bringen.

Auf der fleckenlosen weißen Damasttischdecke lag ein Pakken zerknitterter Papiere, auf denen Passagen und Worte dick mit gelbem Marker angestrichen waren.

»Du hast etwas für mich?« fragte Kathleen und stellte ihre Tasche neben Elis Rucksack unter den Tisch.

»Klar, jeder hinterläßt Spuren im Internet. Es ist nur die Frage, ob du etwas damit anfangen kannst.«

»Werden wir sehen. Sag mir erst mal, was du hast.«

Der Kellner kam und servierte Kathleens Tee. Sie pflückte die halbe Zitronenscheibe und die Minzblättchen vom Rand und schüttete nacheinander drei gehäufte Löffel Zucker in das Glas. Eli, der die Prozedur beobachtete, schüttelte nur wortlos den Kopf. Dann zeigte er auf die Seiten vor sich. »Als du am Telefon gesagt hast, der Typ sei beim Mossad, hab ich gedacht, das wird sicher richtig interessant. Fehlanzeige. Ganz normaler Internet-User. Er surft ein bißchen mehr als der Durchschnitt, achtzig Stunden im Monat, schätze ich. Er bestellt ab und zu etwas übers Netz, hat auch schon mal was bei eBay ersteigert, beteiligt sich eifrig an Diskussionsforen und chattet gelegentlich. Er hat mindestens drei verschiedene E-Mail-Adressen, die ich ermitteln konnte, vielleicht mehr.«

Kathleen verrührte den Zucker im Glas. »Was hat er denn ersteigert?«

»Was ganz Apartes.« Über Elis braungebranntes Gesicht legte sich ein amüsierter Ausdruck. »Wein. Vier Kisten auserlesenen Rotwein.«

Kathleen legte den Silberlöffel auf die Tischdecke und nahm einen Schluck Tee. Sie fuhr sich über die Lippen und sagte: »Mm, schmeckt gut. Und, was sonst noch?«

»Na ja, ich mußte ja erst mal seine private E-Mail-Adresse rauskriegen. Dazu habe ich seinen Namen in eine E-Mail-Suchmaschine eingegeben, und damit beginnt die Rasterfahndung im Netz. Diese Suchmaschinen sind so was wie Adreßspione. Wenn sich der Gesuchte an einem Diskussionsforum beteiligt, dann erfaßt der Suchroboter seine Beiträge und speichert die Absender samt ihrer E-Mail-Adressen. Und so kommst du ganz einfach an die Adresse.«

»Erzähl mir etwas Spannendes, Eli.« Kathleen stützte ihr Kinn auf die rechte Hand und schaute in Elis dunkelbraune Augen.

»Hast du schon mal was von dejanews.com gehört?«

Sie schüttelte den Kopf.

»Deja ist mit das ergiebigste Werkzeug zur kostenlosen und legalen Recherche im Internet. Auch ziemlich umstritten. Dejanews sammelt automatisch und regelmäßig alle Usenet-Diskussionsbeiträge. Jeder kann sich dort Beiträge zu einem bestimmten Thema raussuchen. Oder eben die Usenet-Beiträge eines bestimmten Teilnehmers anschauen. Insgesamt sind das etliche Millionen Diskussionsrunden zu ungefähr zwanzigtausend Themen, die alle …«

»An welchen Diskussionsrunden hat Meir teilgenommen?«

»Ah, Moment.« Eli durchsuchte hektisch den Papierstapel. »Hier hab ich's. Du kannst das alles übrigens mitnehmen. Ich hab angestrichen, was mir interessant oder seltsam vorkam, aber du findest sicher noch mehr. Also, dein Mann hat sich mehrmals in den Foren alt.current-events.cl und soc.culture.usa über Benjamin Disraeli ausgelassen. Muß ein Fan von ihm sein. Halbe Aufsätze hat er ins Netz gestellt.«

Der Programmierer blätterte in den Papieren und legte ein paar zur Seite. »Die meisten Einträge von Meir sind im Forum alt.politics.british. Das ist ein politischer Diskussionsraum, in dem er ziemlich oft aufgetreten ist. Nichts Überraschendes. Er hat sich vor allem bei Themen zur Nahost-Politik zu Wort gemeldet. Hätte man sich fast denken können. Hier, das wird dich interessieren: Vor ein paar Jahren hat Meir eine hitzige Debatte auf den Seiten von politics.british ausgelöst. Das Ganze ging über zwei Wochen. Angefangen hat es mit einem Beitrag eines Politikwissenschaftlers, der Rabbi Kahane für die Eskalation der Gewalt verantwortlich machte. Meir hat mit einer flammenden Streitschrift die Lanze für Kahane gebrochen. Und danach haben sich die Beiträge überschlagen.«

»Der Rabbi Kahane? Der Rechtsextremist?«

»Ja. Willst du mal hören, was Meir zu ihm zu sagen hat?«

Kathleen nahm einen Schluck aus dem Teeglas und nickte.

»Hier zum Beispiel, ein Beitrag von Meir vom dritten Februar zweitausendzwei: *Rabbi Kahane war ein großer Führer, mit einem Charisma, wie es selten ein Politiker hat. Man macht es sich zu leicht, wenn man seine Jüdische Verteidigungsliga als Terrororganisation abtut. Die Liga ist eine extreme Reaktion auf eine extreme Situation, ein Mittel des jüdischen Überlebenskampfes inmitten einer feindlichen Umgebung.*« Er sah auf. »Spannend genug?«

Kathleens Kinn war wieder auf die Hand gestützt. »Der höchste Mann des Mossad in Europa ist also ein Kahane-Anhänger. Kein Wunder, daß sie ihn entlassen haben.«

»Ich dachte, er sei wegen der Scheiße entlassen worden, die der Mossad in Luxor gebaut hat?«

»Ja, offiziell. Aber irgend etwas ist faul an der Geschichte. Der Premier hat mich angerufen und mir den vollen Namen Meirs gesagt. Das ist absolut unüblich, wenn es um den Geheimdienst geht.«

»Hm.« Eli suchte etwas auf der Seite. »Da ist es, etwas ganz Hübsches, ein Beitrag Meirs vom fünften Februar zweitausendzwei: *Rabbi Kahane hat göttlichen Willen verkündet, als er forderte, Juden und Araber sollen in Israel an einer Heirat gehindert werden.*

Schon der Gedanke, daß sich Araber und Juden im Heiligen Land durch Eheschließungen näherkommen, ist gefährlich. Es wird die Probleme nicht lösen, sondern nur verschlimmern. Das und nichts anderes hat Rabbi Kahane verkündet. Und so weiter und so weiter.« Der Programmierer schob wieder einige Papiere zur Seite. »Das war's dann auch schon mit den Diskussionsgruppen. Nichts bei talk.sex, falls dich so was interessiert.«

»Nein. Was hast du noch?«

»Nur eine Liste der Websites, die Meir in den vergangenen Wochen angeklickt hat. Davon habe ich mir eigentlich am meisten erhofft. Es ist nicht ganz so einfach, an diese Informationen ranzukommen. Du willst jetzt sicher nicht hören, wie viele von meinen Freunden ich nach Mitternacht aus dem Bett klingeln mußte, um die Codes für die Backbones von Meirs Internetserver zu kriegen?«

»Nein.« Kathleen schaute auf die Uhr. In zehn Minuten kam das Kamerateam und holte sie für den Dreh ab.

»Sehr ergiebig war die Ausbeute nicht, obwohl ich die halbe Nacht daran gesessen habe.« Eli klang richtiggehend betrübt.

»Ich lad dich dafür zum Tee ein, Eli. Sag mir nur schnell, was genau du gefunden hast.«

»Nur zum Tee?« Eli hob die linke Augenbraue. »Ein Abendessen muß schon rausspringen. Wie wär's mal wieder mit aufgetauter Scholle und Pommes?«

»Eli, ich muß in fünf Minuten weg. Mach schon.«

Der Programmierer zwinkerte Kathleen zu. Dann wandte er sich wieder seinen Notizen zu. »Also, Meir hat von seiner Wohnung in den letzten Tagen fast nur britische und eher touristische Websites angeklickt. Alles Seiten des britischen National Trust. Das hat vielleicht auch wieder etwas mit Disraeli zu tun. Da war öfter mal das Bild von Disraeli auf den Seiten.«

»Britische Touristenattraktionen?«

»Sieht so aus.« Eli zuckte mit den Schultern und las vor: »Jüdisches Museum London, Sternberg Centre in Finchley, Hartwell House. Das ist ein Luxushotel. Waddesdon Manor, Hughenden Manor, das sind alte Landsitze, die vom britischen National Trust verwaltet werden. Dann noch der Londoner Flughafen, eine zweite Flughafenadresse und die Website des Buckinghamshire County Council. So, und jetzt erklär du mir mal, was das zu bedeuten hat.« Der Programmierer schob die Papiere über den Tisch zu Kathleen, nahm seinen Tee in die Hand und lehnte sich in den Stuhl zurück.

Die CNN-Korrespondentin warf einen Blick auf die Rivlin Street hinaus, wo gerade der Wagen mit dem Kamerateam vorfuhr. Dann drehte sie sich zu Eli.

»Es kann eigentlich nur eines bedeuten«, sagte sie. »Abraham Meir wollte Urlaub in England machen.«

*

In den britischen North York Moors war es an diesem Wintertag ungewöhnlich nebelig. Ein dichter Schleier lag über der Autobahn 59. Dennoch ließen sich ein paar Dutzend Frauen nicht davon abhalten, sieben Meilen westlich von Harrogate am Rande eines mannshohen Zaunes Transparente in die Luft zu halten. *Stopp dem militärischen Lauschangriff, Bürgerrechte statt Überwachungsstaat* und *Freiheit für Tracy Hart* stand auf den selbstgezimmerten Plakaten.

Phil Campell ließ das Aufnahmegerät angeschaltet, als er sich durch die Gruppe einen Weg vor zum Zaun bahnte. Einige Frauen hatten grüne, weiße oder violette Schärpen umgebunden. Zur Erinnerung an den Kampf der britischen Suffragetten, hatte ihm Angela, sein Kontakt zum Friedenscamp der protestierenden Frauen, erklärt. Er selbst trug nur einen Sommerpulli unter der Lederjacke, und die Nässe kroch ihm unter die Kleidung. Sein dicker grauer Norwegerpulli war noch bei Gina in der Wohnung. Vor drei Monaten hatte seine Frau sich von ihm getrennt. Campell hatte sich in einem billigen Hotel einquartiert, das von einem pakistanischen Brüderpaar geführt wurde. Es roch dort nach Gemüsebrühe, und vor dem Hoteleingang kam es fast jede Nacht zu einer Schlägerei. Doch die schäbige und unverbindliche Unterkunft war genau das, was Campell gesucht hatte. Er konnte es sich nicht vorstellen, ein Apartment anzumieten, das kein Kinderzimmer für seinen Sohn Bryce hatte und in dem er jeden Morgen ohne Gina aufwachen würde. So tat er genau das, was seine Frau ihm in nächtelangen Streitereien vorgeworfen hatte: Er stürzte sich in seine Arbeit, war täglich fünfzehn, sechzehn Stunden am Tag für die BBC unterwegs. Freunde traf er nur noch in der Redaktion oder im Windsor Castle Pub, seiner Stammkneipe. Jedes zweite Wochenende ging er mit Bryce ins Kino oder in den Zoo. Mit Gina hatte er seit der Trennung kaum gesprochen. Vielleicht sollte er sie anrufen, wenn er wieder zurück in London war. Es war erst November und der englische Winter noch lang. Er brauchte den grauen Norwegerpulli.

Seit einer Woche hielt sich Phil Campell in Harrogate auf und war viel in der Grafschaft Yorkshire herumgefahren. Er war mit Recherchearbeiten für eine Reportage über den Stützpunkt Menwith Hill beschäftigt, der auf BBC ausgestrahlt werden sollte. Im Askam-Grange-Frauengefängnis hatte er die Aktivistin Tracy Hart aufgesucht, eine Vertreterin der britischen Friedensbewegung, die zu einer Symbolfigur für die Protestbewegung gegen die größte Abhöranlage der Welt geworden war. Tracy Hart hatte mehr als dreihundertmal den Zaun überklettert. Vor einem Jahr hatte sie sich nachts festnehmen lassen, nachdem sie mit einem Bolzenschneider in der Hand vor einem Loch in dem massiven Metallzaun erwischt worden war. Nach langen Prozessen saß sie wegen Hausfriedensbruch und Sachzerstörung wieder einmal eine Haftstrafe von vier Monaten ab.

Der Protest der Frauen galt der Ansammlung merkwürdiger Golfbälle und Satellitenschüsseln, die weithin sichtbar mitten in der kargen Landschaft lagen, auf der sonst nur Schafe weideten. Unter den Golfbällen verbargen sich riesige Radarschüsseln, mit denen von Satelliten abgefangene Signale an die Bodenstation geleitet wurden. Phil Campell blickte über die Stacheldrahtrollen zum Zaun und zu dem Gelände, das dahinterlag. Dort schien sich niemand für die Frauen zu interessieren. Eintausendachthundert Menschen arbeiteten auf dem Areal, davon eintausendzweihundert Amerikaner und sechshundert Briten. Die Überwachungsanlage existierte seit 1956, sie wurde von der US-amerikanischen National Security Agency betrieben. Seit Mitte der achtziger Jahre war die Kapazität der Anlage um ein Vielfaches erhöht worden, die Anzahl der Satellitenschüsseln und Radardome war von vier auf sechsundzwanzig gestiegen. Inzwischen konnten von Menwith Hill zwei Millionen Nachrichten pro Stunde abgefangen werden. Anfang der neunziger Jahre waren interne Unterlagen aus der Anlage an die Öffentlichkeit gelangt, und seither war das Gelände massiv ins Kreuzfeuer der Öffentlichkeit geraten.

Plötzlich kam Bewegung in die Gruppe, und Phil Campell sah, wie ein roter Range Rover von der Autobahn abbog und auf das Eingangstor der Anlage zufuhr. Die Frauen bildeten am Straßenrand eine Art Spalier, hielten schweigend die Protestschilder in die Höhe und drehten sie so, daß der Fahrer des Wagens sie lesen konnte. Der schien die Protestierenden allerdings kaum zu bemerken. Immerhin gab es fast täglich Proteste am Zaun von Menwith Hill. Der Mann blickte starr auf das Tor, das sich automatisch öffnete. Von beiden Seiten des Eingangs verfolgten Überwachungskameras die Ankunft des Range Rovers. Der Mitarbeiter winkte dem uniformierten Wachposten zu und bog nach links ab, wo Campell die Parkplätze vermutete. Hinter ihm schloß sich das Tor wieder.

Phil Campell überprüfte, ob das Aufnahmegerät funktionierte. Er fragte in der Runde nach Eindrücken vom heutigen Protesttag, nach politischen Einstellungen und den Hoffnungen der Frauen für die Zukunft. Zusammen mit den Aufzeichnungen vom Aufbruch im Camp müßte das Material dann fürs erste reichen. Immerhin wälzte er schon seit Tagen Berichte, Bücher und Artikel über die Überwachungsanlage. Morgen hatte er noch einen Termin mit einem Major Tom Harris, der ihm die Anlage zeigen und seine Fragen beantworten würde. Es war nicht einfach gewesen, diesen Termin zu bekommen, doch seine in langen Jahren aufgebauten Kontakte und der Einfluß der alten Dame BBC hatten ihm schließlich den Zutritt zu Menwith Hill verschafft.

*

Generalstabschef Abramowitz saß auf dem Beifahrersitz des Land Cruiser und starrte stumm vor sich hin. Nordwestlich der Knesset fuhr das Militärfahrzeug auf der Ruppin-Straße unterhalb des Finanz- und Innenministeriums entlang. Im Sommer stieg hier die Hitze, geschwängert von Ausdünstungen, die auch nicht der leiseste Lufthauch vertrieb, wie aus einem Fahrstuhlschacht über dem Asphalt empor. Abramowitz zollte an solchen Tagen den vielen Sicherheitskräften, die hier unauffällig postiert waren, stets seinen Respekt. Um diese Jahreszeit war es wesentlich angenehmer. Wie immer, wenn er hier entlanggefahren wurde, sah er am Straßenrand bekannte Gesichter. Es waren die

Besten der Besten, die hier ihren Dienst verrichteten. Und einige von ihnen stammten auch aus seinen eigenen Stäben.

Stundenlang hatte Abramowitz in Meirs Akte gelesen. Die Situation war bedenklicher, als er angenommen hatte. Je länger er sich mit der Akte beschäftigte, desto deutlicher signalisierte ihm eine Stimme im Hinterkopf, daß von diesem Mann Gefahr drohte. Irgend etwas braute sich zusammen. Die Telefongespräche, die Abramowitz geführt, die Berichte, die er gelesen hatte, und jetzt die Personalakte – alles deutete auf eine bevorstehende Katastrophe hin.

Nach der Akte hatte er sich den vertraulichen Bericht aus dem Frankfurter Mossad-Büro vorgenommen, den Yaari der Akte Meirs beigelegt hatte. Danach war Abramowitz klar, daß er unbedingt mit dem Premierminister reden mußte.

Wenigstens hatte er seine Schwester in Tel Aviv erreicht, die gerne für ein paar Tage kam und Norma zur Hand ging. Esther war sieben Jahre jünger als er. Sie unterrichtete an der Universität und hatte keine Kinder. Schon öfters war sie zu Besuch bei ihnen gewesen. Sie packte mit an, wenn es ein Problem gab, und war sich nicht zu schade, als Kindermädchen oder Haushaltshilfe einzuspringen. Die Große liebte die Tante, und Norma hatte sie gerne um sich. Als Abramowitz seiner Frau Bescheid gesagt hatte, war die Erleichterung in ihrer Stimme nicht zu überhören. Er war froh, daß sich zumindest zu Hause die Lage etwas entspannte.

Der Generalstabschef hatte sich beim Premierminister telefonisch anmelden lassen und wurde sofort in den Konferenzraum geführt. Moshe Goldstein ließ sich noch ein paar Minuten entschuldigen, er hätte gerade die amerikanische Präsidentin am Telefon.

Auf der hochglänzend polierten Platte des langen Tisches

standen Tabletts mit angebrochenen Saft- und Wasserflaschen, dazwischen zwei in blau und weiß gehaltene Blumenarrangements. Abramowitz warf einen Blick auf ein Papier, das noch vom vorherigen Treffen auf dem Tisch lag. Goldstein hatte sich offenbar heute schon mit dem jungen Stardirigenten Mordechai Shulman und Vertretern von Israels Philharmonikern getroffen. Wahrscheinlich ging es um die Wagner-Aufführungen, die Shulman im Alleingang auf den nächsten Spielplan der Philharmonie gesetzt hatte.

Abramowitz blätterte in Meirs Akte, die er mitgebracht hatte. Er konnte sich nicht vorstellen, daß Goldstein in den letzten Jahren einen Blick in die Akte seines Mossad-Chefs in Europa geworfen hatte. Sonst hätte ihm auffallen müssen, daß Meir von Jahr zu Jahr merkwürdiger geworden war. So oder so konnte Abramowitz sich nicht erklären, warum niemandem Meirs Vorliebe für teure Hotels und schnelle Automobile aufgefallen war. Zumindest mußte man sich wundern, wenn der Mossad-Mann darauf bestand, nur Zigarren zu rauchen, die den Namen *Ambassador* trugen. Auch seine immer extremer werdenden politischen Ansichten hatten innerhalb des Mossad anscheinend niemanden gestört. Meir war für Dutzende von Todesbefehlen verantwortlich, und Abramowitz war nicht überzeugt, daß sie wirklich alle notwendig gewesen waren. Sämtliche Anführer arabischer Rebellengruppen, die vom Exil aus agierten, schienen seine persönlichen Todfeinde zu sein. Hunderte von Agenten ließ er auf der ganzen Welt suchen und sie liquidieren. Die Destabilisierung der israelischen Friedensbewegung war ein anderes Steckenpferd von ihm.

Ganz zu schweigen von den diplomatischen Entgleisungen des Mossad-Chefs. Es war mehr als peinlich, als Meir bei einem Bankett der Bayrischen Staatskanzlei den Teller umdrehte und sich weigerte zu essen, weil er sich unter seinem Rang plaziert

wähnte. Der Mann hatte etwas von einem barocken Botschafter, der auf seinem Recht bestand, mit der Kutsche sechsspännig
zu fahren. Abramowitz wunderte sich darüber, daß Jigal Yaari
nicht eingeschritten war. Doch in der Akte fand sich nicht einmal eine Abmahnung. Offenbar wurde Meirs exzentrisches Ver-
halten stillschweigend geduldet. Und komischerweise hatte
nichts davon seiner Karriere geschadet.

Die Flügeltür wurde aufgestoßen, und Moshe Goldstein betrat den Raum. Der dynamische Premierminister begrüßte seinen Generalstabschef und nahm sich eine ungeöffnete Oran-
gensaftflasche.

»Diese Amerikaner. Präsidentin Miller hat alle Hände voll zu
tun, die Falken im Pentagon an der kurzen Leine zu halten.
Wenn es nach den Generälen ginge, würde die fünfte Flotte der
US-Marine schon vor den ägyptischen Stränden kreuzen.«

»Wegen des Attentats in Luxor?«

»Ja. Die Präsidentin hat mir ziemlich deutlich zu verstehen
gegeben, daß sie bei neuen Zwischenfällen dieser Art nicht
mehr garantieren kann, daß die finanzielle Unterstützung für Israel vom Kongreß genehmigt wird. Und im Pentagon ist man
verstimmt, weil Präsident Ibrahim durch die Sache im arabischen Lager massiven Auftrieb erhält.« Er drehte den Verschluß
der Saftflasche mit einem lauten Knack auf und trank sie in einem Zug aus.

»Ich habe hier leider auch noch ein Problem.« Abramowitz
legte die Hände auf Meirs Akte.

»Ach, ich kriege hier täglich ein Dutzend Probleme auf den
Tisch geknallt. Und bisher habe ich immer für alles Lösungen
gefunden. Geht es um den Einsatz im Südlibanon?«

Der Generalstabschef schüttelte den Kopf. Dann fragte er:
»Wissen Sie, wo Abraham Meir sich gerade aufhält?«

»Abraham? Warum? Suchen Sie nach ihm?«

»Ja.«

»Komisch.« Goldstein kniff die Augen zusammen. »Yaari hat mich heute morgen in aller Frühe angerufen. Er wollte auch wissen, wo Abraham steckt.«

»Und? Wissen Sie es?«

»Nun, Yaari meint, er hat das Büro in Frankfurt verlassen. Ich würde mal annehmen, er hat sich eine Frau gesucht, taucht ein paar Tage ab und kommt dann zurück, um uns in alter Frische die Hölle heiß zu machen wegen seiner Entlassung.«

»Ich glaube, die Sache ist ernster. Hat Ihnen Yaari den Bericht von Rosenstedt schon gezeigt?«

»Wer ist Rosenstedt?«

»Ein Agent, den Yaari ins Frankfurter Mossad-Büro geschleust hat, um Meir auf die Finger zu schauen.«

Goldstein lehnte sich in dem breiten Ledersessel zurück. Etwas wie Verärgerung zuckte über sein Gesicht, doch Abramowitz konnte die Gefühlsregung des Premiers nicht richtig deuten. Leise sagte Goldstein: »Ich sehe, Sie haben sich schon kundig gemacht. Okay, was haben Sie?«

»Meir ist ein massives Sicherheitsrisiko. War es schon seit einer ganzen Weile. Ehrlich gesagt, verstehe ich nicht, wie er sich so lange beim Mossad halten konnte. Er hätte schon vor Jahren suspendiert ...«

»Es reicht, Abramowitz!« Der Premierminister schlug mit der Hand auf den Tisch, so daß die Flaschen auf den Tabletts klirrend aneinanderstießen. »Abraham ist ein alter Freund von mir. Ich verbitte mir, daß in meiner Gegenwart so über ihn gesprochen wird.«

Abramowitz zuckte kurz mit den Schultern. »Es tut mir leid, wenn ich Ihren Freund beleidigt habe. Aber die Fakten sprechen gegen ihn.«

»So, dann lassen Sie mich mal Ihre Fakten hören.«

»Es könnte sein, daß Abraham Meir ein Anhänger von Rabbi Kahane ist.« Abramowitz wählte seine Worte mit Bedacht.

»Ach, Sie haben diese alten Geschichten wieder ausgegraben.« Der Generalstabschef meinte, etwas wie Erleichterung in Goldsteins Stimme zu hören. »Kahane ist tot. Was kümmert es uns, daß Abraham ihm vor Jahrzehnten mal Geld gespendet hat?«

»Die Ideen Kahanes leben weiter. Und Meir hat in den letzten Jahren regelmäßig große Summen an die Jüdische Verteidigungsliga überwiesen. Aber das ist nicht alles.« Abramowitz stockte einen Moment. Er war sich unsicher, wie der Premier die Nachricht aufnehmen würde. »Es gibt Grund zu der Annahme, daß Meir in ein Komplott verwickelt ist, bei dem mit einer ethnischen Bombe die palästinensische Bevölkerung in den umstrittenen Gebieten ausgelöscht werden soll.«

Goldstein starrte ihn an. Wobei er eigentlich an ihm vorbei auf die Wand hinter ihm schaute. Abramowitz drehte sich um. Doch dort hing nur eine Reihe von großen goldgerahmten Fotografien mit Motiven aus der Heiligen Stadt.

»Sie müssen übergeschnappt sein«, hörte er die heisere Stimme des Premierministers.

Abramowitz drehte sich wieder um. »Keineswegs. Meir ist es, der übergeschnappt ist. Dafür gibt es etliche Anhaltspunkte. Ich habe mit dem Leiter von Nes Tsiona gesprochen. Wußten Sie, daß dort mit genetisch veränderten Viren experimentiert wird?«

»Natürlich. Aber doch nicht, um eine ethnische Bombe zu bauen. Davon wüßte ich.«

»Sicher. Sie wissen das. Ich weiß es. Der Leiter von Nes Tsiona hat es mir noch einmal bestätigt. Aber was ist mit einem Fanatiker, einem Mann mit religiösen Wahnvorstellungen, der sich für einen Auserwählten hält? Einer, der glaubt, die Gentechnik sei das Werkzeug, das Gott ihm in die Hand gegeben hat, damit er Israel vor seinen Feinden rettet?«

»Haben Sie sich das selbst ausgedacht, was Sie da zusammen-faseln?« Goldstein hatte den Flaschendeckel vom Tisch genommen und spielte nervös damit herum.

»Nein. Das steht alles in einem Bericht von Shin Bet, den ich heute morgen erhalten habe. Ein gewisser Mahlnaimi hat sich in Hebron bei ihnen gemeldet.« Er schob den Bericht über den Tisch zu Goldstein. Der legte den Flaschendeckel zur Seite und überflog die Papiere.

»Die Aussage Mahlnaimis beginnt auf der dritten Seite.«

»Das sehe ich auch«, brummte Goldstein. Ohne die Augen von dem Bericht zu nehmen, sagte er nach einer Weile: »Das kann nicht Ihr Ernst sein, Abramowitz. Dieser Mann ist ein Ver-rückter, wie sie ständig in Judäa und Samaria auftauchen. Was sagt denn Shin Bet dazu?«

»Sie sind beunruhigt. Vor allem wegen der Funde in dem La-gerraum in Kiryat Arba.«

»Laborausrüstung, Schutzanzüge.« Goldstein zuckte mit den Schultern. »Das kann doch von überall her stammen. Viel-leicht hat es dieser Irre sogar selbst dort plaziert. Am Grab des Patriarchen, ich bitte Sie. Kein echter Terrorist würde so einen Ort als Versteck wählen. Der Mann wird gestern in den Nach-richten Abrahams Namen gehört haben, und dann hat er sich in seinem kranken Hirn diese unglaubliche Verschwörungs-theorie ausgedacht.« Er klappte den Bericht zu. »Damit über-zeugen Sie mich nicht. Shin Bet soll der Sache nachgehen, aber ich bin sicher, es wird nichts weiter dabei herauskom-men.«

»Bei der Ausrüstung handelt es sich um ein sehr teures, schwer zu beschaffendes Kühlaggregat. Ist Ihnen die Stelle in dem Verhör aufgefallen, wo Mahlnaimi beschreibt, daß die Erre-ger in flüssigem Stickstoff lagern, der auf minus 196 Grad gekühlt werden muß? Ich habe das überprüfen lassen. Es war nicht einfach, einen Experten für Pesterreger an den Apparat zu kriegen, aber was dieser Mahlnaimi sagt, stimmt.«

»Kann ja sein. Solche Verrückten arbeiten ihre Wahnvorstellungen oft akribisch genau aus.« Der Premier griff wieder nach dem Flaschendeckel und lehnte sich zurück. »Ich möchte Ihnen jetzt mal etwas über Abraham erzählen. Er ist kein Politiker. Hat nie nur eine Spur diplomatisches Geschick bewiesen. Er ist ein Mann, der vom Glauben an *Erez Israel* besessen ist, der im Mossad fanatisch für die Interessen seines Landes kämpft und der sich im Krieg bis zum äußersten für dieses Land aufgeopfert hat. Aber deshalb ist er noch lange nicht der wahnsinnige, fanatische Extremist, den Sie aus ihm machen wollen.«

Abramowitz wollte etwas sagen, aber Goldstein schnitt ihm das Wort ab. »Ich sehe hier keinen einzigen wirklichen Beweis dafür, daß Abraham irgend etwas mit der Sache zu tun hat. Alles, was Sie haben, sind Vermutungen.«

»Hat Yaari Ihnen mitgeteilt, was in dem Bericht aus dem Frankfurter Büro steht?«

»Ja.« Goldstein verzog das Gesicht. »Ich hab es Yaari auch schon gesagt. Vollkommener Quatsch. Abraham würde nicht einfach so seinen Fahrer erschießen. Er hat genauso wenige Beweise wie Sie.«

»Hat Yaari Ihnen den Bericht des Frankfurter Agenten vorgelegt, haben Sie ihn ganz gelesen? Er ist sehr interessant.«

»Nein.«

»Wußten Sie, daß Meir in Deutschland ein Archiv aufgebaut hat, in dem es nur um Gentechnologie und biologische Waffen geht?«

Goldstein zuckte mit den Schultern und schwieg. Wieder ließ er den Flaschendeckel von der einen in die andere Hand gleiten.

»Die Rücktrittserklärung, die Meir Ihnen geschickt hat. Haben Sie die genau angeschaut?«

»Ja, natürlich.« Goldstein hob den Mundwinkel zu einem angedeuteten Grinsen. »Der typisch zynische Ton, der von Abraham in einer solchen Situation zu erwarten war. Was ist damit?«

»Rosenstedt behauptet, die Erklärung wäre auf den Todestag seiner Frau datiert.«

»Abrahams Frau?«

»Ja.«

Goldstein warf den Flaschendeckel auf den Tisch, wo er von der polierten Oberfläche absprang. Ohne ein Wort verließ der Premierminister den Raum. Nach wenigen Minuten kam er wieder.

»Es stimmt. Der sechzehnte Juni zweitausendeins.«

»Finden Sie das alles denn nicht sonderbar?«

Einen Moment war Stille im Raum. Dann brüllte Goldstein unvermittelt los: »Doch, natürlich finde ich das alles sonderbar. Verdammt sonderbar sogar!« Er schlug zum zweiten Mal mit der Faust auf den Tisch. Abramowitz sah, wie er um Fassung rang. Leise sprach er weiter: »In ein paar Monaten sind Wahlen, das wissen Sie so gut wie ich. Wir stecken mitten in den Verhandlungen um die Wiederaufnahme der Friedensgespräche mit Syrien. Ich will noch vor den Wahlen einen Rückzug unserer Truppen aus dem Südlibanon erreichen. Und einen Friedensvertrag mit den Syrern. Wenn Abraham jetzt noch so ein Fiasko anzettelt wie diesen Anschlag in Luxor ...«

»Er hat die Katzen umgebracht.«

»Was?« Goldsteins Stimme war kaum zu hören.

»Es steht in Rosenstedts Bericht. Anscheinend hat die Putzfrau die Katzen tot in einer Art antikem Tresor gefunden. Sie wurden vergiftet. Mit denselben Erregern, mit denen auch der Anschlag auf Khaled Nabi Natsheh verübt wurde. Sie erinnern sich?«

Abramowitz war sich nicht sicher, ob der Premier ihm überhaupt noch zuhörte. Wie gebannt starrte dieser auf die Fotos an der Wand.

»Dieses Gift wurde in Nes Tsiona entwickelt.«

Von Goldstein kam keine Reaktion. Abramowitz drehte sich noch einmal zu den Fotos um. Eine kontrastreiche Schwarzweißaufnahme von Betenden vor der Klagemauer sprang ihm ins Auge, ebenso eine Aufnahme des Felsendoms, dessen goldene Kuppel auf dem Bild in einen hellblauen, fast weißen Himmel ragte.

»Eine Leihgabe von Tavia Sagiv«, erklärte der Premierminister.

Norma hatte Abramowitz von der Fotografin erzählt, die zur Zeit in den Feuilletons gefeiert wurde. »Es sind sehr ungewöhnliche Aufnahmen«, meinte er.

Unvermittelt erhob sich Moshe Goldstein und sagte: »Lassen Sie mir eine Kopie des Berichts von diesem Rosenstedt da.«

»Sicher.«

»Ich werde Yaari Anweisung geben, Meir unauffällig zu suchen. Wir müssen ihn so schnell wie möglich finden.«

»Ja.« Abramowitz zog eine Mappe unter Meirs Personalakte hervor und legte sie vor Goldstein auf den Tisch. »Das ist eine Liste von Leuten, die etwas mit der Sache zu tun haben könnten.«

Der Premier schlug die Mappe auf und überflog die Seiten. Dann schaute er zu Abramowitz. »Da sind angesehene Familien darunter. Wenn wir in den Kreisen ermitteln, wird das böses Blut geben.«

»Ich weiß. Mir wäre es auch lieber, wenn wir die Sache einfach auf sich beruhen lassen könnten.«

»Was haben die Leute auf der Liste mit Meir zu tun?«

»Sie stehen alle auf einer alten Spendenliste für Kahane. Und

Meir hat in den letzten zwölf Monaten mit ihnen in engerem Kontakt gestanden.«

Goldstein klemmte sich die Mappe unter den Arm. »Eigentlich hat dieser Tag mit den Musikern gar nicht so schlecht angefangen«, brummte er leise und verließ den Briefing-Raum.

Yaakov Abramowitz war schon auf den Treppen vor dem Gebäude und ging auf den wartenden Land Cruiser zu, als sein Handy klingelte.

»Wir haben Abraham gefunden.« Es war Goldstein.

»Was? Wo denn?« Obwohl er nicht genau wußte, was er eigentlich befürchtet hatte, spürte Abramowitz, wie sich der Knoten in seinem Magen entkrampfte.

»In England. Offenbar hat er einen schweren Unfall gehabt. Er liegt noch im Koma, aber es besteht keine Lebensgefahr. Dummerweise hatte er einen falschen Ausweis benutzt, und das hat MI5 auf den Plan gebracht.«

»Und?«

»Man hat ein Kühlaggregat und vier weitere falsche Pässe gefunden. Die Briten gehen davon aus, daß er in einer verdeckten Mission eingereist ist. Und sie beschweren sich lautstark darüber, daß wir sie nicht unterrichtet haben.«

Abramowitz' Magen zog sich schlagartig zusammen, die Stimme in seinem Hinterkopf meldete Alarmstufe Rot. Leise sagte er: »Herr Premierminister, wenn dieser Mahlnaimi kein religiöser Spinner ist, wenn dieses Archiv in Frankfurt irgendeine Bedeutung hat, dann sind die Pesterreger aus Nes Tsiona jetzt in England. Es gibt keine andere Erklärung für das Kühlaggregat.«

»Ganz ruhig, Abramowitz. Meir ist kaltgestellt. Was immer er vorhatte, mit oder ohne Pesterreger, es ist vorbei. Viel wichtiger ist, daß wir den Briten eine gute Erklärung für Meirs Alleingang liefern. Ich bereite mit Yaari eine Erklärung vor. Und Sie behalten alles, was Sie wissen, für sich. Das ist ein Befehl.«

*

In den drei Jahren, die Kathleen Arnett in Jerusalem für CNN arbeitete, war ihr eines klargeworden: Das wichtigste an ihrem Beruf waren gute Beziehungen. Doch gute Beziehungen waren nicht alles. Auch Vertrauen und Geduld gehörten dazu. Mit der Zeit hatte sie gelernt, daß Abmachungen eingehalten werden mußten. Sonst war man von den Informationsquellen abgeschnitten. Wer eine Information früher verwertete als abgemacht, der konnte eigentlich gleich die Koffer packen. In Jerusalem würde er nie wieder als erster einen lebenswichtigen Tip bekommen. Kathleen Arnett hatte sich das Vertrauen ihrer Informanten redlich verdient. Und niemand konnte ihr vorwerfen, ungeduldig zu sein. Es gab Zeiten, da waren ihre Informationsquellen wie verstopft. Tagelang blieb ihr Handy stumm. Doch Warten war immer die bessere Strategie als Drängeln. Niemals einen Politiker belästigen, niemals bei ihm anrufen, niemals ungebeten um eine Stellungnahme bitten. Das war Kathleens Devise. Sie mußten zu ihr kommen. Sie wollte es in der Hand haben, Ab- und Zusagen zu erteilen. Für die Politiker mußte es eine Ehre sein, bei CNN einem weltweiten Publikum ihr Konterfei präsentieren zu dürfen. Ihre Einstellung machte sich bezahlt. Inzwischen konnte die Korrespondentin blind darauf vertrauen, daß sie angerufen wurde, wenn etwas Wichtiges geschah.

Der Anruf von Moshe Goldstein, der zweite innerhalb weniger Tage, erreichte sie im Ocean. Er bestätigte ihr wieder einmal, wie wichtig es war, das Fahrzeug stets in der Nähe zu wissen. Denn obwohl Moshe Goldstein mehrfach sagte, sie dürfte

241

ihn nicht zitieren, war klar, daß auch diese Nachricht sofort gesendet werden sollte.

Die Korrespondentin mußte leise lachen, als sie bezahlte und
aufbrach. Bei dem Dreh am Morgen hatte sie mit der CNN-
Zentrale in Atlanta Wetten darauf abgeschlossen, daß sie es
schaffen würde, Premierminister Goldstein wegen der mysteriösen Geschichte des gefeuerten Mossad-Chefs vor die Kamera zu bekommen. Sie hatte zwar etwas anderes im Sinn gehabt,
aber Ted, ihr Chef, hatte eine Kiste Champagner versprochen,
falls Kathleen ABC, NBC und CBS mit einer guten Geschichte
zuvorkommen würde. Und das hier war eine gute Geschichte,
darüber gab es keinen Zweifel.

Es kostete Kathleen Arnett ganze zwei Minuten, um die
Zentrale in Atlanta davon zu überzeugen, daß sie sofort eine
Live-Schaltung brauchte. Der Premierminister hatte sie am Telefon für ihre seriöse Berichterstattung gelobt, was Kathleen in
seinem Fall für mehr als eine bloße Floskel hielt, mit der man
sich bei den Medien einschmeichelte. Sie hatte den Premierminister bei dem Bankett im King-David-Hotel kennengelernt,
bei dem ihr auch Ariel Naveh in die Arme gelaufen war. Goldstein hatte sie zu sich gewunken und sie gefragt, warum ihrer
Meinung nach das Ansehen seiner Regierung im Ausland so
schlecht sei. Die CNN-Korrespondentin hatte ihm sehr direkt
geantwortet. Auch das war eine Erfahrung, die sie die jahrelange Arbeit gelehrt hatte. Im allgemeinen wußten Politiker ein offenes Wort mehr zu schätzen als fehlplazierte Höflichkeit. Goldstein war offenbar keine Ausnahme: Auf ihre undiplomatische
Antwort, Jerusalem mache sich mit seiner Siedlungspolitik eben
keine Freunde, hatte er eher anerkennend als ärgerlich genickt.
Kathleen fühlte sich fast ein bißchen geehrt, weil der Premierminister ihr als erster und vielleicht auch exklusiv eine wichtige
Neuigkeit anvertrauen wollte.

Als Goldstein auf Abraham Meir zu sprechen kam, war die Korrespondentin gelinde gesagt erstaunt. Noch überraschter war sie, als Goldstein ihr erzählte, Meir sei in England. Am Telefon hatte sie sich ein »Also doch« gerade noch verkneifen können.

Fünfzehn Minuten später war alles für die Live-Übertragung vorbereitet. Kaum hatte sie den winzigen Lautsprecher in ihr Ohr gesteckt, da hörte sie Teds Stimme: »Kathleen, der Champagner gehört dir.«

»Danke, Ted.«

»Achtung, du bist auf Sendung. Drei, zwei, eins ... und los.«

Kathleen Arnett berichtete dem schockierten Publikum, der in Afghanistan lebende, saudische Terrorist Usama Bin Laden habe in England ein grauenvolles Attentat mit biologischen Waffen geplant. Islamische Fundamentalisten hätten als seine Kontaktleute und Handlanger fungiert. Sie ließ mehrmals die Worte *angeblich* und *offenbar* fallen, und am Ende des Berichts erklärte sie wie selbstverständlich, Bin Laden sei für eine Stellungnahme »nicht erreichbar« gewesen. Spätestens jetzt interessierten sich alle westlichen Geheimdienste, allen voran die amerikanischen, für die merkwürdigen Vorgänge in England.

*

Yaakov Abramowitz sah den CNN-Live-Bericht am Abend in einer Wiederholung. Er hatte gerade die Kleine ins Bett gebracht, nachdem sie sich auf seinem Arm in den Schlaf geweint hatte.

Die Jerusalem-Korrespondentin schilderte drei Minuten lang eine angebliche Geheimoperation des Mossad, die Abraham Meir fast das Leben gekostet hätte. Er habe einen Wagen mit Terroristen verfolgt und dabei die Kontrolle über sein eigenes

Fahrzeug verloren. Kein Wort von seinem Alkoholpegel. Kein Wort über das Kühlaggregat in seinem Hotelzimmer. Und kein Wort über die gestrige Entlassung des Mossad-Chefs.

Eine gute Geschichte. Sehr medientauglich. Man mußte den Namen von Bin Laden nur erwähnen, und schon hatte man die volle Aufmerksamkeit der Öffentlichkeit. Insgeheim hegte Abramowitz den Verdacht, daß der Terrorist schon lange irgendwo in Afghanistan gestorben war, aber weder die Taliban noch die amerikanischen Geheimdienste ihn für tot erklären wollten. Dazu war er für beide Seiten ein zu wichtiges Propagandainstrument. Und der israelische Premierminister hatte sich mit dieser Version der Ereignisse das Problem Meir vorerst vom Hals geschafft. Falls der Mossad-Mann tatsächlich einen Anschlag vorbereitet hatte, konnte man einfach behaupten, er habe diesen eigentlich verhindern wollen. Schließlich hatte CNN es berichtet und sich dabei auf Sicherheitskreise der israelischen Regierung berufen. Es klang plausibel, selbst wenn man damit Verwunderung über die Entlassung von Meir nicht vermeiden konnte. Aber im großen und ganzen würden die Medien es schlucken. Nur MI5 würde es nicht glauben. Aber MI5 wandte sich normalerweise nicht an CNN.

Abramowitz hatte sich ein Glas Wein aus der Küche geholt und kurz bei der Kleinen vorbeigeschaut. Als er wieder ins Wohnzimmer kam, wurde auf CNN Tim Burry, der Sicherheitsberater der amerikanischen Präsidentin, interviewt. Burry wirkte auf Abramowitz immer wie eine Mischung aus Popeye und Sean Connery. Es fehlte wirklich nur noch die Matrosenpfeife zwischen den Lippen. Burry galt als Arbeitstier. Abramowitz hatte ihn bei einem Besuch im Weißen Haus in Washington kennengelernt. Und er konnte sich nicht daran erinnern, den seltsamen Mann je anders als am Verhandlungstisch gesehen zu haben, immer die unvermeidliche Tasse tiefschwarzen Kaffee vor sich.

Abramowitz fielen immer wieder die Augen zu. Auf dem Bildschirm saß Jamie Washington, der Sprecher von CNN, halb vom Publikum abgewandt am Studiotisch. Hinter ihm war Burry eingeblendet, der vor dem Hintergrund des Weißen Hauses stand. Nur mit halbem Ohr verfolgte Abramowitz das Hin und Her der Fragen und Antworten.

»Tim, wie schätzen Sie das geplante Biowaffenattentat Usama Bin Ladens ein? Haben wir es hier mit einer ganz neuen Art von Terrorismus zu tun?«

»Zuerst muß ich anmerken, Jamie, daß uns keinerlei Hinweise auf ein solches Attentat vorliegen. Der verletzte Mossad-Agent ist noch nicht vernehmungsfähig. Und die Briten tappen ebenfalls im Dunkeln.«

»Welche Erklärung hat man denn im Weißen Haus dafür, daß biologische Waffen in die Hände internationaler Terrorgruppen geraten sein sollen?«

»Biowaffen werden gerne als die Bombe der Armen bezeichnet. Sie sind hochgefährlich, dabei leicht zu beschaffen und einfach zu verbreiten. Eigentlich könnte sich jeder ein eigenes Biowaffenlabor zulegen. Pilz- oder Virenkulturen, Jamie, die können Sie quasi daheim in Ihrer Badewanne ziehen. Allerdings sind das bislang alles Zukunftsszenarien. Nach unseren Erkenntnissen gibt es nicht den geringsten Hinweis darauf, daß fundamentalistische Terrorgruppen neuerdings biologische Kampfstoffe verwenden. Ihnen geht es vor allem darum, öffentliche Aufmerksamkeit zu erlangen. Und bisher haben sie das immer auch mit ganz normalen Sprengstoffanschlägen geschafft.«

»Aus England sind wir ja sonst eher Terrorakte der IRA gewohnt. Warum würden fundamentalistische Muslime ein Attentat in England planen? Und weiß man schon irgend etwas Genaueres über das Ziel des Attentats?«

»Nein, das ist es ja gerade. Auf den ersten Blick macht so ein

Attentat für die Fundamentalisten wenig Sinn. London gewährt fast allen islamischen Oppositionellen Asyl. Gegner des saudischen, bahreinischen, kuwaitischen und vieler anderer nahöstlicher Königshäuser leben dort im Exil und können unbehelligt von dort aus agieren. Die Frage drängt sich natürlich auf: Angenommen, die Terroristen hätten eine Biobombe, warum sollten sie die gerade in einem Land einsetzen, das ihnen wohlgesonnen ist? Wie gesagt, wir wissen noch nichts. Die Vernehmung des Verletzten wird sicher mehr Licht in die Sache bringen.«

»Ist der Regierung der gegenwärtige Aufenthaltsort von Bin Laden bekannt?«

»Wir wissen, daß er von Afghanistan aus zuschlägt und vom dortigen Regime gedeckt wird. Mehr kann ich dazu nicht sagen.«

»Tim, uns liegen unbestätigte Gerüchte vor, wonach das Pentagon die Präsidentin aufgefordert hat, die fünfte und sechste Flotte, die sich zur Zeit vor der Straße von Hormuz aufhalten sollen, in Alarmbereitschaft zu versetzen. Können Sie uns mehr dazu sagen?«

»Auch dazu kann ich Ihnen leider nichts sagen.«

Als Norma Abramowitz wenige Minuten später ins Wohnzimmer kam, war Tim Burry längst vom Bildschirm verschwunden und CNN-Sprecher Jamie Washington hatte sich den aktuellen Börsenkursen zugewandt. Yaakov Abramowitz war eingeschlafen.

*

Das erste, was Abraham Meir sah, war ein gleißendes, blendendes Licht über ihm. Sofort schloß er die Augen wieder. In seinem Schädel pochte und dröhnte es, als hätten Liliputaner ihn zur Werkbank auserkoren, auf der sie ohne Unterlaß hämmerten und bohrten. Sein Brustkorb brannte, die Beine fühlten sich an, als seien sie unter eine Dampfwalze geraten. Es gab keine Stelle seines Körpers, die sich nicht durch Schmerzen bemerkbar machte. Der bittere Geruch von Desinfektionsmitteln lag in der trockenen Luft. Er hörte Stimmen, daneben einen regelmäßigen Fiepton, der schrill in seinen Ohren klang. Wieder öffnete er die Augen, die sich langsam an das Licht gewöhnten. Es kam von einer kreisrunden Neonröhre an der Decke. Ein OP-Ständer mit einer Injektionslösung stand an der rechten Seite des Bettes, in dem er lag. Vorsichtig drehte Meir den Kopf und blickte direkt in die blauen Augen einer blonden Krankenschwester.

»Wo bin ich?« fragte er mit einer rauhen Stimme, die ihm fremd vorkam.

»Mr. Wilson, gut, daß Sie endlich aufwachen.« Die Stimme der Blondine klang verzerrt. Ihr helles Gesicht näherte sich ihm. »Sie hatten einen Autounfall. Man hat Sie ins Krankenhaus gebracht.«

»Wie lange?«

»Sie wurden vor knapp acht Stunden eingeliefert. Seither haben Sie im Koma gelegen. Mr. Wilson, haben Sie Schmerzen?«

Erst verstand Meir die Frage nicht. Er kannte die Signale, die sein rechter Arm ihm sendete. So ähnlich hatte es sich angefühlt, als eine Granate vor ihm eingeschlagen war und die herumfliegenden Splitter den Arm, den er schützend vor das Gesicht gehalten hatte, durchlöcherten. Die fünf israelischen Soldaten, die in einen Hinterhalt der palästinensischen Intifada geraten waren, hatten er und Moshe trotzdem in letzter Minute befreien können.

»Haben Sie Schmerzen, Mr. Wilson?« Die blonde Krankenschwester richtete etwas an dem Tropf mit der bläulichen Lösung.

Meir nickte. »Die Verletzungen?« krächzte er. »Wie schwer?«

»Es hat Sie schlimm erwischt, Mr. Wilson. Aber wir kriegen das schon wieder hin.« Die blauen Augen blitzten ihn freundlich an.

»Wie schwer?« wiederholte er. Seine Zunge machte Bewegungen, die sein Gehirn nicht in Auftrag gegeben hatte.

»Commotio cerebri, Schädelfraktur, Lungenquetschung.« Sie spulte die Diagnose herunter, als wolle sie einen Preis im Schnellsprechen gewinnen.

»Commotio was …?«

»Schwere Gehirnerschütterung mit Bewußtlosigkeit. Aber machen Sie sich keine Sorgen. Sie werden wieder ganz gesund.« Die Blondine stand auf und verließ das Zimmer. Meir drehte den Kopf zur anderen Seite. Sofort wurde ihm schwindlig. Mit vorsichtigen Bewegungen schaute er sich im Krankenzimmer um. Offenbar lag er auf der Intensivstation.

Die Krankenschwester kam zurück, und mit ihr betraten zwei Männer den Raum. Einer von ihnen trug einen weißen Kittel. Der andere hatte einen grünen Kittel, wie er bei Operationen verwendet wird, über einen normalen Anzug gezogen. Der militärisch kurze Haarschnitt, das unauffällige Krawattenmuster, der aufmerksame, abweisende Gesichtsausdruck – Meir ahnte sofort, wen er hier vor sich hatte.

Der Mann im Anzug ergriff auch sofort das Wort. »Mr. Wilson? Mein Name ist Tom Richelson. Doktor Palmer hat mir freundlicherweise gestattet, Ihnen kurz ein paar Fragen zu stellen.«

»Wer sind Sie?« Im Umgang mit anderen Diensten war es ratsam, immer erst einmal den Unwissenden zu spielen.

»MI5.« Richelson zog einen scheckkartengroßen Plastikausweis aus dem Jackett. Meir hob den Kopf, um einen Blick darauf zu werfen. Hinter seiner Stirn explodierte ein scharfer Schmerz. Der Mossad-Mann war es gewohnt, Schmerzen auszuhalten. Bei seinen Einsätzen für den Dienst war er mehr als einmal verletzt worden. Und selten war ein Krankenhaus in der Nähe gewesen, wo man ihn mit Schmerzmitteln versorgt hätte. Trotzdem sank Meir jetzt mit einem lauten Stöhnen auf das Kissen zurück.

Doktor Palmer mischte sich ein:»Sie sollten Ihren Kopf so wenig wie möglich bewegen, Mr. Wilson.« Zu Richelson gewandt, meinte er:»Wenn diese Befragung meinen Patienten zu sehr anstrengt, werde ich das Ganze abbrechen.«

»Natürlich.« Richelson steckte ungerührt den Ausweis ein und zog ein kleines Notizbuch aus der Hosentasche.

»Was wollen Sie denn von mir?« fragte Meir.

»Wie gesagt, nur ein paar Fragen. Sie reisen unter vielen Namen: Julio Darenstad, Ernesto Liebermann, Paolo Cristofolini, Micha R. Davies. Und natürlich Harold Wilson. Wollen wir uns also zunächst auf diesen Namen einigen. Es war nicht besonders schwer, herauszufinden, daß Sie ein ranghoher Mitarbeiter des Mossad sind, Mr. Wilson. Und genau das ist es, was uns verwundert. Unsere Dienste sind befreundet. Wir sollten informiert werden, wenn Sie eine Operation in Großbritannien planen. Würden Sie uns bitte erklären, warum wir nicht unterrichtet wurden.«

Meir schwieg. Die Liliputaner in seinem Kopf hatten zu einem Vorschlaghammer gegriffen. Der britische Inlandsgeheimdienst war unter anderem für die Abwehr feindlicher Spione und die Aufdeckung von Attentatsvorbereitungen zuständig. Diese Jungs waren besser als ihr Ruf. Er konnte vor diesem Richelson ein bißchen schauspielern, aber eine große Lügengeschichte würde der Agent sofort durchschauen.

»Mr. Wilson?«

»Ich … ich kann mich nicht richtig erinnern. Ich war im Hotel … bin mit dem Wagen los … mehr kriege ich nicht zusammen.« Er bemühte sich, echtes Bedauern in seine Stimme zu legen.

»Denken Sie nach, Mr. Wilson. In Ihrem eigenen Interesse sollten Sie uns sagen, wo der Anschlag stattfinden wird.«

»Anschlag?« Zum Vorschlaghammer kamen Kettensägen. Sein Plan war aufgeflogen. Irgend jemand hatte ihn in der Kirche beobachtet, sie hatten den Rucksack mit den Dosen schon längst gefunden. Meir spürte, wie ihm unter dem Kopfverband der Schweiß in den Nacken lief.

»Wann und wo ist das Attentat geplant? Wo finden wir die islamistische Terrorgruppe?« Richelson sprach langsam und deutlich. Zum ersten Mal fiel Meir auf, wie angespannt der Mann war. Er hielt den Kuli über dem aufgeklappten Notizbuch, als warte er nur darauf, daß Meir ihm Zeit, Ort und Namen diktiere.

»Islamistische Terrorgruppe?» Irgend etwas mußte passiert sein. Offenbar hatten sie seine Londoner Kontaktmänner nicht geschnappt. Aber Mogiljewitsch und Ussishkin würde wohl niemand im MI5 mit einer islamistischen Terrorgruppe verwechseln.

»Ja, natürlich. Es wäre wirklich besser gewesen, wenn der Mossad uns im voraus informiert hätte. Wir sind Ihnen dankbar, daß Sie Ihr Leben riskiert haben, um den Anschlag zu verhindern. Wir haben auch schon den Behälter sichergestellt, in dem Sie die Waffen in Sicherheit bringen wollten. Aber wenn Sie uns nicht weiterhelfen, geht diese Biobombe doch noch hoch.«

Die Liliputaner in Meirs Kopf führten einen kleinen Freudentanz auf. Und für den Moment störte es ihn wenig, daß sie dabei einen schmerzhaften Trommelwirbel veranstalteten. Irgend etwas war passiert. Aber trotzdem würden die Dosen *bald* aus ihrem sicheren Versteck abgeholt werden. Alles würde wie geplant über die Bühne gehen.

»Mr. Wilson, draußen ist die Hölle los. CNN hat von der Sache Wind gekriegt. Die Medien laufen Sturm. Wenn Sie uns sagen können, wann der Anschlag stattfinden soll und wo wir die Kerle kriegen, dann können wir das Schlimmste vielleicht noch verhindern. Die Terroristen sind ohnehin durch die Berichte vorgewarnt. Verstehen Sie, was ich sage, Mr. Wilson?« Meir meinte, fast so etwas wie Panik aus Richelsons Stimme herauszuhören.

»Usama Bin Laden«, flüsterte Meir. Bin Laden war immer gut für einen besonders grausamen Terroranschlag.

»Das wissen wir schon.« Richelson zuckte mit den Schultern. »Wir brauchen die Hintermänner, Tatort und Tatzeit.«

»Woher wissen Sie von Bin Laden?« flüsterte Meir.

»Der Mossad konnte uns in groben Zügen erklären, was Ihre Mission hier war. Aber wir brauchen Einzelheiten, Mr. Wilson. Schnell.«

Richelson saß mit besorgter Miene vor ihm, Doktor Palmer wurde zunehmend unruhig und bedeutete dem Geheimdienstler, das Gespräch zu beenden. Allmählich dämmerte es Meir, was passiert sein mußte. Diese Geschichte hörte sich verdammt nach Yaari an.

Hintermänner, Tatort und Tatzeit. Kein Problem. Meir atmete schwer und befeuchtete seine Lippen. Aus dem Augenwinkel sah er, wie der Arzt nach der blonden Schwester winkte. »Abu«, preßte er heraus.

»Abu? Was ist mit Abu?« Richelson beugte sich vor, um Meirs geflüsterte Worte besser verstehen zu können. Ein Geruch von Knoblauch und Bier ging von ihm aus. Den einsetzenden Würgereiz mußte Meir nicht schauspielern.

Der Arzt trat neben Richelson und legte ihm die Hand auf die Schulter. »Es reicht.«

Richelson schüttelte die Hand ab. »Gleich, Doktor. Noch eine Sekunde.«

»Mu-schah-kil.« Meir sprach langsam und betonte jede Silbe.
»Abu Muschahkil.« Richelson hatte mitgeschrieben. »Gut.
Sehr gut. Wo finden wir den Kerl?«

»Ein Pub in London ... Windsor Castle. Abu Muschahkil ...
Vertrauter von Bin Laden ... wohnt dort in der Nähe. Die
Bombe ... ist versteckt ... ein Laden, auch dort. Sie wollen ...
Anschlag in der U-Bahn.«

»Mein Gott!« Doktor Palmers Stimme zitterte. »Wissen Sie,
was das bedeutet, wenn biologische Waffen in der Tube eingesetzt werden?!«

Richelson beachtete ihn nicht. »Mr. Wilson, wann soll der
Anschlag stattfinden? Und wo genau?« fragte er.

Meir schwieg und blinzelte statt dessen mit den Augenlidern.
Er hoffte, daß die kleine Bewegung nicht zu aufgesetzt wirkte.
Aber sein Publikum war mit anderen Dingen beschäftigt.

»Lassen Sie ihn. Sehen Sie nicht, er verliert wieder das Bewußtsein.« Die Krankenschwester schob Richelson vom Bett
weg.

»Eine Frage noch, bitte. Nur noch diese eine Frage. Es könnte wichtig sein.« Der MI5-Agent wandte sich zu Meir. »Was haben Sie denn in Notting Hill gemacht?«

Kaum verständlich murmelte Meir: »Informant getroffen ...
telefonisch verabredet.« Mit einem Stöhnen schloß er die Augen.

»Was?« Richelson wollte noch näher ans Bett treten, doch er
wurde von Doktor Palmer zurückgehalten. »Die Befragung des
Patienten ist zu Ende. Ich muß darauf bestehen, daß Sie gehen.«

»Ja. Ja, schon recht.« Meir hörte, wie Richelson das Notizbuch zuklappte und zur Tür ging. Von dort kam ein leises »Gute
Besserung« in seine Richtung. Eine Tür wurde geöffnet und
wieder geschlossen, dann hörte Meir das Klirren des Tropfes, der
an die Stange des OP-Ständers stieß. Die Schwester flüsterte et-

was zu Doktor Palmer, was Meir nicht verstehen konnte. Dann ging wieder die Tür auf. Richelsons Stimme sagte:»Doktor Palmer, eine Sache noch. Wenn Wilson, oder wie er auch immer heißt, wieder aufwacht und ihm noch etwas einfallen sollte ... Vor der Tür sitzen zwei Polizisten. Den Schutz sind wir ihm schuldig. Auch wenn er Ihnen etwas sagen sollte, alles, auch Kleinigkeiten, dann geben Sie es bitte sofort an die Polizisten draußen weiter.«

In Meirs Kopf machten sich die Liliputaner wieder an die Arbeit. Das Problem der beiden Wächter vor der Tür würde er später angehen. Erst einmal wollte Meir schlafen, nur schlafen.

*

Phil Campell stellte seinen Wagen auf dem kleinen Besucherparkplatz ab. Auf einem Abstellplatz näher an den Gebäuden sah er den roten Range Rover, den er gestern mit den protestierenden Frauen beobachtet hatte. Der BBC-Rechercheur trat vor eines der flachen, barackenähnlichen Gebäude, die unter den mächtigen Radardomen von Menwith Hill niedriger wirkten, als sie es in Wirklichkeit waren. Ein uniformierter Wachschutzmann begrüßte ihn und überprüfte sorgfältig, wie schon der Wächter am Tor, seinen Presseausweis und das Schreiben des Chefs von Menwith Hill, in dem ihm die Erlaubnis zum Besuch des Geländes gegeben wurde. Dann zog der Mann eine silberne Codekarte durch einen Magnetschlitz seitlich der Tür, die sich automatisch öffnete. Die beiden traten ein. In dem sich anschließenden, leeren Vorraum legte der Wachmann die rechte Hand auf den Scanner, der die innere Tür öffnete.

»So«, sagte er. »Willkommen in Menwith Hill. Sie wissen, wo Sie Major Harris finden?«

»Nun, man hat mir gesagt …«

»Gut. Sagen Sie Matthew hier am Empfang Bescheid, wenn Sie wieder rauswollen.«

Bevor Campell noch etwas erwidern konnte, hatte sich der Wachmann eine rote Aktenmappe vom Tresen geschnappt und war in einem Zimmer verschwunden. Der blonde Matthew lächelte Campell zu. »Sie sind der Mann von der BBC? Zu Major Harris?«

»Ja.« Campell griff in seine Brieftasche, um zum dritten Mal an diesem Morgen seinen Presseausweis herauszuholen.

»Lassen Sie nur.« Matthew winkte ab. »Major Harris sitzt vorne im Überwachungsraum. Immer den Gang entlang, dann rechts halten. Wenn Sie die große Glastür sehen, sind Sie richtig.«

Campbell bedankte sich und ging los. Offenbar wollte man in Menwith Hill für die BBC den Eindruck einer offenen, fast zivilen Einrichtung abgeben. Campell konnte sich nicht vorstellen, daß normale Besucher auch nur einen Schritt ohne Begleiter durch diesen Hochsicherheitstrakt gehen durften. Er suchte den Gang nach Überwachungskameras ab, konnte aber keine entdecken. Die Wände waren in einem freundlichen Gelb gestrichen, vereinzelt hingen an den geschlossenen Bürotüren unter den Namensschildern Plakate und Comics. Die Flure waren genauso auf Hochglanz poliert wie bei Procter & Gamble. Campell dachte an Angela und die anderen Frauen, die auch heute morgen wieder vor dem Zaun protestierten. Bis jetzt deutete noch nichts darauf hin, daß er sich im Herzen einer militärischen *spy station* befand. Ohne die elektronischen Sicherheitsvorkehrungen und Kameras am Eingang hätte man das Gebäude fast für einen zivilen Bürokomplex halten können.

Sogar der Überwachungsraum ähnelte einem Großraumbüro. Ungefähr zwanzig Mitarbeiter saßen an den unregelmäßig im Raum verteilten Schreibtischen, auf denen Computer und andere Geräte standen. Durch schmale Fenster am oberen Rand der Wand kam ein wenig Tageslicht in den Raum. Der BBC-Rechercheur grinste, als er eine Grünpflanze entdeckte, die ihr Dasein auf einer quadratischen grauen Box neben einer bunten Kaffeetasse und einem riesigen Flachbildmonitor fristete.

»Der Büro-Eindruck täuscht«, sagte Major Tom Harris, als er kurz darauf mit Campell von einem Rundgang durch den Komplex zu seinem Arbeitsplatz zurückkehrte. Der braunhaarige Mann trug ein perfekt gebügeltes, weißes Uniformhemd, dazu eine blaue Krawatte mit dem Abzeichen der British Royal Army.

In eine halbkreisförmige Plattform in der Nähe des Eingangs waren Monitore eingelassen, die von Knöpfen und Reglern umgeben waren. Der Platz war unbesetzt. Dahinter erhob sich eine Wand aus unzähligen Monitoren, auf denen Satellitenaufnahmen zu sehen waren. Braun- und Blautöne dominierten die Bilder. Auf einigen waren Gebäude, Straßen und Wälder zu erkennen, und auf stark gerasterten, grobkörnigen Nahaufnahmen konnte Campell kleine Autos und winzige dunkle Striche ausmachen, die Menschen sein mußten. Zwei Monitore am unteren Rand sendeten die Nachrichtenprogramme von CNN und BBC.

»Was uns von einer zivilen Sicherheitszentrale unterscheidet, ist die fortgeschrittene Elektronik, die uns hier zur Verfügung steht. Kaum etwas davon können Sie auf der anderen Seite des Zaunes im Laden kaufen. Auch nicht unterm Ladentisch. Die Rechner hier haben schnellere Prozessoren, die Bildschirme eine höhere Auflösung, und wir arbeiten mit Computerprogrammen, die man draußen noch für Utopie hält.«

Phil Campell hob die Hand. »Einen Moment noch, Major.« Er schaltete das Aufnahmegerät ein. Er bemerkte den verwunderten Blick des Majors und sagte schnell:»Man hat mir gesagt, ich könne Aufnahmen machen.«

»Ach so. Gut.« Harris winkte ab. »Aber tun Sie mir einen Gefallen:Wenn ich ins Stottern komme oder Blödsinn rede, dann schneiden Sie das nachher heraus, okay?«

»Keine Sorge. Sie werden sich kaum wiedererkennen, wenn unsere Tonfrau mit dem Material fertig ist.« Campell drehte an den Knöpfen und richtete das Mikrophon. »Gut, legen Sie los. Sie wollten gerade erzählen, mit welchen neuen Technologien Sie hier arbeiten.«

»In den alten Fernsehkrimis können Sie das noch manchmal sehen, einer sagt das Wort ›Heroin‹ auf einer Leitung, die von der Polizei abgehört wird, und der Mann landet in der Ablage als Rauschgifthändler. So funktioniert das schon lange nicht mehr. Wir arbeiten ganz ohne Stichworte und auch ganz ohne ein Aufnahmeband. In Menwith Hill verwenden wir eine digitale Aufzeichnungstechnik der zweiten Generation mit Sprachsynthese. Die Suche nach Stichwörtern ist entbehrlich geworden. Dafür gibt es ein sehr komplexes Programm, das Gesprächsinhalte nach der sinngemäßen Bedeutung und nicht nach dem tatsächlich Gesagten ordnet. Das filtert heraus, welche Zielrichtung ein Gespräch verfolgt.«

»Für welche Nachrichten interessieren Sie sich denn in Menwith Hill?«

»Eigentlich für alles, was für die amerikanische und britische Regierung interessant sein könnte. Dabei sind neunundneunzig von hundert Gesprächen aus unserer Sicht nichts als Datenmüll. Bei E-Mails oder sonstiger Datenübertragung ist das ähnlich. Deshalb konzentrieren wir uns auf verschlüsselte Nachrichten.« Harris lächelte. »Aber auch da ist die Chance, auf einen glühenden Liebesbrief zu treffen, weitaus größer als die, daß wir einen Terroristenbefehl abfangen.«

Campell schaute zu einer halb verglasten Wand, die den Blick in eine Art Maschinenhalle erlaubte.

»Der Server«, erklärte Harris. »Dort laufen die Nachrichten alle zusammen, die von Satellitenschüsseln abgefangen werden. Sie werden von dem Programm, das ich erwähnt habe, vorsondiert. In den PCs auf den Schreibtischen hier landen nur Nachrichten, die das Programm als interessant oder gefährlich eingestuft hat. Oder Nachrichten, mit denen es nichts anfangen kann.«

»Sie beschäftigen sich vor allem mit dem Entschlüsseln von Nachrichten?«

»Ja, ich bin seit fünf Jahren als Krypto-Fachmann in Menwith Hill stationiert. Ich bin Mathematiker, und Codierung und Dechiffrierung haben mich schon immer fasziniert. Vielleicht habe ich als Teenager zu viel *James Bond* gesehen. Entschlüsselung ist in Wirklichkeit einfacher, als Laien es sich vorstellen. Was an Codierungsprogrammen auf dem Markt ist – damit verschlüsselte Nachrichten kann heute jedes halbwegs versierte Computer-Kid knacken. Ein Großteil der Arbeit ist nichts als Routine. Kein Vergleich mit einem spannenden Thriller.« Der Major fuhr sich durch das kurze braune Haar. Dann blickte er zu Campell. »Andererseits sind wir auch nicht allmächtig. Wir kommen weder an jede gesicherte Telefonverbindung ran, noch entschlüsseln wir jede codierte Nachricht. Die Frauen vor dem Tor irren sich, wenn sie das glauben. Manchmal entdecke ich neue Verschlüsselungsmethoden, die niemand, außer Absender und Empfänger, knacken kann. Vor allem Regierungen und Geheimdienste benutzen solche Methoden. Das ist dann eine echte Herausforderung, das Salz in der Suppe sozusagen.«

»So wie das hier?« Campell war schon eine ganze Weile ein weißer Briefbogen aufgefallen, der oben auf dem Poststapel von Harris' Schreibtisch lag. Mit dickem blauem Filzstift hatte jemand ein riesiges Fragezeichen darauf gemalt.

»Was? Ja, an dem Ding habe ich in den letzten beiden Tagen gearbeitet.« Harris setzte sich auf den Computerstuhl. »Okay, ich werde Ihnen mal an einem Beispiel demonstrieren, wie die Arbeit der Abhörspione in Menwith Hill in Wirklichkeit aussieht. Holen Sie sich doch da drüben einen Stuhl.«

Tom Harris tippte mit dem Zeigefinger auf die Leertaste, und der Bildschirm, auf dem eben noch Luke Skywalker mit einem Strahlenschwert gegen eine Armee von Robotern gekämpft hatte, leuchtete auf und zeigte das Logo des Überwachungszentrums. Harris gab sein Paßwort ein und rief ein weitverzweigtes Dateienverzeichnis auf. Er markierte eine unbenannte exe-Datei. »Das hier ist das Fragezeichen. Meine Kollegen haben es vor zwei Tagen aus einer Leitung des Mossad abgefangen. Ein Attachment von einer E-Mail.« Er drehte den Kopf zu Campell. »Eine Bitte. Sie können gerne über dieses Beispiel hier berichten, aber erwähnen Sie nicht, daß die E-Mail vom Mossad gekommen ist, okay?«

»Klar.« Campell deutete auf den Monitor. »Was ist das denn nun für eine Datei?«

»Tja, genau das haben wir uns auch gefragt. Im Grunde ist es eine ganz normale E-Mail, deren Inhalt aber verschlüsselt ist. Ein typischer Fall einer Nachricht, die auf dem Tisch des Krypto-Fachmanns landet. Am Anfang dachte ich noch, es sei irgendein virenverseuchtes Werbefilmchen, das beiläufig meinen Rechner zum Absturz bringen würde. Nun, in den letzten beiden Tagen ist mein Rechner ungefähr fünfmal abgestürzt, und das Werbefilmchen hat sich als eine äußerst ungewöhnliche Kombination eines Verschlüsselungsprogramms mit einer exe-Datei und ein paar sehr unappetitlichen Viren entpuppt. Das Programm enthält einen neuen Krypto-Code, der sich ständig ändert. Von uns hier hat vorher noch niemand so etwas gesehen.«

Harris öffnete ein Programm, das Campell nicht kannte. »Jetzt lasse ich diese Datei mal durch mein übliches Dechiffrierungsprogramm laufen. Es ist das beste, das wir haben. *State of the art.*«

Auf dem Monitor öffnete sich ein weiteres Fenster, und plötzlich liefen am oberen Rand Zahlenreihen entlang, die nach und nach das Bild ausfüllten. Als sie ungefähr die Mitte des Fensters erreicht hatten, blieben die Zahlen abrupt stehen. Das Bild war erstarrt.

»Das gibt's doch nicht«, sagte Harris und klickte mit der Maus auf mehrere Felder in der Menüleiste des Programms. Nichts rührte sich. »Jetzt hat dieses Scheißding schon wieder meinen Rechner gekillt.« Er griff hinter den Computer und drückte die Reset-Taste.

»Was ist?«

»Na, es ist komisch. Wir haben gestern ein ganz neues Monitoring-System installiert. Die Datei dürfte den Rechner nicht mehr zum Absturz bringen.«

Tom Harris drehte sich um und rief einem rothaarigen Mann zu: »Douglas, komm mal. Mein verdammter Rechner ist schon wieder unten.«

Ein schlaksiger Mann mit einem Gesicht voller Sommersprossen kam herüber und blickte über Harris' Schulter auf das Computerbild, das gerade wieder hochkam.

»Die Kiste ist abgestürzt, obwohl wir das Programm der ReHu draufhaben?« fragte er.

Harris nickte und gab zum zweiten Mal sein Paßwort ein. Dann scrollte er durch das Dateienverzeichnis.

»Halt, zurück«, sagte der Rothaarige plötzlich. »Da.« Er tippte mit dem Fingerknöchel auf eine Datei. »Da ist sie. Und schau dir mal das Datum an. Es ist eine Kopie, die später auf deinen Rechner gespielt wurde.«

»Die Datei muß noch einmal verschickt worden sein.« Harris scrollte weiter. »Und die Nachtschicht hat sie wieder abgefangen. Und weil wir so lange an dem Ding herumgetüftelt haben, haben sie die E-Mail gleich zu mir geschickt. Wir hätten sie informieren sollen, daß wir Code Blue geknackt haben.«

»Sie haben es wirklich geschafft, die E-Mail zu entschlüsseln?« Campell starrte auf den Monitor, auf dem Harris jetzt die Startseite eines Programms öffnete. Auf einem blauen Hintergrund erschien das Logo einer Firma namens ReHu Information Technologies.

Der Krypto-Fachmann nickte. »Douglas und ich haben zwei Tage daran gesessen. Wir haben die Mail sogar nach Fort Meade in die Zentrale der NSA geschickt. Eine Sonderabteilung arbeitet dort mit Quantencomputern. Nichts. Na ja, die Wunderteile sind immer noch in der Testphase. Zum Schluß habe ich herumgefragt, bei Kollegen und den einschlägigen Softwareherstellern, ob jemandem schon einmal so eine Art der Verschlüsselung untergekommen ist.« Harris tippte etwas ein, dann klickte er mit der Maus auf mehrere Bedienungsfelder des Programms.

Der Rothaarige fuhr fort: »Offenbar ist der Krypto-Code vom Mossad entwickelt worden. Code Blue nennen ihn die Jungs dort. In den letzten Monaten ist er ein paarmal bei Übermittlungen im Nahen Osten aufgetaucht. Und nur das neue Monitoring-System der ReHu wird mit ihm fertig. Es kommt erst nächsten Monat auf den Markt. Die ReHu-Leute haben uns gestern freundlicherweise eine Testversion überspielt.« Er reichte Campell die Hand. »Douglas Winkler. Sie sind der Mann von der BBC?«

»Ja.«

»Da hat Tom Ihnen ja gleich das Spannendste vorgeführt, was hier in der letzten Zeit reingekommen ist.«

In diesem Moment betrat eine Gruppe Offiziere den Überwachungsraum. Ein junger Adjutant setzte sich auf den Arbeitsplatz bei den Monitoren. Hinter ihm wurden nach und nach eine Reihe Monitore dunkel. Winkler blickte zu der Gruppe und brummte:»Was ist denn jetzt los?«

»Was gibt's?« fragte Harris, der immer noch mit dem Monitoring-Programm beschäftigt war.

»Der Chef ist da, mit ein paar ganz hohen Tieren. Anscheinend interessieren sie sich für die Satelliten.«

Harris zuckte mit den Schultern und lehnte sich zurück.»Es ist genau dieselbe Nachricht. Hier.« Er drehte den Monitor zu Winkler.

Der blickte ein paar Sekunden angestrengt auf den Bildschirm, dann meinte er:»Diese E-Mail geht über die Server der Israeli Defense Forces. Erst auf den Server in Tel Aviv, und jetzt in Haifa.«

Harris nickte.»Absender und Empfänger sind nicht zu ermitteln. Und die Nachricht wird anscheinend automatisch weitergeschickt.«

Vorne an der Plattform waren inzwischen zwei Reihen der Monitore ausgestellt. Im Raum war ein leises Gemurmel zu hören. Ein paar Mitarbeiter waren aufgestanden und nach vorn zur Plattform getreten.

»Scheiße«, flüsterte Winkler plötzlich. Er stand vor seinem Schreibtisch und starrte auf den Monitor.

»Was ist denn?« Jetzt erhob sich auch Harris.

Der rothaarige Mann schaute besorgt von Harris zu dem BBC-Rechercheur, dann zuckte er mit den Schultern.»Ist ja egal, Sie erfahren es eh gleich in den Nachrichten.«

Er wandte sich zu den Monitoren. Campell folgte seinem Blick. Oben an der Wand erschienen Aufnahmen, die sich mit jedem Bildausschnitt einem anvisierten Ziel näherten. Zuerst waren nur Wasser- und Landmassen auszumachen, dann erkannte Campell eine Stadt in einer Ebene, einen Fluß und Berge. Immer deutlicher war das Bergmassiv auf den Aufnahmen zu sehen, dunkle Linien zeigten zerklüftete Schluchten. Schließlich fokussierten die Aufnahmen eine Ansammlung von dunkelbraunen und weißen Flecken zwischen den Bergen. Die Konturen der Flecken wurden schärfer, entpuppten sich als Vierecke, als Häuser, als Häuser mit Fenstern, zwischen denen Fahrzeuge standen.

»Die Amerikaner bombardieren Afghanistan«, sagte Winkler leise.

In diesem Moment explodierten die Bilder. Aus den Bergen schossen Blitze, und gleich darauf stiegen schwarz-graue Rauchsäulen in den Himmel. Die Flecken waren kaum mehr zu erkennen. Ein grelloranges Flammenmeer und schwarze Rauch- und Staubwolken markierten ihre Position. Ziegel, Schutt, Steinbrocken, Bretter, Glasscheiben wurden zertrümmert und durch die Luft geschleudert. Die getroffenen Häuser brannten lichterloh. Von den Fahrzeugen waren nur verkohlte Metallgestänge mit zerfetzten Reifen übrig. Über allem lag dichter, dunkler Rauch.

Phil Campell starrte wie allen anderen auf die Bilder des Infernos, die von den Satellitenschüsseln auf die Monitore in die Überwachungszentrale geleitet wurden. Plötzlich piepte es hinter ihm. Campell zuckte zusammen. Auf dem Computer von Tom Harris lief immer noch das Monitoring-Programm. Ein Fenster war geöffnet, das die Nachricht anzeigte, die mit der verschlüsselten E-Mail verschickt worden war. In einfacher Courier-Schrift stand auf der weißen Fläche: *Die Zeit ist reif für den Messias.*

*

Mit Berufung auf Kreise der Londoner Polizei und des britischen Geheimdienstes meldete CNN am Morgen live aus London, im Fall des geplanten Biowaffenattentats islamistischer Terroristen sei man kurz davor, die Identität eines Vertrauten von Usama Bin Laden zu enthüllen, der den Anschlag in der Londoner U-Bahn geplant habe.

Dreißig Minuten später feuerten die Flugzeugträger USS *Enterprise* und die atomgetriebene USS *John C. Stennis* fünf Tomahawks auf zuvor einprogrammierte Ziele ab, deren Koordinaten – 34,15 Grad Nord und 70,98 Grad Süd – man ihnen durchgegeben hatte. Die Tomahawks flogen mit achthundertachzig Stundenkilometern Ziele in den afghanischen Bergen an, etwa hundert Kilometer westlich der pakistanischen Stadt Peshawar. Vier Tomcats F-14 und zwei F-18 Hornet folgten ihnen solange, bis sie die Einschläge filmen konnten. Die Piloten ahnten nicht, daß sie ein Flüchtlingslager getroffen hatten. Alles was ihnen die hochauflösenden Bildschirme zeigten, war eine Gruppe von Häusern, zwischen denen Fahrzeuge postiert waren.

Als sie den Rückflug antraten, wurde das Videoband zunächst zur USS *John C. Stennis* und von dort nach Washington überspielt. Eine Stunde später hielt der Stabschef des Weißen Hauses eine Pressekonferenz ab, auf der er das Band vorführte und Bin Laden davor warnte, die westliche Welt weiterhin mit seinem Terror zu provozieren. Im Gegensatz zu ähnlichen früheren Aktionen waren weder die NATO-Partner, noch Großbritannien, und auch die israelische Regierung nicht über den bevorstehenden Schlag unterrichtet worden. Erst Stunden nach dem Angriff kam die Nachricht aus Afghanistan und Pakistan, daß nicht ein Unterschlupf Bin Ladens, sondern ein Lager von afghanischen Flüchtlingen getroffen worden war, die vor dem Regime der Taliban in die Nähe der Grenze geflohen waren.

Der Motorradfahrer mit dem schwarzen Helm, der im fahlen Abendlicht einem verbeulten Rover folgte, fiel niemandem besonders auf. Die Fahrzeuge fuhren im Schrittempo über das verdreckte Pflaster der Garway Road bis zu einer Lieferanteneinfahrt, die von einem Haufen modernder Matratzen blockiert wurde. Neben der Einfahrt standen überfüllte Mülltonnen, und armselige Wäschestücke hingen an ausgefransten Plastikleinen auf den Balkonen. Das Haus, vor dem der Rover hielt, mußte einmal einen herrschaftlichen Anblick geboten haben. Wie viele der alten viktorianischen Häuserblocks in der Gegend um die Paddington Station hatte man die Fassade mit strahlendweißer Farbe gestrichen, so daß die Gebäude wie Luxusdampfer einer vergangenen Zeit wirkten. Ein Blick in den düsteren Hof und durch die blinden Scheiben der Erdgeschoßwohnungen erinnerte mehr an das Innere viktorianischer Friedhofsgruften. Mit dem Bau der nahen westlichen Ausfallstraße M40, über die sich täglich Hunderttausende Fahrzeuge quälten, war der Wert des Gebäudes stetig gefallen. Nicht einmal Hausbesetzer fühlten sich in dieser Gegend noch wohl. Ein paar Möwen, die offenbar vom Grand Union Canal ihren Weg hierhergefunden hatten, säuberten graziös das Umfeld der Mülltonnen.

Aus dem Rover stiegen zwei Männer in blauen Arbeitsanzügen. Sie verschwanden mit mehreren Kartons im Hauseingang. Der Motorradfahrer ließ den Motor wieder an und fuhr gemächlich bis ans Ende der Straße, um dort umzudrehen und wieder zurückzukommen. Dieses Manöver wiederholte er mehrmals. Doch auch das fiel auf der abendlichen Garway Road niemandem auf.

Die beiden Männer standen im dritten Stock vor der zweiflügeligen, Graffiti-beschmierten Haustür der leerstehenden Wohnung, die links vom Treppenhaus abging. Sie war nicht verschlossen und öffnete sich mit einem lauten Quietschen, als einer der Männer sie aufstieß. Im düsteren Korridor stank es nach Urin. Ganze zehn Minuten hielten die Männer sich in dem modrigen Gemäuer auf, ehe sie wieder in den Rover stiegen und davonfuhren. Sie waren kaum um die Ecke in Richtung der M40 verschwunden, da hielt der Motorradfahrer vor dem Hauseingang. Er öffnete seine Lederjacke und zog eine leere Bierflasche hervor, in der ein schmutziges Tuch steckte. Mit einem Feuerzeug entzündete er den Lappen und warf die Flasche zwischen die Mülltonnen. Der Mann wartete einen Moment, bis der Molotowcocktail explodierte und die Stichflamme das Trottoir in gleißendes Licht tauchte. Dann wendete er die schwere Maschine und fuhr davon. Die Rauchwolken waren weithin zu sehen.

Brandinspektor Higgins vom Firedepartment aus dem nahen Marylebone fluchte, als die Flammen vor dem viktorianischen Hauseingang endlich unter Kontrolle gebracht waren. Immer wieder kam es in den verwahrlosten Häusern zu Brandstiftungen durch Obdachlose oder Hausbesetzer. Er streifte das Atemschutzgerät über und betrat das Gebäude. Im Treppenhaus hingen dichte Rauchschwaden. Langsam arbeitete sich Higgins über einen Hindernisparcours aus Müll, Dosen und weggeworfenen Heroinspritzen nach oben durch. Wie in solchen Fällen üblich, wollte er die Stockwerke von oben nach unten durchsuchen. Es war schon öfter passiert, daß sich in den verlassenen Häusern Obdachlose einquartiert hatten, die vom Feuer überrascht worden waren und Rauchvergiftungen oder andere Verletzungen erlitten hatten.

Doch das einzige, was Higgins unter dem Dachstuhl fand, waren Berge von alten Möbeln, Müll und leeren Fernsehgehäusen. Über allem klebte eine zentimeterdicke Schicht Möwenscheiße. Higgins war dankbar, daß die Atemschutzmaske ihm den Gestank ersparte. Einen Stock tiefer war die Haustür angelehnt. Die Wohnung machte ebenfalls den Eindruck, als hätte schon seit Ewigkeiten niemand mehr hier gewohnt. Vergilbte Tapeten im Stil der siebziger Jahre hingen von der Wand, in einem Zimmer stand ein Metallbett, dessen beschmutzte Matratze aufgeschlitzt und vollkommen zerrissen war. Auch hier lag überall Müll. Higgins bemerkte Anzeichen von Ratten, die durch die mumifizierten Essensreste angezogen wurden. Auch in der mittleren Etage stand die Tür offen. Und obwohl offensichtlich auch hier niemand lebte, entdeckte Higgins frische Essensreste, ein paar ungeöffnete Cola-Flaschen, einige Bücher mit arabischen Schriftzeichen und verschmutzte Glaskolben, Stopfen und Röhrchen, die in einer Ecke lagen. Wahrscheinlich hätte er das Sammelsurium in dem sonstigen Chaos an kaputten Möbeln und Geschirrscherben übersehen, wenn ihm nicht der Aufkleber auf einem neu wirkenden Aluminiumbehälter aufgefallen wäre. Auf knallrotem Hintergrund prangte ein weißer Totenkopf.

Diesen Fund meldete Brandinspektor Higgins den Polizeibeamten, die wie bei jeder Brandstiftung routinemäßig am Tatort erschienen. Die Wohnung im dritten Stock wurde von Kriminaltechnikern der Antiterroreinheit durchsucht. Ein abgewetzter, in Islamabad gedruckter Koran, Dutzende von Glaskolben und Pipetten, Steril-Handschuhe, aus dem Internet ausgedruckte Anleitungen zum Bau von Rohrbomben und frische Reste von Fladenbrot und Hammelfleisch wurden unter großem Polizeiaufgebot beschlagnahmt. Alles schien darauf hinzudeuten, daß man hier das Labor der islamistischen Terroristengruppe entdeckt hatte, nach der die Specialist Operations Teams der Londoner Met schon die ganze Nacht fieberhaft fahndeten. Aus der Sicht der Polizei und des MI5 war es ein außerordentlicher

Glücksfall. Niemand hatte damit gerechnet, so schnell einen Erfolg vorweisen zu können.

Allerdings fanden sich in der Wohnung außer Maden und einer Vielzahl von Insekten nicht die geringsten Hinweise auf biologische Waffen. Die Glaskolben und Röhrchen waren unbenutzt und schienen aus alten Lagerbeständen zu stammen. Der Aluminiumbehälter, der Brandinspektor Higgins' Aufmerksamkeit erregt hatte, war leer. Im Bericht der Spurensicherung, der dem zuständigen Polizeichef schon zwei Stunden nach der spektakulären Entdeckung der vermeintlichen Terroristenwohnung vorlag, wurde das Fehlen von Fingerabdrücken auf dem Aluminiumbehälter und den Cola-Flaschen vermerkt. Nichts in der Wohnung, so das abschließende Urteil des Berichts, deute darauf hin, daß hier vor kurzem biologische Bomben gebaut worden waren.

Der blaue Rucksack lag schon fast eine Stunde in der Nische, bevor der Sicherheitsdienst der U-Bahn auf ihn aufmerksam wurde. Einheimische Londoner und Touristen waren an ihm vorbei zur Rolltreppe gehastet, um zur Baker- oder Victoria-Linie zu gelangen. Drei Hunde, ein frisch geschorener grauer Pudel, ein Staffordshire Bullterrier und ein junger Dackel, hatten ausgiebig an ihm geschnuppert. Ein kaum vierzehnjähriger Punk mit neongrün gefärbten Haaren und einem silbernen Ring in der rechten Augenbraue hatte sich in die Nische gesetzt, den Rucksack geöffnet, ihn aber mißmutig zur Seite geworfen, als er nur eine schwarze Deodorantdose der Marke *Liquid Waves* darin fand.

Zwei deutsche Touristinnen machten schließlich den Sicherheitsdienst im Kontrollzentrum auf der anderen Seite der Oxford Circus Station auf den blauen Rucksack aufmerksam. Minuten später wurde der Zugang zu den Rolltreppen abgesperrt.

In London mußte man immer mit einem Bombenattentat der IRA rechnen. Die Sprengstoffexperten wurden gerufen und fanden die Sprühdose in dem Rucksack. Die Dose hatte ein merkwürdiges Ventil im Boden. Und ihr Inhalt war so kalt, daß sich ein Kondensfilm auf dem Metall gebildet hatte.

Nach den Erfahrungen der Sprengstoffexperten bestanden die meisten Bomben nicht aus einem Päckchen Sprengstoff mit einem Zeitzünder. Seit dem Morgen unterstützten sie die Londoner Polizei bei der Suche nach der biologischen Waffe, die die Terroristengruppe des Usama Bin Laden in der Tube zünden wollte. Ihnen war eingeschärft worden, daß biologische Waffen in Form von Flüssigkeit, Tabletten oder Pulver eingesetzt werden konnten, meistens aber als Aerosol versprüht wurden. Ein herrenloser Rucksack in der Tube, in dem sich nichts außer einer Spraydose befand, bedeutete für sie deshalb Alarmstufe Rot. Unter großen Sicherheitsvorkehrungen wurden Spraydose und Rucksack ins Labor gebracht.

Dort wurde festgestellt, daß sich in der Dose flüssiger Stickstoff befand. Und Erreger der Spezies *yersina pestis*. Oder, wie Dr. Dwight Chrysler von der mikrobiologischen Forschungsanstalt der britischen Armee es ausdrückte.»Pest, *die* Pest. In Reinform.«

*

Die Gruppe fiel Phil Campell erst auf, als er vom Trottoir zwischen zwei parkende Autos trat und auf die andere Seite der Straße wollte. Sechs Männer in dunklen Parkas und Wollmützen kamen den Gehweg entlang direkt auf ihn zu. Im ersten Moment dachte Campell, sie wollten ihn ausrauben, doch dann kam ihm der Gedanke absurd vor angesichts der belebten Straße und der geöffneten arabischen Geschäfte. Ein syrischer Bekannter, den er bei der Recherche für einen Bericht über die

arabische Geschäftswelt kennengelernt hatte, betrieb wenige
Schritte von hier ein Handygeschäft. Doch auch wenn die
Männer es nicht auf ihn abgesehen hatten, wirkten sie bedroh-
lich. Campell fiel auf, daß sie alle weiß waren. Er sah keine offen
sichtbaren Waffen. Die Männer marschierten, ohne zu reden. Es
war die Abwesenheit von Bierdosen und Randale, die Campell
einschüchterte. Im Verkehrsstrom tat sich eine Lücke auf, und er überquerte
schnell die Straße. Das Schild des Pubs mit der stilisierten Abbildung des Windsor Castle leuchtete vorne an der Ecke. Campell
ging langsam darauf zu, wobei er sich immer wieder umdrehte
und nach den jungen Männern schaute. Sie erreichten die Stelle, wo er gestanden hatte, und passierten einen iranischen
Gemüsehändler. Vor dem Laden standen lange Reihen Kisten,
die mit frischem Gemüse und Obst gefüllt waren. Der Händler
hatte gerade damit begonnen, die Kisten in den Kühlraum zu
tragen.

Die Gruppe kam an der Tür des Ladens vorbei, als der Händler wieder nach draußen trat, um die nächste Fuhre ins Innere
zu bringen. Einer der Männer schubste ihn mit einem heftigen
Stoß, der Iraner stolperte und fiel mit einem erschrockenen
Aufschrei in der Tür zu Boden. Der BBC-Rechercheur blieb
stehen. Der Gemüsehändler stand wieder auf und brüllte den
Männern unverständliche Flüche hinterher. Einer von ihnen
drehte sich um. Er nahm einen Pfirsich aus der Auslage und zer-
quetschte ihn in der Faust. Der dickflüssige Fruchtsaft tropfte
auf den Asphalt. Dann ließ der Mann die Überreste der Frucht
einfach fallen und ging weiter.

Phil Campell ging ein paar Schritte zurück. Die Männer hatten das Geschäft seines Bekannten erreicht. Vor dem Schaufenster blieben sie stehen. Campell blickte sich nach beiden Seiten
um, aber der Verkehr war so stark, daß er nicht zurück auf die

andere Seite kam. Er sah, daß sein Bekannter in die geöffnete Glastür trat. Im nächsten Moment zerschellte das große Schaufenster unter den Attacken der Schlagstöcke. Mit einem ohrenbetäubenden Knall krachten die Splitter zu Boden.

Campell trat in die Straße und winkte den entgegenkommenden Autos, ihn über die Straße zu lassen. Ein Rover hupte laut und anhaltend, verlangsamte aber sein Tempo. Der BBC-Reporter rannte los und erreichte den Gehweg. Vor ihm hatte sich eine kleine Gruppe Passanten versammelt, die beobachteten, wie die jungen Männer den Handyladen plünderten.

»Tun Sie doch was!« rief er der Gruppe zu. Eine junge Frau im Geschäftskostüm zückte ihr Handy, offensichtlich, um die Polizei anzurufen. Campell wollte an den Passanten vorbei zum Laden rennen, doch ein grauhaariger Mann hielt ihn an der Schulter zurück. »Bleiben Sie hier. Sie allein können eh nichts ausrichten. Schlimm genug, daß der Laden total demoliert ist.«

Der BBC-Reporter schüttelte sich frei, dann sah er, daß der Grauhaarige recht hatte. Die Ständer aus Pappmasché der Schaufensterdekoration, auf denen die Handymodelle ausgestellt waren, lagen zertreten in den Glasscherben. Im Innern des Ladens war ein Glasschrank, in dem teurere Modelle aufbewahrt wurden, umgeworfen und aufgebrochen. Der Verkaufstresen war aus der Verankerung gerissen, Bürotisch und Stühle zerbrochen, Telefon, Faxgerät und Registrierkasse lagen zerschmettert in der Mitte des Raumes. Zwei Männer standen vor einem Regal hinter dem Tresen und reichten ihren Kumpanen fabrikneu eingeschweißte Handys und Zusatzgeräte. Seinen Bekannten konnte Campell nicht entdecken.

In der Ferne waren Polizeisirenen zu hören. Wie auf Kommando verließen die jungen Männer den Laden. Campell wollte sich ihre Gesichter genau einprägen, doch sie hatten die Wollmützen tief in die Stirn gezogen, so daß er kaum etwas erkennen konnte. Der letzte trat aus dem Laden und kickte mit einem Fußtritt die zersplitterte Ladentür zu. Dann nahm er eine Farbsprühdose aus der Parkatasche, schüttelte sie kräftig und schrieb etwas auf die Rückwand der Schaufensterdekoration. Mit einem Grinsen in Richtung der Zuschauermenge drehte er sich um und rannte den anderen nach. In roten Lettern hinterließ er auf der Wand: *Kauft nicht bei Muslimen!*

*

Im Windsor Castle war die Lautstärke des Fernsehers voll aufgedreht. Die Stammgäste verfolgten die Sondersendungen, in denen über die Entdeckung des Labors und der Biobombe in der Oxford Circus Station berichtet wurde. Phil Campell saß auf einem der mit rotem Leder bezogenen Barhocker. Vor ihm auf dem Tresen stand ein doppelter Whiskey. Pat Marcus, der kurz vor Campell im Windsor erschienen war, ließ sich gerade von Russel Graves sein drittes Pint zapfen. Graves selbst hatte ein blau-weiß kariertes Geschirrtuch über der Schulter hängen, mit dem er abwechselnd Biergläser trockenrieb oder silberne Souvenirlöffel mit Motiven der königlichen Schlösser auf Hochglanz polierte.

Vor einer Stunde war Campell völlig aufgewühlt in den Pub gestürmt und hatte von dem Überfall auf den Handyladen berichtet. Daraufhin hatte Marcus Campell erzählt, was er über den Unfall des Mossad-Mannes wußte, der den Anschlag islamistischer Terroristen auf die U-Bahn verhindern wollte. Und schließlich hatte Russel Graves seine Geschichte des Tages zum besten gegeben.

»Ob unter meinen Gästen Araber wären, hat der Kerl mich gefragt. Also, Sharif und Muhammed trinken manchmal ein Bier bei mir, wenn sie mit den Jungs im Fitneßstudio waren.

Sonst gehen die Araber ja zu dem Iraker vorn an der Ecke.«
Graves stellte das volle Bierglas vor Marcus auf den Tresen.
»Dann wollte er wissen, ob mir in den letzten Tagen etwas Verdächtiges in der Gegend aufgefallen sei. Na, ich habe ihm lang
und breit erzählt, daß sich eine Gruppe von Verschwörern in einer Scheune gegenüber vom Windsor Castle getroffen hat, die
das gesamte Kabinett ermorden und eine neue Regierung bilden wollten. Da ist er ganz aufgeregt geworden.« Er grinste
Campell und Marcus an. »Ich hab ihn noch 'ne Weile zappeln
lassen, aber dann mußte ich ihm ja sagen, daß das schon fast
zweihundert Jahre her ist. Der Kerl hatte noch nie was von den
Cato-Verschwörern gehört. Aber immer eifrig in sein Notizbuch gekritzelt.«

Ein Gast trat zum Tresen, und Graves wandte sich ihm zu.
Phil Campell schaute zum Fernseher, wo Wissenschaftler der
königlichen Akademien darüber spekulierten, wie viele Menschen bei einem Anschlag mit biologischen Waffen ums Leben
kommen könnten. Immer wieder war der Aluminiumbehälter
mit dem aufgeklebten Totenkopf in Großaufnahme zu sehen.
Doch offenbar genügten die Bilder der verwahrlosten Wohnung
und der staubigen Glasröhrchen den Sendern nicht. Alte Bilder
des Anschlags der japanischen Aum-Sekte auf die Tokioter U-
Bahn aus dem Jahr 1995 wurden gezeigt, Archivaufnahmen
vom noch weiter zurückliegenden Anschlag arabischer Terrorgruppen auf das New Yorker World Trade Center eingeblendet.
Die Kommentatoren übertrafen sich gegenseitig in düsteren
Warnungen vor der Gefahr des weltweit agierenden islamistischen Terrors.

»Der Geheimdienst soll einfach alle Araber in London über-
wachen lassen, dann sind wir sicher vor solchen Anschlägen«,
sagte einer der Stammgäste, der die Berichte verfolgte. Andere
nickten, und ein knochiger Mann mit kurzen weißen Haaren

meinte: »Kurzen Prozeß sollten sie machen. Die Amis wissen schon, in welcher Sprache man mit den Brüdern reden muß.« Der BBC-Rechercheur drehte sich um: »Harry, jetzt reicht's aber. Du glaubst doch sonst auch nicht alles, was sie dir im Fernsehen erzählen.« Campell schüttelte den Kopf und wandte sich wieder seinem Whiskey zu. »Die bauen doch gezielt das Feindbild vom allzeit bereiten muslimischen Terroristen auf. Was dabei herauskommt, habe ich vorhin draußen auf der Straße live erleben dürfen.«

Zusammen mit den Polizisten hatte er seinen Bekannten im Hinterzimmer des Ladens gefunden, wo dieser sich vor den Plünderern verbarrikadiert hatte. Der Geschäftsmann erzählte ihm, daß in den frühen Morgenstunden Antiterroreinheiten der Polizei etliche arabische Läden in der Umgebung des Windsor Castle Pubs durchsucht hatten. Offenbar ging die Polizei einem Hinweis nach, daß sich der Unterschlupf der Komplizen Usama Bin Ladens hier in der Gegend zwischen Edgware Road und Gloucester Place befinden sollte. Die Spezialtruppen hatten es auf Läden abgesehen, die ihnen verdächtig erschienen, entweder, weil die Geschäfte einen heruntergekommenen Eindruck machten oder Plakate mit arabischer Schrift im Schaufenster hatten. Oder »nach Brutstätten radikaler Extremisten aussehen«, wie ein Inspector dem Syrer erklärt hatte. Die Besitzer und Mitarbeiter von mehreren arabischen Supermärkten, von einem Reisebüro, das sich auf die Organisation der Pilgerreisen Hadj und Umrah spezialisiert hatte, und vom Buchladen Al Quran Books waren zum Verhör aufs Präsidium gebracht worden.

»Und dann sind die Bobbys durch die Geschäfte gezogen und haben überall nach einem gewissen Abu Muschakil gefragt. Terrorist Abu Muschakil. Das ist einfach köstlich.« Der Syrer hatte mitten in seinem zerstörten Laden losgelacht, eine abgebrochene Stuhllehne in der einen und ein zersplittertes

Handy in der anderen Hand. Die Polizisten, die den Tatort sicherten und rot-weißes Absperrband durch das zerstörte Schaufenster zogen, hatten irritiert herübergeschaut.

»Was ist denn daran so witzig?« Für einen Moment befürchtete Campell, der Geschäftsmann verkrafte den Überfall auf seinen Laden nicht.

»Na, Abu Muschahkil …« Der Mann lachte immer noch. »Das heißt übersetzt *Vater der Probleme*. Und kein gläubiger Muslim, Terrorist oder nicht, würde sich freiwillig so einen Namen zulegen, das können Sie mir glauben.«

Trotzdem waren die Fernsehsendungen voll von der Jagd auf den *Vater der Probleme*. Ein findiger und über reichlich Kompetenz verfügender Kopf des Geheimdienstes hatte offenbar entschieden, daß der Name *Abu Muschahkil* die perfekte Tarnung für einen arabischen Terroristen abgab und die Sicherheitskräfte Ihrer Majestät alles unternehmen müßten, um ihn zu enttarnen.

»Irgend etwas ist da doch total faul«, meinte Campell. »Erklär mir doch mal diesen Brand in der Garway Road, durch den die Polizei diese Wohnung gefunden hat. Wer wirft schon einen Molotowcocktail vor die Tür einer konspirativen Wohnung?«

»Das kann wirklich einfach Zufall gewesen sein.« Marcus rieb mit den Fingern über das eiskalte Bierglas.

»Na ja, dieser Zufall kam Scotland Yard aber ziemlich gelegen.« Campell nahm einen Schluck Whiskey. »Dann dieses angebliche Labor. Den ganzen Kram, den man in der Wohnung gefunden hat, könnte sich doch jeder beschaffen. Ein paar angenagte Hammelstückchen, ein Koran und Laborutensilien, wie du sie bei jedem Laborausrüster problemlos kaufen kannst. Das ist doch noch lange kein Beweis für fundamentalistische Attentatsvorbereitungen.«

»Vor allem nicht, weil der Rucksack mit der Spraydose nie in der Terroristenwohnung war.« Marcus zeichnete eine vertikale Linie in das Kondenswasser auf dem Glas.

Campell schaute seinen Freund an.»Woher willst du das wissen?«

»Jonathan Wright. Er arbeitet in der Abteilung elektronische Überwachung bei MI5. Ich kenne ihn von früher.«

»Ihr habt euch getroffen?«

»Er war draußen in Aylesbury, um noch einmal etwas wegen dieses Mossad-Mannes nachzuprüfen. Angeblich wollte der sich mit einem Informanten in Naphill treffen.«

»Und dieser Wright sagt, der Rucksack war nie in der Wohnung?«

»Ja. Die Spurensicherung hat jede Zigarettenkippe, jeden Krümel, jedes Haar und jede Faser, die sie in der Wohnung gefunden haben, analysiert. Fasern von dem Rucksack haben sie nicht gefunden. Wenn der Rucksack irgendwo in der Wohnung gelegen oder gestanden hat, dann hätte man Fasern finden müssen. Und so gut wie die Analysetechniken heute sind, kann die Spurensicherung ausschließen, daß solche Fasern in der Wohnung waren. Der Rucksack war nie dort.« Die Linie auf Marcus' Glas zerrann, und er wischte mit einer Handbewegung die Feuchtigkeit ab. Dann setzte er das Glas an die Lippen und nahm einen Zug.

»Das heißt …« Campell tippte sich mit angewinkeltem Daumen an die Lippen.

Marcus stellte das Glas ab.»Das heißt, das angebliche Labor und die Spraydose am Oxford Circus hängen nicht miteinander zusammen. Zumindest nicht so einfach und geradlinig, wie es die Berichte im Fernsehen suggerieren. Und du hast recht, irgend etwas ist faul an der Sache.«

»Was meinst du, Pat, könnte ich wohl mal mit diesem Jonathan Wright reden?«

Marcus lächelte. »Gina hat schon recht. Du bist immer auf der Suche nach einer guten Story.«

»Sicher. Wär ich sonst bei der BBC?«

»Ich werd's versuchen, okay?«

In diesem Moment trat Russel Graves zu ihnen und stellte eine Schale mit Erdnüssen auf den Tresen. »Ihr beiden, schaut euch mal an, was sie gerade in den Nachrichten bringen«, meinte er.

»Soeben bestätigt das Weiße Haus inoffizielle Berichte aus Islamabad, wonach die sechs Tomahawks, die die USA heute morgen auf Afghanistan abgeschossen hat, ein Flüchtlingslager getroffen haben. Eine Mitarbeiterin des Internationalen Roten Kreuzes berichtete gegenüber CNN, daß zwei Raketen in eine Behelfs-Krankenstation eingeschlagen und diese vollkommen zerstört hätten. Bei den mehr als einhundert Todesopfern handelt es sich vor allem um Frauen und Kinder, die sich im Krankenhaus oder an einer Wasserausgabestelle aufhielten.« Hinter dem Sprecher war eine der Satellitenaufnahmen eingeblendet, die Phil Campell heute morgen in Menwith Hill gesehen hatte.

*

»Sind Sie wegen Bin Laden hier, Yaari?«

Kaum hatte er die Frage gestellt, wußte Abraham Meir, daß er besser den Mund gehalten hätte. Der oberste Mossad-Chef blickte nur kurz zu ihm herab auf die Krankentrage, dann schritt er weiter stumm neben ihm her. Zwei britische Sanitäter mit orangefarbenen Westen über den weißen Anzügen schoben Meir durch den Flughafen. Vor zwei Stunden hatte man ihn aus dem Stoke-Mandeville-Krankenhaus in Aylesbury entlassen, in einen Krankenwagen verfrachtet und nach Heathrow zum Flughafen gefahren.

Sie erreichten das Gate, und Yaari zeigte dem dort wartenden Offizier seinen Ausweis. Der Brite begleitete sie den Gang hinunter bis zum Eingang der israelischen Boeing 757. »Sie sind wohl der einzige Flug heute, der vom Tower so schnell eine Starterlaubnis erhalten hat«, meinte er.

»So?« Yaari deutete auf eine abgeteilte Nische im Flugzeug, in der provisorisch eine Art Krankenzimmer eingerichtet war. Ein Ständer mit einer Infusion stand bereit, und Instrumente zur Überwachung der Herzfrequenz, Puls und Atmung. Die Sanitäter nickten und rollten die Trage mit Meir in die Nische.

»Ja. Im gesamten Großraum London gilt immer noch erhöhte Alarmbereitschaft wegen des Biowaffenanschlags.« Der Offizier wandte sich an Meir, den einer der Sanitäter gerade an die Infusion anschloß. »Ich möchte mich noch einmal dafür bedanken, daß Sie Ihr Leben riskiert haben, um das Vereinigte Königreich vor dem barbarischen Anschlag arabischer Terroristen zu schützen.« Er salutierte, verabschiedete sich und verließ das Flugzeug. Eine Soldatin in der Uniform der israelischen Armee schloß hinter ihm die Eingangsluke. Abraham Meir spürte ein leichtes Vibrieren, dann füllte sich der Raum mit dem Dröhnen der Motoren. Aus den Deckenlautsprechern kündigte die Stimme des Piloten an, daß sie in zehn Minuten starten würden.

Unvermittelt krachte eine harte Faust in Meirs Magen. Er krümmte sich instinktiv auf der Trage zusammen und riß mit der Bewegung die Nadel des Tropfes aus dem Arm. Weiße Lichtblitze schossen ihm durch den Kopf.

»Das ist für deinen dreisten Spruch vorhin mit Bin Laden.« Yaari strich sich über die Knöchel seiner Faust. »Und jetzt wirst du mir alles erzählen. Du hast noch genau«, er schaute kurz auf seine Armbanduhr, »vier Stunden und achtundzwanzig Minuten, bis wir in Tel Aviv landen.«

Meir blickte in das Gesicht seines Vorgesetzten. Jigal Yaari hatte breite, hochstehende Wangenknochen und eine flache Nase mit weit auseinanderliegenden Nasenlöchern. Die flachen, fast weichen Züge des Mannes täuschten. Gegen jeden Widerstand und ohne Skrupel setzte er alles durch, was er sich vorgenommen hatte. Ein zynisches Lächeln umspielte seinen Mund, als er Meirs Blick erwiderte. In seinem Frankfurter Archiv hatte Meir auch eine Akte über seinen Vorgesetzten. Er kannte Yaaris Stammbaum auswendig, zurück bis zu seinen Ur-Ur-Ureltern. Die Familie stammte aus Persien, dem heutigen Iran. Yaari war nicht im Heiligen Land geboren, sondern als Säugling mit seinen Eltern eingewandert. Er war der erste sephardische Jude, der es bis zum Leiter des Mossad gebracht hatte. Ein weltlicher Jude, der offen seine Sympathien für den Verein israelischer Atheisten kundtat. Meir wußte alles über Jigal Yaari. Und sein Gentest hatte ihm bestätigt, was er schon immer geahnt hatte: Yaari war nicht Kohanim, er trug keinen Tropfen des Bluts der königlichen Linie Aarons in sich.

Vorsichtig streckte sich Meir wieder aus. Sein Unterleib schmerzte, er hatte das Gefühl, als müsse er sich übergeben. Auch das dumpfe Pochen im Kopf, das heute im Laufe des Tages fast verschwunden war, setzte mit neuer Intensität wieder ein. »Ich warne dich, Yaari«, sagte er leise. »Ich krieg dich früher dran, als du es dir vorstellen kannst.«

»Ach, du willst mir drohen, Meir. Offenbar hast du noch nicht richtig kapiert, in welcher Lage du dich befindest. Da werde ich dir wohl auf die Sprünge helfen müssen.« Bunte Sterne explodierten vor Meirs Augen, als Yaari ihm die flache Hand gegen das Ohr knallte. Ihm schossen Tränen in die Augen. In einem Wirbel aus Schmerzen hörte er Yaaris Stimme: »Ich will jetzt die Namen deiner Leute in London wissen. Wer hat die Pesterreger in der U-Bahn deponiert? Wo sind die restlichen elf Dosen mit dem Zeug?«

»Aber … das Labor?« Meir hielt die Hand auf sein schmerzendes Ohr. Der Wärter im Krankenhaus hatte ihm von der Entdeckung der Wohnung in der Garway Road erzählt. Ihm war sofort klar gewesen, daß es sich nur um ein Täuschungsmanöver des Mossad handeln konnte. Die ganze Aktion hatte die unverkennbare Handschrift Yaaris. Goldstein brauchte Beweise für die Bin-Laden-Story, die er MI5 und den Medien präsentiert hatte. Vor allem, nachdem die Amerikaner Afghanistan bombardiert hatten.

Ein weiterer, knallender Schlag auf sein anderes Ohr löste eine Lawine in Meirs Kopf aus. Wie aus der Ferne hörte er seinen eigenen Schmerzensschrei. Elf Dosen, hatte Yaari gesagt. Zwölf Dosen hatte er im Glockenstuhl der Kirche im Hughenden Valley deponiert. Er hatte den alten Mogiljewitsch angewiesen, eine Dose zur Ablenkung irgendwo in der U-Bahn zu plazieren. Offenbar war sie schon gefunden worden. Blieben elf Dosen. Aber das konnte Yaari nicht wissen. Nicht, wenn alle seiner Getreuen geschwiegen hatten.

»Noch so eine Bemerkung, und du bist dran, Meir. Ich verspreche dir, wenn ich dann mit dir fertig bin, wirst du dich nach den Streicheleinheiten hier zurücksehnen.«

»Damit kommst du nicht durch, Yaari«, flüsterte Meir. »Ich werde dafür sorgen, daß du deinen Posten verlierst. Ich werde dich vors Militärgericht schleppen. Goldstein hält zu mir, er schuldet mir das. Und ich habe mächtige Freunde in der Organisation. Jeder wird es sehen, wenn du mich verletzt. Und es gibt Zeugen.« Er schaute zu den Soldaten, die auf der anderen Seite des Flugzeugs saßen.

Yaari lachte auf. »Abraham Meir wird dafür sorgen, daß *ich* meinen Posten verliere? Das ist ausnahmsweise mal ein guter Witz von dir.« Er beugte sich über Meir. »Ich darf dich daran erinnern: *Du* bist es, der seinen Posten verloren hat. Und niemand wird irgendwelche Verletzungen sehen, die du vielleicht oder vielleicht auch nicht von diesem Flug davontragen wirst. Du kommst aus dem Krankenhaus. Wir werden dafür sorgen, daß alle deine Schrammen so aussehen, als hättest du sie dir bei dem Unfall zugezogen.«

Er blickte in Richtung der Soldaten. Zwei trugen die Uniformen des Sanitätsdienstes.

»Was deine Zeugen betrifft …« In diesem Moment setzte sich das Flugzeug auf der Startbahn in Bewegung und beschleunigte. Über den Motorenlärm brüllte Yaari zu den Soldaten:»Sehen Sie hier irgend etwas?« Die Männer und Frauen schüttelten die Köpfe. Meir sah, daß ein paar dabei grinsten. Dann wandten sie sich wie auf Kommando den Fenstern zu, wo in grauen und grünen Streifen die Rollbahn vorbeiraste.

»Araber und Orthodoxe«, sagte Meir. Er hatte die Augen geschlossen.

»Was?«

»Du hast das gesagt, Yaari. Die Hundestaffel des Mossad könne den Geruch von Arabern und orthodoxen Juden identifizieren und sie in einer Menschenmenge zweifelsfrei erkennen. Gut, daß ich dich nicht gleich damals erschlagen habe.«

»Ja? Warum denn?« Der Mossad-Leiter sprach schnell, eine Spur zu schnell. Meir war klar, daß alles, was er sagte, aufgenommen wurde. Das Flugzeug war voller versteckter Kameras und Mikrophone. Die Spezialisten für psychologische Kriegsführung würden jedes Wort, jede Geste, jede Zuckung in seinem Gesicht begutachten, ob sich darin ein versteckter Hinweis auf seinen Plan fand.

»Weil ich etwas Besseres als die Hundestaffel gefunden habe. Etwas, daß die Ungläubigen zweifelsfrei in jeder noch so großen Menschenmenge aufspürt. Es gibt kein Entkommen.

Niemand wird verschont. Atheisten wie du, die dreckigen Araber-Hunde, ihr werdet alle elend verrecken.«

»Die Pesterreger aus Nes Tsiona?« Yaari sprach leise. Er schien zu überlegen. Doch Meir spürte, wie der Mossad-Leiter zum ersten Mal etwas für möglich hielt, das er bis zu diesem Moment eigentlich nicht hatte glauben wollen.

»Nur die wahren Gläubigen werden überleben. Goldstein, Abramowitz, ihr alle, ihr verratet *Erez Israel*, wollt Frieden mit den Syrern schließen, wo es Krieg zu führen gilt. Ihr gebt heiliges Land auf, das mit dem Blut unserer Soldaten getränkt ist. Statt unsere Feinde ins Meer zu treiben, verhandelt ihr mit ihnen. Die Kohanim aber werden auf den Trümmern des Krieges dem Messias den Weg bereiten und einen neuen Tempel errichten.«

»Du bist übergeschnappt.« Die dunklen Augen Yaaris starrten Meir direkt an. Der wandte sich ab, doch der Mossad-Leiter packte ihn grob an der Schulter und schüttelte ihn.

»Schau mich an, wenn ich mit dir rede.« Wieder fixierten ihn diese Augen. »Verstehst du überhaupt, was du gemacht hast, Meir? Willst du die Menschheit auslöschen mit diesen Viren? Hast du Auschwitz vergessen?«

Das Klingeln in Meirs Ohren wollte nicht aufhören, und sein Schädel pochte, als wolle er gleich platzen. »Was weißt du schon von Auschwitz?« sagte er. »Gott hat mir sein Werkzeug in die Hand gegeben, und ich führe seinen Plan aus. Daran kann niemand etwas ändern.« Die Wände des Flugzeugs schwankten, die Umrisse der Geräte neben der Trage verschwammen Meir vor den Augen. Yaaris Gesicht war ein heller Fleck, in dem zwei dunkle Löcher brannten.

Meir hörte, wie Yaari den Soldaten anwies, ihm eine Verbindung zu Premier Goldstein herzustellen. Eine dichte Wand aus Watte schob sich zwischen ihn und seine Umwelt. Wie aus weiter Ferne drangen Wortfetzen des Gesprächs zu Meir durch.

»Dieser Mahlnaimi ist vielleicht verrückt, aber leider lügt er nicht. Nein, ich bin sicher. Die Dose am Oxford Circus war nur ein Ablenkungsmanöver.«

Noah Mahlnaimi also. Natürlich, er wußte genau, wie viele Dosen es waren. Aber er wußte nichts von Mogiljewitsch und Ussishkin, hatte keine Ahnung, wo die Waffe letztendlich eingesetzt wurde. Der Plan funktionierte. Auch wenn die schwächste Stelle in seinem Netz zerrissen war, hielt er doch die Fäden in der Hand. Und ihn würde niemand, schon gar nicht Yaari, brechen.

»Keine Ahnung, wie Sie den Regierungschefs erklären, daß alles ein Bluff war. Früher oder später fliegt die Sache mit dem Labor eh auf. Aber Sie müssen die Briten warnen. Meir ist total durchgeknallt. Vollkommen im religiösen Wahn. Ich bin absolut sicher. Ja. Nein, verstehen Sie denn nicht, Goldstein? Während wir hier noch reden, verteilen seine Komplizen gerade irgendwo in London die übrigen Spraydosen mit den Pesterregern.«

Meir flimmerten kleine schwarze Punkte vor den Augen. Eine der Armeesanitäterinnen trat an die Trage und überprüfte seinen Puls. Mit einer geübten Bewegung schob sie die Spritze des Tropfes in die Kanüle an seinem Oberarm zurück.

»Und?« Yaari erschien hinter der Soldatin.

»Er verliert das Bewußtsein. Der sagt vorerst gar nichts mehr.«

»Scheiße.«

Leuchtendgoldene Streifen blitzten aus der Dunkelheit, die Meir einhüllte. »Die Zeit ist reif für den Messias«, flüsterte er.

»Was sagt er?«

»Nicht mehr zu verstehen. Er kippt weg.«

*

Peter Braxton war froh, daß er sein Gepäck endlich los war. Er hatte Glück gehabt. Anders konnte man es nicht nennen, wenn einem unerwartet ein Upgrade von der Economy- in die Business-Class beschert wurde. Die Economy der Boeing 747 der South African Airlines nach Johannesburg war überbucht. Und in der Business-Class waren Plätze frei.

Braxton hatte vor zwei Wochen die Ausbildung an der Sandhurst-Militärakademie abgeschlossen. Mit Auszeichnung. Zum letzten Mal flog er heute heim nach Johannesburg, wo seine Freunde und Eltern eine Willkommensparty für ihn vorbereitet hatten. Fast hätten die Feiernden auf ihren Ehrengast verzichten müssen, denn in der U-Bahn war er eigentlich sicher gewesen, daß er die Maschine verpassen würde. Erst die Kontrollen an den Eingängen zur U-Bahn, wo Polizisten immer noch nach den arabischen Terroristen suchten, die gestern eine Pestbombe im Oxford Circus abgestellt hatten. Seinen überfüllten Koffer und den Rucksack hatte er für eine Durchsuchung öffnen müssen.

Und dann war ein Teenager ausgerechnet vor seine U-Bahn gesprungen. Die Bahn fuhr gerade in die Gloucester-Road-Station ein, als der junge Punk mit den neongrünen Haaren sich einfach vor dem ersten Triebwagen auf die Gleise fallen ließ. Niemand konnte das Unglück verhindern. Es dauerte eine Stunde, bis die Gleise wieder freigegeben wurden. Peter hatte erwogen, ein Taxi zu nehmen, aber bei dem Verkehr in London wäre er damit auch nicht schneller nach Heathrow gekommen.

Er war im Eiltempo durch den Flughafen und an den langen Reihen von Schaltern anderer Fluggesellschaften vorbeigerannt und hatte es gerade noch geschafft. Und jetzt hatte ihm durch einen perversen Zufall der Selbstmord des Teenagers wahrscheinlich sogar den Platz in der Business-Class beschert.

Auf dem Weg zum Gate sah Peter den Eingang zu einer Herrentoilette. Der Druck auf der Blase war schon seit der U-Bahn schier unerträglich. Ihm blieben noch dreißig Minuten bis zum Abflug. Knapp kalkuliert für Paßkontrolle und den langen Weg zum Abflugterminal, aber machbar.

Als Peter sich die Hände wusch, fiel sein Blick auf ein Deospray. Die schwarze Aluminiumflasche stand auf der weiß gekachelten Ablagefläche über dem Becken neben dem Seifenspender. Er kannte die Marke, *Liquid Wave*, ein Freund von ihm benutzte sie. Peter mochte den Geruch, Kölnisch Wasser mit einem Hauch Sandelholz und Tabak. Er knöpfte sein dunkelblaues Hemd auf, nahm die Dose und wunderte sich über die ungewöhnliche Kälte, die er in seiner Handinnenfläche spürte.

Der Sprühstrahl war so eisig, daß sich die Haut unter seinen Achseln zusammenzog. Offenbar eine neue, extra-kühle Rezeptur für heiße Sommertage. Obwohl Peter nach all der Hektik verschwitzt war, fröstelte ihn. Immerhin war es Mitte November.

Beim Hinausgehen blieb er stehen, wandte sich noch einmal in Richtung des Waschbeckens und schnüffelte mit leicht erhobener Nase. Nach Sandelholz und Tabak roch dieses neue *Liquid Wave* aber ganz bestimmt nicht. Eher medizinisch, irgendwie chemisch penetrant. Ein lautes Knacken an der Decke ließ ihn zusammenzucken. Dann hörte er die Durchsage über die Lautsprecheranlage: »Letzter Aufruf für Mr. Peter Braxton, gebucht auf South African Airlines nach Johannesburg ...«

Sie wollten gerade das Gate schließen und hatten schon die Anweisung gegeben, sein Fluggepäck im Frachtraum zu suchen, als Peter abgehetzt am Flugsteig 21 ankam.

»Na endlich. Jetzt aber schnell.« Die schwarzhaarige Stewardeß lächelte ihn an, als sie seine Bordkarte kontrollierte. Erschöpft ließ Peter Braxton sich auf dem Sitz mit der Nummer 8A nieder. Wieder Glück gehabt: ein Fensterplatz.

*

Ariel Naveh war verschwunden. Kathleen hatte in seinem Hotel angerufen. Dort hatte man ihr mitgeteilt, Herr Naveh sei gestern abend unerwartet abgereist. Über die Auskunft hatte Kathleen Arnett seine private Nummer in Tel Aviv erfahren, doch auch dort meldete sich nur der Anrufbeantworter. Ganz am Anfang ihrer Affäre hatte Ariel ihr eine Nummer in Nes Tsiona gegeben, unter der sie ihn erreichen könnte. »Für alle Fälle«, hatte er gesagt. Die CNN-Korrespondentin zögerte den Anruf hinaus. Wenn Ariel irgendwo zu finden war, dann bestimmt dort.

Die Pest tritt in zwei Arten auf, der Beulen- oder Bubonenpest und der hochansteckenden Lungenpest. Während die Beulenpest durch Rattenflöhe auf den Menschen übertragen wird, suchte sich die Lungenpest ihre Opfer durch Tröpfcheninfektion von Mensch zu Mensch. Nach einer Inkubationszeit von zwei bis zehn Tagen schwellen die Lymphknoten und Zunge. Die Opfer bekommen brennenden Durst, hohes Fieber, Schüttelfrost, einen unregelmäßigen Puls, verfallen dann in ein Delirium, bis sich auch Störungen des Nervensystems zeigen. Dann weiten sich die Pupillen, treten plötzlich Blutungen auf, und gänseeigroße schwarzblaue Beulen zeigen sich am ganzen Körper.

Die Microwave-Scholle mit Bratkartoffeln lag unberührt auf dem Teller neben dem Laptop. Aber auch Eyal Shanis nach Salbei duftende Fischkreationen hätten den Appetit der Jerusalem-Korrespondentin nicht wecken können. Seit die Nachricht vom Fund der Spraydosen mit den Pesterregern in der Londoner U-Bahn gestern durch die Medien gegangen war, saß sie in einem lockeren T-Shirt und Jogginghosen am Schreibtisch und arbeitete an der Reportage über die ethnische Bombe. Nur Ted wußte, welchem Skandal sie auf die Spur gekommen war. Er hatte grünes Licht für den Beitrag gegeben.

Es war reines Glück, daß niemand die Spraydose in der Londoner U-Bahn getestet hatte, bevor die Antiterroreinheit sie sicherstellen konnte. Kathleen war so schockiert gewesen, daß sie ein Interview mit der Leiterin einer palästinensischen Frauenorganisation im Westjordanland, das für den Nachmittag geplant war, absagte. Sie war sofort in ihre Wohnung gefahren. Sie hatte Ariel aufgefordert, zur Polizei zu gehen und dort alles auszusagen, was er wußte. Eine Stunde lang hatten sie sich gestritten. Danach hatte er seine paar Toilettenartikel und den Bademantel in eine Tasche geworfen und war gegangen. Kathleen hatte ihn nicht aufhalten können. Sie war sich nicht sicher, ob sie ihn überhaupt aufhalten wollte.

Wenn die Pesterreger eingeatmet werden, genügen weniger als zehn Bakterien – nach manchen Studien genügt sogar schon ein einziges –, um einen Menschen zu töten. Das Bakterium teilt sich alle zwanzig Minuten. Nach zehn Stunden haben sich im menschlichen Körper schon eine Milliarde Bakterien verbreitet. Wenn der Infizierte nicht innerhalb von 24 Stunden mit Antibiotika behandelt wird, hat er keine Chance mehr. Schlimmer noch, er selbst wird zu einer Zeitbombe, weil er neue Bakterien aushustet und verbreitet.

Wie Elis Internetrecherche nahegelegt hatte, war Abraham Meir tatsächlich in England aufgetaucht. Offenbar war ein Anschlag mit biologischen Waffen geplant. Keine Sekunde glaubte Kathleen die Story über Usama Bin Laden, die seit vierundzwanzig Stunden über die Bildschirme flimmerte. Sie wußte genau, wie Politiker vorgingen, wenn sie ein falsches Gerücht in den Medien lancieren wollten. Und der Anruf von Premierminister Goldstein war ein klassischer Fall von Desinformation. Es war die Kiste Champagner wert gewesen, aber im nachhinein bereute es Kathleen, daß sie bei dieser Lüge mitgespielt hatte. Und jetzt war eine Spraydose mit Pesterregern gefunden worden. Erreger, von denen Ariel behauptete, sie seien gentechnisch verändert und er habe sie aus Nes Tsiona herausgeschmuggelt.

Mindestens siebzehn Länder produzieren biologische Waffen, Iran, Irak, Libyen, Syrien, Nordkorea, Taiwan, Israel, Ägypten, Vietnam, Laos, Kuba, Bulgarien, Indien, Südkorea, Südafrika, China und Rußland. Die meisten dieser Länder sind bettelarm. Die Forscher leben von der Hand in den Mund. Tausend Dollar sind viel, wenn man dafür nur ein paar Bakterien nach draußen schmuggeln muß. In den meisten pharmazeutischen Fabriken, Forschungslabors und Universitäten in der Welt werden gefährliche Viren zu Forschungszwecken aufbewahrt. Mit oft minimalen Sicherheitsstandards. Und aus einem einzigen Tropfen entstehen unter den richtigen Bedingungen in einer Woche Trillionen von Bakterien. Es macht dabei keinen Unterschied, ob man Käse fermentiert, Bier braut oder Pesterreger züchtet. Die Apparaturen werden sogar über den Versandhandel verschickt. Eine Gasmaske ist ebenso leicht zu beschaffen wie ein luftdichter Schutzanzug und die Nährlösungen. Mehr braucht man nicht, um eine biologische Bombe zu bauen.

Ariels Geschichte, der Plan, von dem er immer redete, das alles hatte Kathleen bis jetzt als einen sensationellen Aufhänger für ihre Recherche über die ethnische Bombe gesehen. Der mysteriöse Plan war ein Geheimnis, dem sie durch geschickt gestellte Fragen, durch das Sammeln von vielen, scheinbar unzusammenhängenden Informationen, durch intelligent gezogene Schlußfolgerungen auf die Spur kam. Das Auftauchen der Spraydose in der Londoner U-Bahn hatte die Romantik des Geheimnisvollen radikal zerstört. Kathleen hatte es bis jetzt nicht wirklich wahrhaben wollen, aber die vielen Andeutungen Ariels ließen keinen anderen Schluß zu: Ein Verrückter plante, die Pest auf die Welt loszulassen. Und wenn sie Ariels Aussagen richtig deutete, dann ging es um mehr als nur eine Spraydose.

287

Um den Teller mit der erkalteten Scholle stapelten sich in langen Reihen Indexkarten und gelbe Post-it-Zettelchen. Kathleens Blick fiel auf eine rot markierte Karte über Porton Down, das Forschungszentrum der britischen Armee. Sicher hatten die Briten inzwischen die Experten aus Porton Down zu den Ermittlungen herangezogen. Auch dort hatte man gentechnische Experimente mit Pesterregern durchgeführt und angeblich einen neuen Impfstoff gegen die Pest gefunden, der die eigene Truppe weitaus besser als die bisher verfügbaren Impfstoffe schützte.

In Boston wurde im März 1999 die Katastrophe geübt. Zweihundert Regierungsangestellte nahmen an einem Planspiel teil, bei dem davon ausgegangen wurde, Terroristen hätten in einem Baseball-Stadion Pesterreger in die Luft gesprüht. Das Ergebnis der Simulation war niederschmetternd: Nach zwei Tagen waren die Krankenhäuser überfüllt, erst am dritten Tag wußten die Ärzte, was eigentlich los war. Nach vier Tagen wurde der Flughafen geschlossen und die Armee mußte gegen die eigene Bevölkerung aufmarschieren.

Sie mußte Ariel finden. Mit einem Seufzer nahm Kathleen die Scholle, trug sie in die Küche und übergab sie unberührt dem Mülleimer. Dann schaute sie sich nach dem Handy um. Nach minutenlanger Suche fand sie das Telefon schließlich an dem Platz, wo es immer war, in ihrer Tasche an der Garderobe. Noch im Flur tippte sie die Nummer ein, die Ariel ihr auf der Rückseite der Visitenkarte des Ocean notiert hatte. Es war kurz nach ein Uhr mittags. Wenn Ariel überhaupt bei der Arbeit aufgetaucht war, dann mußte er jetzt da sein. Am anderen Ende der Leitung läutete es dreimal, dann knackte es, und eine Ansage sprang an. »Kein Anschluß unter dieser Nummer«, sagte die Computerstimme von Bezeq Telecom. Kathleen rief die Auskunft an und ließ sich die Nummer von Nes Tsiona heraussuchen. Ein höflicher junger Mann teilte ihr mit, daß diese Nummer geheim wäre und er sie nicht herausgeben dürfe. Auch ihr Hinweis, sie sei CNN-Reporterin, brachte sie hier nicht weiter.

*

Das Grab eines Massenmörders dürfe in Israel nicht zu einer Gedenkstätte werden. So hatte das Gericht entschieden. Yaakov Abramowitz wußte gleich, daß es Ärger geben würde, als die Entscheidung letzte Woche auf seinen Schreibtisch kam. Seine Aufgabe war es zu verhindern, daß das Grab von Baruch Goldstein, der 1994 im Fastenmonat Ramadan in die Höhle der Patriarchen in Hebron eingedrungen war und neunundzwanzig betende Muslime erschossen und weitere hundertundfünfzig verletzt hatte, noch mehr zu einem Wallfahrtsort für die Radikalen wurde, als es eh schon war. Auf Abramowitz' Befehl hatte die Polizei Kerzen abgeräumt und das provisorische Dach abgerissen, mit dem das Grab des Mörders geschützt wurde. Die Armee mußte anrücken, um die orthodoxen Gläubigen davon abzuhalten, die israelischen Polizisten anzugreifen.

Abramowitz war nicht wirklich erstaunt, als sein Adjutant ihm für heute morgen den Besuch des ultra-orthodoxen Rabbis Ehud Yosef ankündigte. Ganz im Gegenteil, fast freute er sich über diese Rückkehr zur Normalität, aus der ihn die Ereignisse der letzten Tage gerissen hatten. Die immer gleichen Verhandlungen und Arrangements mit den Ultra-Orthodoxen, so schwierig und unangenehm sie auch waren, gehörten zu seinem Alltagsgeschäft. Die Regierung Goldsteins war auf die Ultra-Orthodoxen angewiesen, die die drittstärkste Kraft in der Knesset bildeten. Abramowitz war nicht gerade als Freund der Orthodoxen bekannt, und er wunderte sich, daß der Premierminister den Rabbi nicht selbst empfangen hatte. Goldstein wußte genau, daß sein Generalstabschef nicht immer das Maß an Geduld aufbrachte, das im taktischen Umgang mit den Orthodoxen erforderlich war. Doch für Abramowitz waren die Orthodoxen religiöse Fanatiker, Extremisten wie Abraham Meir, die sich am Rande jeder Gesellschaft fanden, aber nichts in der Politik und auch nichts im Mossad zu suchen hatten. Nur der Ausnahmesituation Israels hatten sie es zu verdanken, daß die Menschen ihren Parolen Gehör schenkten und sie wählten. Für Abramowitz waren sie eine Bedrohung der israelischen Demokratie, eine Gefahr, die auf Dauer Israel fundamentaleren Schaden zufügte als alle internationalen und palästinensischen Bürgerrechtsgruppen.

»Warum eigentlich London?« brummte Abramowitz mehr zu sich selbst als zu dem Adjutanten, der ihm einen Stapel Berichte und Meldungen hereinbrachte.

»Wie bitte?« Der Adjutant blickte fragend von der Unterschriftenmappe hoch, die er aufgeschlagen hatte, damit der Generalstabschef mehrere Dokumente unterschreiben konnte.

»Warum hat Meir die Biobombe in London losgelassen? An seiner Stelle hätte ich das Ding auf einen Bus montiert, der durch die Westbank fährt. Die Sonne prallt auf das Dach, die Dose erwärmt sich, die Erreger treten aus und verbreiten sich, wo immer der Bus hinfährt. Niemand hätte etwas bemerkt, geschweige denn die Katastrophe verhindern können. Und die Palästinenser wären verreckt wie die Fliegen.« Abramowitz schaute den Adjutanten fragend an.

Der zuckte mit den Schultern und sagte: »Ich bin eigentlich ganz froh, daß Meir nicht Ihre Fantasie hat.«

Abramowitz grinste. »Sie haben recht. Die Sache ist ja zum Glück ausgestanden.«

Mit Esther und Norma hatte er gestern abend noch lange beim Wein zusammengesessen. Esther erzählte von der Uni, von den Studenten in ihren Archäologiekursen, von der antiken

Philisterstadt Tel Qasile, die direkt neben dem Erez-Israel-Museum auf dem Campus der Universität von Tel Aviv unter ihrer Leitung ausgegraben wurde. Abramowitz war froh, nichts mehr von Terroristen, durchgedrehten Geheimdienstlern, Bomben und Pesterregern hören zu müssen. Yaaris Ablenkungsmanöver mit dem Labor war aufgegangen, die Öffentlichkeit machte arabische Terroristen für den geplanten Anschlag verantwortlich.

Meirs Biobombe war rechtzeitig in der U-Bahn entdeckt worden, bevor die Pesterreger aus Nes Tsiona in London Zustände auslösten, wie man sie nur aus Beschreibungen der Großen Pest von 1665 kannte. Meir selbst war gestern von Yaari persönlich in die Nervenheilanstalt Kfar Schaul zur Beobachtung eingeliefert worden.

Und die Kleine, die Esther zu sich ins Gästezimmer genommen hatte, damit Abramowitz und seine Frau einmal durchschlafen konnten, hatte zum ersten Mal seit Monaten eine ganze Nacht vollkommen ruhig im seligen Tiefschlaf verbracht.

Die eilige Anfrage aus der amerikanisch-britischen Satellitenabhöranlage Menwith Hill, die der Adjutant ihm auf den Tisch gelegt hatte, überraschte Abramowitz nur in einer Hinsicht. Er wunderte sich, daß die Krypto-Techniker dort Code Blue offenbar schon entschlüsseln konnten. Immerhin hatten Mossad-Spezialisten über zwei Jahre an dem angeblich nicht zu knackenden Code gearbeitet. Die Nachricht selbst kannte er schon aus den Berichten Yaaris über die Nachforschungen zum Verschwinden Abraham Meirs. Der Computerexperte Daniel im Frankfurter Mossad-Büro hatte festgestellt, daß Meir eine verschlüsselte Mail mit dem Inhalt »Die Zeit ist reif für den Messias« über den Server des Mossad nach Tel Aviv geschickt hatte. Der Empfänger war eine E-Mail-Adresse des Mossad, die bei verdeckten Aktionen zum Austausch von Nachrichten benutzt wurde. Nach Yaaris Informationen hatte niemand die E-

Mail dort abgerufen. »Wahrscheinlich ein Abschiedsgruß von Meir«, hatte der Mossad-Chef in seinem Bericht vermutet. Abramowitz hatte sich mit der Erklärung zufriedengegeben. Er blätterte noch einmal durch die Anfrage. »In den Code Blue eingeschrieben ist ein Subprogramm, das die E-Mail nach zwei Tagen automatisch weiterversendet. Unsere Satelliten haben sie bis jetzt dreimal aufgefangen, einmal bei der ursprünglichen Versendung von Frankfurt nach Tel Aviv, dann von Tel Aviv nach Haifa, und heute in den frühen Morgenstunden von Haifa zum Server des Luftwaffenstützpunktes Ramat David. Der Empfänger hat die Dienstnummer 4463980H54, Name und Rang können von hier aus nicht ermittelt werden.« Der Verfasser der Meldung war ein gewisser Major Tom Harris. Offenbar war man in Menwith Hill besorgt, weil der scheinbar harmlose Inhalt und der hohe Grad der Verschlüsselung der E-Mail, wie Harris es ausdrückte, »in einem eklatanten Mißverhältnis stehen«. Wäre die E-Mail nicht vom Mossad, schrieb der britische Major, dann deute nach seiner Erfahrung alles darauf hin, daß hier mittels eines Codewortes ein terroristischer Anschlag vorbereitet werde.

Abramowitz schreckte hoch. Ein Vogel war draußen auf dem vorspringenden Fenstersims des Büros gelandet. Kaum hatte er die Bewegung im Zimmer registriert, flog er in die Bäume, wo Abramowitz ihn noch für einen Moment auf einem Ast sitzen sah, dann war er verschwunden. Über den Himmel zogen ein paar hellgraue Wolken, sonst war die Sicht auf die Stadt erstaunlich klar für einen Novembertag. *Die Zeit ist reif für den Messias,* das klang nach einer Parole der Bewegung zum Aufbau des Tempels, die alljährlich am Tisha b'Av einen Grundstein des Dritten Tempels vor das Hulda-Tor auf den Tempelberg transportierte. Vier Schritte sah Gottes Heiliger Plan vor: die Gründung Israels, das Zusammenkommen des jüdischen Volkes im

Heiligen Land, die Befreiung des Tempelberges, die Errichtung des Dritten Tempels. Danach, so die Prophezeiungen, würde der neue König Israels, der Messias erscheinen.

Der Generalstabschef stand auf und holte eine Kopie der Liste der Kahane-Anhänger, die er dem Premier übergeben hatte. Er überflog die Namen, aber keiner seiner Offiziere, die in Ramat David stationiert waren, stand darauf. Beim besten Willen konnte er sich nicht vorstellen, welche Rolle jemand in Ramat David bei Meirs verrücktem Plan in London spielen könnte.

Es knackte in der Sprechanlage, und die Stimme des Adjutanten kam aus dem Lautsprecher: »Rabbi Yosef ist da, General.«

»Jetzt schon? Na gut, führen Sie ihn herein.«

Rabbi Ehud Yosef hatte etwas von einem alterndern Hippie, der sich als Guru selbständig gemacht hat. Er trug einen langen schwarzen Mantel, aus dem unten die braunen Anzugbeine herausragten, ein lockiger grauschwarzer Bart hing ihm lang über die Brust. Sein runzliges Gesicht gab ihm ein greisenhaftes Aussehen, dabei schien er weniger alt als verlebt. Ganz und gar nicht alt wirkten die schwarzen Augen, die tief in den Höhlen lagen und Abramowitz anblitzten.

»Ich höre mit Entsetzen, daß die Armee das Grab von Baruch Goldstein geschändet hat.«

Der Rabbi war ein enger Vertrauter von Kahanes Sohn und arbeitete aktiv in der Kahane-Chai-Bewegung mit. Und er war federführend bei dem Plan, über Baruch Goldsteins Grab ein Mausoleum zu errichten.

»Es war eine Gerichtsentscheidung«, erwiderte der Generalstabschef. Er war sich sicher, Rabbi Yosef hatte eigentlich mit dem Premierminister sprechen wollen. Daß Goldstein ihn an den Generalstabschef verwies, mußte Yosef an sich schon als Affront auffassen.

»Mit den Gerichten hat das nichts zu tun. Ihr führt einen Feldzug gegen die wahren Gläubigen.« Yosef hatte sich in der Mitte des Raumes zu seiner vollen, beachtlichen Größe aufgerichtet. »Nehmen Sie doch erst einmal Platz, bevor Sie solche Anschuldigungen vorbringen.« Abramowitz deutete auf die schwarzen Ledersessel, die gegenüber seinem Schreibtisch standen. »Ich setze mich nicht mit einem Ungläubigen an den Tisch. Der Premierminister hat keine Zeit, wenn die Soldaten seines Generalstabschefs, statt das Mausoleum des großen Märtyrers vor Zerstörung zu bewahren, die wahren Gläubigen daran hindern, sich mit ihren Fäusten und Körpern der Schändung des Grabes in den Weg zu stellen.«

Der Rabbi hob den rechten Arm und fuchtelte damit in der Luft herum. Sowohl die Geste wie Yosefs gekünstelte Sätze machten keinen großen Eindruck auf Abramowitz. Die religiösen Gefühle der orthodoxen Juden, die ans Grab Baruch Goldsteins pilgerten und in ihm einen Helden für ihren Glauben sahen, mochten echt sein, aber der Rabbi absolvierte nur die üblichen Machtspielchen, von denen er sich mehr Einfluß in der Knesset versprach.

»Mit Verlaub, Rabbi, Sie können meinen Glauben gar nicht beurteilen. Man muß nicht neunundzwanzig unschuldige Menschen erschießen, um ein gläubiger Jude zu sein.«

Yosef trat einen Schritt vor, und Abramowitz dachte für einen Moment, er wolle ihn schlagen. Doch dann beließ der Rabbi es bei einem kratzigen Flüstern. »Du bist doch die Kippa nicht wert, die du auf dem Kopf trägst!«

Jetzt richtete sich auch der Generalstabschef auf. »Ich trage die Kippa als Zeichen meines tiefen Glaubens. Und dabei ist es mir egal, daß Abraham und Moses, wenn überhaupt, die Kippa nur in Zeiten der Trauer getragen haben und diese Sitte nicht auf biblisch fixierte Gesetze zurückgeht. Unsere Religion lebt und ändert sich. Was bleibt, ist der innere Glaube, nicht seine äußerlichen Zeichen. Nicht wir, Rabbi, sondern ihr mit eurem sinnlosen Festhalten an überkommenen Sitten und Gebräuchen führt in Wirklichkeit einen Feldzug gegen den wahren Glauben.«

Abramowitz spürte, daß er die Hände zu Fäusten geballt hatte, und lockerte langsam die Finger. Wenn Goldstein von diesem Streit erfuhr, würde er ihm wieder einen Vortrag darüber halten, was man den religiösen Oberhäuptern der ultra-orthodoxen Parteien besser nicht direkt ins Gesicht sagte. Und Goldstein würde davon erfahren, da war sich der Generalstabschef sicher.

Das runzlige Gesicht Yosefs war rot geworden. Die schwarzen Augen bohrten sich in Abramowitz, als wolle der Rabbi ihn hier auf der Stelle mit einem göttlichen Blitz in Asche verwandeln.

»Elender.« Yosef zischte das Wort. Dann wandte er sich zur Tür, überlegte es sich aber anders. Er trat noch näher an den Schreibtisch, legte seine knochigen Hände auf die Holzplatte und sagte: »Die Zeit ist reif für den Messias. Und er wird schneller kommen, als ihr alle denkt.« Damit drehte er sich endgültig um und ging zur Tür.

Abramowitz schaltete ein paar Sekunden zu spät. Im ersten Moment konnte er nicht auf die merkwürdig apokalyptische Drohung des Rabbis reagieren. Yosef mochte ein machtgieriger Intrigant sein, aber sein Charisma war beeindruckend. Dann erst wurde Abramowitz klar, daß Yosef genau denselben Satz verwendet hatte, den Abraham Meir als Abschiedsgruß in der E-Mail verschickt hatte. Wertvolle Sekunden verschwendete er mit der Überlegung, ob es Zufall sein konnte, ob sich vielleicht Meir und Yosef einer gängigen Floskel bedienten. Als er schließlich aus dem Büro stürzte, an dem erstaunten Adjutanten und den vor der Tür stehenden Soldaten vorbei in den Gang rannte, sah er nur noch das schwarze Ende von Rabbi Yosefs Mantel im Aufzug verschwinden.

Ein Anruf im Luftwaffenstützpunkt Ramat David brachte einen Namen zu der Dienstnummer, die Abramowitz von Major Harris erhalten hatte: Captain Schlomo Herzl, ein vierundfünfzigjähriger Pilot, Mitglied der berühmten 110. Schwadron. Der altgediente Offizier hatte sich 1981 besondere Verdienste bei der Bombardierung des irakischen Atomreaktors Osirak erworben. *Abi-rei Ha-Tsa-fon*, Ritter der nördlichen Schwadron, oder *Hakrav Haftsatsa*, Vielkämpfer, nannte man seine Einheit. Herzl war nie durch Extremismus irgendwelcher Art aufgefallen. Seit sein Sohn, der ebenfalls bei der Luftwaffe gewesen war, vor zwei Jahren bei einem palästinensischen Attentat ums Leben gekommen war, hatte er sich dem Glauben zugewandt, aber einen orthodoxen Fanatiker wollte ihn der Kommandant von Ramat David nicht nennen. Herzl galt als ruhiger Mann, bei den Rekruten war er beliebt. Noch ein, zwei Jahre, dann würde er wohl keine Beobachtungsflüge mehr fliegen, sondern sich ganz der Ausbildung widmen. Besucher hatte Captain Herzl in den letzten Wochen nur zwei gehabt: seine Frau und einen Rabbi Ehud Yosef aus Jerusalem.

*

»Volltreffer!«

Der untersetzte Mann im zerknitterten hellblauen Hemd mit hochgekrempelten Ärmeln sprang so ungestüm von seinem Stuhl, daß dieser nach hinten auf den Boden kippte. Um ihn herum klatschten etwa zehn Frauen und Männer in die Hände, pfiffen, klopften auf Tischplatten und jubelten, als hätten die Tottenham Hotspurs gerade in der 88. Minute das Führungstor gegen die Gunners von Arsenal geschossen.

Zumindest kam es Phil Campell und Pat Marcus so vor, als sie durch die breite Glastür im siebzehnten Stock des Euston Towers traten, auf der in schlichten Lettern *SECURITY SER-*

VICES stand. Die Mitarbeiter des MI5 sahen bleich aus, die meisten hatten dunkle Ringe unter den Augen. Ein Mann mit einem gelben T-Shirt unter dem geöffneten Hemd hatte zwei Stühle zusammengerückt und döste. Eine Frau weckte ihn gerade auf. Überall standen ungespülte Tassen und überquellende Aschenbecher auf den Schreibtischen. Aus einer Seitentür war das Gurgeln einer Kaffeemaschine zu hören. Der frische Kaffeegeruch kam allerdings kaum gegen die bläulichen Schwaden an, die unter der Decke hingen. Trotz der Rauchverbotsschilder, die Campell und Marcus überall im Tower gesehen hatten, war die Luft nikotingeschwängert. Der junge Mann, der die beiden am Aufzug abgeholt hatte und zu Jonathan Wright bringen sollte, hustete und trat zu einem Fenster, um es zu öffnen. Dabei wäre er fast mit einer Frau zusammengestoßen, die in hohen Plateauschuhen mit einem Tablett aus der Küche kam, auf dem Gläser und zwei Sektflaschen standen.

»Hallo, Pat«, rief der Mann im hellblauen Hemd, winkte sie zu sich und schüttelte ihnen die Hand. »Und Sie müssen Phil Campell sein. Ich bin Jonathan Wright. Darf ich vorstellen, meine Mitarbeiter.« Er machte eine Armbewegung, die den gesamten Raum einschloß. »Etwas derangiert heute morgen, aber ein Spitzenteam.« Er grinste in die Runde. Dann wandte er sich Campell zu. »Ich habe vorhin Ihren Kommentar auf BBC gesehen. Interessante Schlußfolgerung, die Sie da ziehen.«

Campell hatte seine Vorgesetzten überzeugen können, daß die widersprüchlichen Meldungen zu der Entdeckung des vermeintlichen Bombenlabors und die reißerische Berichterstattung über die Gefahr arabischer Terrorakte zumindest einen zurückhaltenden Kommentar rechtfertigten. Das Fehlen von Fasern des Rucksacks in der konspirativen Wohnung hatte er dabei nicht erwähnt, obwohl Scotland Yard den Sachverhalt auf seine Anfrage hin bestätigte. Der MI5-Mann Wright war als Informationsquelle unersetzlich, und er wollte eine Zusammenarbeit nicht dadurch gefährden, daß er vertrauliche Informationen unabgesprochen an die Öffentlichkeit gab.

»Eine Geburtstagsfeier?« Der BBC-Rechercheur deutete auf die Sektgläser, in die die Frau mit den Plateauschuhen gekonnt einschenkte.

»Nein.« Wright lachte. »Ihr kommt wirklich genau im richtigen Moment. Mr. Campell, Pat, wir haben soeben den Durchbruch bei der Fahndung nach dem Biobombenleger erzielt.«

Bevor Campell etwas erwidern konnte, reichte die Frau mit den Plateauschuhen die gefüllten Sektgläser herum. »Lang lebe die Königin«, rief einer in der Runde. Wright erhob sein Glas und erwiderte: »Ja, lang lebe die Königin. Und lang leben die Communication Managers des MI5 im Euston Tower. Vielen Dank für die gute Zusammenarbeit!« Campell und Marcus wurden zwei Gläser Sekt in die Hand gedrückt, und das Team stieß auch mit ihnen an.

»Glückwunsch«, meinte Campell. »Aber was genau heißt das, Sie haben den Durchbruch erzielt?« Aus dem Augenwinkel sah er, wie Marcus sein Glas unberührt auf einen Schreibtisch stellte.

Wright schaute sich um und klopfte auf die Brusttasche des Hemds. »Hast du Kippen, Pat«, fragte er.

Marcus schüttelte den Kopf. »Nein, ich hab aufgehört.«

»Auch gut.« Wright seufzte. »Genehmige ich mir eben heute abend eine Havanna zur Feier des Tages.«

Der untersetzte Mann führte Campell und Marcus zu mehreren Bildschirmen, auf denen in grobkörnigen Großaufnahmen die Gesichter von Passanten auf Londoner Straßen und Plätzen zu sehen waren.

»Diese paar tausend Pixel sind der Grund, warum wir uns hier eine kleine spontane Feier erlaubt haben.« Zu Campell gewandt erklärte er: »Die Aufnahmen sind alle mit dem sogenannten *helm integrated system* aufgenommen worden. Viele Bobbys tragen inzwischen in ihren Helmen eine Videokamera, die über ein Weitwinkelobjektiv alles aufnimmt, was sich im Sichtfeld des Polizisten abspielt. Die Aufnahmen werden in Echtzeit zur nächsten Polizeistation übertragen. Wir setzen das System seit ein paar Jahren bei Fußballspielen oder Straßenunruhen ein, überall dort, wo Menschenmassen kontrolliert werden müssen. Und rund um den Oxford Circus sind die meisten Männer inzwischen mit diesen Helmen ausgerüstet. Sehen Sie.« Er zeigte auf einige Bilder, auf denen das U-Bahn-Schild des Oxford Circus zu sehen war.

Doch im großen und ganzen sahen die Bilder für Phil Campell wie Vergrößerungen alltäglicher Szenen aus, wie man sie im Straßenbild von Großstädten überall auf der Welt antrifft. Ein Mann im Geschäftsanzug und Bowler, eine Frau im Wollmantel mit Aktentasche, zwei junge Mädchen, die aus einem MacDonald's traten, ein älteres Paar vor einem Geschäftseingang, immer wieder Köpfe und Gesichter von Personen in Nahaufnahme, die sich mit den Massen durch U-Bahn-Eingänge drängten. Er bemerkte nichts Besonderes an den ungefähr zwanzig Bildern, die wie auf einem bunten Schachbrett auf den Bildschirmen flimmerten.

»Und? Hast du's, Pat?« fragte Wright.

Marcus nickte. Campell fiel wieder auf, daß sein Freund im nüchternen Zustand noch schweigsamer war als abends im Windsor Castle nach ein paar Pints.

»Es geht um dieses Bild hier.« Marcus' Finger wanderte zu einem Bild, auf dem zwei Männer inmitten einer Menschenmasse scheinbar seitlich an der Kamera vorbeiliefen. Der eine hatte das Gesicht leicht zur Kamera gedreht, so daß man die Gesichtszüge eines alten Mannes deutlich erkennen konnte. Campells Blick haftete an dem leicht zitternden Finger von Marcus.

Dann wurde ihm plötzlich klar, daß der Begleiter des alten Mannes einen blauen Rucksack über die Schulter geschlungen hatte. »Hier sind sie noch einmal.« Marcus' Finger bewegte sich nach links. »Und hier stehen sie gegenüber von Olympus Sports beim Regent-Street-Ausgang.« Er deutete auf ein Bild am unteren Rand eines Bildschirms.

»Das ist der Rucksack, in dem die Bombe gefunden wurde?« fragte Campell.

Wright nickte. »Mit fast hundertprozentiger Sicherheit. Sehen Sie den Markennamen? *Eastpak* – schwarz mit roter Umrandung. Deutlich zu erkennen. Der Rucksack sieht neu aus. Die Aufnahme ist am nordwestlichen Eingang von Oxford Circus Station entstanden, ungefähr eine Stunde, bevor der Rucksack in der Nähe des nordwestlichen Eingangs gefunden wurde.«

Campell musterte die Aufnahme genau. »Aber das sind doch keine arabischen Terroristen. Der Alte muß an die siebzig sein. Und man kann es nicht richtig erkennen, aber ich glaube, sein Begleiter trägt eine Kippa.«

»Ist uns auch schon aufgefallen. Auf anderen Aufnahmen sieht man es noch deutlicher. Der Alte kleidet sich wie ein orthodoxer Jude. Er hat auch eine Kippa auf. Und jetzt verstehen Sie vielleicht, warum ich gerne einen unvoreingenommenen Reporter dabeihaben will. Hier wird die Hölle losbrechen, wenn bekannt wird, daß nicht arabische Terroristen, sondern offenbar Juden Pesterreger in der U-Bahn ausgesetzt haben. Downing Street will noch nicht an die Öffentlichkeit, aus politischen Gründen.«

»Aber irgendwann muß die Meldung raus. Sie können das nicht ewig verheimlichen.«

Wright schaute ihn kurz an. »Sicher nicht. Aber halten Sie es jetzt wirklich für einen guten Zeitpunkt? Der Eklat mit dem

Mossad-Anschlag in Luxor, gestern die Bomben der Amis auf das Flüchtlingslager. Was glauben Sie, wie die arabischen Regierungen reagieren, wenn offiziell gemeldet wird, daß hinter den angeblichen Biobombenattacken von Bin Laden irgendwelche Juden stecken? Wenn die Meldung jetzt rausgeht, riskieren wir eine dramatische Eskalation im Nahen Osten, vielleicht sogar einen Krieg.«

Während Wright redete, hatte Marcus sich umgeschaut. Links von ihnen saß eine ungefähr vierzigjährige Frau und beobachtete sie. Auf dem 21-Zoll-Bildschirm vor ihr war ein Standbild von zwei Männern in einem Wagen zu sehen, die mit vom Blitz geweiteten Augen direkt in die Kamera starrten. Marcus trat zu ihr, nickte und schaute sich mit einem Lächeln das Bild an. »Ah, ihr habt Glück gehabt. Die Burschen sind zu schnell gefahren. Wo ist das? Auf der A40 Richtung Finchley?«

Die Frau nickte. »Kurz vor dem Hoover-Building. Erlaubte Geschwindigkeit ist vierzig Meilen. Sie sind vierundvierzig gefahren.«

»Wir haben die ganze Nacht an der Sache gesessen«, erklärte Wright. »Alles, was wir hatten, waren die Aufnahmen vom Oxford Circus mit dem blauen Rucksack. Also haben wir alle aktuellen Aufnahmen aus dem Großraum London auf diese beiden Gesichter hin durchgescannt. Als ihr vorhin reingekommen seid, haben wir gerade den Volltreffer auf der A40 gelandet. Und ein Foto aus der Straßenverkehrsüberwachung ist tausendmal besser als die Bilder von den Überwachungskameras.«

»Kann's losgehen?« fragte die Frau.

»Ja, Meg. Zeig uns mal das Vollbild.«

Mit einem Mausklick verschwanden die beiden Gesichter, und man sah einen hellblauen Vauxhall Vectra GLS 2.0. Ein weiterer Mausklick mit dem Cursor auf die untere Hälfte des Fahrzeuges zeigte eine Großaufnahme des Nummernschilds.

»Sehr schön.« Wright las das Kennzeichen laut vor. »DEV96 III. Und der Wagen wurde offenbar bei R & M Hughes in Finchley gekauft. Hast du das, Steve?«

Ein junger Mann mit einem glattrasierten Schädel antwortete: »Ja. Ich füttere den Computer damit. Das wird ein paar Sekunden dauern.«

Zehn Sekunden später kam ein Datensatz auf den Bildschirm hoch. »Okay. Der Vauxhall ist registriert auf einen Ami Mogiljewitsch, 498 Chester Street, N3, Finchley.«

»Und was wissen wir über den?«

Steve fuhr sich über die Glatze. »Händler, verheiratet, acht Kinder, keine Vorstrafen, Führerschein seit 1972, keine Steuerschulden, geachtetes Mitglied der jüdischen Gemeinde …«

»Das reicht. Ich wußte es. Von wegen Usama Bin Laden. Steve, kannst du mir sofort eine Verbindung zur Downing Street geben? Und veranlasse bei Scotland Yard eine Überwachung.

In diesem Moment trat ein weiterer Mitarbeiter auf Wright zu. »Der Personenspotter hat gerade noch einen Treffer gelandet.«

»Wo denn?«

»Auf dem Flughafen. Vor circa fünfzig Minuten. Wir haben etliche Aufnahmen von den Überwachungskameras aus dem Hauptgebäude und mehrere aus den Gängen zu den Terminals. Jonathan, du solltest dir die Aufnahmen sofort anschauen.« Der Mann wirkte übernächtigt, doch Campell meinte, eine Spur von Panik in der leicht zitternden Stimme zu hören.

»Personenspotter?« fragte er Marcus, als Wright seinem Mitarbeiter zu dessen Arbeitsplatz folgte.

»Ein Softwareprogramm zur Gesichtserkennung. Man kann damit in bewegten Szenen einzelne Gesichter vollautomatisch identifizieren. Der Personenspotter sucht in Videosequenzen nach Gesichtern und vergleicht sie mit anderen, die in einer

Datenbank gespeichert sind. Die Metropolitan Police setzt es schon seit ein paar Jahren ein.«

Marcus beobachtete Jonathan Wright, der zwischen mehreren Computern hin- und herging und auf die Bildschirme starrte. Plötzlich schaute er hoch und blickte sich um. Er winkte ihnen herzukommen. Dann entdeckte er die Frau mit den Plateauschuhen. Er trat auf sie zu und flüsterte ihr etwas ins Ohr, worauf die Frau schnell den Raum verließ.

Die Aufnahmen auf den Bildschirmen stammten allesamt vom Flughafen London-Heathrow. Campell erkannte die große Eingangshalle und die Schalterreihen sofort.

»Der Flughafen muß sofort gesperrt werden«, sagte Wright gerade zu dem aufgeregten Mann, der hektisch durch die Aufnahmen klickte. Immer wieder erschienen neue Aufnahmen von den Gängen, die zu den Terminals führten. Die allgegenwärtigen vielfarbigen Hinweisschilder waren unverkennbar.

Wright legte dem Mitarbeiter die Hand auf die Schulter. »Laß gut sein, Tom. Wir können das später genauer auswerten. Zuerst müssen wir diesen Verrückten stoppen.« Er richtete sich auf und brüllte: »Steve, ich brauch einen Haftbefehl für Mogiljewitsch. Sofort.«

»Klar, Chef«, rief der Glatzkopf zurück und griff nach dem Telefon.

»Interessiert an einer Terroristenfestnahme?« Wright blickte kurz zu Campell und Marcus. Ohne eine Antwort abzuwarten, sagte er: »Gut. In drei Minuten am Aufzug.« Er riß an seiner lose gebundenen Krawatte, während er zur Tür eilte. Die Frau in den Plateauschuhen kam ihm völlig außer Atem entgegen und drückte ihm eine Schachtel Zigaretten in die Hand. Wright drückte einen Kuß auf die Schachtel und drehte sich dann noch einmal zu seinem Team um. »Meg, Tom, Hester, macht euch fertig. Wir fahren nach Finchley.«

Peter Braxton fühlte sich schlapp und matt. Seine Zunge war geschwollen. Sie fühlte sich rauh und trocken an. Von draußen drang ein regelmäßiges leises Rauschen in sein Zimmer, der automatische Rasensprinkler war bereits angesprungen. Trotz der frühen Morgenstunde war es schon heiß, durch das halbgeöffnete Fenster wehte ein sanfter, warmer Luftstrom herein. Peter schob die schwere Bettdecke weg und setzte sich auf. Vor seinen Augen drehte sich alles, das heftige Herzpochen schien seinen ganzen Körper zu füllen. Sein Puls raste. Er ließ den schmerzenden Kopf zurück auf das Kissen sinken. Seine Lymphknoten schmerzten.

Bis spät in die Nacht hatte er gestern nacht mit den Eltern und seinen Freunden gefeiert. Sie hatten im Garten ein Braai veranstaltet, Antilopenfleisch gegrillt, seine Mutter tischte seine Lieblings-Borewors-Würste mit Südkartoffeln auf, und ein Freund hatte einen Kasten selbstgebrautes Sorghum-Bier mitgebracht. Selbst um Mitternacht war es Peter noch schwül vorgekommen. Der Schweiß war ihm in Strömen den Rücken hinuntergelaufen. Während des Abends hatte er zweimal das T-Shirt gewechselt. Nicht einmal auf dem letzten schwerbepackten Trainingsmarsch durch die kahlen Wälder um die Sandhurst-Akademie hatte er so geschwitzt.

Peter drehte sich mühsam auf die andere Seite. Das Haus seiner Eltern lag in einem Vorort in der Nähe des Flughafens. Durch das Fenster sah Peter am Horizont den Kondensstreifen eines Flugzeugs, das gerade gestartet war. Er fiel in einen unruhigen Schlaf, bis seine Mutter kam, um ihn zum Frühstück zu wecken.

Eine leichte Grippe, meinte sie, und legte ihm ein in Eiswasser getränktes Tuch auf die schweißbedeckte Stirn. Das Fieberthermometer zeigte 39,8 Grad. Mrs. Braxton löste zwei Aspirin in Wasser auf und reichte ihm das Glas. Der Klimaumschwung, meinte sie, sicher hatte er den abrupten Temperaturwechsel nicht vertragen. Im Flugzeug war es ja auch immer so eisig wegen der Klimaanlage. Sie strich Peter liebevoll über die bleichen Wangen. In ein paar Tagen würde er wieder ganz der alte sein. Peter lauschte auf das Rauschen des Wassers draußen im Garten. Alle paar Minuten klackte es, wenn der Sprinkler automatisch die Richtung änderte. Er zitterte wie damals im Duschraum der Militärakademie, als seine Kameraden ihm mit einem harten, eiskalten Wasserstrahl den üblichen Empfang in das Leben der Akademie bereiteten. Peter blickte sich nach seiner Mutter um, die seine Kleider aus den Koffern in den Schrank räumte. Sie setzte sich zu ihm ans Bett, ergriff seine feuchte Hand und flüsterte ihm ein »Wird schon wieder« zu. Peter lächelte. Es war schön wieder, daheim zu sein.

*

Das kameraähnliche Gerät scannte das linke Auge von Tamara Mogiljewitsch. Deutlich sichtbar war es an einem Durchgang angebracht, den alle Passagiere auf dem Weg zur Gepäckabholung passieren mußten, sonst wäre es Tamara wahrscheinlich gar nicht aufgefallen. Über dem Durchgang hingen Schilder, auf denen mit ein paar blauen Strichen und einem Kreis ein abstraktes Auge angedeutet war. *Iris Recognition Systems* stand darunter. An einem Schalter neben dem Eingang stand eine Flughafenmitarbeiterin in einer blauen Uniform und telefonierte. Ab und zu schaute sie auf einen Monitor.

»Das Ding steht auf deine braunen Augen, merkst du's?« flüsterte Michael Fleischmann, der direkt nach Tamara das Kontrollgerät passierte und ebenfalls gescannt wurde. Tamara stieß ihm mit dem Ellbogen in die Seite. Michaels Blick fiel auf eine Tafel an der Wand, auf der ebenfalls das blaue Auge abgebildet war. *Für Ihre Sicherheit und zur zügigeren Abwicklung von Ein- und*

Ausreisekontrollen setzt London Heathrow Airport seit zwei Jahren ein Augeniris-Erkennungssystem ein. Bei Fragen zum Datenschutz wenden Sie sich bitte an einen Mitarbeiter des Flughafens. Tamara war schon weitergelaufen. Michael entdeckte ein grünes Schild, auf dem der Weg zur Gepäckabholung angezeigt wurde. Hinter den Glasscheiben, die die Ankommenden von der großen Halle mit den Gepäckbändern abtrennten, sah er eine Gruppe Polizisten, die sich vor dem Ausgang postierten.

»Was ist denn da los?« fragte Tamara, als Michael sie eingeholt hatte. Mit der Hand deutete sie auf die Polizisten.

»Vielleicht hat es eine Bombendrohung der IRA gegeben.« Michael sah sich um. Vor ihnen lief die rothaarige Geschäftsfrau, die im Flugzeug in der Reihe neben ihnen gesessen hatte. Sie hatte ein Handy ans Ohr gepreßt und sprach unaufhörlich in den Apparat. Einer der beiden jungen Männer, die direkt vor ihnen gesessen hatten, zeigte auf die Halle hinter der Glaswand und redete auf seinen Begleiter ein. Der bemerkte Michaels fragenden Blick und zuckte mit den Schultern.

Vor vier Tagen waren Michaels Eltern in der Privatmaschine des ägyptischen Präsidenten aus Luxor zurückgekommen. Michael hatte sie abgeholt und sich von dem überaus höflichen Referenten des Präsidenten die gesamte Maschine mit Cockpit und Laderaum vorführen lassen. Dann hatte er die Sphinx entdeckt und war sofort begeistert. Ein geniales Teil. Michael sah sofort, daß selbst die Bemalung alt war, nicht nachträglich von einem Restaurator aufgefrischt. Sicher hatten die Farben in dem Zeitraum von über dreitausendfünfhundert Jahren an Intensität verloren, aber trotzdem waren sie immer noch fast knallig. Was man von seinen Eltern nicht sagen konnte. Der Alte war bleich im Gesicht und wirkte tatsächlich ausgemergelt, was Michael sich bei seinem Vater nie hatte vorstellen können. Und auch Sarah sah abgespannt aus und hatte dunkle Ringe unter den Augen.

Später war auch Tamara zur Villa gekommen, und seine Eltern hatten ihnen bis nach Mitternacht erzählt, was in Luxor passiert war. Daheim mit Tamara im Bett lag Michael stundenlang wach. Seine Eltern hätten tot sein können. Seltsamerweise machte es die Sache für ihn noch schlimmer, daß sie in ihrem lange geplanten Urlaub hätten sterben sollen. Irgendwann wachte Tamara auf und merkte, daß ihm die Tränen übers Gesicht liefen. Sie nahm ihn fest in die Arme und küßte ihn. Als es draußen schon wieder hell wurde, schlief er endlich ein.

Die Schlange für die Einreisenden aus den EU-Ländern bewegte sich in Minimalgeschwindigkeit durch die mit provisorischen Abtrennungen vorgegebenen Schleifen. Michael hatte den Walkman aufgesetzt. Seinen silbern glänzenden Aluminiumkoffer schob er mit der Schuhspitze über den polierten Boden, sobald die Schlange vor ihm wieder ein paar Zentimeter weitergekrochen war. Ab und zu schaute er nach Tamara, die sich zu dem kleinen Häuflein Reisender gesellt hatte, die vor dem Schalter für Einreisende aus dem Vereinigten Königreich und den Commonwealth-Ländern eine ordentliche Reihe bildeten. Ihre knallrote Daunenjacke stach aus der Gruppe von dunkel gekleideten Menschen heraus wie ein bunter Regenschirm bei einer Beerdigung. Einzig die roten Haare der Geschäftsfrau hinter Tamara fielen auf. Das Handy hatte die Frau inzwischen in ihrer schwarzen Handtasche verschwinden lassen.

Michael legte seinen Reisepaß vor dem Zöllner auf den Schalter. Der ältere Mann mit einer militärischen Kurzhaarfrisur und einem dichten Schnauzer schaute kaum auf das Foto. Statt dessen unterhielt er sich im Flüsterton mit einem zweiten Zöllner, der am Schalter neben ihm saß. Dort wartete eine Inderin im gelben Sari darauf, daß sie endlich durch die Kontrolle gelassen wurde.

Die Aufmerksamkeit der beiden Männer war auf das Rollfeld gerichtet, wo eine Armada von Einsatzfahrzeugen auf das Flughafengebäude zuraste. Innerhalb von Sekunden war der Blick durch die breiten Glasscheiben von dem Grell-Orange der Ambulanzen und dem dunkleren Rot der Löschfahrzeuge beherrscht. Das blitzende Zucken der rotierenden Blaulichter spiegelte sich blau und gelb in den Scheiben. Einige der Wartenden verließen die Schlange und traten zum Fenster, um einen besseren Blick auf das Schauspiel zu haben. Michael versuchte, über ihre Köpfe hinweg zu erkennen, ob es auf dem Rollfeld zu einem Unfall gekommen war. Aber am Himmel über dem Flughafen entdeckte er keinen gefährlich trudelnden Superjet, nirgends schlugen Feuerflammen aus Triebwerken, nicht einmal ein Rauchwölkchen entwich dem Getriebe des Fliegers der South African Airlines, der langsam auf dem Rollfeld kreiste. Für einen Moment kam es Michael so vor, als hätten die behelmten Polizisten, die in Sechsergruppen aus den Einsatzfahrzeugen kletterten, die Lufthansa-Maschine im Visier, mit der Tamara und er gekommen waren. Dann wurde ihm klar, daß sämtliche Fahrzeuge mit der Schnauze zum Flughafengebäude standen, eine lange Reihe, die sich bis zu dem hoch aufragenden roten Kontrollturm hinzog. Die Polizisten rannten auf das Gebäude zu. Neongelbe und weiße Streifen reflektierten im Scheinwerferlicht der Fahrzeuge auf ihren dunkelblauen Uniformen.

»Ihren Ausweis, bitte.«

Der bärtige Zöllner schaute über Michael hinweg auf die länger werdende Schlange. Vereinzelt standen Koffer und Taschen alleine da, deren Besitzer an der Glasscheibe standen und ab und zu besorgte Blicke auf ihr Eigentum warfen. In der Reihe neben Michael lag ein riesiger, vollgepackter Wanderrucksack quer zwischen den Absperrungen auf dem Boden. Eine Frau in Stöckelschuhen beschwerte sich, daß sie nicht weiterkam. Ein blonder Junge kam vom Fenster und beförderte den Rucksack mit einem Fußtritt nach vorn.

Michael deutete wortlos auf den Reisepaß auf dem Schalter. Der Zöllner stutzte, dann blickte er von Michael zum Paß, dann wieder in Michaels Gesicht. Mit ausdrucksloser Miene klappte er den Ausweis zu und reichte ihn über den Schalter. »Der nächste, bitte.«

Tamara saß auf ihrem schwarzen Koffer wie auf einer kleinen Insel inmitten von einem Meer von Reisenden, die Koffer schleppten oder auf Gepäckwagen transportierten. Michael kam es so vor, als seien plötzlich viel mehr Menschen in dem freien Areal hinter den Paßkontrollen. Auch an den Rolltreppen, die zur Haupthalle führten, standen Polizisten. Tamara entdeckte ihn, stand auf und winkte ihm zu. Er rannte zu ihr, aus einer plötzlichen Angst heraus, daß sie getrennt würden, daß er sie in dem Chaos des Flughafens verlieren würde.

»Die Rothaarige hat gesagt, sie schließen den Flughafen.« Tamara nahm Michael bei der Hand und zog ihn Richtung Rolltreppe.

»Was?«

»Irgend jemand hat es ihr übers Handy gesteckt.« Tamara suchte nach einer Lücke in der Menschenmasse, die sich vor den Rolltreppen bildete.

»Rechts«, sagte Michael. Es war die Treppe, die am weitesten entfernt war. Dort drängten sich die wenigsten Reisenden. Die beiden gingen an der Glaswand entlang vorwärts. Michael schob einen Gepäckwagen aus dem Weg, den jemand hier abgestellt hatte. Er spürte, wie Tamara näher zu ihm rückte und seine Hand umklammerte. Dann quetschte er sich durch die Menge in Richtung Rolltreppe.

Die Polizisten wurden unruhig. An der ersten Treppe schoben die Menschen mit solcher Gewalt nach vorn, daß ein älterer Mann stolperte und aufschrie. Die Polizisten zogen die Schlagstöcke und drückten die Menge damit zurück. »Wir müssen so schnell wie möglich raus aus diesem Chaos«, sagte Michael. In diesem Moment gingen die Sirenen los.

Tamara hatte in letzter Zeit fast täglich mit ihrer Mutter und den Geschwistern in London telefoniert. Irgend etwas stimmte nicht mit ihrem Vater. Die Mutter berichtete über Besuche unbekannter Männer, über laute Diskussionen hinter den verschlossenen Türen des Arbeitszimmers. Auf vorsichtige Fragen antwortete ihr Mann nur mit Schweigen. Ruth erzählte, daß der Vater sich kaum noch mit ihnen unterhielt, nur noch die Sabbat-Gebete sprach und sonst wie ein stummer Geist in seinem Arbeitszimmer hockte. Seit einer Woche sei er nicht mehr im Büro seines Import-Export-Geschäftes aufgetaucht. Wenn sein Stellvertreter anrief und sich nach dem Chef erkundigte, weigerte er sich, ans Telefon zu gehen.

Zwei Tage vor der Rückkehr von Michaels Eltern aus Luxor hatte Tamaras Mutter mitten in der Nacht angerufen. Michael hatte das Gespräch am zweiten Apparat im Arbeitszimmer seines Vaters mitgehört. Tamaras Mutter klang vollkommen verzweifelt. Sie schluchzte in den Hörer, und erst nach und nach konnte Tamara sie zum Sprechen bringen. Am frühen Morgen hatte einer der neuen Freunde des Vaters geklingelt, und gemeinsam waren sie mit dem Wagen weggefahren. Eine Erklärung hatte der Vater nicht gegeben. Er hatte nur den kleinen Isaak, der noch ganz verschlafen an der Tür zum Kinderzimmer stand, auf den Arm genommen und ihn wortlos an sich gedrückt. Seither hatte die Mutter nichts mehr von ihm gehört.

Nach dem Anruf hatten Michael und Tamara zum ersten Mal

ausführlich über Tamaras früheres Leben geredet. Sie erzählte ihm von der Angst, die sie immer noch vor dem Vater hatte, von dem Gefühl der Schande, das er allen seinen Töchtern vermittelte, so als könne er mit einem Blick alle ihre Gedanken lesen und wüßte von ihren geheimsten Träumen und Wünschen. Ami Mogiljewitsch hatte nie eines seiner Kinder geschlagen, es war kaum einmal ein lautes Wort im Elternhaus von Tamara gefallen. Trotzdem war die Atmosphäre selten fröhlich und entspannt gewesen. Sie hatte immer das Gefühl gehabt, jeden Moment könne sie oder die Geschwister unwissentlich etwas Falsches tun, das eine schreckliche Katastrophe auslösen würde. Der Vater hatte sich eine schöne, heile Welt aufgebaut, in der er in einem gottesfürchtigen Zustand der Askese lebte. Daß diese Welt für seine Familie ein Gefängnis war, wollte und konnte er nicht begreifen.

Vor acht Monaten hatte Tamara mit Hilfe von Hillel ihr Elternhaus mit all den strengen Regeln und Gesetzen verlassen. Seither hatte sie nicht mehr mit ihrem Vater gesprochen. Sie hatte sich ein neues Leben aufgebaut, zum ersten Mal Jeans getragen, zum ersten Mal in einem Club getanzt, zum ersten Mal eigene Entscheidungen über ihre Zukunft getroffen. In den Telefongesprächen mit der Mutter spürte sie, daß sich etwas Grundsätzliches mit ihr und ihrer Familie verändert hatte. Der wachsende Widerstand in den Stimmen ihrer Geschwister war nicht zu überhören. Trotzdem hatte Tamara Angst, daß Ami Mogiljewitsch sie wieder in sein Gefängnis zurückholen würde.

Wenn Michael über Tamara nachdachte, fiel ihm immer der Moment in dem Londoner Hotelzimmer ein, als er sie, halb im Spaß, gefragt hatte, ob sie mit ihm nach Deutschland kommen wolle. Noch nie hatte ihn jemand so überrascht wie Tamara, als sie ganz ernsthaft zurückfragte, ob er ihr das Geld für das Flugticket leihen könne. Für Michael konzentrierte sich in diesem Moment alles, was er an Tamara liebte: ihre Willensstärke, ihre Schönheit, ihre Spontaneität, ihr unbegrenztes Vertrauen zu ihm. Und die fast trotzige Entschlossenheit, für ihr eigenes Leben die volle Verantwortung zu übernehmen. Die Tamara, die er in den letzten Monaten kennengelernt hatte, war weder durch Gewalt noch durch die strengen Worte eines liebenden Vaters wieder in das Gefängnis des Ami Mogiljewitsch zurückzubringen. Die Tamara, die Michael liebte, hatte die Kraft und den Mut, sich der Vergangenheit zu stellen. Schließlich hatte er Tamara überzeugt, daß sie ihren Vater sehen und mit ihm reden mußte, wenn sie jemals die Angst vor dem Gefängnis verlieren wollte. In dieser Nacht beschlossen sie, gemeinsam nach London aufzubrechen.

»Bitte verlassen Sie umgehend das Flughafengebäude. Dies ist eine Übung des Katastrophenschutzes. Bleiben Sie ruhig und achten Sie auf Ihr Gepäck. Die Ausgänge zu U-Bahn, Heathrow-Express, Taxis und Mietwagen befinden sich im Hauptgebäude. Bitte verlassen Sie umgehend das Flughafengebäude. Dies ist eine Übung des Katastrophenschutzes. Bleiben Sie ruhig …«

Seit Minuten schallte die Durchsage aus der Lautsprecheranlage. Michael und Tamara eilten durch das Hauptgebäude.

»Wo sind denn die verdammten Mietwagen?« Michael drehte sich im Kreis. Überall sah er bunte Schilder, Hinweise zu den Schaltern der einzelnen Fluglinien, rote Pfeile, die zu den Notausgängen führten, aber wo die Mietwagen waren, konnte er nirgends entdecken.

»Da drüben.« Tamara deutete über einen der Haupteingänge. Bussymbol, Taxi, das blaue Zeichen der U-Bahn mit dem roten Kreis, ein symbolischer Schlüssel für Mietwagen. Hand in Hand rannten sie auf den Ausgang zu und quetschten sich mit einer Gruppe von französischen Touristen ins Freie.

Doch es stellte sich als unmöglich heraus, am Flughafen einen Mietwagen zu bekommen, obwohl Michael noch von Frankfurt reserviert hatte. Die meisten Schalter der Mietwagenfirmen in dem flachen Gebäude am Flughafenparkhaus waren geschlossen. Die Szenen, die sich vor den beiden noch offenen Schaltern abspielten, gaben wenig Hoffnung, daß sie dort noch einen Wagen bekommen würden. Die Angestellten hinter den Tresen konnten nur mit Mühe verhindern, daß die Kunden im Kampf um die letzten Autoschlüssel mit den Fäusten aufeinander losgingen. Taxis waren weit und breit keine zu sehen, dafür zog sich die Schlange der Wartenden an den Taxiständen über die ganze Länge des Eingangsbereichs.

»Und jetzt?« Tamara setzte sich auf ihren schwarzen Koffer und schaute zu Michael hoch. »Irgendwie hat sich wohl alles dagegen verschworen, daß ich mich mit Vater ausspreche.« Sie verzog den Mund zu einem halben Grinsen.

Michael strich ihr über das Haar. »Wir schaffen das, Timmy. Du triffst deinen Vater schon noch.«

»Ich bin gar nicht mehr so scharf drauf.« Tamara kickte mit der Schuhspitze einen Kiesel über den Asphalt.

»Sorry, zu spät. Du kommst nicht mehr drum herum.« Michael lächelte sie an, reichte ihr die Hand und zog sie hoch. »Irgendwo gibt es hier doch so eine Expreßbahn nach Paddington. Wenn wir erst mal weg vom Flughafen sind, finden wir sicher auch irgendwo ein Taxi.«

»Der Heathrow-Expreß fährt auch nicht mehr«, sagte plötzlich neben ihnen einer der beiden Männer, die mit ihnen von Frankfurt gekommen waren. Sie hatten drei schwere Koffer auf einen Gepäckwagen geladen und balancierten die Fuhre über den Asphalt. »Bleibt nur noch die Tube.«

Michael und Tamara schlossen sich den beiden an und halfen ihnen, die Koffer zur U-Bahn zu bringen. Auf der Rolltreppe drehte sich Michael noch einmal zum Flughafengebäude um. Eine Kolonne von Spezialfahrzeugen parkte an den Taxiständen. Die Menschen, die dort gewartet hatten, waren verschwunden. Dafür stiegen Soldaten aus, die in weiße Schutzanzüge gekleidet waren. Einige trugen Helme mit geschlossenen Visieren, die aus der Ferne tiefschwarz wirkten. Sie stürmten in die Flughafenhalle. Ihnen folgten Soldaten, die einen silbernen Container durch den Eingang rollten. *Bomb-Disposal-Unit* stand auf dem Container. Darunter prangte auf einem orangefarbenen Viereck ein Totenkopf.

*

»Für solche Scherze bin ich heute nicht mehr zu haben.« Charly Bretton, der Leiter der Flughafenbehörde, fuhr sich durch sein zerzaustes Haar. Sein braungebranntes Gesicht hatte in den letzten Stunden einen rötlichen Farbton angenommen, seine Augen sahen müde aus. Das Jackett seines maßgefertigten Anzugs lag zusammengeknüllt auf einem Stuhl neben dem Schreibtisch, seine Krawatte hing über der Lehne. Die Telefonanlage klingelte unaufhörlich, und rote und grüne Lichter blinkten auf der Konsole. Durch die geöffnete Tür hörte man hektische Gespräche aus dem Nebenzimmer, und schon zweimal, seit der Kommandeur der SIS-Sicherheitskräfte das Büro betreten hatte, war eine Mitarbeiterin Brettons an die Tür getreten und hatte mit einer Geste angedeutet, daß der Flughafenleiter dringend im Krisenstab gebraucht wurde. »Das hier ist Heathrow Airport, verstehen Sie? Wir managen hier einen der größten Flughäfen der Welt. Täglich starten hier über zweihundert internationale Flüge, ganz zu schweigen von den Inlandsflügen. Wir fertigen siebentausend

Passagiere in der Stunde ab, hundertsechzigtausend am Tag. Sie
können hier nicht einfach so reinmarschieren und von mir verlangen, daß ich den gesamten Flugbetrieb einstelle.«

»Sie haben den Befehl von Ministerpräsident Haslecourt erhalten?«

»Ja, natürlich.« Der Kommandant erschien dem Flughafenleiter jung für seine Position, keine fünfzig, schätzte er. »Der Krisenstab hat den Katastrophenplan für einen flughafenweiten
Bombenalarm in Kraft gesetzt. Wir haben alle im Landeanflug
befindlichen Maschinen nach Stansted, Luton, London City
und Gatwick umgeleitet. Auf dem Rollfeld warten an die
dreißig abgefertigte Maschinen seit einer Stunde darauf, entweder endlich eine Starterlaubnis zu kriegen oder wenigstens die
Passagiere wieder von Bord zu lassen. Haben Sie gesehen, was in
den Terminals los ist? Das ist die Hölle dort unten. Nach dem
Einsatzplan sollen die Reisenden ihr Gepäck in der Halle lassen,
damit sie so schnell wie möglich den Flughafen verlassen und so
im Ernstfall kostbare Zeit gespart wird. Totaler Schwachsinn,
stellt sich jetzt heraus. Vor vierzig Minuten wurden in allen Terminals entsprechende Durchsagen gemacht, und seither regiert
das Chaos. Kein Mensch will seine Koffer zurücklassen. Die
Leute haben die Bänder gestürmt, um an ihr Gepäck zu kommen. Und die Polizei ist machtlos, die Menge hat einfach die
Absperrungen durchbrochen.«

»Wurde die Klimaanlage abgeschaltet?«

Bretton schaute den Kommandeur erstaunt an. »Sicher. Wir
haben uns exakt an die Vorschriften des Katastrophenplans gehalten. Obwohl ich bezweifeln möchte, daß irgend jemand in
den Terminals im Moment auf eine angenehme Luftzirkulation
achtet. Die Leute sind viel zu sehr damit beschäftigt, mit den
Polizisten und dem Katastropheneinsatzdienst über ihre Koffer
zu diskutieren.«

In diesem Moment erschien die Mitarbeiterin zum dritten Mal in der Tür. »Mr. Bretton?«

Der Flughafenleiter wandte sich zu der Frau. »Was ist denn?«

»Die französische Botschaft hat jetzt zum dritten Mal angerufen und sich offiziell beschwert. Der Justizminister sitzt in der VIP-Lounge und protestiert – ich zitiere – *mit Nachdruck* gegen die stundenlange Unterbrechung seines Fluges. Der belgische Justizminister ist bei ihm und schließt sich dem Protest seines Kollegen an.«

Bretton schlug mit der flachen Hand auf den Schreibtisch, und ein Stapel Blätter rutschte auf den Boden. »Scheiße! Jetzt fehlt nur noch, daß das Weiße Haus hier anruft, weil irgendein wichtiger amerikanischer Diplomat nicht mehr von Heathrow wegkommt.« Wieder fuhr er sich durch das Haar. »Ich komme gleich«, sagte er zu der Mitarbeiterin. Zu dem Kommandeur gewandt, fuhr er fort: »Ich möchte noch erwähnen, daß der Außenminister von Ecuador in einer Linienmaschine auf der Rollbahn festhängt, ebenso wie der Finanzminister von Malaysia, ganz zu schweigen von der Delegation des Vatikans und einer Abordnung der Weltbank, die dem französischen Justizminister in der VIP-Lounge Gesellschaft leisten. Wie soll ich es denen erklären, daß sie für Stunden festsitzen werden? Für Tage, wenn Sie den Flugverkehr jetzt ganz einstellen lassen wollen?«

»Das ist Ihr Job.« Der Kommandeur verzog keine Miene. »Mein Job ist es, dafür zu sorgen, daß niemand den Flughafen verläßt, der sich in den letzten beiden Stunden hier aufgehalten hat. Und damit meine ich, absolut niemand. Keine Passagiere, keine Piloten, keine Flughafenbediensteten, nicht mal das Reinigungspersonal. Niemand kommt hier mehr raus oder rein. Niemand.«

Der Flughafenleiter starrte den Kommandanten an. Dann erhob er sich langsam und stützte sich mit beiden Händen auf der

Schreibtischplatte ab. »Dann sind das ja sicher Ihre Truppen, die alle Zufahrtsstraßen zum Flughafen abgesperrt haben und niemanden mehr durchlassen. Ich mache Sie für alles verantwortlich, was da draußen passiert und noch passieren wird. Und ich kann Ihnen nur eins sagen: Das geringste ist noch, daß die Anwälte von Heathrow-Express hier dauernd anrufen und mir vorrechnen, wieviel zigtausend Pfund jede Minute kostet, die der Express nicht fährt. Bei den Szenen, die sich vor dem Flughafen abspielen, würde es mich nicht wundern, wenn es bald Tote gibt. Ich habe da draußen Soldaten gesehen, die sich mit Maschinenpistolen im Anschlag hinter Militärfahrzeugen verschanzen. Haben Sie Ihren Männern Anweisung gegeben, die Taxifahrer mit Waffengewalt am Weiterfahren zu hindern?«

»Ja, die Männer handeln auf meine Anweisung.«

Der Kommandeur war lauter geworden. Zum ersten Mal meinte Bretton so etwas wie Nervosität in der Stimme des Mannes zu hören. Mit leiser Stimme sagte er: »Das geht zu weit. Ich weiß, daß das eine angespannte Situation ist, aber Sie können doch nicht auf Unschuldige schießen lassen.«

Die Unruhe in der Stimme des Kommandeurs wurde deutlicher. Er trat auf Bretton zu und sagte: »Sie verstehen wohl nicht ganz, was dieser Bombenalarm bedeutet. Der 256. Army Medical Service hat Befehl, in der Nähe des Flughafens ein Feldlazarett zu errichten. Sämtliche Kommandeure der größten in der Umgebung stationierten Einheiten sind alarmiert. Die Royal Green Jackets, ein Fallschirmspringer-Regiment, Intelligence and Security Corps, die Royal Engineers, der Special Air Service, die City of London Füseliers, das 289. Kommando der Battery Royal Artillery, das 265. Royal Logistics Corps – alle verfügbaren Einheiten sind auf dem Weg zum Flughafen. Und Downing Street hat vor einer halben Stunde ein Spezialteam aus Porton Down angefordert.«

»Aus Porton Down?«

»Spezialisten für biologische Kriegsführung. Sie kennen sich am besten mit biologischen Waffen aus. Außerdem wird es ein Quarantänelager geben. Nicht nur die Passagiere, auch alle Flughafenbediensteten müssen sich dort einfinden.«

»Mein Gott, wo sollen wir denn ein Quarantänelager für bis zu fünfzigtausend Menschen aufbauen? Wir haben Frachtlager, Speditionen, Autovermieter, Zehntausende arbeiten hier.«

Der Kommandeur zuckte mit den Schultern. »Weiß ich noch nicht. Wir werden mit Ihrem Krisenstab einen Standort festlegen. Zunächst errichten meine Leute ein Feldlazarett neben der Runway. Dann sehen wir weiter.« Er holte Luft. »Okay, wir haben keine Zeit für solche nutzlosen Diskussionen. Ich fordere Sie jetzt zum letzten Mal auf, sofort den Flugbetrieb einzustellen und mit der Armee zu kooperieren. Sonst muß ich Sie festnehmen lassen.«

»Es reicht!« Bretton brüllte. Er war bleich geworden. Im Nebenzimmer war es absolut still. »Ich werde doch nicht wegen einer Katastrophenübung den Flughafen total lahmlegen!«

»Eine Übung?« Der Kommandeur blickte den Flughafenleiter einen Moment lang an, als hätte er einen Schwachsinnigen vor sich. Dann sagte er zögernd: »Wissen Sie denn nicht …, ich meine, hat Ihnen denn niemand gesagt, was hier los ist?«

Bretton schüttelte den Kopf. »Was denn? Was ist denn?« Er knallte noch einmal auf die Tischplatte. »Was ist hier eigentlich los?«

»Wann haben Sie mit Haslecourt gesprochen?« Der Kommandant sprach schnell.

»Vor gut einer Stunde …« Der Flughafenleiter warf einen kurzen Blick auf seine Armbanduhr. »… vor fast siebzig Minuten hat der Premier mich darüber informiert, daß sofort eine Katastrophenschutzübung stattfindet. Großangelegte Sonderübung aller Einsatzkräfte, hat er es genannt. Ein simulierter Bombenalarm mit biologischen Waffen. Normalerweise wird zumindest die Flughafenleitung im Vorfeld über so etwas informiert. Die Übung sei absolut kurzfristig angesetzt worden, hat der Premier gesagt.« Bretton zuckte mit den Schultern. »Ich habe gedacht, sie sind nervös, wegen des Funds der Biobombe vorgestern in der U-Bahn.«

»Das ist keine Übung.« Der Kommandeur sprach langsam und deutlich. »Hier wird nichts simuliert. Lassen Sie den Flugverkehr einstellen. Wir müssen verhindern, daß von Heathrow aus eine Pestepidemie in die ganze Welt verbreitet wird.«

*

»Sieht ja aus, als würden sie hier einen Katastrophenfilm drehen.« Pat Marcus blickte in die Seitenstraßen, die von der Chester Street abgingen. Überall standen Mannschaftswagen der Metropolitan Police. An einer Kreuzung wurden Rammböcke abgeladen, wie die Polizei sie zum Errichten von Straßensperren benutzt. Nur die Chester Street selbst sah aus wie an einem ganz normalen, winterlichen Nachmittag. Ein Motorradfahrer kam ihnen entgegen, sonst war alles ruhig.

»Bei Terroristen gehen wir kein Risiko ein.« Wright saß neben dem Fahrer des Zivilfahrzeugs, der sie vom Euston Tower nach Finchley gebracht hatte. Direkt hinter ihnen war sein Team vom MI5. Trotz Blaulicht hatten sie über eine halbe Stunde gebraucht.

Vor dem großbürgerlichen, graugestrichenen Wohnhaus mit der Nummer 498 standen drei Wagen der Antiterroreinheit. Polizisten in kugelsicheren Westen lehnten an den Fahrzeugen, rauchten und unterhielten sich. Alle hatten Maschinenpistolen. Auf den Treppenstufen, die zur Eingangstür des Hauses führten, standen noch mehr Polizisten in Kampfmontur. Zwei kleine Kinder spielten Fangen zwischen ihren Beinen.

»So habe ich mir immer einen Terroristenunterschlupf vorgestellt«, meinte Phil Campell.

»Die reinste Idylle hier«, brummte Wright. »Ich bin ja schon auf die Geschichte gespannt, die uns dieser Mogiljewitsch auftischt.«

In diesem Moment bog mit quietschenden Reifen ein altmodisches, schwarz-glänzendes Taxi um die Ecke und holte schnell zu den beiden Wagen des MI5 auf. Vor der Nummer 498 bremste das Taxi abrupt ab und hielt am gegenüberliegenden Straßenrand. Die beiden Passagiere, ein großer junger Mann mit breiten Koteletten und einer Sonnenbrille und eine schwarzhaarige junge Frau in einer knallroten Daunenjacke, stiegen aus. Der Fahrer holte ihr Gepäck aus dem Kofferraum und stellte es auf den Gehsteig. Dann ließ er das Gefährt mit einem Knall anspringen und jagte die Chester Street davon. Die beiden Passagiere verharrten einen Moment in einer bläulichen Abgaswolke, dann nahmen sie die Koffer und gingen auf das Haus Nr. 498 zu.

Jonathan Wright öffnete die Beifahrertür und stieg aus. Als die Frau die Treppe zum Haus hinaufgehen wollte, legte er ihr die Hand auf die Schulter und sagte: »Entschuldigen Sie, können Sie sich ausweisen?«

Sofort trat der junge Mann neben die Frau. Diese musterte Wright einen Augenblick, dann erwiderte sie: »Was gibt es denn?«

Der MI5-Mann griff in die Manteltasche und holte seinen Ausweis. »Security Services.« Er winkte zwei der Polizisten her.

Die Frau starrte ihn an. »Sie sind vom Geheimdienst?«

Wright nickte. »Würden Sie sich jetzt bitte ausweisen?«

Sie schloß kurz die Augen. Dann drehte sie sich zu dem Haus um. »Ich wohne hier. 498 Chester Street.«

Eines der beiden Kinder war auf sie aufmerksam geworden. Der kleine Junge hielt sich an dem steinernen Geländer der Treppe fest und tapste die Stufen hinunter.

»Wohnen Sie auch hier?« fragte Wright den Mann, der immer noch die Sonnenbrille aufhatte.

»Nein, Sir, ich bin zu Besuch in London. Was ist denn eigentlich los? Hat es einen Unfall gegeben?«

Er sprach mit einem Akzent, den Wright nicht sofort einordnen konnte. Hinter ihm stiegen Campell und Marcus aus dem Wagen.

Die beiden jungen Leute blickten von Wright zu Campell und Marcus und den Polizisten, die näher herangetreten waren. »Es ist etwas mit meinem Vater.« Die junge Frau flüsterte.

In diesem Moment hatte der kleine Junge das Ende der Treppe erreicht und rannte auf die Frau zu: »Tamara! Tamara! Du bist wieder da!«

Die Frau drehte sich überrascht um. Dann ging sie schnell in die Hocke und empfing den Jungen mit ausgebreiteten Armen. »Hey, Isaak, mein kleiner Liebling«, rief sie, hob den Jungen hoch und drehte sich im Kreis mit ihm. Das Kind lachte vor Freude, als es so durch die Luft gewirbelt wurde.

»Sie sind Deutscher, nicht?« Der BBC-Rechercheur stellte sich neben den Mann, der endlich die Sonnenbrille abgenommen hatte und der Frau in der roten Daunenjacke und dem strahlenden Jungen zusah.

»Ja.« Der junge Mann blickte lächelnd auf die Frau. Frisch verliebt. Wright kannte den Blick. »Michael Fleischmann. Und mit wem habe ich das Vergnügen?«

Wright hörte mit halbem Ohr, wie Phil Campell sich vorstellte. Marcus trat dazu und ließ sich von diesem Fleischmann den Paß zeigen. Doch Wrights Aufmerksamkeit galt der jungen Frau. Außer Atem und mit dem Jungen auf dem Arm wandte sie sich wieder den Männern zu. Einer der Polizisten fragte: »Sind Sie Tamara Mogiljewitsch? Die älteste Tochter von Ami Mogiljewitsch?«

»Ja. Woher wissen Sie das?«

»Ihr Vater hat viel von Ihnen erzählt. Nur was wir von ihm wissen wollen, dazu sagt er nichts.« Der Polizist drehte sich zu Wright. »Die Detectives erwarten Sie schon. Bis jetzt ist hier absolute Fehlanzeige. Die Psychologen von Scotland Yard haben es mit allen ihren Tricks versucht. Aber der Alte faselt nur was von der Erschaffung der Welt. Kein Wort über die Spraydosen.«

Wright sah, wie sich die Augen von Tamara Mogiljewitsch weiteten.

»Sie kommen besser mit rein«, sagte er. Sie nickte und wollte nach dem Koffer greifen, doch Wright hielt sie davon ab.

»Tut mir leid. Das Gepäck muß erst durchsucht werden.« Er winkte Steve und Meg.

»Aber warum denn?«

»Ihr Vater hat einen Terroranschlag vorbereitet. Mit Spraydosen, aus denen, wenn sie länger als eine Stunde in der Wärme stehen, tödliche Pesterreger entweichen. Wir wissen, daß er sie überall in Heathrow Airport verteilt hat.« Wright rief zum Streifenwagen hinüber: »Wie viele Dosen haben sie bis jetzt?«

Der Sergeant, der am Radio im Wagen saß, rief zurück: »Vor drei Minuten wurde eine in einem Krawattengeschäft entdeckt. Numero sieben.«

Wright wandte sich wieder an Tamara, die bleich geworden war. »Also, sieben dieser Dosen sind sichergestellt. Aber wir haben keine Ahnung, wie viele Ihr Vater noch versteckt hat, wir wissen nicht, wo er sie überall versteckt hat. Helfen Sie uns, ihn zum Reden zu bringen. Bitte.«

Die junge Frau drückte den kleinen Jungen an sich und starrte Wright an. Er war sich unsicher, ob sie wirklich verstand, was er gesagt hatte. Sie schaute sich nach ihrem Freund um, der immer noch mit Campell und Marcus sprach. Wright befürchtete schon, sie würde umkippen, und suchte Meg.

Doch Tamara Mogiljewitsch wurde nicht ohnmächtig. Mit fester Stimme sagte sie:»Wenn ich kann, helfe ich Ihnen.« Dann liefen Tränen über ihr Gesicht.»Eigentlich bin ich gekommen, um mich mit meinem Vater auszusprechen.«

Tamaras Aussprache mit ihrem Vater dauerte zehn Minuten. Sie waren fast ganz allein im Arbeitszimmer von Ami Mogiljewitsch, nur Jonathan Wright war mit dabei, und ein Detective von Scotland Yard, der jedes Wort protokollierte. Zusammen mit dem BBC-Mann, den Detectives und den Männern von der Antiterroreinheit wartete Michael draußen im Flur. Zehn Minuten saß er wie auf Kohlen, dann kam Tamara weinend heraus und fiel ihm in die Arme. Nachdem sie sich wieder etwas beruhigt hatte, meinte sie:»Ich weiß jetzt auch, wer hinter dem Terror gegen die ReHu gesteckt hat.«

Michael starrte Tamara an.»Das haben Herbert und Sarah uns ja erzählt. Der Mossad hatte es auf ein Softwareprogramm der ReHu abgesehen.«

Seit seine Eltern nach Luxor gefahren waren, war im Betrieb kein einziges schwarzes Fax mehr eingegangen, die Telefonanlage funktionierte problemlos, und nicht einmal ein harmloser Virus hatte sich in die Computer der ReHu eingeschlichen.

»Erinnerst du dich, wie Kremer einmal gesagt hat, ein Mann namens Meir hätte anstelle von Benjamin Levy angerufen? An dem Tag, als der Computer von Wolf Jenninger explodiert ist?«

»Ja klar. War doch so ein komischer Zufall, daß du von früher auch jemanden gekannt hast, der Meir hieß.« Michael strich Tamara die schwarzen Locken aus dem Gesicht. Dann blickte er sie an. »Oder war das gar kein Zufall?«

Sie schüttelte den Kopf. »Abraham Meir ist … war ein Freund von meinem Vater. Er hat uns oft besucht, als ich klein war. Als ich weg bin, ist für meinen Vater alles zusammengebrochen, seine ganze heile Welt. Mum hat ihn dafür verantwortlich gemacht, daß ihre Tochter verschwunden ist. Dann ist Onkel Abraham zu Besuch gekommen. Der hat in den letzten Jahren in Deutschland gelebt, in Frankfurt. Ganz nahe von der ReHu.« Tamara zuckte mit den Schultern. »Zu der orthodoxen Gemeinde in Finchley hat er wohl über die Jahre losen Kontakt gehalten. Onkel Abraham hat meinem Vater versprochen, nach mir zu suchen. Und er hat mich gefunden. Vater hat genau gewußt, wo ich die letzten Monate war. Onkel Abraham hat ihm erzählt, daß ich Hosen trage und zur Schule gehe. Und mit einem Jungen zusammenlebe.« Sie schwieg einen Moment, dann küßte sie Michael sanft auf den Mund. »Da ist Vater durchgedreht. Sonst hätte er nie die Dosen mit den Pesterregern auf dem Flughafen versteckt.«

Michael schwieg. Er erinnerte sich noch gut an die Stunden im Geschichtsunterricht, als sie über den Schwarzen Tod gesprochen hatten. »Aber was wollte denn dieser Meir damit erreichen? Wozu wollte er denn Menschen mit der Pest anstecken?«

»Vater hat mir die Stelle in der Bibel gezeigt. Hesekiel 38. *Ich will richten mit Pestilenz und Blut. Und dann will ich mich zeigen vor den Heiden, daß sie erfahren sollen, daß ich der Herr bin.* So ähnlich. Abraham Meir hat Vater davon überzeugt, daß nach einer weltweiten Pestseuche der Messias kommen wird. Und weil sein eigenes Leben sinnlos geworden war, wollte Vater vor seinem Tod wenigstens noch etwas Großes für seinen Glauben tun.«

*

Langsam rollten die beiden stromlinienförmigen Kampfflugzeuge mit den spitz zulaufenden Schnauzen aus dem Hangar auf die nördlichste und längste Startbahn des israelischen Luftwaffenstützpunkts Ramat David. Der Militärflughafen südöstlich von Haifa in der Nähe der Grünen Linie war, neben Tel Nof und Nevatim, einer der wichtigsten Vorposten der israelischen Luftraumüberwachung. Vier Schwadronen von insgesamt fünfundvierzig israelischen Schwadronen, die 109, 110, 117 und 190 hatten in Ramat David ihren Heimatflughafen. Seit 1988 war der Stützpunkt mit wendigen Mehrzweckjägern des Typs F-16C ausgerüstet. Die Kampfflugzeuge wurden nicht nur gegen Hisbollah-Stellungen eingesetzt. Das israelische Militärabkommen mit der Türkei hatte die Piloten auch schon ins türkische Incirlik geführt, von wo aus sie zu Einsätzen gegen kurdische Stellungen im Norden des Irak und Beobachtungsflügen entlang der türkisch-syrischen Grenze starteten.

Für die Piloten Rafael Osiri und Schlomo Herzl war der für heute angesetzte Übungsflug reine Routine. Beide waren kampferprobte Offiziere und schon seit Ewigkeiten in Ramat David stationiert. Die Besatzung im Tower verschwendete keinen zweiten Blick auf die Monitore, als Osiri und Herzl die Maschinen bestiegen und zum Start klarmachten. Gegen den Wind gingen sie in nördlicher Richtung hoch, flogen eine Schleife und widmeten sich dann ihrer Aufgabe, einer Tiefflugübung entlang der israelisch-jordanischen Grenze im Jordan-Tal. Die F-16 waren vor wenigen Wochen mit neuen Active-Array-Radarsystemen ausgerüstet worden, die Osiri und Herzl testen sollten. Mehr als hundertmal hatten sie die kurze Strecke zwischen dem Tiberias-See und Yotvata im Süden des Landes schon abgeflogen. Sie hielten sich dicht nebeneinander, als sie bei Höchstgeschwindigkeit Mach-2 Israel in wenigen Minuten überquerten. Nicht die Topographie, sondern die Enge des Landes stellte die größte Herausforderung für das Geschick der Piloten dar. Mehr als einmal hatten unerfahrenere Piloten der israelischen Luftwaffe bei Grenzflügen den jordanischen Luftraum verletzt.

Über der Oasenstadt En Yotvata im Negev drehten Osiri und Herzl in einer langgezogenen Rechtskurve bei und schalteten den Autopiloten aus. Wie immer nutzten die Piloten den Rückflug, um ihr fliegerisches Geschick zu verbessern. Herzl flog jetzt voraus. In zwanzigtausend Fuß Höhe deutete er eine Schüttelbewegung mit den Flügeln des Bombers an, ein Zeichen, das im Ernstfall anderen Piloten bedeutete, seiner Maschine zu folgen. Osiri schloß sofort auf und hielt sich im Minimalabstand hinter Herzl. Das Manöver wirkte wie eine Figur aus der Ballettvorführung zweier gigantischer Raubvögel. In einem weiten Bogen umflogen die Kampfflugzeuge das israelische Atomforschungszentrum Dimona, ließen Hebron rechts liegen, um dann östlich von Jericho nahe der Allenby-Brücke wieder in den Tiefflug überzugehen, der sie in zwölf Minuten zurück nach Ramat David bringen würde. Mit eintausendzweihundert Stundenkilometern zog die zerklüftete Bergwelt von Judäa an ihren Cockpits vorbei. Im Westen konnte man in der Ferne die Vororte Jerusalems erkennen. Schlomo Herzl leitete den Sinkflug ein.

Die riesigen Quader der fast senkrechten Mauer ragten achtzehn Meter hoch in den Himmel. In Kopfhöhe hatte eine staubige Pflanze in dem Schlitz über einem langgestreckten, grob behauenen Stein Halt gefunden. Ihre trockenen Ranken hingen über den darunterliegenden Quader. Blaue und weiße Papierfetzen steckten links davon in einem Längsschlitz, der sich nach oben hin verbreiterte. An einer Stange, die vor der Mauer stand, waren ein schwarzes und ein dunkel gemustertes

Tuch befestigt. Eine alte Frau mit einem weißen Kopftuch saß auf einem Stuhl daneben. Esther Abramowitz kniete auf dem Boden und senkte den Kopf. Ihr langes schwarzes Haar hatte sie mit einem Kopftuch zusammengebunden. Es war ein sonniger Tag, und der Steinboden war trocken. Trotzdem kroch Kälte unter ihren Rock. Sie zog ihre violette Jacke enger um sich.

Neben der Gruppe von Frauen, unter denen Esther kniete, stand ein junger Polizist. Eine dunkle Sonnenbrille verbarg seinen Blick, der auf den weiten leeren Platz vor der Klagemauer gerichtet schien. Nur ein paar Dutzend Gläubige hatten sich an dem Wochentag an der Mauer eingefunden. Der Polizist hielt die Arme in einer unbewußten, schützenden Geste vor der Brust verschränkt, zwischen dem straff gespannten Kinnriemen und dem olivgrünen Helm wirkte das jugendliche Gesicht wie eingezwängt. Immer wieder schaute er seitlich nach oben zu den Fensteröffnungen der Wände, die den Platz auf beiden Seiten abgrenzten. Doch außer einem Stand auf der gegenüberliegenden Seite des Platzes, um den ein paar Männer in der Tracht der Ultra-Orthodoxen standen, war nichts Außergewöhnliches zu sehen.

Esther stand von ihrem Gebet auf und trat näher an die Mauer. Sie hob einen ziegelförmigen Stein auf und legte für ein paar Momente ihre Stirn dagegen. Immer, wenn sie nach Jerusalem kam, besuchte sie die Klagemauer. Sie war dabeigewesen, als 1996 der Ausgang des Tempelbergtunnels geöffnet wurde. Sie hatte neben der Winde gestanden, als das behauene Stück Stein geborgen worden war, das sich als Rest eines Torbogens des Zweiten Tempels aus der Zeit König Salomons herausstellte. Kollegen, die an den Ausgrabungen am Tempelberg arbeiteten, hatten ihr erzählt, daß in den letzten Monaten wieder mit Baggern große Mengen Erdreich vom Tempelberg abgetragen worden waren. Wie viele israelische Archäologen befürchtete auch Esther Abramowitz, daß die Palästinenser beim Ausbau der großen unterirdischen Moschee auf dem Berg wenig Rücksicht auf Funde nahmen, die Hinweise auf den Zweiten Tempel geben könnten.

Sie berührte einen der mächtigen rauhen Quader. An den untersten Schichten war gut zu erkennen, wie exakt sie behauen und nebeneinander gepaßt worden waren, so daß die Mauer auch ohne Mörtel Stabilität erhielt. Die höher gelegenen Schichten aus mittelgroßen Steinen stammten wahrscheinlich aus der Zeit der Omajaden. Und die kleinen Steine, die den oberen Abschluß der heutigen Mauer bildeten, waren erst Mitte des 19. Jahrhunderts aufgeschichtet worden, als Sir Moses Montefiore sie ausbessern ließ.

Hinter ihr stimmten ein paar Frauen mit dunklen Kopftüchern einen Klagegesang an. Über ihr war ein dumpfes Dröhnen zu hören. Esther konnte sich nicht vorstellen, daß die Palästinenser direkt oberhalb der westlichen Mauer mit ihren Baggern auffahren würden. Sie trat ein paar Schritte zurück und blickte an der Mauer hoch, aber sie sah nur den blauen Himmel, an dem ein paar weiße Wölkchen zogen.

Sogar das unbeständige Novemberwetter in Jerusalem spielte mit. Ein leichter Südwind trieb eine dünne Schicht Kumuluswolken über den Platz vor der Klagemauer, an dem betende Juden mit Schläfenlocken eine malerische Kulisse für Kathleen Arnetts Reportage boten. Die CNN-Korrespondentin hatte sich vor einer halben Stunde noch einmal mit Eli Barkat im Ocean getroffen. Der Programmierer hatte ihr in letzter Minute aktuelle Informationen über Dr. Wouter Basson, besser bekannt als *Doktor Tod,* beschafft, der in den achtziger Jahren Bakterien gentechnisch manipuliert hatte, damit sie nur Schwarze töten sollten. Damit stand Kathleens Text über die ethnische Bombe. Das Bildmaterial für die fünfminütige Reportage hatte sie in den CNN-Archiven in Atlanta zusammensuchen lassen. Am eindrucksvollsten wäre es natürlich gewesen, wenn sie Ariel zu einem Interview vor laufender Kamera hätte bewegen können. Aber seit seiner Abreise hatte sie nichts mehr von ihm gehört. Niemand außer Ted und Eli wußte genau, um was es in ihrem Bericht ging. Auf keinen Fall wollte Kathleen riskieren, daß der Sensationswert der Geschichte über den durchgedrehten Mossad-Mann dadurch geschmälert wurde, daß andere Sender vorab davon Wind bekamen.

Die CNN-Korrespondentin fuhr sich noch einmal mit der Hand durch die Haare, warf einen letzten Blick in den Schminkspiegel und gab dem Kameramann ein Zeichen.

»Hast du den Tempelberg im Hintergrund?«

»Klar, Kathleen, schönes Bild, Klagemauer und Felsendom. Kommt gut. Schieß los.«

Die beiden F-16C waren mit scharfer Munition bewaffnet, jeweils vier CBU-97-Streubomben, jede von ihnen mehr als fünfhundert Kilogramm schwer. Aus jeder Übung im israelischen Luftraum konnte innerhalb einer Sekunde ein Ernstfall werden. Rafael Osiri und Schlomo Herzl waren darauf vorbereitet.

Herzl hatte den Bomber jetzt auf tausendeinhundert Meter absinken lassen. Links von sich sah er in der Ferne die goldene Kuppel des Felsendoms. Osiri war zweihundert Meter hinter ihm. Mit einer leichten Bewegung am Steuerknüppel scherte Herzl aus dem Formationsflug aus und hörte wenige Sekunden später die Stimme von Osiri im Kopfhörer. »Was ist?«

»Kleines Problem mit der Steuerung. Hab ich sofort.«

Schlomo Herzl hatte schon mit zwölf Jahren genau gewußt,

daß er zur Luftwaffe wollte. Er war mit achtzehn als einer der jüngsten Kadetten aufgenommen worden, mit zwanzig flog er seinen ersten Einsatz in einem Jagdbomber über dem Libanon. Im selben Monat, als er und seine Schwadron den irakischen Reaktor zerstörten, lernte er seine Frau kennen. Er war ein guter Ehemann und ein liebevoller Vater für seinen Sohn, der zehn Monate nach der Heirat geboren wurde. Herzl war ein erstklassiger Pilot, ein verläßlicher Freund, er war ein begabter Gitarrenspieler. Nur eines war Herzl nie gewesen: ein orthodoxer Fanatiker. Auf diesen Weg hatte ihn erst Abraham Meir gebracht, den er kennenlernte, als ihn der Schmerz über den Tod seines Sohnes auf ein Treffen der Kahane-Nachfolger brachte.

Herzl flog den *Falken* schon über zehn Jahre. Er hatte an so vielen Einsätzen über dem Libanon teilgenommen, er konnte nicht mehr daran glauben, daß man mit dieser Politik der militärischen Nadelstiche einen dauerhaften Sieg Israels gegen die Palästinenser erreichen würde. Meir hatte ihn davon überzeugt, daß es einen Weg gab, der dem Heiligen Land endlich und für alle Zeiten Frieden bringen würde. Die Stelle, an der Abraham seinen Sohn Isaak opfern wollte und von wo Mohammed in den Himmel aufgestiegen war, mußte zerstört werden. Und dabei wollte Schlomo Herzl gerne helfen. Am Sarg seines Sohnes hatte er sich geschworen, sein Leben für eine große Sache zu opfern. Weiterleben konnte er nicht mehr angesichts des leeren Sarges, in dem er seinen Sohn nur symbolisch begrub. Das wirkliche Grab seines Sohnes befand sich irgendwo in sechzehnhundert Meter Höhe über dem Südlibanon, wo sein Körper bei der Explosion des Flugzeugs vollständig verbrannt war.

Dort unten vor der Klagemauer war Herzl einst als Rekrut vereidigt worden. Und dort unten würde er jetzt das Gelübde erfüllen, daß er Abraham Meir gegeben hatte.

ANTWORT

Eichborn AG

Kaiserstraße 66

60329 Frankfurt

Ja, ich möchte den *Eichborn-Prospekt* gern haben.

Meine Anschrift lautet:

Name, Vorname

Straße, Nr.

PLZ, Ort

Unser Lieblingsbuch.

Walter Moers,
Die 13 1/2 Leben des Käpt'n Blaubär.
704 Seiten, gebunden.
DM 49,80 · öS 364,– · sFr 46,–
ISBN 3-8218-2969-9

Lieben Sie …

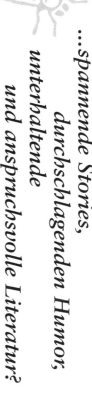

…spannende Stories, durchschlagenden Humor, unterhaltende und anspruchsvolle Literatur?

Dann sollten Sie mit dieser Karte unseren kompakten Bücherkatalog anfordern.

Er gibt Auskunft über die Bücher aus dem *Verlag mit der Fliege*, der zu den wenigen konzernunabhängigen Publikumsverlagen zählt. Sie finden darin Belletristik, Ratgeber und Cartoons ebenso wie Hörbücher und Geschenkartikel.

Den Prospekt schicken wir Ihnen gern kostenlos. Diese Karte einfach lesbar mit Ihrem Absender versehen, frankieren und zur Post geben. Anforderung per Fax unter 069/25 60 03-30

Besuchen Sie uns im Internet: *www.eichborn.de*

»Ihr kommt zu nahe an Jerusalem, dreh ab«, meldete sich jetzt auch der Tower im Kopfhörer von Herzl.

»Es gibt Probleme, die Steuerung bei 388.« Osiri erwies sich als hilfreich, als er die Nummer von Herzls Maschine durchgab.

»Macht, daß ihr aus dem Sektor wegkommt«, kam es wieder vom Tower.

»Schlomo, dreh endlich ab«, brüllte Osiri.

Zwanzig Sekunden trennten Herzls Maschine vom Tempelberg. Tausendmal hatten die Piloten solche Notfallsituationen trainiert. Tausendmal hatte man ihnen klargemacht, daß in dieser unwahrscheinlichen Situation das Leben des Freundes nicht gerettet werden konnte. Tausendmal hatten sie geübt, in einem solchen Fall ein eigenes Flugzeug abzuschießen. Herzl blickte aus dem Cockpit zu Osiris Maschine, die ihm immer noch folgte.

»Dreh ab, Schlomo, mach schon. Bitte dreh ab.« Osiri klang verzweifelt. Herzl brach die Funkverbindung ab. Osiri war der einzige, der ihn jetzt noch aufhalten konnte. Die neunzig Kilogramm schwere AIM-9-Sidewinder klebte unter der rechten Tragfläche von Osiris F-16. Für alle anderen Abfangjäger war es längst zu spät.

Noch zehn Sekunden. Herzl steuerte genau auf den Tempelberg zu. Jeden Moment erwartete er, daß die Sidewinder ihn treffen und so die Erfüllung seiner Mission verhindert würde. Aber er war schon nah an seinem Ziel. Auch Osiri konnte den Felsendom nicht mehr retten.

Herzl justierte die Steuerung der Maschine noch einmal nach. Er raste direkt auf die goldene Kuppel zu, die in Sekundenschnelle immer größer wurde. Kurz schossen ihm die Worte der E-Mail durch den Kopf, die gestern endlich in seiner Mailbox aufgetaucht war. *Die Zeit ist reif für den Messias.* Doch das Bild, das ihn in den Tod begleitete, war ein Schnappschuß, der seine Frau zeigte, wie sie ihn und seinen Sohn, beide in der Uniform der Luftwaffe, im Garten ihres Hauses in Tel Aviv in den Armen hielt.

»Genau wie in Nes Tsiona werden auch im britischen Porton Down Experimente mit gentechnisch veränderten Viren und Bakterien durchgeführt. Fast schon zynisch muten die Äußerungen des britischen Verteidigungsministers Sheffield an, der den Gegnern des Forschungszentrums immer wieder vorhält, Porton Down würde die Umwelt nicht schädigen. Als Zeugen führt der Verteidigungsminister ausgerechnet den Leiter des Botanischen Gartens von Kiew ins Feld, der ihm bestätigte, daß ausgerechnet im Weideland um Porton Down selten gewordene Orchideenarten wie die *anacamptis pyramidalis* und die *gymnadenia conopsea* wachsen und gedeihen. Offenbar entgeht dem Verteidigungsminister, daß die Kritiker von Porton Down nicht die Flora in der Umgebung der Anlage beunruhigt, sondern die Kulturen, die in Petrischalen innerhalb des Zentrums wachsen und gedeihen, um irgendwann zum tödlichen Einsatz zu kommen ...«

Der Tontechniker bedeutete Kathleen Arnett mit senkrecht zueinandergestellten Handflächen, daß sie die Aufzeichnung abbrechen mußten. Es gab einfach gerade zu viele Nebengeräusche auf dem Platz vor der Klagemauer. Der Himmel über ihnen war von einem dröhnenden Lärmen gefüllt, das immer lauter wurde. Dann bebte die Erde unter ihren Füßen. Kathleen registrierte erst Sekunden später, daß es eine gewaltige Explosion gegeben hatte. Ihre Ohren waren taub, und sie wurde seitwärts gegen das Gemäuer geworfen, neben dem sie gedreht hatten. Sie sah, wie ihr Kameramann stolperte, ihm die Kamera beinahe von der Schulter glitt. Doch er fing sich, ging in die Hocke und schwenkte von ihr weg auf den Tempelberg.

Die Spitze eines Kampfflugzeugs hatte die goldene Kuppel des Felsendoms durchbrochen, der in einer riesigen Stichflamme explodierte. Gleich danach zitterte der Boden unter der Wucht mehrerer Detonationen, die den gesamten Tempelberg in die Luft zu sprengen schienen. Die Betenden vor der Klagemauer wurden sofort auf den Boden geworfen. Wer nahe genug an der Mauer stand, überlebte. Wer sich weiter auf dem Platz befand, wurde von der Druckwelle erfaßt und war den rasiermesserscharfen Splittern der Bomben schutzlos ausgesetzt. Rechts vor der Klagemauer stand eine Gruppe schwarzgekleideter Frauen, auf die ein riesiger Gesteinsbrocken stürzte. Ein Hagel aus Geröll und Schutt prallte gegen das Gemäuer, das Kathleen und ihr Team wenigstens etwas vor den umherfliegenden Trümmern schützte.

Dann war mit einem Schlag alles still. Kathleen lehnte sich gegen die Mauer und spürte, wie ihr warmes Blut über die Wange lief. Sie hörte keinen Laut außer ihrem eigenen, abgehackten Atem.

»Was war das?« flüsterte sie. Die Kamera war wieder auf sie gerichtet. Der Kameramann zitterte am ganzen Körper.

Dann hörte sie Schmerzensschreie, Wimmern und laute Rufe vom Platz. »Halt auf die Klagemauer«, wies die CNN-Korrespondentin den Kameramann an. Der befolgte ihre Anweisung automatisch. Der Platz, auf dem eben noch fast hundert Menschen gebetet hatten, war mit Trümmern übersät. Erst auf den zweiten Blick erkannte Kathleen, daß sich darunter auch zerfetzte menschliche Körperteile befanden. Vorne an der Mauer lagen Tote und Schwerverletzte, der Stand der Ultra-Orthodoxen war wie ein Spielzeughaus an die Wand gedrückt. Zwei Polizisten konnte die CNN-Korrespondentin unter den reglos am Boden Liegenden ausmachen. Ein dritter saß auf einem Stuhl, der wie durch ein Wunder heil geblieben war. Er hatte seinen Helm abgenommen und sprach in ein Funkgerät. Es dauerte Minuten, bis Kathleen klar wurde, daß die Verwüstungen, die Verletzten und die Toten an der Klagemauer nur einen Bruchteil der Katastrophe ausmachten. Niemand auf dem Tempelberg konnte die Sprengung überlebt haben.

Dann waren plötzlich von überall her Sirenen zu hören. Kathleen schüttelte den Kameramann, der das surrende Gerät seit Minuten auf dieselbe Stelle hielt. »Laß alles liegen. Nimm nur die Kassette mit. Bloß weg hier.« Ihre Reportage konnte warten. Andere Teams würden Aufnahmen der um Hilfe schreienden Schwerstverletzten und der Rettungsarbeiten machen. Jetzt zählte jede Sekunde: Sie waren die einzigen, die dieses Inferno live gefilmt hatten.

*

»Es wird Krieg geben.« Generalstabschef Yaakov Abramowitz starrte durch die staubige Windschutzscheibe des Land Cruisers auf den brüchigen Asphalt der Hauptstraße. Der Fahrer nickte schweigend. Gerade war über Funk die Nachricht von der schweren Explosion auf dem Tempelberg hereingekommen. Abramowitz war auf dem Weg zum Hauptquartier der IDF gewesen. Er war mit dem Kommandanten von Ramat David verabredet, um Licht in die Sache mit der verschlüsselten E-Mail Abraham Meirs an Schlomo Herzl zu bringen.

Aber das war nebensächlich angesichts der furchtbaren Katastrophe. Abramowitz hatte den Land Cruiser sofort umdrehen lassen. Sie waren auf dem Weg zum Büro des Premierministers. Der Funker hatte gemeldet, der Felsendom sei vollkommen zerstört, die Al-Aksa-Moschee schwer beschädigt. Wie viele Menschen sich zur Zeit des Unglücks auf dem Tempelberg aufgehalten hatten, war noch unklar. Ebenso wußte niemand, wie der Dom gesprengt worden war. Es gab Gerüchte, eine palästinensische Selbstmörderin habe sich kurz vor der Explosion Zutritt in den Felsendom verschafft. Anderen Quellen zufolge war ein israelischer Kampfflieger über dem Tempelberg gesichtet worden.

Abramowitz' Handy klingelte. Er meldete sich, doch am anderen Ende der Leitung war nur das Besetztzeichen zu hören. Wahrscheinlich war das Mobilfunknetz zusammengebrochen, wie immer, wenn ein Attentat die Stadt erschütterte.

Der Generalstabschef wußte besser als jeder andere, daß Israel militärisch nichts zu befürchten hatte, falls die arabischen Staaten sich mit einer Bombardierung Israels für die Zerstörung ihrer Heiligtümer rächten. Ihre Kampfflugzeuge, Panzerverbände und Schiffe waren oft veraltet, keines ihrer Raketensysteme – weder die syrischen Scud-C, die ägyptischen Vector-Raketen, noch die iranische Shahab-3 – war treffsicher und schnell genug, um eine ernsthafte Gefahr für die Abwehrsysteme der IDF zu werden. Eine der entscheidenden militärstrategischen Lektionen der letzten Jahrzehnte war im Kuwait-Krieg und dem Kosovo-Feldzug gezogen worden: Einen Krieg gewinnt, wer über eine gewaltige Anzahl von Präzisionswaffen verfügt. Wer dagegen nur eine Masse nationalistischer oder fundamentalistischer, aber schlechtbewaffneter Truppen ins Feld führte, hatte von vornherein verloren. Und für niemanden bestand ein Zweifel daran, wer heute die Supermacht im Nahen Osten war.

Plötzlich trat der Fahrer auf die Bremse und fluchte leise. Abramowitz stützte sich mit der Hand am Armaturenbrett ab, als er trotz Sicherheitsgurt nach vorne geschleudert wurde. Vor einem Kiosk gab es einen Menschenauflauf, der sich auf die Straße ausbreitete. Von seiner erhöhten Position im Land Cruiser sah Abramowitz, daß der Kioskbesitzer einen Fernseher auf den Verkaufstisch gestellt hatte. Was genau auf dem Monitor zu sehen war, konnte er nicht erkennen. Der Fahrer bahnte sich im Schrittempo einen Weg durch die Masse. Hinter ihnen folgte ein Übertragungswagen vom Fernsehsender Arutz Echad, der fast auf der Stoßstange des Cruisers hing. In diesem Moment knackte das Funkgerät, und der Funker meldete sich. »CNN hat die Zerstörung des Felsendoms gefilmt.« Die jugendliche Stimme des Mannes klang aufgeregt. »Man kann klar und deutlich erkennen, wie eines *unserer* Flugzeuge in die Kuppel stürzt.«

»Scheiße«, sagte der Fahrer. Die Straße war wieder frei, er trat auf das Gaspedal und ließ den Motor aufheulen. Der Land Cruiser beschleunigte.

Die Stimme des Funkers fuhr fort: »General, ich habe hier einen Anruf Ihrer Frau reingekriegt. Sie sollen sie sofort anrufen.«

Abramowitz versuchte, mit dem Handy Norma zu erreichen, aber er bekam immer noch keine Verbindung. Der Übertragungswagen von Arutz Echad setzte zu einem Überholmanöver an und wäre fast auf einen entgegenkommenden Laster geprallt. Für jede noch so absurd erscheinende Situation hatte man im Verteidigungsministerium Pläne erarbeitet. Nur mit einem israelischen Piloten, der genau über dem Felsendom abstürzte, hatte niemand gerechnet. Von den Amerikanern war in der jetzigen Situation keine Hilfe zu erwarten. Die fünfte und sechste amerikanische Flotte befanden sich immer in Alarmbereitschaft. Damit ließ sich vielleicht der eine oder andere arabische Militärführer zur Besonnenheit mahnen. Aber sonst war Israel auf sich gestellt. Die Generalmobilmachung mußte ausgelöst und die Atomraketen scharfgestellt werden. Abramowitz hoffte, daß der Verteidigungsminister, der den Falken in der Regierung Goldstein zugerechnet wurde, nicht auf den Gedanken kam, Israels Atomsprengköpfe wirklich zu zünden. Es war bekannt, daß der Verteidigungsminister lieber heute als morgen einen Krieg beginnen würde. Aber Atomwaffen einzusetzen wäre reiner

Selbstmord. Und der Einsatz der biologischen Waffen, die in Nes Tsiona entwickelt wurden, war mit so hohen, nicht kalkulierbaren Risiken für die eigene Bevölkerung verbunden, daß Abramowitz wesentlich wohler gewesen wäre, das Zeug wäre nie erfunden worden.

Wieder klingelte das Handy. Als der Generalstabschef sich dieses Mal meldete, war die Verbindung so klar wie selten. Norma war am Apparat. Abramowitz hörte gleich, daß sie geweint hatte.

»Es ist wegen Esther.«

»Was ist? Will sie abreisen?«

»Yaakov, Esther ist tot.« Norma sprach mit einem Drängen in der Stimme, als könne sie dadurch, daß sie schneller sprach, die Tatsache ungeschehen machen.

»Wie ... wo denn?« Abramowitz brachte die Worte kaum heraus.

»Sie war an der Klagemauer, als der Felsendom explodiert ist.«

Er schaltete das Handy nicht aus, als Norma aufgelegt hatte. Seine Gedanken rasten: Reservisten einberufen, die in der Türkei stationierten israelischen Kampfbomber abziehen, die Botschaften in den arabischen Ländern evakuieren, Goldstein mußte eine Erklärung abgeben, klarstellen, daß es ein schrecklicher Unfall gewesen war, nur ein Unfall gewesen sein konnte ... Plötzlich wurde Abramowitz klar, daß Goldstein seinen Rücktritt verlangen würde. Die israelische Luftwaffe, deren Kampfflieger den Felsendom zerstört hatte, unterstand dem Oberbefehl des Generalstabschefs. Der Pilot, der Esther getötet hatte, war seiner Verantwortung unterstellt gewesen.

Abramowitz liefen Tränen übers Gesicht, als der Land Cruiser vor dem Büro des Premierministers hielt.

*

Bis vor einer Stunde war es ein ungewöhnlich ruhiger Tag in Menwith Hill gewesen. Ausnahmsweise standen die Frauen heute nicht vor dem Zaun und hielten ihm stumm ihre Protestschilder vor die Windschutzscheibe. Rechts und links vom Weg, der zum Eingangstor führte, hatte Major Tom Harris von seinem roten Range Rover nur auf karge Wiesen und eine freilaufende Schafsherde geblickt.

Douglas Winkler hatte den Anflug der beiden israelischen F-16 auf Jerusalem als erster bemerkt. Sekunden später waren von sämtlichen Radarstationen in und um Israel hektische Warnmeldungen über die Satelliten gekommen. In den nächstgelegenen Luftwaffenstützpunkten waren Abfangjäger startklar gemacht worden, doch nur die zweite F-16 hätte die Chance gehabt, den Kamikazeflieger aufzuhalten. Es gab keine Flugkommunikation, aber auf den Bildern, die die Satelliten aufgenommen hatten, war deutlich zu erkennen, daß der zweite Pilot sogar noch eine Rakete auf die erste F-16 abgefeuert hatte. Allerdings war es zu diesem Zeitpunkt schon viel zu spät, um die Katastrophe noch zu verhindern. Die Rakete verfehlte ihr Ziel und schlug direkt neben dem kleinen Dom der Geister auf dem Platz nahe dem Felsendom ein.

Major Tom Harris hatte, kaum waren die ersten Bilder von der Katastrophe über die Satelliten gekommen, seine Vorgesetzten angerufen und geraten, jüdische und israelische Gebäude und Institutionen mit massivem Polizeiaufgebot, wenn nötig mit Hilfe der Armee zu schützen. Keine zehn Minuten, nachdem die Live-Aufnahme der Zerstörung des Felsendoms auf CNN lief, bekam er den ersten Anruf aus London, daß aufgebrachte Gruppen von Muslimen jüdische Geschäfte angriffen.

Auf den Bildschirmen an der vorderen Wand des Überwachungsraumes waren Satellitenbilder der Explosion in verschiedenen Vergrößerungsstufen zu sehen. Weder von dem achteckigen Bau noch von der goldenen Kuppel war etwas übriggeblieben. In der Mitte des Platzes klaffte ein rauchender Krater, der offenbar auch den unter dem Dom liegenden heiligen Felsen gesprengt hatte. Von den Toren, die den Platz abgrenzten, stand keines mehr, anstelle des Bogengangs und des Tores der Al-Aksa-Moschee sah man auf den Aufnahmen nur noch ein Geröllfeld. Welchen Schaden die Explosion an der großen unterirdischen Moschee angerichtet hatte, war auf den Bildern nicht zu erkennen.

»Hast du CNN auf dem Monitor?« Tom Harris drehte sich zu Douglas Winkler um, der weit vornübergebeugt auf seinem Stuhl saß und etwas in die Tastatur tippte.

»Nein.« Winkler hörte nicht auf zu tippen. »Was gibt's?«

»Mehr als siebenhundert Tote, etwa dreimal so viele Verletzte, schätzt CNN. Die Gläubigen hatten sich gerade zum Nachmittagsgebet in der Moschee versammelt, als der Flieger in den Felsendom gestürzt ist.«

Winkler schaute über die Monitore zu Harris. »Ich kapiere einfach nicht, was da passiert ist. Es kann doch niemand ernsthaft glauben, daß die Israelis das geplant haben.«

Tom Harris zuckte mit den Schultern. »Ich bin sicher, die islamische Welt wird Israel für das Desaster verantwortlich machen. Ein Kampfbomber der IDF zerstört offenbar in einem gezielten Selbstmordkommando das drittwichtigste Heiligtum des Islam, zu einem Zeitpunkt, als sehr wenige jüdische Betende an der Klagemauer sind, dafür über tausend Moslems sich zum Gebet in der Moschee auf dem Tempelberg eingefunden haben. Die Explosion war um zwei Uhr zwanzig. Die Zeit für das Asr-Gebet heute war zwei Uhr siebzehn. Was würdest du wohl denken, wenn du ein gläubiger Muslim wärst?«

Winkler antwortete nicht, sondern tippte weiter in die Tastatur. Plötzlich stoppte er, blickte nach vorn zu der Wand mit den

Monitoren. »Du hast recht, Tom«, sagte er leise. »Es geht schon los.« Auf den Monitoren erschienen Satellitenbilder, die riesige Menschenmengen zeigten, die durch die Straßen von Städten zogen. Auf manchen war bereits Nacht, und Fackeln und Scheinwerfer beleuchteten die Massen, die mit erhobenen Fäusten Sprechchöre skandierten, grüne Fahnen mit weißer Schrift bei sich führten, Porträts von Männern mit langen Bärten emporhielten oder handgemalte Transparente trugen, auf denen neben Sätzen in Arabisch in westlichen Schriftzeichen besonders häufig die Parole *Tod Israel* zu lesen war.

Harris stand neben Winkler und beobachtete, wie er gezielt Satellitenaufnahmen aus Großstädten weltweit auf die Monitore schaltete. »Teheran, Riad, Algier, überall Massendemonstrationen.«

»Ebenso Indonesien, Pakistan, Afghanistan, Ägypten. Hier…«, Winkler zeigte auf Bilder, die auf einem Bildschirm direkt vor ihm auftauchten. »… sie verbrennen die israelische Flagge. Und das ist nicht in Saudi-Arabien.«

Vor der Kulisse des Weißen Hauses in Washington ging der blaue Davidstern auf weißem Grund in Flammen auf. Verhüllte Frauen in schwarzen Gewändern knieten nieder und warfen sich mit dem Oberkörper auf den Boden. Hinter ihnen standen Frauen in westlicher Kleidung, die Fotos der goldenen Kuppel des Felsendoms in den Händen hielten. Auf einem Transparent, das am Zaun vor dem Weißen Haus angebracht war, stand: *Kämpft den Heiligen Krieg gegen Israel.*

Harris warf einen Blick auf zwei Bildschirme am unteren Rand der Wand. Inzwischen sendete auch BBC direkt vom Tempelberg. Rettungshubschrauber landeten und starteten unaufhörlich von dem verwüsteten Platz um den ehemaligen Felsendom. Sie brachten Schwerverletzte in die Krankenhäuser. Vor der Klagemauer standen Dutzende Ambulanzen, Sanitäter trugen blutüberströmte Menschen auf Tragen in die Fahrzeuge.

Eine Frau mit einem Kopfverband berichtete mit flackerndem Blick vor der Kamera, wie Menschen direkt neben ihr von umherfliegenden Trümmern erschlagen worden waren.

Auf CNN wurde zum hundertsten Mal der Live-Mitschnitt des Absturzes der F-16 gezeigt. Harris drückte auf eine Taste, und das Bild gefror in dem Moment, als die Schnauze des Bombers die Kuppel durchbrach. Die braun-weiß-beigen Camouflage-Farben ließen keinen Zweifel, daß es sich um eine Maschine der israelischen Luftwaffe handelte. Am Heck war deutlich die Zahl 606 zu erkennen.

»Doug, wo war die F-16 eigentlich stationiert?« fragte er Winkler.

»Luftwaffenstützpunkt Ramat David.« Die Antwort kam sofort.

»Der Pilot ...?«

»... hatte die Dienstnummer 4463980H54.«

Tom Harris stöhnte. »*Die Zeit ist reif für den Messias.* Und wir sind doch zu spät gekommen.«

*

Als eine »Katastrophenschutzübung unter realen Bedingungen« bezeichnete der Nachrichtensprecher den Großeinsatz von Militär und Polizei. Nach fünf Stunden wurde der Flugverkehr wieder freigegeben, die Reisenden aus ihrer vorübergehenden Zwangslage befreit, die Absperrungen wurden abgebaut, Heathrow-Express und die U-Bahnen in den Terminals 1, 2, 3, 4 und Terminal 5 fuhren wieder an. Kein Wort von Pesterregern, kein Wort über den Attentäter, kein Wort über die auf dem Flughafen verteilten tödlichen Dosen der Marke *Liquid Waves*. Der Rest der Abendnachrichten war mit Berichten über die Katastrophe in Jerusalem gefüllt.

Phil Campell saß im Windsor Castle und starrte auf die Aufnahme vom Tempelberg, wo deutlich zu sehen war, wie ein israelisches Flugzeug in die goldene Kuppel des Felsendoms stürzte. Der BBC-Mann leerte den doppelten Whiskey, den Russel Graves wortlos vor ihn auf den Tresen gestellt hatte.

Nach dem Geständnis von Ami Mogiljewitsch war Campell mit Pat Marcus und Jonathan Wright zum Flughafen gefahren. Aufgrund der vagen Hinweise des alten Mannes hatte der Kampfmittelräumdienst die noch fehlenden vier Spraydosen entdeckt. Die Dosen waren sichergestellt und nach Porton Down gebracht worden. Die ABC-Truppen hatten die Fundstellen der Dosen unter Treppen, in Toiletten, Geschäften und vor Zeitschriftenkiosken weiträumig dekontaminiert. Erst Stunden später waren diese Bereiche wieder freigegeben worden. Dann war aus Porton Down die Meldung gekommen, daß aus zwei der elf Dosen eine geringe Menge ausgetreten sei. Die eine war in einer Toilette vor dem Abflugbereich in Terminal 1 gefunden worden, die andere in der Umkleidekabine eines Herrenmodengeschäfts. Mindestens zwei Menschen hatten den Sprühmechanismus der Dosen betätigt und Pestviren freigesetzt. Zwei Menschen waren wahrscheinlich angesteckt worden. Und sie hatten die Krankheit überallhin mitgenommen, wo sie auch hingegangen waren. Die Inkubationszeit für die Pest beträgt drei bis fünf Tage. Der Krisenstab der Flughafenbehörde und der Kommandeur der SIS-Sicherheitskräfte hatten sich auf eine fünftägige Schließung des gesamten Flughafens vorbereitet. Armee-Einheiten hatten ein Quarantäne-Lager in der großen Frachthalle südlich von Terminal 4 eingerichtet.

Am Abend hatte der Flughafenleiter Charly Bretton einen Anruf des Premierministers bekommen, die »Übung« so schnell wie möglich zu beenden. In der Downing Street war man nach einer Krisensitzung zu der Überzeugung gelangt, man könne weder den ganzen Flughafen abreißen noch Zehntausende von Menschen auf einen nicht bestätigten, wahrscheinlich völlig unbegründeten Verdacht hin fünf Tage lang festhalten. Weder die Proteste des Kommandeurs der Sicherheitskräfte noch die Intervention des MI5 konnten die Freigabe des Flughafens verhindern.

Pat Marcus war zurück nach Aylesbury gefahren, wo er morgen in der Frühschicht seinen Dienst antreten mußte. Wright hatte beim Abschied angedeutet, daß er sich, wenn möglich, für Marcus' Rückversetzung nach London einsetzen würde. Campell hatte das freudige Aufblitzen im Gesicht seines Freundes gesehen und hoffte insgeheim, daß er nicht enttäuscht wurde. Er selbst hatte sich ins Windsor Castle verzogen mit dem erklärten Ziel, sich sinnlos zu betrinken. Jonathan Wright hatte ihm klargemacht, daß es unklug sei, wenn er mit seinem Wissen über die wahren Umstände der kurzfristigen Schließung von Heathrow Airport an die Öffentlichkeit ging. Campell hatte es nicht fassen können, daß der Premierminister den Flughafen wieder öffnen ließ, obwohl offensichtlich Menschen mit den Pesterregern infiziert worden waren. Die Regierung beteuerte zwar, daß alle »möglichen Vorsichtsmaßnahmen« ergriffen worden seien, doch weder der Krisenstab des Flughafens noch die anwesenden Militärs konnten ihm sagen, wie diese Vorsichtsmaßnahmen genau aussahen. Letzten Endes mußte Campell aber Jonathan Wright recht geben: Eine Veröffentlichung der Geschichte zum jetzigen Zeitpunkt wäre verantwortungslos. Ein orthodoxer Jude, der mit biologischen Waffen die Ankunft des Messias vorbereiten wollte, indem er vom Heathrow Airport Pesterreger in die ganze Welt verteilte – ganz abgesehen von der Massenpanik, die diese Meldung auslösen würde, könnte so etwas leicht das extrem angespannte Verhältnis Israels zu den arabischen Regierungen in einen Krieg verwandeln.

All diese Gespräche hatten stattgefunden, bevor der jüdische Selbstmordpilot den Felsendom in die Luft gesprengt hatte. Inzwischen gingen Muslime überall auf der Welt auf die Straßen, Campell selbst war auf dem Weg zum Windsor Castle in eine wütende Demonstration geraten. Nicht mehr lange, dann würden die Syrer oder die Iraner ihre Scud-Raketen auf Israel abfeuern, und ein neuer Krieg im Nahen Osten wäre unvermeidbar. Vor zwei Stunden war Moshe Goldstein auf CNN erschienen und hatte sich für den »schrecklichen, erschütternden Unfall, der auch die heiligsten Stätten des Judentums unwiederbringlich zerstört« habe, bei der Weltöffentlichkeit entschuldigt. Doch selbst Campell, der mit Religion nicht viel anfangen konnte, spürte, daß es angesichts des historischen Ausmaßes der Katastrophe mit einer bloßen Entschuldigung nicht getan sein konnte.

Der BBC-Mann überlegte, ob er Gina anrufen sollte. Sie hatte Bryce sicher schon ins Bett gebracht und schlief wahrscheinlich gerade unter der roten Decke vor dem Fernseher ein. Der BBC-Rechercheur stand auf und kramte in seinen Hosentaschen nach Geldstücken für das Münztelefon auf dem Gang zur Toilette.

»Brauchst du Münzen fürs Telefon?« fragte Russel Graves, der seit Stunden die Meldungen auf CNN verfolgte und mitgenommen wirkte. Seine königlichen Sammlerstücke hatte er den ganzen Abend noch nicht angerührt.

Campell nickte. »Ein paar Pence reichen.«

Graves zog eine Schublade auf und nahm eine Handvoll Münzen aus einer kleinen Pappschachtel. »Willst du Gina anrufen?« fragte er.

Der BBC-Mann nickte wieder.

Der Pub-Besitzer schob ihm die Münzen über den Tresen. »Viel Glück«, rief er Campell hinterher, als der aus dem Schankraum in den Gang zu den Toiletten trat.

Er kannte die Nummer von Gina auswendig und drückte die ersten Zahlen auf der Tastatur des Telefons. Dann legte er den Hörer wieder auf. Gina schlief wahrscheinlich schon, er würde sie nur unnötig wecken. Campell lehnte sich für einen Moment mit der Stirn gegen den altmodisch schwarzen Apparat. Ein hagerer Mann trat aus der Herrentoilette, nickte ihm zu und ging an ihm vorbei zum Schankraum.

Phil Campell rief seinen Chefredakteur bei der BBC an. Fünf Minuten später hatte er einen Sendetermin im Frühstücksfernsehen.

*

In den letzten vierundzwanzig Stunden hatte sich Peter Braxtons Zustand ständig verschlimmert. Seine Mutter glaubte immer noch, ihr Sohn habe sich nur eine schwere Sommergrippe zugezogen und verabreichte Vitamin C und Aspirintabletten. Den Tag nach der Bombardierung des Felsendoms verbrachte er mit hohem Fieber im Bett. Obwohl die Braxtons sonst regelmäßig die Nachrichten verfolgten, waren sie zu sehr mit der Rückkehr und der Krankheit ihres Sohnes beschäftigt und schalteten den ganzen Tag weder das Radio noch den Fernseher an. Nach einer unruhigen Nacht, in der seine Eltern abwechselnd an seinem Bett wachten, fiel Peter ins Delirium. Erst jetzt ließen seine Eltern ihn ins Hillbrow-Krankenhaus einweisen, wo sich am Abend die ersten schwarzen Beulen an seinem Körper zeigten. Die Ärzte stellten innere Blutungen fest, unternahmen jedoch nichts. Jedes andere Johannesburger Krankenhaus hätte die Symptome wahrscheinlich richtig zu deuten gewußt. In Hillbrow aber, einem Stadtteil mit hoher Gewaltkriminalität, war man an innere Blutungen gewöhnt. Die Beulen hielt man für Abszesse.

Spät am Abend nach der Rückkehr aus dem Krankenhaus zappte Mr. Braxton zufällig zu CNN und stieß auf einen Beitrag der Jerusalem-Korrespondentin Kathleen Arnett. Offenbar hatten ein paar ultra-orthodoxe Spinner genetisch veränderte Viren aus einer israelischen Forschungsanstalt entwendet und wollten damit ein für alle Mal den Nahostkonflikt lösen. Der Beitrag war einer von vielen Hintergrundberichten, die seit der Zerstörung des Felsendoms auf fast allen Nachrichtensendern ausgestrahlt wurden. Braxton wollte schon weiterzappen, als ihn etwas aufhorchen ließ. »Die Pestopfer bekommen brennenden Durst, hohes Fieber, Schüttelfrost, einen unregelmäßigen Puls, verfallen dann in ein Delirium, bis sich auch Störungen des Nervensystems zeigen. Dann weiten sich die Pupillen, treten plötzlich Blutungen auf, und gänseeigroße schwarzblaue Beulen zeigen sich am ganzen Körper.«

Kurz vor Mitternacht rief Braxton im Hillbrow-Krankenhaus an und teilte der Nachtschwester seinen Verdacht mit, daß Peter an der Pest erkrankt sei. Dort wartete man bis zum nächsten Morgen, erst dann wurde ein Fachmann konsultiert. Zu diesem Zeitpunkt hustete Peter bereits Blut. Viele seiner Freunde hatten ihn gestern im Krankenhaus besucht. Und alle hatten ihm die Hand gedrückt.

Einen Tag später starb im Johannesburg General Hospital ein jüdischer Amerikaner aus Washington an der Pest. Chaim Motti hatte in London für das Jerusalem Reclamation Project/American Friends of Ateret Kohanim Geld gesammelt. Dann war er mit South African Airways nach Johannesburg geflogen. Auch hier wollte er Spenden für die Ateret Kohanim sammeln. Mit ihren nicht unbedeutenden Mitteln kaufte die Gruppe Immobilien in der Altstadt Jerusalems von Arabern auf und siedelte in den Häusern jüdische Familien an. Chaim Motti gehörte zu den Nachfahren der Priesterklasse, den Kohanim. In Jerusalem hatte er die 1884 gegründete Talmud-Schule der Ateret Kohanim besucht und war nach eigenem Bekunden einer der gläubigsten Juden der Welt. Er konnte die Geschichte seiner Familie lückenlos bis ins 15. Jahrhundert zurückverfolgen. Der berühmte Talmudist Raschi, der 1040 in Troyes geboren war, zählte zu seinen Vorfahren. Von einem Priester-Gen hatte Chaim Motti nie etwas gehört. Er und Abraham Meir waren sich einmal am Rande eines Weinlesefestes auf dem Golan begegnet. Sie hatten schnell festgestellt, daß sie zwar ähnliche Ziele verfolgten, doch Meir zu ihrer Durchsetzung den Weg der offenen Gewalt wählte, während Motti subtilere Methoden bevorzugte. Die Vorstellung einer ethnischen Bombe hätte Chaim Motti absurd gefunden. Deshalb wäre es ihm auch egal gewesen, daß er gegen die Pesterreger, die sein Leben vorzeitig beendeten, nach Meirs Plänen hätte immun sein sollen. Was immer in Nes Tsiona für gentechnische Veränderungen an den Viren vorgenommen worden waren, sie töteten wahllos, und weder Gene noch Glauben schützten vor Ansteckung.

Peter Braxton und Chaim Motti blieben nicht die einzigen Opfer der sich rasch ausbreitenden Epidemie. In Pretoria, Durban, Stellenbosch und Port Elizabeth füllten sich die Krankenhäuser mit Menschen, deren Körper schwarze Beulen aufwiesen. Als erstes meldete das Johannesburger Sunninghill Family Medcare Centre aus dem Stadtteil Sandton den Ausbruch einer Pestepidemie. Bei der Weltgesundheitsorganisation waren in den letzten Jahren immer wieder vereinzelte Verdachtsfälle der Pest in der Mongolei oder Indonesien eingegangen. Doch bei den Meldungen aus Südafrika wiesen alle Patienten eine Gemeinsamkeit auf, die den Ursprung der Infektion in Europa vermuten ließ: Die Erkrankten hatten sich alle noch vor wenigen Tagen in London aufgehalten. In der Zentrale der WHO vermutete man zunächst einen Störfall in Porton Down, konnte dort aber nichts feststellen. Statt dessen wurde der WHO von einem Mitarbeiter in Porton Down die zunächst unverständliche Nachricht zugespielt, daß Pesterreger in Aerosolform auf dem Londoner Flughafen sichergestellt worden seien. Licht in die Sache brachte erst der BBC-Bericht von Phil Campell über die wahren Hintergründe der vermeintlichen Katastrophenschutzübung auf Heathrow International Airport. Die britische Regierung wies den Bericht weder zurück noch bestätigte sie Campells Anschuldigungen. Auf die Anfragen der WHO wurde nur erklärt, eine Gefährdung der Bevölkerung habe zu keinem Zeitpunkt bestanden. Vier Tage später meldete das Londoner Kings College Hospital den ersten britischen Verdachtsfall auf Pest, eine Verkäuferin, die in der Zweigstelle eines alteingesessenen Londoner Modegeschäfts im Flughafen arbeitete.

*

Die Anzahl der Toten auf dem Tempelberg war auf über neunhundert gestiegen, immer deutlicher wurde das ganze Ausmaß der Zerstörung. Die palästinensische Autonomiebehörde hatte internationalen Kamerateams den Zugang zum Tempelberg gestattet. Schreckensbilder von den Toten und Verletzten in der unterirdischen Moschee, wo die Gläubigen beim Gebet überrascht worden waren, gingen um die Welt. Im Süden Jerusalems war eine Scud-Rakete eingeschlagen und hatte ein Sportzentrum zerstört. Ein Selbstmordattentat in einem koscheren Restaurant konnte in letzter Sekunde verhindert werden.

Doch obwohl die Lage im Nahen Osten immer noch ernst war, hatte man es offenbar geschafft, einen Flächenbrand zu verhindern. Der Generalstabschef war schon gestern freiwillig zurückgetreten, der Verteidigungsminister heute morgen vom Premier entlassen worden. Immer wieder strahlten die Sender die ergreifende Ansprache aus, die Moshe Goldstein am Tag nach der Katastrophe gehalten hatte. Darin bot er allen Muslimen der Welt die uneingeschränkte Hilfe Israels beim Aufbau der zerstörten heiligen Stätten an. Er entschuldigte sich noch einmal für den Unfall und versprach eine rigorose Aufklärung der Umstände, wie es zu dem Absturz des Bombers über dem Felsendom kommen konnte. Den Opfern und deren Hinterbliebenen bot er eine großzügige Entschädigung an, er sprach sogar eine Einladung an den saudischen König aus, den drittheiligsten Ort des Islam zu besuchen und die Fortschritte beim Wiederaufbau des Doms und der Moschee zu begutachten.

Michael Fleischmann war allein in der Villa seiner Eltern und hatte es sich vor dem Fernseher bequem gemacht. Schon zum dritten Mal sah er Ausschnitte aus der Ansprache des israelischen Premierministers. Danach wurde der Vertreter einer rechten Splitterpartei in der Knesset interviewt, der Goldsteins Rede als einen »Kniefall vor den Muslimen« verurteilte. Über die Schließung des Londoner Flughafens war gestern nur ein kurzer Bericht gekommen.

Am Morgen nach ihrer Rückkehr aus London hatte Tamara eine Meldung über die Festnahme eines extremistischen Terroristen in Finchley in der Zeitung entdeckt. Ami Mogiljewitschs Name wurde nicht genannt, auch nicht, daß er tatsächlich biologische Bomben auf dem Flughafen plaziert hatte. Tamara waren beim Frühstück mit Michaels Eltern die Tränen über die Wangen gelaufen. Schon den Anblick ihres Vaters, wie er in Handschellen aus dem Haus in der Chester Street abgeführt wurde, hatte sie kaum verkraftet. Daß man ihn jetzt einen Terroristen nannte, fand sie entwürdigend. Ihr Vater würde viele

Jahre im Gefängnis sitzen. Die Familie war mit einem Schlag verarmt, das Haus in Finchley würde ihre Mutter verkaufen müssen.

»Vielleicht könnten deine Mum und die Geschwister ja nach Frankfurt ziehen.« Herbert Fleischmanns Vorschlag durchbrach das Schweigen am Frühstückstisch, als Tamara in ihre Teetasse schluchzte, Michael ihr tröstend den Arm um die Schultern legte und Sarah Fleischmann unglücklich auf ihr Marmeladenbrot starrte.

Tamara schaute aus roten verweinten Augen hoch und sagte gar nichts.

Herbert Fleischmann ruckte auf dem Stuhl hin und her. »Ich meine nur, ich habe ein paar Häuser in Frankfurt, da stehen immer Wohnungen leer.«

»Wir wollen keine Almosen.« Michael hörte die trotzige Verzweiflung in Tamaras Stimme. Sein Vater wollte etwas erwidern, aber Sarah legte ihre Hand auf seinen Arm.

»Deine Mutter würde ganz regulär Miete zahlen, Tamara«, sagte sie. »Hier geht es nicht um Almosen, sondern darum, eine Lösung zu finden. Wir sind ja inzwischen auch ein Teil deiner Familie.«

Tamara überlegte, dann nickte sie zögernd. »Ich rede mal mit Mum. Sie wird Finchley nicht verlassen wollen. Ihre Gemeinde ist ja auch dort. Aber es wäre so schön, sie alle hier zu haben.« Michael spürte, wie Tamaras eiserner Wille wieder zum Vorschein kam. Sie würde nicht nur mit ihrer Mutter reden, sie würde sie mit Engelszungen und Schürhaken bearbeiten.

Heute abend war Tamara mit zu einer Freundin seiner Mutter gegangen. Valerie Oldenburg gehörte ein renommiertes Blumengeschäft, in dem Tamara schon ein paarmal ausgeholfen hatte. Die Geschäftsführerin war begeistert von Tamaras kunstvollen Gestecken und hätte sie am liebsten auf der Stelle eingestellt.

Tamara war eine passionierte Gärtnerin. In Finchley hatte sie als Jugendliche hinter dem Haus ein grünes Labyrinth angelegt, in dem die jüngeren Geschwister spielen konnten. Mit Taxus, Liguster, Zypressen und anderen Koniferen hatte sie die Grundstrukturen geschaffen, mit Hecken und Sträuchern immer wieder Querlinien gebildet, dazwischen ein Meer von bunt blühenden Stauden gepflanzt. In einem ruhigen Moment in dem Chaos des London-Besuchs hatte Tamara Michael durch den winterlichen Garten hinter ihrem Elternhaus geführt. Seit ihrer Flucht hatte sich niemand um die Pflanzungen gekümmert, die Hecken waren verwildert, die Wege von Unkraut überwachsen, und verblühte Blumen standen schwarz und morsch auf den Beeten. Tamara hatte ein paar vertrocknete Stauden abgeschnitten. »Einen Monat Arbeit, und im Sommer ist der Garten wieder ein Paradies«, meinte sie nur und warf die verwelkten Pflanzen auf den Komposthaufen.

Michael mußte vor dem Fernseher eingeschlafen sein. Er wurde von einem leisen Klopfen an der Fensterscheibe des Wohnzimmers geweckt. Verschlafen erkannte er die rote Daunenjacke von Tamara. Sie winkte ihm zu und verschwand dann um die Ecke in der Dunkelheit. Michael sprang auf, zog rasch die Stiefel an und schlüpfte in die Lammfelljacke. Vor der Doppelgarage parkte das Auto seiner Mutter, aber von Sarah war nichts zu sehen. Amigo knurrte leise in seinem Zwinger, und Michael ging zu ihm und streichelte ihn. Der Hund schlief sofort wieder ein. Dann folgte Michael Tamara hinter das Haus. Schon von weitem sah er ihre Gestalt am Wintergarten stehen. Blasses Mondlicht fiel auf die großen Scheiben des Pavillons. Er trat auf Tamara zu, schob die dicke Daunenjacke hoch und umfaßte ihre Taille. Tamara legte ihm schweigend die Arme um den Hals und küßte ihn.

Nach einer Weile sagte sie: »Die Duftblüten der Orangenblume sind aufgegangen.« Sie deutete auf eine Pflanze im Inneren des Wintergartens, an der Michael in dem schwachen Licht große weiße Blüten erkennen konnte. »Der Duft ist unbeschreiblich. Wir sollten reingehen und daran riechen.«

»Ja«, sagte Michael.

Aber beide rührten sich nicht von der Stelle, sondern drückten sich noch enger aneinander.

»Valerie hat mich gefragt, ob ich von Mai an ein Jahr nach London gehen will, als Assistentin für ihre Ausstellung auf der Chelsea Flower Show.«

»Und?« Heute morgen war der Brief der Central Saint Martin's School of Design gekommen, in dem Michael mitgeteilt wurde, daß er vom kommenden Wintersemester an einen Studienplatz bekommen hatte. Aber den ganzen Tag hatte er sich nicht richtig darüber freuen können. Er konnte es sich einfach nicht vorstellen, so lange von Tamara getrennt zu sein.

»Ich wollte dich fragen, was du dazu meinst.«

»Herbert…« Michael schluckte. Dann fuhr er fort: »Ich soll dir das eigentlich noch nicht sagen. Herbert will dich damit überraschen. Es wird unser Hochzeitsgeschenk, wenn du willst …«

Tamara löste sich aus seiner Umarmung und schaute ihn an. Michael spürte, wie seine Hände feucht wurden.

»In einem von Herberts Häusern ist unten ein Blumengeschäft. Er wollte dir den Laden schenken, damit du dein eigenes Geschäft aufmachen kannst. Deine Mum und deine Geschwister könnten oben einziehen, und du wärst in ihrer Nähe.«

Tamara sagte keinen Ton. Michael meinte schnell: »Das ist nur so eine Idee von meinem Vater. Er ist immer schnell dabei, wenn es darum geht, das Leben von anderen Leuten in die Hand zu nehmen. Gewöhnt man sich dran. Er ist sicher nicht beleidigt, wenn du ganz andere Pläne hast. Du wolltest ja studieren.«

Plötzlich fing Tamara an zu lachen. Michael suchte nach ihrer Hand und drückte sie. Tamara kam wieder in seine Arme und küßte ihn. Dann meinte sie:»Die Pläne von deinem Vater gefallen mir. Und wer hat gesagt, daß man nicht neben dem Studium her ein Blumengeschäft führen kann?« Michael lachte mit, obwohl er einen Kloß im Hals hatte. Dann flüsterte Tamara:»Michael, glaubst du, deinem Vater würde auch ein anderes Hochzeitsgeschenk einfallen, wenn Mum noch nicht gleich nach Frankfurt umziehen will und ich erst mit dir für ein Jahr nach London gehe?«

»Möchtest du denn?« Michael zitterte am ganzen Körper. »Was denn? Mit dir nach London? Wie würde ich es denn ein Jahr ohne dich aushalten?«

Er schüttelte den Kopf.»Nein, das meine ich nicht. Möchtest du mich heiraten, Timmy? Ganz im Ernst.« Er hielt die Luft an.

»Ja, das will ich. Ganz im Ernst.« Tamaras Stimme klang heiser, und als Michael in ihre Augen schaute, sah er, daß sie mit Tränen gefüllt waren.

Hand in Hand gingen sie schließlich über den Rasen zur Tür des Wintergartens, um an den geöffneten Orangenblumenblüten zu riechen. Da sagte Michael plötzlich ein Wort in die Dunkelheit:»Ihije tow.«

Ohne zu zögern, erwiderte Tamara:»Ihije tow.«

Ihije tow ist Hebräisch und wird mit »Es wird schon gutgehen« übersetzt. *Ihije tow* sagt man in Israel, wenn man sich beim Tanken eine Zigarette anzündet, wenn man fremdgeht und kein Kondom benutzt, wenn man betrunken Auto fährt. Man sagt es immer dann, wenn man aus all den guten und schlechten Gründen, die das Leben lebenswert machen, etwas wagt; wenn man ein Risiko eingeht, obwohl man genau weiß, daß es am Ende vielleicht auch schiefgehen kann.

*

Der verletzte Patient in Zimmer 146 war noch immer ans Bett gefesselt. Es hatte eine Weile gedauert, bis dem Mann klar wurde, daß er nicht in ein gewöhnliches Krankenhaus gebracht worden war. Die Pfleger hatten nur gelächelt, als er sich über das Essen beschwerte und die Unterbringung in einem Einzelzimmer verlangte. Sie hatten gegrinst, als er sich erkundigte, warum auf der Station keine einzige Krankenschwester Dienst tat. Die mit weißen Eisenstäben vergitterten Fenster, die Stahltüren, der abwaschbare gelbe Latexanstrich der Wände, die mit Schrauben am Boden befestigten, grauen Eisenbetten, das absonderliche Gebaren seines Zimmernachbars, der sich offensichtlich für eine Reinkarnation König Davids hielt – allmählich ahnte der Patient wohl, wo er sich befand. Irgendwann fragte er bei der täglichen Visite nach seinem Aufenthaltsort.

»Sie sind in der Nervenheilanstalt Kfar Schaul«, hatte der Chefarzt ihm geantwortet.

Natürlich protestierte der Patient. Er tobte. Abwechselnd verlangte er den Chef des Mossad, Premierminister Goldstein oder einen Mann in Frankfurt namens Kimiagarov zu sprechen. Er drohte mit angeblichen Beziehungen, die er in den höchsten Kreisen der israelischen Regierung habe. Er schrie die Ärzte an, wenn er wieder draußen sei, würde er dafür sorgen, daß sie gefeuert und die Anstalt geschlossen werde. Doch seine Proteste und Wutanfälle nutzten nichts. Im Gegenteil, immer, wenn er randalierte, verschrieb der Chefarzt Neuroleptika. Elf Milligramm Haloperidol, manchmal auch mehr, Tag für Tag, wann immer der Patient sich rührte. Die Pfleger störte es nicht, daß er das Haloperidol anfangs nicht sonderlich gut vertrug. Den meisten Patienten in Kfar Schaul ging es so. Am Anfang litt er unter Zungen- oder Blickkrämpfen, nach ein paar Wochen waren seine motorischen Fähigkeiten massiv eingeschränkt. Wenn er den Arm hob, sah es aus, als ob er am Parkinsonsyndrom litt.

Über Umwege erfuhren die Pfleger, daß der Patient in Zimmer 146 von einem Militärgericht zu lebenslanger Verwahrung in der Anstalt verurteilt worden war. Für sie war das nichts Besonderes, unter ihren Patienten waren etliche ehemalige Militärs oder Geheimdienstleute. Nach dem Urteil entschlossen sich die Ärzte, dem Patienten, der vorher nur Prozac erhalten hatte, Haldol zu verabreichen. Der Patient reagierte mit unkontrolliertem Speichelfluß, Muskelstarre und heftigen Krämpfen. Schon nach wenigen Tagen war es unvorstellbar, daß der schwer psychisch gestörte Mann jemals ein Offizier oder Mossad-Agent gewesen sein könnte. Sein Bauchumfang wuchs von Tag zu Tag. Er sprach viel mit sich selbst, schnauzte die Pfleger an, wenn sie ihn grüßten, und hatte die Angewohnheit, sich nach dem Essen gründlich die Finger abzulecken, als sei er eine Katze, die sich die Pfoten reinigt.

Bei der wöchentlichen Routineuntersuchung wurde er wie üblich nach seinem Befinden gefragt. Der Patient murmelte: »Theodor Herzl war umstritten, Benjamin Disraeli war umstritten, David Ben Gurion und George Washington waren es auch. Wer der Masse voraus sein will, muß auch bereit sein, den Preis dafür zu zahlen.« Dabei stierte er in den hintersten Winkel des Untersuchungsraumes, wo auf einem weißlackierten hölzernen Schreibtisch eine altmodische, silbrig-glänzende Thermosflasche stand. Die Pfleger standen an der Tür, während der Chefarzt den schweren, glatzköpfigen Mann untersuchte. Sie reagierten zu spät, als der Patient mit unerwarteter Schnelligkeit aufsprang und zu dem Behälter stürzte. Er öffnete den Stopfen, hielt sich die breite Öffnung der Flasche unter die Nase und inhalierte.

»Seht ihr, die Kulturen töten mich nicht«, schrie er. Mit tiefen Zügen atmete er den aus dem Behälter aufsteigenden Duft ein. »Ich bin ein Auserwählter. Seht ihr?« Der Patient schaute sich um. Dann setzte er unvermittelt die Thermosflasche an die Lippen und ließ einen eßlöffelgroßen Klacks des dickflüssigen Eintopfs auf seine Zunge tropfen. Mit der rechten Hand deutete er auf die ausgestreckte Zunge. »Peesst! Peesst!« lallte er.

Der Chefarzt beobachtete das Schauspiel, dann schüttelte er den Kopf. »Das war's dann wohl mit meinem Mittagessen.« Er gab den Pflegern, die immer noch an der Tür warteten, einen Wink. Der größere trat auf den glücklich strahlenden Patienten zu, legte einen muskulösen Arm um ihn und rammte ihm mit einer schnellen Bewegung eine Injektion in den Oberschenkel.

»Tun Sie mir einen Gefallen«, wandte sich der Chefarzt an den anderen Pfleger. »Werfen Sie in der Küche den Linseneintopf meiner Mutter weg, ja?«

Der Mann nickte und nahm dem Patienten die Thermosflasche aus der Hand, was dieser ohne Widerstand geschehen ließ. Zusammen verfrachteten sie den Mann in einen Rollstuhl, in dem er langsam vor- und zurückschaukelte.

Auf dem Weg zurück zum Zimmer 146 begegneten ihnen Eliah und Samson, zwei Insassen, die schon seit über dreißig Jahren in Kfar Schaul waren. Der eine Pfleger grinste und drehte sich zu den beiden Alten. Mit dem Finger deutete er auf den Patienten im Rollstuhl, dem brauner Eintopf aus den Mundwinkeln lief. »Peesst! Peesst!« schrie er und fuchtelte dabei vor dem Gesicht des Patienten herum. Sein Kollege fing an zu lachen.

Eliah und Samson drückten sich an die Wand. Als die Pfleger an ihnen vorbei waren, flüsterte Eliah: »Der bullige Typ da im Rollstuhl, das ist ein Verrückter. Laß dir bloß nichts anmerken. Solche Kerle sind unberechenbar.« Samson nickte heftig. Dann schlurften die beiden weiter durch den langen Flur.

Globalisierung und religiöser Fundamentalismus: Der neue Krimi von Horst Ehmke

Horst Ehmke
Himmelsfackeln
Kriminalroman
304 S. · geb. m. SU
DM 39,80 (öS 291,–/sFr 37,–)
Ab 01.01.2002:   19,90 (D)
ISBN 3-8218-0876-4

Karl Stockmann steht am Höhepunkt seiner politischen Karriere: Er ist zum Bundeskanzler gewählt worden. Doch zur selben Zeit, als er im Reichstag vereidigt wird, fällt ganz in der Nähe der berühmte Islamwissenschaftler Özakin einem brutalen Attentat zum Opfer.

Die Ermittlungen der SOKO um Wolfgang Döpfner führen über bosnische Drogen- und Waffenhändler zu einem religiösen Prediger an die türkische Küste im Mittelmeer. Und je tiefer die Fahnder in das Wespennest von organisiertem Verbrechen und Fundamentalismus stoßen, desto undurchschaubarer werden die Spuren der Täter.

 Eichborn.

Kaiserstraße 66
60329 Frankfurt
Telefon: 069 / 25 60 03-0
Fax: 069 / 25 60 03-30
www.eichborn.de

Wir schicken Ihnen gern ein Verlagsverzeichnis.

»Niemand beherrscht
das Genre des Kriminalromans
besser als Faye Kellerman«

Baltimore Sun

Faye Kellerman
Die Rache ist dein
Roman
418 S. · geb. m. SU
DM 39,80 (öS 291,–/sFr 37,–)
Ab 01.01.2002:   21,90 (D)
ISBN 3-8218-0831-4

Ein mysteriöser Mordfall, rätselhafte Autodiebstähle
und eine junge Polizistin im Fadenkreuz eines unheimlichen
Gegners: Der neue Roman von Faye Kellerman verknüpft psy-
chologisches Fingerspitzengefühl, Hochspannung
und einen raffinierten Plot zu einem intelligenten Thriller
der Extraklasse.

*»Faye Kellermans Romane sind eine gekonnte Mischung aus
hartgesottenem Realismus, Romantik und feiner,
menschenfreundlicher Ironie.«*
Regula Venske in *Die Zeit*

 Eichborn.

Kaiserstraße 66
60329 Frankfurt
Telefon: 069 / 25 60 03-0
Fax: 069 / 25 60 03-30
www.eichborn.de
Wir schicken Ihnen gern ein Verlagsverzeichnis.